詩論

朱光潛／著
宛小平／推薦

學術・民國選書

大家講堂

五南圖書出版公司 印行

學識之法門・智慧之淵藪

——序五南「大家講堂」

曾永義

五南圖書陸續推出一套叢書叫「大家講堂」。這裡的「大家」，固然不是舊時指稱高門貴族的「大戶人家」，也不是用來尊稱漢代才女班昭「曹大家」的「大家」；但也包含兩層意義：一是指學藝專精，歷久彌著，影響廣遠的人物，如古之「唐宋八大家」，今之文學、史學、藝術、科學、哲學等等之「大家」或「大師」；二是泛指衆人，有如「大夥兒」。而這裡的「講堂」，雖然還是一般「講學廳堂」的意思，只是它已改變了實質的形式，既沒有講席，也沒有聽席；因爲這講席上的大師已經化身在書本之中，只要你打開書本，大師馬上就浮現在你眼前，對你循循善誘；而你自然的也好像坐在聽席上，悠悠然受其教誨一般。於是這樣的講堂，便可以隨著你無遠弗屆，無時不達。只要你有心向學，便可以隨時隨地學習，受益無量。而由於這樣的「講學廳堂」是由諸多各界大師所主持的講席，是大夥兒都可以入坐的聽席，所以是名副其實的「大家講堂」。

長年以來，我對於五南出版公司創辦人兼發行人楊榮川先生甚爲佩服。他行年已及耄耋，猶以學術文化出版界老兵自居，認爲傳播知識、提升文化是他矢志的天職。他憂慮網路資訊，擾亂人心，占據人們學識、智慧、性靈的生活。使往日書香繚繞的社會，呈現一片紛亂擾攘的空虛。於是他親自策畫「經典名著文庫」，聘請三十位學界菁英擔任評議，自民國一〇七年，迄今已出版一一〇種。他卻發現所收錄之經典大多數係屬西方，作爲五千年的文化中國，卻只有孔孟老莊哲學十數種而已，實屬缺憾，爲此他油然又興起淑世之心，要廣設「大家講堂」，再度興起人們「閱讀大師」的脾胃，進而品會大師優異學識的法門，探索大師智慧的無盡藏。潛移默化的，砥礪切磋的，再度鮮活我們國民的品質，弘揚我們文化的光輝。

我也非常了解何以榮川先生要策畫推出「大家講堂」來遂他淑世之心的動機和緣故。我們都知道，被公認的大家或大師，必是文化耆宿、學術碩彥。他們著作中的見解，必是薈萃自己畢生的眞知卓見，或言人所未嘗言，或發人所未嘗發；任何人只要沾漑其餘瀝，便有如醍醐灌頂，頓時了悟；而何況含茹其英華！或謂大師博學深奧，非凡夫俗子所能領略，又如何能夠沾其餘瀝、茹其英華？是又不然，凡稱大家大師者，必先有其艱辛之學術歷程，而爲創發之學說，而爲建構之律則；但大師之學養必能將其象牙塔之成果，融會貫通，轉化爲大衆能了解明白之語言例證，使人如坐春風，趣味橫生。

譬如王國維對於戲曲，先剖析其構成爲九個單元，逐一深入探討，再綜合菁華要義，結撰爲人人能閱讀的《宋元戲曲史》，使戲曲從此跨詩詞之地位而躐之，躋入大學與學術殿堂。魯迅和鄭振鐸也一樣，分別就小說和俗文學作全面的觀照和個別的鑽研，從而條貫其縱剖面、組織其橫剖面，成就其《中國小說史略》、《中國俗文學史》，使古來中國之所謂「文學」，頓開廣度和活色。又如胡適先生《中國古代哲學史大綱》，誠如蔡元培在爲他寫的〈序〉中所言，他能夠先解決先秦諸子材料眞僞的問題。又能依傍西洋人哲學史梳理統緒的形式；因而在他的書裡，才能呈現出「證明的方法」、「扼要的手段」、「平等的眼光」、「系統的研究」等四種特長，要言不繁的導引我們進入中國古代哲學的苑囿，聆賞先秦諸子的大智大慧。

也因此榮川先生的「大家講堂」一方面要彌補其「經典名著文庫」的不足，便以收錄一九四九年以前國學大師之著作爲主。凡其核心之學術代表著作，既爲畢生研究之精粹，固在收錄之列；而其具有普世之意義與價値，經由大師將其精粹轉化爲深入淺出之篇章者，其實更切合「大家講堂」之名實與要義，尤爲本叢書所要訪求。

記得我在上世紀八〇年代，也已經感受到「學術通俗化、反哺社會」的意義和重要，曾以此爲題，在《聯副》著文發表，並且身體力行，將自己在戲曲研究之心得，轉化其形式而爲文建會製作之「民間劇場」，使之再現宋元「瓦舍勾欄」之樣貌，並據此規畫「民俗技藝園」（今之宜蘭傳統藝術中心），作爲維護薪傳民俗技藝之場所，並藉由展演帶動社會及各級學校重視民俗技藝之熱潮，乃又進一步以「民俗技藝」作文化輸出，巡迴演出於歐美亞非中美澳洲列國，可以說是一個很成功的例證。近年我的摯友許進雄教授，他是世界甲骨學名家，其學術根柢之深厚、成就之豐碩無須多言，他同樣體悟到有如「大家講堂」的旨趣；乃以通俗的筆墨，寫出了《字字有來頭》七冊和《漢字與文物的故事》四冊，頓時成為兩岸極暢銷之書。其《字字有來頭》還要出版韓文翻譯本。

已經逐步推出的「大家講堂」，主編蘇美嬌小姐說，為了考量叢書在中華學識和文化上的意義和價值，因此其出版範圍先以「國學」，亦即以中國文史哲為限。而以作者逝世超過三十年以上之著作為優先。而在這裡我要強調的是：「大家」或「大師」的鑑定務須謹嚴；其著作最好是多方訪求，融會學術菁華再予以通俗化的篇章。如此才能眞正而容易的使「大家」或「大師」在他主持的「大家講堂」上，如「隨風潛入夜，潤物細無聲」的春雨那樣，普遍的使得那熱愛而追求學識的一大夥人，都能領略其要義而津津有味。而那一大夥人也像蜜蜂經歷繁花香蕊一般，細細的成就，釀成自家學識法門的蜜汁；而久而久之，許許多多大家或大師的智慧，也將由於那一大夥人不斷的探索汲取，而使之個個成就為一己的智慧淵藪。我想這應當更合乎策畫出版「大家講堂」的遠猷鴻圖。

榮川先生同時還策畫出版「古釋今繹系列」和「中華文化素養書」做為「大家講堂」的姐妹編，為此使我更加感佩他堅守做為「出版界老兵」的淑世之心。

二〇二〇年元月二十九日晨
於台北森觀寓所

目次

推薦序

宛小平

「在我過去的寫作中，自認爲用功較多比較有點獨特見解的，還是這本《詩論》。」這是祖父經過近半個多世紀的學術沉澱，對自己著述作的一個冷靜估價。《詩論》的初稿也是祖父一九三三年回國進北京大學執教，交給胡適審閱的學術資歷憑證。自一九四三年初版（全書十章），到一九四八年增訂版（增收〈中國詩何以走上律的路〉），再到一九八四年重版（增補〈中西詩在情趣上的比較〉和〈替詩的音律辯護〉兩篇，〈陶淵明〉，共三章），這本書自問世讚譽之聲不絕於耳。張世祿稱祖父這本書「這就接受外來的學術而言，可以說是近於消化的地步」。（〈評朱光潛《詩論》〉載《國文月刊》，一九四七年第五十八期）近人勞承萬稱：「至今在中國詩壇，也沒有任何一本詩學理論可以與《詩論》相匹比者。」（《朱光潛美學論綱》，安徽教育出版社一九九八年版，第一七一頁）

「抗戰版」《詩論》各章內容要旨及其內在關聯如下：第一章探尋詩的起源，以詩、樂、舞同源，三位一體加以揭示。第二章考察詩與詼諧、隱語、文字遊戲的關係。第三章討論詩的境界乃是「情趣與意象的契合」的命題，分梳幾種關於詩境的差別。第四章從情感思想與語言文字一致的關係出發，既繼承又改造了克羅齊的表現說，提出自己的思言一致的表現說。第五、六、七章依次分辨詩歌與散文、與音樂、與繪畫的連繫與區別，提出「詩是有音律的純文學」；指出詩的命脈「節奏」兼有純形式的和語言的兩方面；對萊辛的詩畫異質說進行了批評。第八、九、十章從聲、頓、韻三個方面分析中國詩的節奏和聲韻的特點，替詩的音律辯護，回應當時關於新詩的節奏和音律的論爭。

讀《詩論》的要義何在呢？其實祖父在「抗戰版」序裡有提示：「中國向來只有詩話而無詩學，……詩話大半是偶感隨筆，信手拈來，片言中肯，簡練親切，是其所長；但是他的短處在零亂瑣碎，不成系統，有時偏重主觀，有時過信傳統，缺乏科學的精神和方法。」而祖父寫《詩論》就是要將詩的（美的）科學建立起來，這和「詩話」、「詩品」、「詩說」離之千里。所以他才在第三章裡對王國維「詩境」的「有我之境」和「無我之境」發難。說到「根」處，還是覺得這種詩論猶如「霧裡看花」籠統而缺少科學分析精神。祖父用「同物之境」和「超物之境」的「詩境」說替代王國維的「詩境」說，並不是對王氏的澈底否定，而是引入情趣與意象「二元」互動的分析（科學的）結構，強調了情趣與意象的「往復回流」中詩人所達到的「冷靜中的回味」。這就深化了我們對「詩境」的認識。且不說王國維《人間詞話》還脫不去傳統的點評的詩話體例；就是說到現代詩學並稱爲「四大詩論」的朱自清、廢名、艾青，在我看來都還沒有達到祖父這部《詩論》的美學高度和深度。這些論者多少都存有祖父說的那樣一種偏見：以爲詩的精微奧妙可意會而不可言傳，如經科學分析，則如七寶樓臺，拆碎不成片段。所以常常可能會有人拿著中國傳統講的「言有盡而意無窮」來向祖父拷問：認爲你朱光潛一方面批評王國維太重「顯」，沒有注意到詩的妙味恰恰在於「隱」；另一方面你朱光潛又在《詩論》第四章裡步克羅齊後塵把思想和語言看作是一回事，那這個「隱」又如何表達呢？你朱光潛不贊成「意在言先」、「意內言外」，使得傳統言不盡意、意在言外的內容發生改變，你這不是否定了言不盡意的傳統說法嗎？

否，我們在《詩論》（第四章）裡不是明明白白看到寫著：「我們把情感思想和語言的關係看成全體和部分的關係，這一點須特別著重。全體大於部分，所以情感思想與語言雖平行一致，而範圍大小卻不能完全疊合。……但是情感思想之一部分有不伴著語言的可能。……情感中有許多細微的曲折起伏，雖可以隱約地察覺到而不可直接用語言描寫。這些語言所不達而意識所可達的意象思致和情調永遠是無法可以全盤直接的說出來，好在藝術創造也無須把凡所察覺到的全盤直接的說出來。詩的特殊功能就在以部分暗示全體，以片段情景喚起整個情景的意象和情趣。詩的好壞也就看它能否實現這個特殊功能。以極經濟的語言喚起極豐富的意象和情趣就是『含蓄』、『意在言外』和『情溢乎詞』。嚴格地說，凡是藝術的表現（連詩在內）都是『象徵』（symbolism），凡是藝術的象徵都不是代替或翻譯而是暗示（suggestion），凡是藝術的暗示都是以有限寓無限。」

祖父在一九八四年「三聯版」補的〈後記〉裡稱：「我在這裡試圖用西方詩論來解釋中國古典詩歌，用中國詩論來印證西方詩論；對中國詩的音律，爲什麼後來走上律詩的道路，也作了探索分析。」

這種中西相互印證，相互闡釋的比較文學方法，祖父用的最早，也最熟練。這在《詩論》第七章中討論萊辛《拉奧孔》最有代表性。

祖父舉出萊辛「舉世公認」貢獻：一是對詩畫同質說「籠統的含混」作了「近於科學的」清洗。二是「在歐洲第一個人看出藝術與媒介（如形色之於圖畫，語言之於文學）的重要關聯」「萊辛在一百幾十年以前彷彿就已經替克羅齊派美學下一個很中肯的針砭了」。三是「萊辛討論藝術，並不抽象地專在作品本身著眼，而同時顧到作品在讀者心中所引起的活動和影響。比如他主張畫不直接選擇一個故事的興酣局緊的『頂點』，就因爲讀者的想像無法再向前進」。同時，也批評萊辛：其一，「他對於藝術的見解似乎是一種很粗淺的寫實主義」。其二，萊辛依「藝術美模仿自然美」這個信條推演出「美僅限於物體」，而詩根本不能描寫物體，則詩中就不能有美。其三，萊辛雖然注意到藝術作品和媒介的連繫，但他沒有注意到後來像克羅齊所說的藝術的「整一性」問題，結果將「詩」與「藝術」對立起來了，只承認藝術有形式的美，而是詩則只能是「表現」（指動作的意義，與美不能有直接的關係）。其四，萊辛誇大了詩與畫的界限。其五，萊辛對於山水花卉翎毛的輕視不符合中國畫的創作旨趣。其六，萊辛說詩一定不能描寫並列的事物也過於絕對。祖父舉馬志遠〈天淨沙〉：「枯藤老樹昏鴉，小橋流水人家，古道西風瘦馬，夕陽西下，斷腸人在天涯。」王維〈送使至塞上〉：「大漠孤煙直，長河落日圓」等句作證明並非如萊辛所說物象不能並存。

在《詩論》第八、九、十章分析中國詩節奏與聲韻特點後，祖父在第十一、十二章揭示了中國詩體中最具有民族特色的律詩演化軌跡及成因。其實，他的意圖並非在找尋或揭豬某個特定文學體裁的興起成因，倒不如說是想藉助中國詩由古體向近體詩演變的這一歷史現象，以豐贍的詩史事實和廣闊的中西比較的視野，力圖把特定文學史現象納入他們各國詩歌音義離合的普遍公式中，從詩歌形態的生成視角進一步申論詩歌的本體，使之具有美之科學的高度。

以上我只是循著祖父已有「序」的提示作了申論，讀者想探詩理的究竟，怕最好的方式還是細讀原著。

二〇二〇年元月十八日
於安居苑忘適齋

抗戰版序

朱光潛

在歐洲，從古希臘一直到文藝復興，一般研究文學理論的著作都叫做詩學。「文學批評」這個名詞出來很晚，它的範圍較廣，但詩學仍是一個主要部門。中國向來只有詩話而無詩學，劉彥和的《文心雕龍》條理雖縝密，所談的不限於詩。詩話大半是偶感隨筆，信手拈來，片言中肯，簡練親切，是其所長；但是它的短處在零亂瑣碎，不成系統，有時偏重主觀，有時過信傳統，缺乏科學的精神和方法。

詩學在中國不甚發達的原因大概不外兩種。一般詩人與讀詩人常存一種偏見，以為詩的精微奧妙可意會而不可言傳，如經科學分析，則如七寶樓臺，拆碎不成片段。其次，中國人的心理偏向重綜合而不喜分析，長於直覺而短於邏輯的思考。謹嚴的分析與邏輯的歸納恰是治詩學者所需要的方法。

詩學的忽略總是一種不幸。從史實看，藝術創造與理論常互為因果。例如：亞里士多德的《詩學》是歸納希臘文學作品所得的結論，後來許多詩人都受了它的影響，這影響固然不全是好的，也不全是壞的。次說欣賞，我們對於藝術作品的愛憎不應該是盲目的，只是覺得好或覺得不好還不夠，必須進一步追究它何以好或何以不好。詩學的任務就在替關於詩的事實尋出理由。

在目前中國，研究詩學似尤刻不容緩。第一，一切價值都由比較得來，不比較無由見長短優劣。現在西方詩作品與詩理論開始流傳到中國來，我們的比較材料比從前豐富得多，我們應該利用這個機會，研究我們以往在詩創作與理論兩方面的長短究竟何在，西方人的成就究竟可否借鑑。其次，我們的新詩運動正在開始，這運動的成功或失敗對中國文學的前途必有極大影響，我們必須鄭重謹愼，不能讓它流產。當前有兩大問題須特別研究，一是固有的傳統究竟有幾分可以沿襲，一是外來的影響究竟有幾分可以接收。這都是詩學者所應虛心探討的。

寫成了《文藝心理學》之後，我就想對於平素用功較多的一種藝術——詩——作一個理論的檢討。在歐洲時我就草成綱要。一九三三年秋返國，不久後任教北大，那時胡適之先生掌文學院，他對於中國文學教育抱有一個頗不爲時人所贊同的見解，以爲中國文學系應請外國文學系教授去任一部分課。他看過我的《詩論》初稿，就邀我在中文系講了一年。抗戰後我輾轉到了武大，陳通伯先生和胡先生抱同樣的見解，也邀我在中文系講了一年《詩論》。我每次演講，都把原稿大加修改一番。改來改去，自知仍是粗淺，所以把它擱下，預備將來有閒暇再把它從頭到尾重新寫過。它已經擱了七八年，再擱七八年也許並無關緊要。現在通伯先生和幾位朋友編一文藝叢書，要拿這部講義來充數，因此就讓它出世。這是寫這書和發表這書的經過。

我感謝適之、通伯兩先生，由於他們的鼓勵，我才有機會一再修改原稿，朱佩弦、葉聖陶和其他幾位朋友替我看過原稿，給我很多的指示，我也很感激。

一九四二年三月
於四川嘉定

增訂版序

朱光潛

這部小冊子在抗戰中由重慶國民圖書出版社印行過二千冊，因為錯字太多，我把版權收回來以後就沒有再印。從前我還寫過幾篇關於詩的文章，在抗戰版中沒有印行，原想將來能再寫幾篇湊成第二輯。近來因為在學校裡任課兼職，難得抽出功夫重理舊業，不知第二輯何日可以寫成，姑將已寫成的加入本編。這新加的共有三篇，〈中國詩何以走上「律」的路〉上下兩篇是對於詩作歷史檢討的一個嘗試，〈陶淵明〉一篇是對於個別作家作批評研究的一個嘗試，如果時間允許，我很想再寫一些像這一類的文章。

一九四七年夏
於北京大學

第一章　詩的起源

想明白一件事物的本質，最好先研究它的起源；猶如想了解一個人的性格，最好先知遣他的祖先和環境。詩也是如此。許多人在紛紛爭論「詩是什麼」、「詩應該如何」諸問題，爭來爭去，終不得要領。如果他們先把「詩是怎樣起來的」這個基本問題弄清楚，也許可以免去許多糾紛。

一　歷史與考古學的證據不盡可憑

從歷史與考古學的證據看，詩歌在各國都比散文起來較早。原始人類凡遇值得留傳的人物事蹟或學問經驗，都用詩的形式記載出來。這中間有些只是應用文，取詩的形式爲便於記憶，並非內容必須採用詩的形式，例如：醫方脈訣，以及兒童字課書之類。至於帶有藝術性的文字，則詩的形式爲表現節奏的必需條件，例如：原始歌謠。中國最古的書大半都摻雜韻文，《書經》、《易經》、《老子》、《莊子》都是著例。古希臘及歐洲近代國家的文學史也都以詩歌開始，散文是後來逐漸演變出來的。

詩歌是最早出世的文學，這是文學史家公認的事實。它究竟起於何時？是怎樣起來的呢？

從前一般學者研究這個問題，大半從歷史及考古學下手。他們以為在最古的書籍裡尋出幾首詩歌，就算尋出詩的起源了。歐洲人以為荷馬史詩是他們的「詩祖」，因為它在記載下來的詩中間最古。近代學者又搜羅許多證據，證明荷馬史詩是集合許多更古的敘事詩和民間傳說而做成的。那麼，西方詩的起源不在荷馬而在他所根據的更古的詩了。

在中國，搜羅古佚的風氣尤其發達。學者對於詩的起源有種種揣測。漢鄭玄在〈詩譜序〉裡以為詩起源於虞舜時代：

> 詩之興也，諒不於上皇之世。大庭軒轅，逮於高辛，其時有亡，載籍亦蔑云焉。《虞書》曰：「詩言志，歌永言，聲依永，律和聲。」然則詩之道放於此乎！

他的意思是說，「詩」字最早見於《虞書》，所以，詩大抵起源於虞。這種推理顯然很牽強。唐孔穎達在《毛詩正義》裡便不以鄭說為然：

> 舜承於堯，明堯已用詩矣。故《六藝論》云：「唐虞始造其初，至周分為六詩。」亦指堯典之文，謂之造初，謂造今詩之初，非謳歌之初；謳歌之初，則疑其起自大庭時矣。然謳歌自當久遠，其名曰「詩」，未知何代，雖於舜世始見詩名，其名必不初起舜時也。

這話比較合理，雖也是捕風捉影，仍不失多聞闕疑的精神。從鄭序出發，許多學者想在古書中搜羅實例，證明虞舜以前已有詩。梁劉勰在《文心雕龍．明詩》裡根據《呂氏春秋》、《周禮》、《尚書大傳》諸書所引古詩說：

> 昔葛天氏樂辭云：玄鳥在曲，黃帝雲門，理不空綺。至堯有大唐之歌，舜造南風之詩，觀其二文，辭達而已。

後來許多選集家繼劉勰的搜羅古佚的工作，如郭茂倩《樂府詩集》、馮惟訥《詩紀》諸書都集載許多散見於古書的詩歌。不過近來疑古風氣大開，經考據家的研究，周以前的歷史還是疑案。至於從前人搜羅古佚詩所根據的書，如古文《尚書》、《禮記》、《尚書大傳》、《列子》、《吳越春秋》之類大半是晚出之書。於是《詩經》成爲最可靠的古詩集本了，也就是中國詩的來源了。

在我們看，這種搜羅古佚的辦法永遠不會尋出詩的起源。它含有兩個根本錯誤的觀念：

一、它假定在歷史記載上最古的詩就是詩的起源。

二、它假定在最古的詩之外尋不出詩的起源。

第一個假定錯誤，因爲無論從考古學的證據或是從實際觀察的證據看，詩歌的起源不但在散文之先，還遠在有文字之先。英國人用文字把民歌記載下來，從十三世紀才起。現在英國所保存的民歌寫本，據查爾德（Child）的考證，只有一種是十三世紀的，其餘都在十五世紀之後。至於搜集民歌的風氣，則從十七世紀珀西（Percy）開端，到十九世紀司各特（Scott）和查爾德諸人才盛行。但是這些民歌在經過學者搜集寫定之前，早已流傳衆口了。如果我們根據最早的民歌寫本或集本，斷定在這寫本或集本以前無民歌，這豈不是笑話？

第二個假定錯誤，因爲詩的原始與否視文化程度而定，不以時代先後爲準。三千年前的古希臘人比現在非澳兩洲土著的文化高得遠，所以荷馬史詩雖很古，而論原始程度反不如非澳兩洲土著的歌謠。就拿同一民族來說，現代中國民間歌謠雖比〈商頌〉、〈周頌〉晚二三千年，但在詩的進化階段上，現代民歌反在《商頌》、《周頌》之前。所以我們研究詩的起源，與其拿荷馬史詩或〈商頌〉、〈周頌〉做根據，倒不如拿現代未開化民族或已開化民族中未受教育的民衆的歌謠做根據。從前學者討論詩的起源，只努力搜羅在歷史記載中最古的詩，把民間歌謠都忽略過去，實在是大錯誤。

這並非說古書所載的詩一定不可做討論詩源的根據。比如《詩經》中《國風》大部分就是在周朝搜集寫定的歌謠，具有原始詩的許多特點。雖然它們的文字形式及風俗、政教和近代歌謠所表現的不盡同；就起源說，它們和近代歌謠很類似，所以仍是研究詩源問題的好證據。就詩源問題而論，它們的年代先後實無關宏旨，它們應該和一切歌謠受同樣待遇。

說到這裡，我們不妨趁便略說現代中國文學史家對於《國風》斷定年代的錯誤。既是歌謠，就不一定是同時起來或是一時成就的。文學史家一方面承認《國風》爲歌謠集，一方面又想指定某《國風》屆於某個時代，比如說〈豳〉、〈檜〉全係西周詩，〈秦〉爲東西周之交之詩，〈王〉、〈衛〉、〈唐〉爲東周初年之詩，〈齊〉、〈魏〉爲春秋初年之詩，〈鄭〉、〈曹〉、〈陳〉爲春秋中年之詩（參看陸侃如、馮沅君《中國詩史》）。在我們看，這未免有些牽強附會。在同一部集裡的歌謠時期固有先後。但是這種先後不能以歌謠所流行的區域而定。「周南」、「召南」、「鄭」、「衛」、「齊」、「陳」等字只標明屬於這些分集的歌謠在未寫定之前流行的區域。在每個區域裡的歌謠都各有早起的，有晚起的。我們不能因為某幾首歌謠有歷史線索可以推測年代，便斷定全區域的歌謠都屬於同一年代，猶如二十世紀出版的《北平歌謠》裡雖有一首叫做〈宣統回朝〉，我們不能據此斷定這部集裡其他歌謠均起於民國時代。況且一般人所認為有歷史線索可尋的幾首詩如〈甘棠〉的召伯，〈何彼穠矣〉的齊侯之子也還是渺茫難稽。《國風》中含有斷定年代所必據的內證根本就很少。

二　心理學的解釋：「表現」情感與「再現」印象

詩的起源實在不是一個歷史的問題，而是一個心理學的問題。要明白詩的起源，我們首先要問：「人類何以要唱歌作詩？」

對於這個問題，衆口同聲地回答：「詩歌是表現情感的。」這句話也是中國歷代論詩者的共同信條。《虞書》說：「詩言志，歌永言。」《史記．滑稽列傳》引孔子語：「書以道事，詩以達意。」所謂「志」與「意」就含有近代語所謂「情感」（就心理學觀點看，意志與情感原來不易分開），所謂「言」與「達」就是近代語所謂「表現」。把這個見解發揮得最透闢的是《詩．大序》：

> 詩者志之所之也。在心為志，發言為詩。情動於中而形於言，言之不足，故嗟嘆之；嗟嘆之不足，故永歌之；永歌之不足，不知手之舞之，足之蹈之也，情發於聲，聲成文，謂之音。

朱熹在〈詩序〉裡引申這一段話，也說得很好：

> 或有問於予曰：「詩何為而作也？」予應之曰：「人生而靜，天之性也；感於物而動，性之欲也。夫既有欲矣，則不能無思；既有思矣，則不能無言；既有言矣，則言之所不能盡，而發於咨嗟詠嘆之餘者，又必有自然之音響節奏而不能已焉。此詩之所以作也。」

人生本就有情感，情感天然需要表現，而表現情感最適當的方式是詩歌，因爲語言節奏與內在節奏相契合，是自然的，「不能已」的。

這是一說，古希臘人又另有一種看法。他們的詩的定義是「模仿的藝術」（imitative art）。模仿的對象可以爲心理活動（如情感、思想），也可以爲其他自然現象。不過古希臘人具有心理學家所謂「外傾」（extroversion）的傾向，他們的文藝神阿波羅是以靜觀默索爲至高理想的，他們的眼睛老是朝著外面看，最使他們感覺興趣的是浮世一切形形色色。他們所謂「模仿」似像造形藝術一般偏重外界事物的印象。他們在悲劇中，雖然也涉及內心的衝突，但是著重點不在此，而在人與神的掙扎。在他們看，詩的主要功用在「再現」外界事物的印象。亞里士多德在他的《詩學》裡說得很清楚：

詩的普通起源由於兩個原因，每個都根於人類天性。人從嬰孩時期起，就自然會模仿。他比低等動物強，就因為他是世間最善於模仿的動物，從頭就用模仿來求知。大家都喜模仿出來的作品。這也是很自然的。這第一點可以拿經驗來證實：事物本身縱然也許看起來令人起不快之感，用最寫實的方法將它們再現於藝術，卻使我們很高興看，例如：低等動物及死屍的形狀。此外還另有一層理由：求知是最大的快樂，這不僅哲學家為然，普通人的能力雖較薄弱，也還是如此。我們歡喜看圖畫，就因為我們同時在求知，在明瞭事物的意義，比如說「那畫的人就是某某」。如果我們從來沒有看過所畫的事物，那麼，我們的快感就不是因為畫是模仿它，而是因為畫的手法、顏色等等了。

亞里士多德在這裡用心理學的觀點，來解釋詩的起源，以爲最重要的有兩層原因：一是模仿本能，一是求知所生的快樂。同時他也承認，藝術除開它的模仿內容，本身的形象如畫中的形色配合之類，也可以引起快感。他處處以詩比畫，他所謂「模仿」顯然是偏重「再現」（representation）的。

總而言之，詩或是「表現」內在的情感，或是「再現」外來的印象，或是純以藝術形象產生快感，它的起源都是以人類天性為基礎。所以嚴格地說，詩的起源當與人類起源一樣久遠。

三　詩歌與音樂、舞蹈同源

就人類詩歌的起源而論，歷史與考古學的證據遠不如人類學與社會學的證據之重要，因爲前者以遠古詩歌爲對象，渺茫難稽；後者以現代歌謠爲對象，確鑿可憑。我們應該以後者爲主，前者爲輔。從這兩方面的證據看，我們可以得到一個極重要的結論，就是：詩歌與音樂、舞蹈是同源的，而且在最初是一種三位一體的混合藝術。

古希臘的詩歌、舞蹈、音樂三種藝術都起源於酒神祭典。酒神（Dionysus）是繁殖的象徵，在他的祭典中，主祭者和信徒們披戴葡萄及各種植物枝葉，狂歌曼舞，助以豎琴（Lyre）等各種樂器。從這祭典的歌舞中後來演出抒情詩（原爲頌神詩），再後來演爲悲劇及喜劇（原爲扮酒神的主祭官和與祭者的對唱）。這是歌、樂、舞同源的最早證據（參看亞里士多德《詩學》、歐里庇得斯《酒神的伴侶》、尼采《悲劇的誕生》諸書）。

近代西方學者對於非澳諸洲土著的研究，以及中國學者對於邊疆民族如苗、瑤、薩、滿諸部落的研究，所得到的歌、樂、舞同源的證據更多。

現在姑舉最著名的澳洲土著《考勞伯芮舞》（Corroborries）爲例。這種舞通常在月夜裡舉行。舞時諸部落集合在樹林中一個空場上，場中燒著一大堆柴火。婦女們裸著身體站在火的一邊，每人在膝蓋上綁著一塊袋鼠皮。指揮者站在她們和火堆之中間，手裡執著兩條棍棒。他用棍棒一敲，跳舞的男子們就排成行伍，走到場裡去跳。這時指揮者一面敲棍棒指揮節奏，一面歌唱一種曲調，聲音高低恰與跳舞節奏快慢相應。婦女們不參加跳舞，只形成一種樂隊，一面敲著膝上的袋鼠皮，一面拖著嗓子隨著舞的節奏歌唱。她們所唱的歌詞字句往往顛倒錯亂，不成文法，沒有什麼意義，她們自己也不能解釋。歌詞的最大功用在應和跳舞節奏，意義並不重要。有意義可尋的大半也很簡單，例如：

那永尼葉人快來了。
那永尼葉人快來了。
他們一會兒就來了。
他們攜著袋鼠來。
踏著大步來。
那永尼葉人來了。

這是一首慶賀打獵的凱旋歌，我們可以想像到他們歡欣鼓舞的神情。其他舞歌多類此。題材總是原始生活中一片段，簡單而狂熱的情緒表現於簡單而狂熱的節奏。

此外澳洲還盛行各種模仿舞。舞時他們穿戴羽毛和獸皮做的裝飾，模仿鳥獸的姿態和動作以及戀愛和戰鬥的情節。這種模仿舞帶有象徵的意味。例如：霍濟金生（Hodgkinson）所描寫的「卡羅舞」（Kaaro）。這種舞也是在月夜舉行。舞前他們先大醉大飽。舞者盡是男子，每人手執一長矛，沿著一個類似女性生殖器的土坑跳來跳去，用矛插入坑裡去，同時做種種狂熱的姿勢，唱著狂熱的歌調。從這種模仿舞我們可以看到原始歌舞不但是「表現」內在情感的，同時也是「再現」外來印象的（以上二例根據格羅塞《藝術的起源》）。

原始人類既唱歌就必跳舞，既跳舞就必唱歌。所以博托庫多（Botocudo）民族表示歌舞只有一個字。近代歐洲文ballad一字也兼含歌、舞二義。抒情詩則沿用希臘文Lyric，原義是說彈豎琴時所唱的歌。依阮元說，《詩經》的「頌」原訓「舞容」。頌詩是歌舞的混合，痕跡也很顯然。惠周惕也說「《風》、《雅》、《頌》以音別」。漢魏《樂府》有〈鼓吹〉、〈橫吹〉、〈清商〉等名，都是以樂調名詩篇。這些事實都證明詩歌、音樂、舞蹈在中國古代原來也是一種混合的藝術。

這三個成分中分立最早的大概是舞蹈。《詩經》的詩大半都有樂，但有舞的除《頌》之外似不多。《頌》的舞已經過朝廷樂官的形式化，不復是原始舞蹈的面目。《楚辭．九歌》之類爲祭神曲，詩、樂、舞仍相連。漢人《樂府》，詩詞仍與樂調相伴，「舞曲歌詞」則獨立自成一類。

就詩與樂的關係說，中國舊有「曲合樂曰歌，徒歌曰謠」的分別（參看《詩經．魏風．園有桃》「我歌且謠」的毛傳）。「徒歌」完全在人聲中見出音樂，「樂歌」則歌聲與樂器相應。「徒歌」原是情感的自然流露，聲音的曲折隨情感的起伏，與手舞足蹈諸姿勢相似，「樂歌」則意識到節奏、音階的關係，而要把這種關係用樂器的聲音表出，對於自然節奏須多少加以形式化。所以「徒歌」理應在「樂歌」之前。最原始的伴歌的樂器大概都像澳洲土著歌中指揮者所執的棍棒和婦女所敲的袋鼠皮，都極簡單，用意只在點明節奏。《呂氏春秋．古樂》篇有「葛天氏之樂，三人操牛尾投足以歌八闋」之說，與澳洲土著風俗相似。現代中國京戲中的鼓板，和西方樂隊指揮者所用的棍子，也許是最原始的伴歌樂器的遺痕。

詩歌、音樂、舞蹈原來是混合的。它們的共同命脈是節奏。在原始時代，詩歌可以沒有意義，音樂可以沒有「和諧」（harmony）。舞蹈可以不問姿態，但是都必有節奏。後來三種藝術分化，每種均仍保存節奏，但於節奏之外，音樂盡量向「和諧」方面發展，舞蹈盡量向姿態方面發展，詩歌盡量向文字意義方面發展，於是彼此距離遂日漸其遠了。

四　詩歌所保留的詩、樂、舞同源的痕跡

詩歌雖已獨立，在形式方面，仍保存若干與音樂、舞蹈未分家時的痕跡。最明顯的是「重疊」。重疊有限於句的，例如：

江有汜，之子歸，不我以，其後也悔。

有應用到全章的，例如：

麟之趾，振振公子。吁嗟麟兮！
麟之定，振振公姓，吁嗟麟兮！

麟之角，振振公族，吁嗟麟兮！

這種重疊在西方歌謠中也常見。它的起因不一致，有時是應和樂、舞的迴旋往復的音節，有時是在互相唱和時，每人各歌一章。

其次是「迭句」（refrain）。一詩數章，每章收尾都用同一語句，上文「吁嗟麟兮」便是好例。有時一章數句，亦有每句之後用同一字或語句者，例如：梁鴻的〈五噫歌〉。此格在西文詩歌中更普遍，在現代中國民歌中也常看見。例如：〈鳳陽花鼓歌〉每段都用「郎底郎底郎底當」收尾。紹興乞歌有一種每節都用「順流」二字收尾。原始社會中群歌合舞時，每先由一領導者獨唱歌詞，到每節收尾時，則全體齊唱「迭句」。希臘悲劇中的「合唱歌」（choric song）以及中國舊戲中打鑼鼓者的「幫腔」與「迭句」都很類似。

第三是「襯字」。「襯字」在文義上爲不必要，樂調漫長而歌詞簡短，歌詞必須加上「襯字」才能與樂調合拍，如：《詩經》、《楚辭》中的「兮」字，現代歌謠中的「咦」、「呀」、「唔」等字。歌本爲「長言」，「長言」就是把字音拖長。中國字獨立母音字少，單音拖長最難，所以於必須拖長時「襯」上類似母音的字如「呀」（ü）、「咦」（e）、「啊」（o）、「唔」（oo）等以湊足音節。這種「襯字」格是中國詩歌所特有的。西文詩歌在延長字音時只需拖長母音，所以無「襯字」的必要。

最重要的是章句的整齊，一般人所謂「格律」。詩歌原與樂、舞不分，所以不能不牽就樂、舞的節奏，因爲它與樂、舞原來同是群衆的藝術，所以不能不有固定的形式，便於大家一致。如果沒有固定的音律，這個人唱高，那個人唱低，這個人拉長，那個人縮短，就會嘈雜紛嚷，鬧得一場糊塗了。現代人在團體合作一事時，如農人踏水車，工人扛重載，都合唱一種合規律的「呀，啊啊」之類調子來調節工作的節奏，用力就一齊用力，鬆懈就一齊鬆懈。俄國伏爾加船夫歌就是根據這個原則作成的。詩歌的整齊章句原來也是因爲應舞合樂便於群唱起來的。

與格律有關的是「韻」（rhyme）。詩歌在原始時代都與樂舞並行，它的韻是爲點明一個樂調或是一段舞步的停頓所必需的，同時，韻也把幾段音節維繫成爲整體，免致渙散。近代徽戲調子所伴奏的樂聲每節常以鑼聲收，最普通的尾聲是「的當嗤當嗤當晃」，「晃」就是鑼聲。在這種樂調裡鑼聲彷彿有「韻」的功用。澳洲土著歌舞時所敲的袋鼠皮，京戲鼓書中的鼓板所發的聲音除點明「板眼」（即節奏）之外，似常可以看做音樂中的韻。詩歌的韻在起源時或許是應和每節樂調之末同一樂器的重複的聲音，有如徽調中的鑼、鼓書中的鼓板，澳洲土著歌舞中的袋鼠皮。

詩歌所保留的詩、樂、舞同源的痕跡後來變成它的傳統的固定的形式。把這個道理認清楚，我們將來討論實質與形式的關係，就可以省去許多誤會和糾葛了。

五　原始詩歌的作者

在起源時，詩歌是群衆的藝術，鳥類以群棲者爲最善歌唱，原始人類也在圖騰部落的意識發達之後，才在節日聚會一塊唱歌、奏樂、跳舞，或以媚神，或以引誘異性，或僅以取樂。現代人一提到詩，就聯想到詩人，就問詩是誰做的。在近代社會中，詩已變成個人的藝術，詩人已幾乎自成一種特殊的職業階級。每個詩人都有他的特殊的個性，不容與他人相混。我們如果要了解原始詩歌，必須先把這種成見拋開才行。原始詩歌都不標明作者的姓名，甚至於不流露作者的個性。英國的《貝奧武甫》（Beowulf）、法國的《羅蘭之歌》（Chanson de Roland）、德國的《尼伯龍根之歌》（Nibelungenlied）究竟是誰做的呢？誰也不知道。希臘史詩從前人歸原於荷馬。近代學者對於荷馬有無其人尚存疑問，至於希臘史詩則公認爲許多民歌的集合體。原始詩歌所表現的大半是某部落或某階級的共同的情感或信仰，所以每個歌唱者都不覺得他所歌唱的詩是屬於某個人的。如果一首詩歌引不起共同的情趣，違背了共同的信仰，它就不能傳播出去，立刻就會消滅的。

話雖如此說，我們近代人總得要追問：既有詩就必有詩人，原始詩歌的作者究竟是誰呢？近代民俗學者對於這個問題有兩說：一說以爲民歌是群衆的自然流露，通常叫做「群衆合作說」（the communal theory）；一說以爲民歌是個人的藝術意識的表現，通常叫做「個人創作說」（the individualistic theory）。

持「群衆合作說」者以德國格林兄弟（J. and W. Grimm）爲最力，美國查爾德（Child）和加默里（Gummere）把它加以發揮修正。依這派的意見，凡群衆都有一種「集團的心」，如德國心理學家馮特（Wundt）所主張的。這種「集團的心」常能自由流露於節奏。例如：在原始舞蹈中，大家進退俯仰、輕重疾徐，自然應節合拍，絕非先由某個人將舞蹈的節奏姿態在心裡起一個草稿，然後傳授於同群的舞者，好像先經過一番導演和預習，然後才正式表演。節奏既可自然地表現於舞蹈，也就可以自由地表現於歌唱，因爲歌唱原來與舞蹈不分。

群衆合作詩歌的程序有種種可能。有時甲唱乙和，有時甲問乙答，有時甲起乙續，有時甲作乙改，如此繼續前進，結果就是一首歌了。這種程序最大的特色是臨時口占（improvisation），無須預作預演。

「群衆合作說」在十九世紀曾盛行一時，現代學者則多傾向「個人創作說」。最顯著的代表有語言學者勒南（Renan）、社會學者塔爾德（Tarde）、詩歌學者考茨涌斯基（Kawczynski）和路易絲·龐德（Louise Pound）諸人。這班人根本否認民歌起於群舞，否認「集團的心」存在，否認詩歌爲自然流露的藝術。原始人類和現代嬰兒都不必在群舞中才歌唱，獨歌也是很原始的。「群衆合作說」假定一團混雜的老少男女，在集會時猛然不謀而合地踏同樣舞步，作同樣思想，編同樣故事，唱同樣歌調，於理實爲不可思議。「築室道旁，三年不成」，何況作詩呢？據人類學、社會學和語言學的實證，一切社會的制度習俗，如語言、宗教、詩歌、舞蹈之類，都先由一人創作，而後輾轉傳授於同群。人類最善模仿，一人有所發明，衆人愛好，互相傳習，於是遂成爲社會公有物。凡是我們以爲由群衆合作成的東西其實都是學來的，模仿來的。尤其是藝術。它的有紀律的形式不能不經過思索剪裁，絕不僅是「烏合之衆」的自然流露。

「群衆合作說」與「個人創作說」雖相反，卻未嘗不可折中調和。民歌必有作者，作者必爲個人，這是名理與事實所不可逃的結論。但是在原始社會之中，一首歌經個人作成之後，便傳給社會，社會加以不斷地修改、潤色、增刪，到後來便逐漸失去原有面目。我們可以說，民歌的作者首先是個人，其次是群衆，個人草創，群衆完成。民歌都「活在口頭上」，常在流動之中。它的活著的日子就是它的被創造的日子，它的死亡的日子才是它的完成的日子。所以群衆的完成工作比個人草創工作還更重要。民歌究竟是屬於民間的，所以我們把它認爲群衆的藝術，並不錯誤。

這種折中說以美國基特里奇（Kittredge）教授在查爾德的《英蘇民歌集緒論》中所解釋的最透闢，現移譯其要語如下：

一段民歌很少有，或絕對沒有可確定的年月日。它的確定的創作年月日並不像一首賦體詩或十四行詩的那麼重要。一首藝術的詩在創作時即已經作者予以最後的形式。這形式是固定的，有權威的，沒有人有權去更改它。更改便是一種犯罪行為，一種損害；批評家的責任就在把原文校勘精確，使我們見到它的本來面目。所以一首賦體詩或十四行詩的創作只是一回就了事的創造活動。這種創造一旦完成，帳就算結清了。詩就算是成了形，不復再有發展了。民歌則不然。單是創作（無論是口占或筆寫）並未了事，不過是一種開始。作品出於作者之手之後，立即交給群眾去用口頭傳播，不能再受作者的支配了。如果群眾接受它，它就不復是作者的私物，就變成民眾的公物。這麼一來，一種新進程，即口頭傳誦，就起始了，其重要並不減於原來作者的創造活動。歌既由歌者甲傳到歌者乙，輾轉傳下去，就輾轉改變下去。舊章句丟掉，新章句加入，韻也改了，人物姓名也更換了，旁的歌謠零篇斷簡也混入了，收場的悲喜也許完全倒過來了，如果傳誦到二三百年——這是常事——全篇語言結構也許因為它本來所用的語言本身發展而改變。這麼一來，如果原來作者聽到旁人歌唱他的作品，也一定覺得全不是那麼一回事了。這些傳誦所起的變化，總而言之，簡直就是第二重創作。它的性質很複雜，許多人在許久時期和廣大地域中，都或有意或無意地參加第二重創作。它對於歌的完成，重要並不亞於原來個人作者的第一重創作。

把民歌的完成視爲兩重創作的結果，第一重創作是個人的，第二重創作是群衆的，這個見解比較合理。查爾德搜集的英蘇民歌之中，每首歌常有幾十種異文，就是各時代、各區域在流傳時修改的結果。

在中國歌謠裡，我們也可見出同樣的演進階段。最好的例是周作人在《兒歌之研究》裡所引的越中兒戲歌：

鐵腳斑斑，斑過南山。南山里曲，里曲灣灣。新官上任，舊官請出。

這首歌現在仍流行於紹興。據《古今風謠》，元朝至正年代燕京即有此謠：

腳驢斑斑，腳踏南山。南山北斗，養活家狗。家狗磨面，三十弓箭。

明朝此謠還流行，不過字略變，據《明詩綜》所載：

狸狸斑斑，跳遍南山。南山北斗，獵回界口。界口北面，三十弓箭。

朱竹垞《靜志居詩話》談到此謠說：「此予童稚日偕閭巷小兒聯背踏足而歌，不詳何義，亦未有驗。」朱竹垞是清初秀水人，可見此謠在清初已盛行南方。朱自清在《中國歌謠》（清華大學講義）裡另引一首，也是現在流行的，不過與周作人所引的不同：

踢踢腳背，跳過南山。南山扳倒，水龍甩甩。新官上任，舊官請出。木讀湯罐，弗知爛脱落裡一只小拇指頭。

我自己在四川北部也聽到一首：

腳兒斑斑，斑上粱山。粱山大斗，一石二斗。每人屈腳，一只大腳。

這首兒歌從元朝（它的起源也許還要早些，這只就見諸記載的說）傳到現在，從燕京南傳到浙江，西傳到四川（也許傳到其他區域還有），中間所經過的變化當不僅如上所引。不過就已引諸例看，「第二重創作」的痕跡也很顯然。

另外一個好例是董作賓所研究的〈看見她〉（詳見北京大學《歌謠周刊》第六十二號至六十四號）。北京大學歌謠研究會所搜到的這首歌謠的異文有四十五種之多。它的流行區域至少有十二省之廣。據董氏推測，它大概起源於陝西。在陝西三原流行的是：

你騎驢兒我騎馬，看誰先到丈人家。丈人丈母沒在家，吃一袋菸兒就走價。大嫂子留，二嫂子拉，拉拉扯扯到她家，隔著竹簾望見她：白白兒手長指甲，櫻桃小口糯米牙。回去說與我媽媽，賣田賣地要娶她。

長江流域的〈看見她〉可以流行於南京的一首爲例：

東邊來了一個小學生，辮子拖到腳後跟，騎花馬，坐花轎，走到丈人家。丈人丈母不在家，簾背後看見她：金簪子，玉耳挖，雪白臉，溷粉擦，雪白手，銀指甲，梳了個元寶頭，戴了一頭好翠花；大紅棉襖繡蘭花，天青背心蝴蝶花。我回家，告訴媽：賣田賣地來娶她，洋鑽手圈就是她！

此外四十餘首各不同樣。就「母題」說，情節大半一致；就詞句說，長短繁簡不一律。我們絕難相信這四十幾首歌謠是南北十餘省民衆自然流露而暗合的。在起源時它必有一個作者。後經口頭傳誦，經過許多次「第二重創作」，才產生許多變形。變遷的主因不外兩種：一、各地風俗習慣的差別；二、各地方言的差別。

這一兩個實例是從許多實例中選擇出來的。它們可以證明歌謠在活著時都在流動生展。對於它的生命的維持，它所流行的區域中民衆都有力量，所以我們說它是屬於民衆的，雖然「第一重創作」也許屬於某一個人。

個人意識愈發達，社會愈分化，民衆藝術也就愈趨衰落，民歌在野蠻社會中最發達，中國邊疆諸民族以及澳、非兩洲土著都是明證。在開化社會中歌謠的傳播推廣者大半是無知識的嬰兒、村婦、農夫、樵子之流。人到成年後便逐漸忘去兒時的歌，種族到開化後也逐漸忘去原始時代的歌。所以有人說，文化是民歌的仇敵。近代學者怕歌謠散亡了，費盡心力把它們搜集寫定，印行。這種工作對於研究歌謠者固有極大貢獻，對於歌謠本身的發展卻不盡是有利的。歌謠都「活在口頭上」，它的生命就在流動生展之中。給它一個寫定的形式，就是替它釘棺材蓋。每個人都可以更改流行的歌謠，但是沒有人有權更改《國風》或漢魏《樂府》。寫定的形式就是一種不可侵犯的權威。

第二章　詩與諧隱

德國學者常把詩分為民間詩（volk-poesie）與藝術詩（kunst-poesie）兩類，以為民間詩全是自然流露，藝術詩才是根據藝術的意識與技巧，有意識地刻畫美的形象。這種分別實在也只是程度上的而不是絕對的。民間詩也有一種傳統的技巧，最顯而易見的是文字遊戲。

文字遊戲不外三種：第一種是用文字開玩笑，通常叫做「諧」；第二種是用文字捉迷藏，通常叫做「謎」或「隱」；第三種是用文字組成意義很滑稽而聲音很圓轉自如的圖案，通常無適當名稱，就乾脆地叫做「文字遊戲」亦無不可。這三種東西在民間詩裡極普通，在藝術詩或文人詩裡也很重要，可以當作溝通民間詩與文人詩的橋梁。劉勰在《文心雕龍》裡特闢「諧隱」一類，包括帶有文字遊戲性的詩文，可見古人對這類作品也頗重視。

一　詩與諧

我們先說「諧」。「諧」就是「說笑話」，它是喜劇的雛形。王國維在《宋元戲曲史》裡以為中國戲劇導源於巫與優。「優」即以「諧」為職業。在古代社會中，「優」（clown）往往是一個重要的官職。莎士比亞的戲劇中，優常占要角。英國古代王侯常有優跟在後面，趁機會開玩笑，使朝中君臣聽著高興。中國古代王侯常用優。《左傳》、《國語》、《史記》諸書都常提到優的名稱。優往往同時是詩人。漢初許多詞人都以俳優起家，東方朔、枚乘、司馬相如都是著例。優的存在證明兩件事：第一，「諧」的需要是很原始而普遍的；其次，優與詩人、諧與詩，在原始時代是很接近的。

從心理學觀點看，諧趣（the sense of humour）是一種最原始的普遍的美感活動。凡是遊戲都帶有諧趣，凡是諧趣也都帶有遊戲。諧趣的定義可以說是：以遊戲態度，把人事和物態的醜拙鄙陋和乖訛當作一種有趣的意象去欣賞。

「諧」最富於社會性。藝術方面的趣味，有許多是爲某階級所特有的，「諧」則雅俗共賞，極粗鄙的人歡喜「諧」，極文雅的人也還是歡喜「諧」，雖然他們所歡喜的「諧」不必盡同。在一個集會中，大家正襟危坐時，每個人都有儼然不可侵犯的樣子，彼此中間無形中有一層隔閡。但是到了諧趣發動時，這一層隔閡便渙然冰釋，大家在謔浪笑傲中忘形爾我，揭開文明人的面具，回到原始時代的團結與統一。托爾斯泰以爲藝術的功用在傳染情感，而所傳染的情感應該能團結人與人的關係。在他認爲值得傳染的情感之中，笑謔也占一個重要的位置。劉勰解釋「諧」字說：「諧之言皆也；辭淺會俗，皆悅笑也。」這也是著重諧的社會性。社會的最好的團結力是諧笑，所以擅長諧笑的人在任何社會中都受歡迎。在極嚴肅的悲劇中有小丑，在極嚴肅的宮廷中有俳優。

盡善盡美的人物不能爲諧的對象，窮凶極惡也不能爲諧的對象。引起諧趣的大半介乎二者之間，多少有些缺陷而這種缺陷又不致引起深惡痛疾。最普通的是容貌的醜拙。民俗歌謠中嘲笑麻子、瘌痢、瞎子、聾子、駝子等殘疾人的最多，據《文心雕龍》：「魏晉滑稽，盛相驅扇。逐乃應瑒之鼻，方於盜削卵，張華之形比於握春杵。」嘲笑容貌醜陋的風氣自古就很盛行了。品格方面的虧缺也常爲笑柄。例如下面兩首民歌：

一個和尚挑水喝，兩個和尚抬水喝，三個和尚沒水喝。

門前歇仔高頭馬，弗是親來也是親；門前掛仔白席巾，嫡親娘舅當仔陌頭人。

寥寥數語，把中國民族性兩個大缺點，不合群與澆薄，寫得十分脫皮露骨。有時容貌的醜陋和品格的虧缺合在一起成爲譏嘲的對象，《左傳》宋守城人嘲笑華元打敗仗被俘贖回的歌是好例：

睅其目，皤其腹，棄甲而復。於思於思，棄甲復來。

除這兩種之外，人事的乖訛也是諧的對象，例如：

灶下養，中郎將；爛羊胃，騎都尉；爛羊頭，關內侯。

——《後漢書‧劉玄傳》

十八歲個大姐七歲郎，說你郎你不是郎，說你是兒不叫娘，還得給你解扣脫衣裳，還得把你抱上床！

——衛輝民歌

都是覺得事情出乎常理之外，可恨亦復可笑。

諧都有幾分譏刺的意味，不過譏刺不一定就是諧。例如：

不稼不穡，胡取禾三百廛兮？不狩不獵，胡瞻爾庭有懸貆兮？

——《魏風・伐檀》

一尺布尚可縫，一斗米尚可舂；兄弟二人不相容！

——《漢書・淮南王傳》

二首也是譏刺人事的乖訛，不過作者心存怨望，直率吐出，沒有開玩笑的意味，就不能算是諧。

這個分別對於諧的了解非常重要。從幾方面看，諧的特色都是模稜兩可。第一，就諧笑者對於所嘲對象說，諧是惡意的而又不盡是惡意的，如果盡是惡意，則結果是直率的譏刺或咒罵（如「時日曷喪，予及女偕亡」），我們對於深惡痛疾的仇敵和敬愛的親友都不容易開玩笑。一個人既拿另一個人開玩笑，對於他就是愛惡參半。惡者惡其醜拙鄙陋，愛者愛其還可以打趣助興。因爲有這一點愛的成分，諧含有幾分警告規勸的意味，如柏格森所說的，凡是諧都是「謔而不虐」。

劉勰在《文心雕龍》裡也說，「辭雖傾回，意歸義正」。許多著名的諷刺家，像英國小說家斯威夫特（Swift）和勃特勒（Butler）一般人都是有心人。

第二，就諧趣情感本身說，它是美感的而也不盡是美感的。它是美感的，因爲醜拙鄙陋乖訛在爲諧的對象時，就是一種情趣飽和獨立自足的意象。它不盡是美感的，因爲諧的動機都是道德的或實用的，都是從道德的或實用的觀點，看出人事物態的不圓滿，因而表示驚奇和告誡。

第三，就諧笑者自己說，他所覺到的是快感而也不盡是快感。它是快感，因爲醜拙鄙陋不僅打動一時樂趣，也是沉悶世界中一種解放束縛的力量。現實世界好比一池死水，可笑的事情好比偶然皺起的微波，諧笑就是對於這種微波的欣賞。不過可笑的事物究竟是醜拙鄙陋乖訛，是人生中一種缺陷，多少不免引起惋惜的情緒，所以同時伴有不快感。許多諧歌都以喜劇的外貌寫悲劇的事情，例如徐州民歌：

> 鄉里老，背稻草，跑上街，買韮菜。韮菜買多少？放在眼前找不到！

這是譏嘲呢？還是憐憫？讀這種歌眞不免令人「啼笑皆非」。我們可以說，凡是諧都有「啼笑皆非」的意味。

諧有這些模稜兩可性，所以從古到今，都叫做「滑稽」。滑稽是一種盛酒器，酒從一邊流出來，又向另一邊轉注進去，可以終日不竭，酒在「滑稽」裡進出也是模稜兩可的，所以「滑稽」喻

「諧」，非常恰當。

諧是模稜兩可的，所以詩在有諧趣時，歡欣與哀怨往往並行不悖，詩人的本領就在能諧，能諧所以能在醜中見出美，在失意中見出安慰，在哀怨中見出歡欣，諧是人類拿來輕鬆緊張情境和解脫悲哀與困難的一種清瀉劑，這個道理伊斯特曼（M. Eastman）在《詼諧意識》裡說得最透闢：

穆罕默德自誇能用虔誠祈禱使山移到他面前來。有一大群信徒圍著來看他顯這副本領。他儘管祈禱，山仍是巋然不動。他於是說：「好，山不來就穆罕默德，穆罕默德就走去就山罷。」我們也常同樣地殫精竭思，求世事恰如人意，到世事盡不如人意時，我們說：「好，我就在失意中求樂趣罷。」這就是詼諧。詼諧像穆罕默德走去就山，它的生存是對於命運開玩笑。

「對於命運開玩笑」，這句話說得最好。我們讀莎士比亞的悲劇時，到了極悲痛的境界，常猛然穿插一段喜劇，主角在緊要關頭常向自己嘲笑，哈姆雷特便是著例。弓拉到滿彀時總得要放鬆一下，不然弦子會折斷的。山本不可移，中國傳說中曾經有一個移山的人，他所以叫做「愚公」，就愚在沒有穆罕默德的幽默。

「對於命運開玩笑」是一種遁逃，也是一種征服，偏於遁逃者以滑稽玩世，偏於征服者以豁達超世。滑稽與豁達雖沒有絕對的分別，卻有程度的等差。它們都是以「一笑置之」的態度應付人生的缺陷，豁達者在悲劇中參透人生世相，他的詼諧出入於至性深情，所以表面滑稽而骨子裡沉痛；滑稽者則在喜劇中見出人事的乖訛，同時彷彿覺得這種發現是他的聰明、他的優勝，於是嘲笑以取樂，這種詼諧有時不免流於輕薄。豁達者雖超世而不忘懷於淑世，他對於人世，悲憫多於憤嫉。滑稽者則只知玩世，他對於人世，理智的了解多於情感的激動。豁達者的詼諧可以稱爲「悲劇的詼諧」，出發點是情感而聽者受感動也以情感。滑稽者的詼諧可以稱爲「喜劇的詼諧」，出發點是理智，而聽者受感動也以理智。中國詩人陶潛和杜甫是於悲劇中見詼諧者，劉伶和金聖歎是從喜劇中見詼諧者，嵇康、李白則介乎二者之間。

這種分別對於詩的了解甚重要。大概喜劇的詼諧易爲亦易欣賞，悲劇的詼諧難爲亦難欣賞。例如李商隱的〈龍池〉：

> 龍池賜酒敞雲屏，羯鼓聲高眾樂停。夜半宴歸宮漏永，薛王沉醉壽王醒。

詩中譏嘲壽王的楊妃被他父親明皇奪去，他在御宴中喝不下去酒，宴後他的兄弟喝得醉醺醺，他一個人仍是醒著，懷著滿肚子心事走回去。這首詩的詼諧可算委婉俏皮，極滑稽之能事。但是我們如果稍加玩味，就可以看出它的出發點是理智，沒有深情在裡面。我們覺得它是聰明人的聰明話，受它感動也是在理智方面。如果情感發生，我們反覺得把悲劇看成喜劇，未免有些輕薄。

我們選一兩首另一種帶有諧趣的詩來看看：

人生寄一世，奄忽若飄塵。何不策高足，先據要路津？無為守貧賤，轗軻常苦辛。

——《古詩十九首》

白髮被兩鬢，肌膚不復實。雖有五男兒，總不好紙筆。……天命苟如此，且進杯中物！

——陶潛〈責子〉

千秋萬歲後，誰知榮與辱？但恨在世時，飲酒不得足。

——陶潛〈挽歌辭〉

這些詩的詼諧就有沉痛的和滑稽的兩方面。我們須同時見到這兩方面，才能完全了解它的深刻。胡適在《白話文學史》裡說：

陶潛與杜甫都是有談諧風趣的人，訴窮說苦，都不肯拋棄這一點風趣。因為他們有這一點說笑話做打油詩的風趣，故雖在窮餓之中不至於發狂，也不至於墮落。

這是一段極有見地的話，但是因爲著重在「說笑話做打油詩」一點，他似乎把它的沉痛的一方面輕輕放過去了。陶潛、杜甫都是傷心人而有豁達風度，表面上雖詼諧，骨子裡卻極沉痛嚴肅。如果把〈責子〉、〈挽歌辭〉之類作品完全看做打油詩，就未免失去上品詩的諧趣之精彩了。

凡詩都難免有若干諧趣。悄緒不外悲喜兩端。喜劇中都有諧趣，用不著說，就是把最悲慘的事當作詩看時，也必在其中見出諧趣。我們如果仔細玩味蔡琰〈悲憤詩〉或是杜甫〈新婚別〉之類作品，或是寫自己的悲劇，或是寫旁人的悲劇，都是「痛定思痛」，把所寫的看成一種有趣的意象，有幾分把它當作戲看的意思。絲毫沒有諧趣的人大概不易作詩，也不能欣賞詩。詩和諧都是生氣的富裕。不能諧是枯燥貧竭的徵候。枯燥貧竭的人和詩沒有緣分。

但是詩也是最不易諧，因為詩最忌輕薄，而諧則最易流於輕薄。古詩〈焦仲卿妻〉敘夫婦別離時的誓約說：

> 君當作磐石，妾當作蒲葦；蒲葦紉如絲，磐石無轉移。

後來焦仲卿聽到妻子被迫改嫁的消息，便拿從前的誓約來諷刺她說：

> 府君謂新婦：賀君得高遷！磐石方且厚，可以卒千年，蒲葦一時紉，便作旦夕間。

這是詼諧，但是未免近於輕薄，因為生離死別不該是深於情者互相譏刺的時候，而焦仲卿是一個殉情者。

同是詼諧，或為詩的勝境，或為詩的瑕疵，分別全在它是否出於至性深情。理勝於情者往往流於純粹的譏刺（satire）。譏刺詩固自成一格，但是很難達到詩的勝境。像英國蒲柏（Pope）和法國伏爾泰（Voltaire）之類聰明人不能成爲大詩人，就是因爲這個道理。

二　詩與隱

劉勰在《文心雕龍》裡以「隱」與「謎」並列；解「隱」爲「遁辭以隱意，譎譬以指事」，「謎」爲「迴互其辭，使昏迷也；或體目文字，或圖象品物」。但是他承認「謎」爲魏晉以後「隱」的化身。其實「謎」與「隱」原來是一件東西，不過古今名稱不同罷了。《國語》有「秦客爲庾詞，范文子能對其三」，「庾詞」也還是隱語。

在各民族中謎語的起源都很早而且很重要。古希臘英雄俄狄浦斯（Oedipus）因爲猜中「早晨四只腳走，中午兩只腳走，晚上三只腳走」一個謎語，氣壞了食人的怪獸，被忒拜人選爲國王。《舊約·士師記》裡記參孫（Samson）的妻族人猜中「肉從強者出，甜從食者出」一個謎語，就脫了圍，得到獎賞。可見古代人對於謎語的重視。

中國的謎語可以說和文字同樣久遠。六書中的「會意」據許愼的解釋是「比類合誼，以見指撝，武信是也」，這就是根據謎語原則。「止戈爲武，人言爲信」，就是兩個字謎。許多中國字都可以望文生義，就因爲在造字時它們就已有令人可以當作謎語猜測的意味。中國最古的有記載的歌謠據說是《吳越春秋》裡面的「斷竹，續竹；飛土，逐肉」。這就是隱射「彈丸」的謎語。《漢書·藝文志》載有《隱書十八篇》，劉向《新序》也有「齊宣王發隱書而讀之」的話，可見隱語自古就有專書。

《左傳》有「眢井」、「庚癸」兩個謎語。從《史記．滑稽列傳》和《漢書．東方朔傳》看，嗜好隱語在古時是一種極普遍的風氣。一個人會隱語，便可獲祿取寵，東方朔便是好例。他會「射覆」，「射覆」就是猜隱語。一個國家有會隱語的臣子，在壇坫樽俎間便可取得外交勝利，范文子猜中了秦客的三個謎語，史官便把它大書特書。《三國志．薛綜傳》裡有一段很有趣的故事。蜀使張奉以隱語嘲吳尚書闞澤，澤不能答，吳人引以爲羞。薛綜看這事有失體面，就用一個隱語報復張奉說：「有犬爲獨，無犬爲蜀，橫目勾身，蟲入其腹。」此語一出，蜀使便無話可說，吳國的面子便爭奪回來了。從這些故事和上文所引的希臘和猶太的兩個故事看，可見劉勰所說的「隱語之用，被於紀傳。大者興治濟身」，並非誇大其詞了。

隱語在近代是一種文字遊戲，在古代卻是一件極嚴重的事。它的最早應用大概在預言讖語。詩歌在起源時是神與人互通款曲的媒介。人有所頌禱，用詩歌進呈給神；神有所感示，也用降歌傳達給人。不過人說的話要明白，神說的話要不明白，才能顯得他神祕玄奧。所以符讖大半是隱語。這種隱語大半是由神憑附人體說出來，所憑依者大半是主祭者或女巫。古希臘的「德爾斐預言」和中國古代的巫祝的占卜，都是著例。

在原始社會中夢也被認成一種預言。各國在古代常有占夢的專官，一國君臣人民的禍福往往懸在一句夢話的樞紐上。《舊約．創世記》載埃及國王夢見七瘦牛呑食七肥牛，七枯穗呑食七生穗，召群臣來解釋，都躊躇莫知所對，只有一個外來的猶太人約瑟能斷定它是七荒年承繼七豐年的預兆。國王聽了他的話，儲蓄七豐年的餘糧，後來七荒年果然來了，埃及人有積穀得免於饑荒。約瑟於是大得國王的信任。《左傳》裡也有桑田巫占夢的故事。占夢的迷信在有文字之前，可以說是最古的最普遍的猜謎的玩藝兒。

中國古代預言多假託童謠。童謠據說是熒惑星的作用。各代史書載童謠都不列於「藝文」而列於「天文」或「五行」，就因爲相信童謠是神靈憑藉兒童所說的活。郭茂倩在《樂府詩集》第八十八卷裡搜集各代預言式的童謠甚多，大半都是隱語。《左傳》卜偃根據「鶉之奔奔」一句童謠，斷定晉必於十月丙子滅虢，是一個最早見於書籍的例。童謠有時近於字謎。例如《後漢書．五行志》所載漢獻帝時京都童謠：「千里草，何青青？十日卜，不得生。」解釋是「千里草爲董，十日卜爲卓。……青青茂盛之貌，不得生者亦旋破亡也。」當時人大概厭惡董卓專橫，作隱語來咒罵他，或是在他失敗之後，隱喻其事造爲「預言」，把日期移早，以神其說。這裡我們可以窺見造隱語的心理。它一方面有所迴避，不敢直說，一方面又要利用一般人對於神祕事蹟的驚讚，來激動好奇心。

隱語由神祕的預言變爲一般人的娛樂以後，就變成一種諧。它與諧的不同只在著重點，諧偏重人事的嘲笑，隱則偏重文字的遊戲。諧與隱有時混合在一起。《左傳》宋守城人的歌：「睅其目，皤其腹，棄甲而復。於思於思，棄甲復來！」是譏刺華元的諧語，同時也是一個隱語，把華元的容貌品格事蹟都隱含在內。民間歌謠中類似的作品甚多，例如：

側……聽隔壁，推窗望月……揹笆斗勿吃力，兩行淚作一行滴。（蘇州人嘲歪頭）

啥？豆巴，滿面花，雨打浮沙，蜜蜂錯認家，荔枝核桃苦瓜，滿天星斗打落花。（四川人嘲

麻子）

就是諧、隱與文字遊戲三者混合，譏刺容貌醜陋爲諧，以謎語出之爲隱，形式爲七層寶塔，一層高一層，爲純粹的文字遊戲。諧最忌直率，直率不但失去諧趣，而且容易觸諱招尤，所以出之以隱，飾之以文字遊戲。諧都有幾分惡意，隱與文字遊戲可以遮蓋起這點惡意，同時要叫人發現嵌合的巧妙，發生驚讚。不把注意力專注在所嘲笑的醜陋乖訛上面。

隱常與諧合，卻不必盡與諧合。諧的對象必爲人生世相中的缺陷，隱的對象則沒有限制。隱的定義可以說是「用捉迷藏的遊戲態度，把一件事物先隱藏起，只露出一些線索來，讓人可以猜中所隱藏的是什麼」。姑舉數例：

日裡忙忙碌碌，夜裡茅草蓋屋。（眼）

小小一條龍，鬍鬚硬似鬃。生前沒點血，死後滿身紅。（蝦）

王荊公讀〈辨奸論〉有感。（《詩經》：「吁嗟洵兮，不我信兮！」）

從前文人儘管也歡喜弄這種玩藝兒，卻不把它看做文學。其實有許多謎語比文人所做的詠物詩詞還更富於詩的意味。英國詩人柯爾律治（Coleridge）論詩的想像，說它的特點在見出事物中不尋常的關係。許多好的謎語都夠得上這個標準。

謎語的心理背景也很值得研究。就謎語作者說，他看出事物中一種似是而非、不即不離的微妙關係，覺得它有趣，值得讓旁人知道。他的動機本來是一種合群本能，要把個人所見到的傳達給社會，同時又有遊戲本能在活動，彷彿貓兒戲鼠似的，對於聽者要延長一番懸揣，使他的好奇心因懸揣愈久而愈強烈。他的樂趣就在覺得自己是一種神祕事件的看管人，自己站在光明裡，看旁人在黑暗裡繞彎子。就猜謎者說，他對於所掩藏的神祕事件起好奇心，想揭穿它的底蘊，同時又起一種自尊情緒，彷彿自己非把這個祕幕揭穿不甘休。懸揣愈久，這兩種情緒愈強烈。幾經摸索之後，一旦豁然大悟，看出事物關係所隱藏的巧妙湊合，不免大為驚讚，同時他也覺得自己的勝利，因而歡慰。

如果研究作詩與讀詩的心理，我們可以發現上面一段話大部分可以適用。突然見到事物中不尋常的關係，而加以驚讚，是一切美感態度所共同的。苦心思索，一旦豁然貫通，也是創造與欣賞所常有的程序。詩和藝術都帶有幾分遊戲性，隱語也是如此。

別要小看隱語，它對於詩的關係和影響是很大的。在古英文詩中謎語是很重要的一類。詩人啓涅伍爾夫（Cunewual）就是一個著名的隱語家。中國古代亦常有以隱語為詩者，例如古詩：

> 藁砧今何在，山上復有山，何日大刀頭，破鏡飛上天。

就是隱寫「丈夫已出，月半回家」的意思。上文所引的童謠及民間諧歌有許多是很好的詩，我們已經說過。但是隱語對於中國詩的重要還不僅此。它是一種雛形的描寫詩。民間許多謎語都可以作描寫詩看。中國大規模的描寫詩是賦，賦就是隱語的化身。戰國秦漢間嗜好隱語的風氣最盛，賦也最發達，荀卿是賦的始祖，他的《賦篇》本包含〈禮〉、〈知〉、〈雲〉、〈蠶〉、〈箴〉、〈亂〉六篇獨立的賦，前五篇都極力鋪張所賦事物的狀態、本質和功用，到最後才用一句話點明題旨，最後一篇就簡直不點明題旨。例如〈蠶〉賦：

> 此夫身女好而頭馬首者與？屢化而不壽者與？善壯而拙老者與？有父母而無牝牡者與？冬伏而夏遊，食桑而吐絲，前亂而後治，夏生而惡暑，喜溼而惡雨，蛹以為母，蛾以為父，三伏三起，事乃大已。夫是謂之蠶理。

全篇都是蠶的謎語，最後一句揭出謎底，在當時也許這個謎底是獨立的，如現在謎語書在謎面之下注明謎底一樣。後來許多辭賦家和詩人詞人都沿用這種技巧，以謎語狀事物，姑舉數例如下：

> 飛不飄颺，翔不翕習；其居易容，其求易給；巢林不過一枝，每食不過數粒。
>
> ——張華〈鷦鷯賦〉

> 鏤五色之盤龍，刻千年之古字。山雞見而獨舞，海鳥見而孤鳴。臨水則池中月出，照日則壁上菱生。
>
> ——庾信〈鏡賦〉

> 光細弦欲上，影斜輪未安。微升古塞外，已隱暮雲端。河漢不改色，關山空自寒。庭前有白

露，暗滿菊花團。

——杜甫〈初月〉

海上仙人絳羅襦，紅梢中單白玉膚。不須更待妃子笑，風骨自是傾城姝。

——蘇軾〈荔枝〉

過春社了，度簾幕中間，去年塵冷。差池欲住，試入舊巢相並。還相雕梁藻井，又輕語商量不定。飄然快拂花梢，翠尾分開紅影。

——史達祖〈雙雙燕〉

以上只就賦、詩、詞中略舉一二例。我們如果翻閱詠物類韻文，就可以看到大半都是應用同樣的技巧寫出來的。中國素以謎語巧妙名於世界，拿中國詩和西方詩相較，描寫詩也比較早起，比較豐富，這種特殊發展似非偶然。中國人似乎特別注意自然界事物的微妙關係和類似，對於它們的奇巧的湊合特別感到興趣，所以謎語和描寫詩都特別發達。

謎語不但是中國描寫詩的始祖，也是詩中「比喻」格的基礎。以甲事物影射乙事物時，甲乙大半有類似點，可以互相譬喻。有時甲乙並舉，則爲顯喻（simile），有時以乙暗示甲，則爲隱喻（metaphor）。顯喻如古諺：

少所見，多所怪，見駱駝，言馬腫背。

如果只言「見駱駝言馬腫背」，意在使人知所指爲「少見多怪」，則爲「隱喻」，即近世歌謠學者所謂「歇後語」。「歇後語」還是一種隱語，例如：「聾子的耳朵」（擺大兒），「紙糊燈籠」（一戳就破），「王奶奶裹腳」（又長又臭）之類。這種比喻在普通語中極流行。它們可以顯示一般民衆的「詩的想像力」，同時也可以顯示普通語言的藝術性。一個販夫或村婦聽到這類「俏皮話」，心裡都不免高興一陣子，這就是簡單的美感經驗或詩的欣賞。詩人用比喻，不過把這種粗俗的說「俏皮話」的技巧加以精練化，深淺雅俗雖有不同，道理卻是一致。《詩經》中最常用的技巧是以比喻引入正文，例如：

> 關關雎鳩，在河之洲。窈窕淑女，君子好逑。
>
> 螽斯羽，詵詵兮，宜爾子孫，振振兮。
>
> 蒹葭蒼蒼，白露為霜；所謂伊人，在水一方。

入首兩句便是隱語，所隱者有時偏於意象，所引事物與所詠事物有類似處，「螽斯」例，這就是「比」；有時偏重情趣，所引事物與所詠事物在情趣上有暗合默契處，可以由所引事物引起所詠事物的情趣，如「蒹葭」例，這就是「興」；有時所引事物與所詠物既有類似，又有情趣方面的暗合默契，如「關雎」例，這就是「興兼比」。《詩經》各篇作者原不曾按照這種標準去作詩，「比」、「興」等等是後人歸納出來的，用來分類，不過是一種方便，原無謹嚴的邏輯。後來論詩者把它看得太重，爭來辯去，殊無意味。

中國向來注詩者好談「微言大義」，從毛萇做〈詩序〉一直到張惠言批《詞選》，往往把許多本無深文奧義的詩看做隱射詩，固不免穿鑿附會。但是我們也不能否認，中國詩人好作隱語的習慣向來很深。屈原的「香草美人」大半有所寄託，是多數學者的公論。無論這種公論是否可靠，它對於詩的影響很大實無庸諱言。阮籍〈詠懷詩〉多不可解處，顏延之說他「志在刺譏而文多隱避，百世之下，難以情測」。這個評語可以應用到許多詠史詩和詠物詩。陶潛〈詠荊軻〉、杜甫〈登慈恩寺塔〉之類作品各有寓意。我們如果丟開它們的寓意，它們自然也還是好詩，但是終不免沒有把它們了解透澈。詩人不直說心事而以隱語出之，大半有不肯說或不能說的苦處。駱賓王〈在獄詠蟬〉說：「露重飛難進，風多響易沉。」暗射讒人使他不能鳴冤，清人詠紫牡丹說：「奪朱非正色，異種亦稱王。」暗射愛新覺羅氏以胡人入主中原，線索都很顯然。這種實例實在舉不勝舉。我們可以說，讀許多中國詩都好像猜謎語。

隱語用意義上的關聯爲「比喻」，用聲音上的關聯則爲「雙關」（pun）。南方人稱細炭爲麩炭。射麩炭的謎語是「哎呀我的妻」！因爲它和「夫嘆」是同音雙關。歌謠中用雙關的很多，例如：

> 思歡久，不愛獨枝蓮，只惜同心藕（「蓮」與「憐」，「藕」與「偶」雙關）。
>
> ——〈讀曲歌〉

霧露隱芙蓉，見蓮不分明（「芙蓉」與「夫容」，「蓮」與「憐」雙關）。

——〈子夜歌〉

別後常相思，頓書千丈闕，題碑無罷時（「題碑」與「啼悲」雙關）。

——〈華山畿〉

竹篙燒火長長炭，炭到天明半作灰（「炭」與「嘆」雙關）。

——粵謳句

東邊日出西邊雨，道是無晴卻有晴（「晴」與「情」雙關）。

——劉禹錫〈竹枝詞〉

以上所舉都屬民歌或擬民歌。據聞一多說：周南「采采芣苡」的「芣苡」古與「胚胎」同音同義，則雙關的起源遠在《詩經》時代了，像其他民歌技巧一樣，「雙關」也常被詩人採用。六朝人說話很喜歡用「雙關」。「四海習鑿齒，彌天釋道安」，「日下荀鳴鶴，雲間陸士龍」，都是當時膾炙人口的雋語。北魏胡太后的〈楊白花歌〉也是「雙關」的好例。她逼通楊華，華懼禍逃南朝降梁，她仍舊思念他，就做了這首詩叫宮人歌唱：

陽春二三月，楊柳齊作花。春風一夜入閨闥，楊花飄蕩落南家。含情出户腳無力，拾得楊花淚沾臆。春去秋來雙燕子，願銜楊花入窠裡！

唐以後文字遊戲的風氣日盛，詩人常愛用人名、地名、藥名等等作雙關語，例如：

鄙性常山野，尤甘草舍中。鉤簾陰卷柏，障壁坐防風。客土依雲貫，流泉架木通。行當歸老矣，已逼白頭翁。

——《漫叟詩話》引孔毅夫詩

除纖巧之外別無可取，就未免墮入魔道了。

總之，隱語爲描寫詩的雛形，描寫詩以賦規模爲最大，賦即源於隱。後來詠物詩詞也大半根據隱語原則。詩中的比喻（詩論家所謂比、興），以及言在此而意在彼的寄託，也都含有隱語的意味。就聲音說，詩用隱語爲雙關。如果依近代學者佛雷澤（Frazer）和弗洛伊德（Freud）諸人的學說，則一切神話寓言和宗教儀式以至文學名著大半都是隱語的變形，都各有一個「謎底」。這話牽涉較廣，而且中國詩和神話的因緣較淺，所以略而不論。

三　詩與純粹的文字遊戲

諧與隱都帶有文字遊戲性，不過都著重意義。有一種純粹的文字遊戲，著重點既不像諧在譏嘲人生世相的缺陷，又不像隱在事物中間的巧妙的湊合，而在文字本身聲音的滑稽的排列，似應自成一類。

藝術和遊戲都像斯賓塞（Spencer）所說的。有幾分是餘力的流露，是富裕生命的表現。初學一件東西都有幾分困難，困難在勉強拿規矩法則來約束本無規矩法則的活動，在使自由零亂的活動來牽就固定的紀律與模範，學習的趣味就在逐漸戰勝這種困難，使本來牽強笨拙的變爲自然嫻熟的。習慣既成，駕輕就熟，熟中生巧，於是對於所習得的活動有運用自如之樂。到了這步功夫，我們不特不以牽就規範爲困難，而且力有餘裕，把它當作一件遊戲工具，任意玩弄它來助興取樂。小兒初學語言，到喉舌能轉動自如時，就常一個人鼓舌轉喉作戲。他並沒有和人談話的必要，只是自覺這種玩藝所產生的聲音有趣。這個道理在一般藝術活動中都可以見出。每種藝術都用一種媒介，都有一個規範，駕馭媒介和牽就規範在起始時都有若干困難。但是藝術的樂趣就在於征服這種困難之外還有餘裕，還能帶幾分遊戲態度任意縱橫揮掃，使作品顯得逸趣橫生。這是由限制中爭得的自由，由規範中溢出的生氣。藝術使人留戀的也就在此。這個道理可適用於寫字、畫畫，也可適用於唱歌、作詩。

比如中國民衆遊戲中的三棒鼓、拉戲胡琴、相聲、口技、拳術之類，所以令人驚讚的都是那一副嫻熟生動、遊戲自如的手腕。在詩歌方面，這種生於餘裕的遊戲也是一個很重要的成分，在民俗歌謠中這個成分尤其明顯，我們姑從《北平歌謠》裡擇舉兩例：

老貓老貓，上樹摘桃。一摘兩筐，送給老張。老張不要，氣得上吊。上吊不死，氣得燒紙。燒紙不著，氣得摔瓢。摔瓢不破，氣得推磨。推磨不轉，氣得做飯。做飯不熟，氣得宰牛。

宰牛沒血，氣得打鐵。打鐵沒風，氣得撞鐘。撞鐘不響，氣得老鼠亂嚷。

玲瓏塔，塔玲瓏，玲瓏寶塔十三層。塔前有座廟，廟裡有老僧，老僧當方丈，徒弟六七名。一個叫青頭愣，一個叫愣頭青；一個是僧僧點，一個是點點僧；一個是奔葫蘆把，一個是把葫蘆奔。青頭愣會打磬，愣頭青會捧笙；僧僧點會吹管，點點僧會撞鐘；奔葫蘆把會說法，把葫蘆奔會念經。

這種搬磚弄瓦式的文字遊戲是一般歌謠的特色。它們本來也有意義，但是著重點並不在意義而在聲音的滑稽湊合。如專論意義，這種疊床架屋的堆砌似太冗沓。但是一般民衆愛好它們，正因爲其冗沓。他們彷彿覺得這樣圓轉自如的聲音湊合有一種說不出來的巧妙。

在上舉兩例中有幾點值得特別注意：第一是「重疊」，一大串模樣相同的音調像滾珠傾水似的一直流注下去。它們本來是一盤散沙，只借這個共同的模型和幾個固定不變的字句聯絡起來，成爲一個整體。第二是「接字」，下句的意義和上句的意義本不相屬，只是下句起首數字和上句收尾數字相同，下句所取的方向完全是由上句收尾字決定。第三是「趁韻」，這和「接字」一樣，下句跟著上句，不是因爲意義相銜接，而是因爲聲音相類似。例如：「宰牛沒血，氣得打鐵；打鐵沒風，氣得撞鐘」。第四是「排比」，因爲歌詞每兩句成爲一個單位，這兩句在意義上和聲音上通常彼此對仗，例如：「奔葫蘆把會說法，把葫蘆奔會念經」。第五是「顛倒」或「回文」，下句文字全體或部分倒轉上句文字，例如：「玲瓏塔，塔玲瓏」。

以上只略舉文字遊戲中幾種常見的技巧，其實它們並不止此（上文所引的嘲歪頭嘲痳子的歌都取寶塔式也是一種）。文人詩詞沿用這些技巧的很多。「重疊」是詩歌的特殊表現法，《詩經》中大部分詩可以爲例。詞中用「重疊」的甚多，例如：「咸陽古道音塵絕，音塵絕，西風殘照，漢家陵闕」（李白〈憶秦娥〉），「團扇團扇，美人病來遮面」（王建〈調笑令〉）。「接字」在古體詩轉韻時或由甲段轉入乙段時，常用來做聯絡上下文的工具，例如：「願作東北風，吹我入君懷。君懷常不開，賤妾當何依。」（曹植〈怨歌行〉）「梧桐楊柳拂金井，來醉扶風豪士家。扶風豪士天下奇，意氣相傾山可移。」（李白〈扶風豪士歌〉）「趁韻」在詩詞中最普通。詩人作詩，思想的方向常受韻腳字指定，先想到一個韻腳字而後找一個句子把它嵌進去。「和韻」也還是一種「趁韻」。韓愈和蘇軾的詩裡「趁韻」例最多。他們以爲韻壓得愈險，詩也就愈精工。「排比」是賦和律詩、駢文所必用的形式。「回文」在詩詞中有專體，例如：蘇軾〈題金山寺〉一首七律，倒讀順讀都成意義，觀首聯「潮隨暗浪雪山傾，遠浦漁舟釣月明」可知。這只是幾條實例。凡是詩歌的形式和技巧大半來自民俗歌謠，都不免含有幾分文字遊戲的意味。詩人駕馭媒介的能力愈大，遊戲的成分也就愈多。他們力有餘裕，便任意揮霍，顯得豪爽不羈。

從民歌看，人對文字遊戲的嗜好是天然的、普遍的。凡是藝術都帶有幾分遊戲意味，詩歌也不例外。中國詩中文字遊戲的成分有時似過火一點。我們現代人偏重意境和情趣，對於文字遊戲不免輕視。一個詩人過分地把精力去在形式技巧上做功夫，固然容易走上輕薄纖巧的路。不過我們如果把詩中文字遊戲的成分一毫勾銷，也未免操之過「激」。就史實說，詩歌在起源時就已與文字遊戲發生密切的關聯，而這種關聯一直維持到現在，不曾斷絕。其次，就學理說，凡是眞正能引起美感經驗的東西都有若干藝術的價值。巧妙的文字遊戲，以及技巧的嫻熟的運用，可以引起一種美感，也是不容諱言的。文字聲音對於文學，猶如顏色、線形對於造形藝術，同是寶貴的媒介。圖畫既可用形色的錯綜排列產生美感（依康德看，這才是「純粹美」），詩歌何嘗不能用文字聲音的錯綜排列產生美感呢？在許多偉大作家——如莎士比亞和莫里哀——的作品中，文字遊戲的成分都很重要，如果把它洗滌淨盡，作品的豐富和美妙便不免大爲減色了。

第三章　詩的境界——情趣與意象

像一般藝術一樣，詩是人生世相的返照。人生世相本來是混整的，常住永在而又變動不居的。詩並不能把這漠無邊際的混整體抄襲過來，或是像柏拉圖所說的「模仿」過來。詩對於人生世相必有取捨，有剪裁，有取捨剪裁就必有創造，必有作者的性格和情趣的浸潤滲透。詩必有所本，本於自然；亦必有所創，創為藝術。自然與藝術媾合，結果乃在實際的人生世相之上，另建立一個宇宙，正猶如織絲縷為錦繡，鑿頑石為雕刻，非全是空中樓閣，亦非全是依樣畫葫蘆。詩與實際的人生世相之關係，妙處唯在不即不離。唯其「不離」，所以有真實感；唯其「不即」，所以新鮮有趣。「超以象外，得其圜中」，二者缺一不可，像司空圖所見到的。

每首詩都自成一種境界。無論是作者或是讀者，在心領神會一首好詩時，都必有一幅畫境或是一幕戲景，很新鮮生動地突現於眼前，使他神魂為之勾攝，若驚若喜，霎時無暇旁顧，彷彿這小天地中有獨立自足之樂，此外偌大乾坤宇宙，以及個人生活中一切憎愛悲喜，都像在這霎時間煙消雲散去了。純粹的詩的心境是凝神注視，純粹的詩的心所觀境是孤立絕緣。心與其所觀境如魚戲水，訢合無間。姑任舉二短詩為例：

君家何處住，妾住在橫塘。停船暫相問，或恐是同鄉。

——崔顥〈長干行〉

空山不見人，但聞人語響。返景入深林，復照青苔上。

——王維〈鹿柴〉

這兩首詩都儼然是戲景，是畫境。它們都是從混整的悠久而流動的人生世相中攝取來的一剎那，一片段。本是一剎那，藝術灌注了生命給它，它便成爲終古，詩人在一剎那中所心領神會的，便獲得一種超時間性的生命，使天下後世人能不斷地去心領神會。本是一片段，藝術予以完整的形象，它便成爲一種獨立自足的小天地，超出空間性而同時在無數心領神會者的心中顯現形象。囿於時空的現象（即實際的人生世相）本皆一縱即逝，於理不可復現，像古希臘哲人所說的：「濯足急流，抽足再入，已非前水。」它是有限的，常變的。轉瞬即化爲陳腐的。詩的境界是理想境界，是從時間與空間中執著一微點而加以永恆化與普遍化。它可以在無數心靈中繼續復現，雖復現而卻不落於陳腐，因爲它能夠在每個欣賞者的當時當境的特殊性格與情趣中吸取新鮮生命。詩的境界在剎那中見終古，在微塵中顯大千，在有限中寓無限。

從前詩話家常拈出一兩個字來稱呼詩的這種獨立自足的小天地。嚴滄浪所說的「興趣」，王漁洋所說的「神韻」，袁簡齋所說的「性靈」，都只能得其片面。王靜安標舉「境界」二字，似較概括，這裡就採用它。

一 詩與直覺

無論是欣賞或是創造，都必須見到一種詩的境界。這裡「見」字最緊要。凡所見皆成境界，但不必全是詩的境界。一種境界是否能成爲詩的境界，全靠「見」的作用如何。要產生詩的境界，「見」必須具備兩個重要條件。

第一，詩的「見」必爲「直覺」（intuition）。有「見」即有「覺」，覺可爲「直覺」，亦可爲「知覺」（perception）。直覺得對於個別事物的知（knowledge of individual things），「知覺」得對於諸事物中關係的知（knowledge of the relations between things），亦稱「名理的知」（參看克羅齊《美學》第一章）。例如：看見一株梅花，你覺得「這是梅花」，「它是冬天開花的木本植物」，「它的花香，可以摘來插瓶或送人」等等。你所覺到的是梅花與其他事物的關係，這就是它的「意義」。意義都從關係見出，了解意義的知都是「名理的知」，都可用「A爲B」公式表出，認識A爲B，便是知覺A，便是把所覺對象A歸納到一個概念B裡去。就名理的知而言，A自身無意義，必須與B、C等生關係，才有意義，我們的注意不能在A本身停住，必須把A當作一塊踏腳石，跳到與A有關係的事物B、C等等上去。但是所覺對象除開它的意義之外，尚有它本身形象。在凝神注視梅花時，你可以把全副精神專注在它本身形象，如像注視一幅梅花畫似的，無暇思索它的意義或是它與其他事物的關係。這時你仍有所覺，就是梅花本身形象（form）在你心中所現的「意象」（image）。這種「覺」就是克羅齊所說的「直覺」。

詩的境界是用「直覺」見出來的，它是「直覺的知」的內容而不是「名理的知」的內容。比如說讀上面所引的崔顥〈長干行〉，你必須有一頃刻中把它所寫的情境看成一幅新鮮的圖畫，或是一幕生動的戲劇，讓它籠罩住你的意識全部，使你聚精會神地觀賞它，玩味它，以至於把它以外的一切事物都暫時忘去。在這一頃刻中你不能同時起「它是一首唐人五絕」，「它用平聲韻」，「橫塘是某處地名」，「我自己曾經被一位不相識的人認爲同鄉」之類的聯想。這些聯想一發生，你立刻就從詩的境界遷到名理世界和實際世界了。

這番話並非否認思考和聯想對於詩的重要。作詩和讀詩，都必用思考，都必起聯想，甚至於思考愈周密，詩的境界愈深刻；聯想愈豐富，詩的境界愈美備。但是在用思考起聯想時，你的心思在旁馳博騖，絕不能同時直覺到完整的詩的境界。思想與聯想只是一種醞釀工作。直覺的知常進爲名理的知，名理的知亦可釀成直覺的知，但絕不能同時進行，因爲心本無二用，而直覺的特色尤在凝神注視。讀一首詩和做一首詩都常需經過艱苦思索，思索之後，一旦豁然貫通，全詩的境界於是像靈光一現似地突然現在眼前，使人心曠神怡，忘懷一切，這種現象通常人稱爲「靈感」。詩的境界的突現都起於靈感。靈感亦並無若何神祕，它就是直覺，就是「想像」（imagination，原謂意象的形成），也就是禪家所謂「悟」。

一個境界如果不能在直覺中成爲一個獨立自足的意象，那就還沒有完整的形象，就還不成爲詩的境界。一首詩如果不能令人當作一個獨立自足的意象看，那還有蕪雜湊塞或空虛的毛病，不能算是好詩。古典派學者向來主張藝術須有「整一」（unity），實在有一個深理在裡面，就是要使在讀者心中能成爲一種完整的獨立自足的境界。

二　意象與情趣的契合

要產生詩的境界，「見」所須具的第二個條件是所見意象必恰能表現一種情趣。「見」爲「見者」的主動，不純粹是被動的接收。所見對象本爲生糙零亂的材料，經「見」才具有它的特殊形象，所以「見」都含有創造性。比如天上的北斗星本爲七個錯亂的光點，和它們鄰近星都是一樣。但是現於見者心中的則爲像斗的一個完整的形象。這形象是「見」的活動所賜予那七顆亂點的。仔細分析，凡所見物的形象都有幾分是「見」所創造的。凡「見」都帶有創造性，「見」爲直覺時尤其是如此。凝神觀照之際，心中只有一個完整的孤立的意象，一無比較，無分析，無旁涉，結果常致物我由兩忘而同一，我的情趣與物的意態遂往復交流。不知不覺之中人情與物理互相滲透。比如注視一座高山，我們彷彿覺得它從平地聳立起，挺著一個雄偉峭拔的身軀，在那裡很鎮靜地莊嚴地俯視一切。同時，我們也不知不覺地肅然起敬，豎起頭腦，挺起腰桿，彷彿在模仿山的那副雄偉峭拔的神氣。前一種現象是以人情衡物理，美學家稱爲「移情作用」（empathy），後一種現象是以物理移人情，美學家稱爲「內模仿作用」（innerimitation）（參看拙著《文藝心理學》第三、四章）。

移情作用是極端的凝神注視的結果，它是否發生以及發生時的深淺程度都隨人隨時隨境而異。直覺有不發生移情作用的，下文當再論及。不過欣賞自然，即在自然中發現詩的境界時，移情作用往往是一個要素。「大地山河以及風雲星斗原來都是死板的東西，我們往往覺得它們有情感，有生命，有動作，這都是移情作用的結果。比如雲何嘗能飛？泉何嘗能躍？我們卻常說雲飛泉躍。山何嘗能鳴？谷何嘗能應？我們卻常說山鳴谷應，詩文的妙處往往都從移情作用得來。例如：『菊殘猶有傲霜枝』句的『傲』，『雲破月來花弄影』句的『來』和『弄』，『數峰清苦，商略黃昏雨』句的『清苦』和『商略』，『徘徊枝上月，空度可憐宵』句的『徘徊』、『空度』和『可憐』，『相看兩不厭，只有敬亭山』句的『相看』和『不厭』，都是原文的精彩所在，也都是移情作用的實例。」（《文藝心理學》第三章）

從移情作用我們可以看出內在的情趣常和外來的意象相融合而互相影響。比如欣賞自然風景，就一方面說，心情隨風景千變萬化，睹魚躍鳶飛而欣然自得，聞胡笳暮角則黯然神傷；就另一方面說，風景也隨心情而變化生長，心情千變萬化，風景也隨之千變萬化，惜別時蠟燭似乎垂淚，興到時青山亦覺點頭。這兩種貌似相反而實相同的現象就是從前人所說的「即景生情，因情生景」。情景相生而且相契合無間，情恰能稱景，景也恰能傳情，這便是詩的境界。每個詩的境界都必有「情趣」（feeling）和「意象」（image）兩個要素。「情趣」簡稱「情」，「意象」即是「景」。吾人時時在情趣裡過活，卻很少能將情趣化爲詩，因爲情趣是可比喻而不可直接描繪的實感，如果不附麗到具體的意象上去，就根本沒有可見的形象。我們抬頭一看，或是閉目一想，無數的意象就紛至沓來，其中也只有極少數的偶爾成爲詩的意象，因爲紛至沓來的意象零亂破碎，不成章法，不具生命，必須有情趣來融化它們，貫注它們，才內有生命，外有完整形象。克羅齊在《美學》裡把這個道理說得很清楚：

> 藝術把一種情趣寄託在一個意象裡，情趣離意象，或是意象離情趣，都不能獨立。史詩和抒情詩的分別，戲劇和抒情詩的分別，都是繁瑣派學者強為之說，分其所不可分。凡是藝術都是抒情的，都是情感的史詩或劇詩。

這就是說，抒情詩雖以主觀的情趣爲主，亦不能離意象；史詩和戲劇雖以客觀的事蹟所生的意象爲主，亦不能離情趣。

詩的境界是情景的契合。宇宙中事事物物常在變動生展中。無絕對相同的情趣，亦無絕對相同的景象。情景相生，所以詩的境界是由創造來的，生生不息的。以「景」爲天生自在，俯拾即得，對於人人都是一成不變的，這是常識的錯誤。阿米兒（Amiel）說得好：「一片自然風景就是一種心情。」景是各人性格和情趣的返照。情趣不同則景象雖似同而實不同。比如陶潛在「悠然見南山」時，杜甫在見到「造化鐘神秀，陰陽割昏曉」時，李白在覺得「相看兩不厭，只有敬亭山」時，辛棄疾在想到「我見青山多嫵媚，料青山見我應如是」的，姜夔在見到「數峰清苦，商略黃昏雨」時，都見到山的美。在表面上意象（景）雖似都是山，在實際上卻因所貫注的情趣不同，各是一種境界。我們可以說，每人所見到的世界都是他自己所創造的。物的意蘊深淺與人的性分情趣深淺成正比例，深人所見於物者亦深，淺人所見於物者亦淺。詩人與常人的分別就在此。同是一個世界，對於詩人常呈現新鮮有趣的境界，對於常人則永遠是那麼一個平凡乏味的混亂體。

這個道理也可以適用於詩的欣賞。就見到情景契合境界來說，欣賞與創造並無分別。比如說姜夔的「數峰清苦，商略黃昏雨」一句詞含有一個情景契合的境界，他在寫這句詞時，須先從自然中見到這種意境，感到這種情趣，然後拿這九個字把它傳達出來。在見到那種境界時，他必覺得它有趣，在創造也是在欣賞。這九個字本不能算是詩，只是一種符號。如果我不認識這九個字，這句詞對於我便無意義，就失其詩的功效。如果它對於我能產生詩的功效，我必須能從這九個字符號中，領略出姜夔原來所見到的境界。在讀他的這句詞而見到他所見到的境界時，我必須使用心靈綜合作用，在欣賞也是在創造。

因爲有創造作用，我所見到的意象和所感到的情趣和姜夔所見到和感到的便不能絕對相同，也不能和任何其他讀者所見到和感到的絕對相同。每人所能領略到的境界都是性格、情趣和經驗的返照，而性格、情趣和經驗是彼此不同的，所以無論是欣賞自然風景或是讀詩，各人在對象（Object）中取得（take）多少，就看他在自我（Subject-ego）中能夠付與（give）多少，無所付與便不能有所取得。不但如此，同是一首詩，你今天讀它所得的和你明天讀它所得的也不能完全相同，因爲性格、情趣和經驗是生生不息的。欣賞一首詩就是再造（recreate）一首詩；每次再造時，都要憑當時當境的整個的情趣和經驗做基礎，所以每時每境所再造的都必定是一首新鮮的詩。詩與其他藝術都各有物質的和精神的兩方面。物質的方面如印成的詩集，它除著受天時和人力的損害以外，大體是固定的。精神的方面就是情景契合的意境，時時刻刻都在「創化」中。創造永不會是複演（repetition），欣賞也永不會是複演。真正的詩的境界是無限的，永遠新鮮的。

三　關於詩的境界的幾種分別

明白情趣和意象契合的關係，我們就可以討論關於詩境的幾種重要的分別了。

第一個分別就是王國維在《人間詞話》裡所提出的「隔」與「不隔」的分別，依他說：

陶謝之詩不隔，延年則稍隔矣；東坡之詩不隔，山谷則稍隔矣。「池塘生春草」、「空梁落燕泥」等二句妙處唯在不隔。詞亦如是。即以一人一詞論，如歐陽公〈少年游〉詠春草上半闋云「闌干十二獨憑春，晴碧遠連雲，二月三月，千里萬里，行色苦愁人」，語語都在目前，便是不隔；至云「謝家池上，江淹浦畔」，則隔矣。白石〈翠樓吟〉「此地宜有詞仙，擁素雲黃鶴，與君遊戲。玉梯凝望久，嘆芳草，萋萋千里」，便是不隔，至「酒祓清愁，花銷英氣」則隔矣。

他不滿意於姜白石，說他「格韻雖高，然如霧裡看花，終隔一層」。在這些實例中，他只指出一個前人未曾道破的分別，卻沒有詳細說明理由。依我們看，隔與不隔的分別就從情趣和意象的關係上面見出。情趣與意象恰相熨貼，使人見到意象，便感到情趣，便是不隔。意象模糊零亂或空洞，情趣淺薄或粗疏，不能在讀者心中現出明瞭深刻的境界，便是隔。比如「謝家池上」是用「池塘生春草」的典，「江淹浦畔」是用〈別賦〉「春草碧色，春水綠波，送君南浦，傷如之何」的典。謝詩江賦原來都不隔，何以入歐詞便隔呢？因爲「池塘生春草」和「春草碧色」數句都是很具體的意象，都有很新穎的情趣。歐詞因春草的聯想，就把這些名句硬拉來湊成典故，「謝家池上，江淹浦畔」二句，意象既不明晰，情趣又不眞切，所以隔。

王氏論隔與不隔的分別，說隔如「霧裡看花」，不隔爲「語語都在目前」，似有可商酌處。詩原有偏重「顯」與偏重「隱」的兩種。法國十九世紀帕爾納斯派與象徵派的爭執就在此。帕爾納斯派力求「顯」，如王氏所說的「語語都在目前」，如圖畫、雕刻。象徵派則以過於明顯爲忌，他們的詩有時正如王氏所謂「隔霧看花」，迷離恍惚，如瓦格納的音樂。這兩派詩雖不同，仍各有隔與不隔之別，仍各有好詩和壞詩。王氏的「語語都在目前」的標準似太偏重「顯」。近年來新詩作者與論者，曾經有幾度很劇烈地爭辯詩是否應一律明顯的問題。「顯」易流於粗淺，「隱」易流於晦澀，這是大家都看得見的毛病。但是「顯」也有不粗淺的，「隱」也有不晦澀的，持門戶之見者似乎沒有認清這個事實。我們不能希望一切詩都「顯」，也不能希望一切詩都「隱」，因爲在生理和心理方面，人原來有種種「類型」上的差異。有人接受詩偏重視覺器官，一切要能用眼睛看得見，所以要求詩須「顯」，須如造形藝術。也有人接受詩偏重聽覺與筋肉感覺，最易受音樂節奏的感動，所以要求詩須「隱」，須如音樂，才富於暗示性。所謂意象，原不必全由視覺產生。各種感覺器官都可以產生意象。不過多數人形成意象，以來自視覺者爲最豐富，在欣賞詩或創造詩時，視覺意象也最爲重要。因爲這個緣故，要求詩須明顯的人數占多數。

顯則輪廓分明，隱則含蓄深永，功用原來不同。說概括一點，寫景詩宜於顯，言情詩所托之景雖仍宜於顯，而所寓之情則宜於隱。梅聖俞說詩須「狀難寫之景，如在目前；含不盡之意，見於言外」，就是看到寫景宜顯，寫情宜隱的道理。寫景不宜隱，隱易流於晦；寫情不宜顯，顯易流於淺。謝朓的「餘霞散成綺，澄江靜如練」，杜甫的「細雨魚兒出，微風燕子斜」，以及林逋的「疏影橫斜水清淺，暗香浮動月黃昏」諸句，在寫景中爲絕作，妙處正在能顯，如梅聖俞所說的：「狀難寫之景，如在目前」。秦少游的〈水龍吟〉入首兩句「小樓連苑橫空，下窺繡轂雕鞍驟」，蘇東坡譏他「十三個字只說得一個人騎馬樓前過」，它的毛病也就在不顯。言情的傑作如古詩「步出城東門，遙望江南路，前日風雪中，故人從此去」，李白的「玉階生白露，夜久侵羅襪，卻下水晶簾，玲瓏望秋月」，王昌齡的「奉帚平明金殿開，且將團扇共徘徊。玉顏不及寒鴉色，猶帶昭陽日影來」，諸詩妙處亦正在隱，如梅聖俞所說的「含不盡之意見於言外」。

王氏在《人間詞話》裡，於隔與不隔之外，又提出「有我之境」與「無我之境」的分別：

有有我之境，有無我之境。「淚眼問花花不語，亂紅飛過秋千去」，「可堪孤館閉春寒，杜鵑聲裡斜陽暮」，有我之境也；「採菊東籬下，悠然見南山」，「寒波澹澹起，白鳥悠悠下」，無我之境也。有我之境，以我觀物，故物皆著我之色彩；無我之境，以物觀物，故不知何者為我，何者為物。……無我之境，人唯於靜中得之；有我之境，於由動之靜時得之，故一優美，一宏壯也。

這裡所指出的分別實在是一個很精微的分別。不過從近代美學觀點看，王氏所用名詞似待商酌。他所謂「以我觀物，故物皆著我之色彩」，就是「移情作用」，「淚眼問花花不語」一例可證。移情作用是凝神注視，物我兩忘的結果，叔本華所謂「消失自我」。所以王氏所謂「有我之境」其實是「無我之境」（即忘我之境）。他的「無我之境」的實例爲「採菊東籬下，悠然見南山」，「寒波澹澹起，白鳥悠悠下」，都是詩人在冷靜中所回味出來的妙境（所謂「於靜中得之」），沒有經過移情作用，所以實是「有我之境」。與其說「有我之境」與「無我之境」，似不如說「超物之境」和「同物之境」，因爲嚴格地說，詩在任何境界中都必須有我，都必須爲自我性格、情趣和經驗的返照。「淚眼問花花不語」，「徘徊枝上月，空度可憐宵」，「數峰清苦，商略黃昏雨」，都是同物之境。「鳶飛戾天，魚躍於淵」，「微雨從東來，好風與之俱」，「興闌啼鳥散，坐久落花多」，都是超物之境。

王氏以爲「有我之境」（其實是「無我之境」或「同物之境」），比「無我之境」（其實是「有我之境」或「超物之境」）品格較低，他說：「古人爲詞，寫有我之境者爲多，然未始不能寫無我之境，此在豪傑之士能自樹立耳。」他沒有說明此優於彼的理由。英國文藝批評家羅斯金（Ruskin）主張相同。他詆毀起於移情作用的詩，說它是「情感的錯覺」（pathetic fallacy），以爲第一流詩人都必能以理智控制情感，只有第二流詩人才爲情感所搖動，失去靜觀的理智，於是以在我的情感誤置於外物，使外物呈現一種錯誤的面目。他說：

我們有三種人：一種人見識真確，因為他不生情感，對於他櫻草花只是十足的櫻草花，因為他不愛它。第二種人見識錯誤，因為他生情感，對於他櫻草花就不是櫻草花而是一顆星，一個太陽，一個仙人的護身盾，或是一位被遺棄的少女。第三種人見識真確，雖然他也生情感，對於他櫻草花永遠是它本身那麼一件東西，一枝小花，從它的簡明的連莖帶葉的事實認識出來，不管有多少聯想和情緒紛紛圍著它。這三種人的身分高低大概可以這樣定下：第一種完全不是詩人，第二種是第二流詩人，第三種是第一流詩人。

這番話著重理智控制情感，也只有片面的眞理。情感本身自有它的眞實性，事物隔著情感的屏障去窺透，自另現一種面目。詩的存在就根據這個基本事實。如依羅斯金說詩的眞理（poetic truth）必須同時是科學的眞理。這顯然是與事實不符的。

依我們看，抽象地定衡量詩的標準總不免有武斷的毛病。「同物之境」和「超物之境」各有勝境，不易以一概論優劣。比如陶潛詩「採菊東籬下，悠然見南山」爲「超物之境」，「平疇交遠風，良苗亦懷新」則爲「同物之境」。王維詩「渡頭餘落日，墟里上孤煙」爲「超物之境」，「落日鳥邊下，秋原人外閒」則爲「同物之境」。它們各有妙處，實不易品定高下。「超物之境」與「同物之境」亦各有深淺雅俗。同爲「超物之境」，謝靈運的「林壑斂秋色，雲霞收夕霏」，似不如陶潛的「山氣日夕佳，飛鳥相與還」，或是王績的「樹樹皆秋色，山山盡落暉」。同是「同物之境」，杜甫的「感時花濺淚，恨別鳥驚心」，似不如陶潛的「平疇交遠風，良苗亦懷新」，或是姜夔的「數峰清苦，商略黃昏雨」。兩種不同的境界都可以有天機，也都可以有人巧。

「同物之境」起於移情作用。移情作用爲原始民族與嬰兒的心理特色，神話、宗教都是它的產品。論理，古代詩應多「同物之境」，而事實適得其反。在歐洲從十九世紀起，詩中才多移情實例。中國詩在魏晉以前，移情實例極不易尋，到魏晉以後，它才逐漸多起來，尤其是詞和律詩中。我們可以說，「同物之境」不是古詩的特色。「同物之境」日多，詩便從渾厚日趨尖新。這似乎是證明「同物之境」品格較低，但是古今各有特長，不必古人都是對的，後人都是錯的。「同物之境」在古代所以不多見者，主要原因在古人不很注意自然本身，自然只是作「比」、「興」用的，不是值得單獨描繪的。「同物之境」是和歌詠自然的詩一齊起來的。詩到以自然本身爲吟詠對象，到有「同物之境」，實是一種大解放，我們正不必因其「不古」而輕視它。

四 詩的主觀與客觀

詩的境界是情趣與意象的融合。情趣是感受來的，起於自我的，可經歷而不可描繪的；意象是觀照得來的，起於外物的，有形象可描繪的。情趣是基層的生活經驗，意象則起於對基層經驗的反省。情趣如自我容貌，意象則爲對鏡自照。二者之中不但有差異而且有天然難跨越的鴻溝。由主觀的情趣如何能跳這鴻溝而達到客觀的意象，是詩和其他藝術所必征服的困難。如略加思索，這困難終於被征服，眞是一大奇蹟！

尼采的《悲劇的誕生》可以說是這種困難的征服史。宇宙與人類生命，像叔本華所分析的，含有意志（will）與意象（idea）兩個要素。有意志即有需求、有情感，需求與情感即為一切苦惱悲哀之源。人永遠不能由自我與其所帶意志中拔出，所以生命永遠是一種苦痛。生命苦痛的救星即為意象。意象是意志的外射或對象化（objectification），有意象則人取得超然地位，憑高俯視意志的掙扎，恍然徹悟這幅光怪陸離的形象大可以娛目賞心。尼采根據叔本華的這種悲觀哲學，發揮為「由形象得解脫」（redemption through appearance）之說，他用兩個希臘神名來象徵意志與意象的衝突。意志為酒神狄俄倪索斯（Dionysus），賦有時時刻刻都在蠢蠢欲動的活力與狂熱，同時又感到變化（becoming）無常的痛苦，於是沉一切痛苦於酣醉。酣醉於醇酒婦人，酣醉於狂歌曼舞。苦痛是狄俄倪索斯的基本精神，歌舞是狄俄倪索斯精神所表現的藝術。意象如日神阿波羅（Apollo），憑高普照，世界一切事物借他的光輝而顯現形象，他怡然泰然地像做甜蜜夢似地在那裡靜觀自得，一切「變化」在取得形象之中就註定成了「眞如」（being）。靜穆是阿波羅的基本精神，造形的圖畫與雕刻是阿波羅精神所表現的藝術。這兩種精神本是絕對相反相衝突的，而希臘人的智慧卻成就了打破這衝突的奇蹟。他們轉移阿波羅的明鏡來照臨狄俄倪索斯的痛苦掙扎，於是意志外射於意象，痛苦賦形為莊嚴優美，結果乃有希臘悲劇的產生。悲劇是希臘人「由形象得解脫」的一條路徑。人生世相充滿著缺陷、災禍、罪孽；從道德觀點看，它是惡的；從藝術觀點看，它可以是美的，悲劇是希臘人從藝術觀點在缺陷、災禍、罪孽中所看到的美的形象。

尼采雖然專指悲劇，其實他的話可適用於詩和一般藝術。他很明顯地指示出主觀的情趣與客觀的意象之隔閡與衝突，同時也很具體地說明這種衝突的調和。詩是情趣的流露，或者說，狄俄倪索斯精神的煥發。但是情趣每不能流露於詩，因爲詩的情趣並不是生糙自然的情趣，它必定經過一番冷靜的觀照和融化洗練的功夫，它須受過阿波羅的洗禮。一般人和詩人都感受情趣，但是有一個重要分別。一般人感受情趣時便爲情趣所羈縻，當其憂喜，若不自勝，憂喜既過，便不復在想像中留一種餘波返照。詩人感受情趣之後，卻能跳到旁邊來，很冷靜地把它當作意象來觀照玩索。英國詩人華茲華斯（Wordsworth）嘗自道經驗說：「詩起於經過在沉靜中回味來的情緒（emotions recollected in tranquility）。」這是一句至理名言，尼采用一部書所說的道理，他用一句話就說完了。感受情趣而能在沉靜中回味，就是詩人的特殊本領。一般人的情緒有如雨後行潦，夾雜汙泥朽木奔瀉，來勢浩蕩，去無蹤影。詩人的情緒好比冬潭積水，渣滓沉澱淨盡，清瑩澄澈，天光雲影，燦然耀目。「沉靜中的回味」是它的滲瀝手續，靈心妙悟是它的滲瀝器。

在感受時，悲歡怨愛，兩兩相反；在回味時，歡愛固然可欣，悲怨亦復有趣。從感受到回味，是從現實世界跳到詩的境界，從實用態度變爲美感態度。在現實世界中處處都是牽絆衝突，可喜者引起營求，可悲者引起畏避，在詩的境界中塵憂俗慮都洗濯淨盡，可喜與可悲者一樣看待，所以相衝突者各得其所，相安無礙。

詩的情趣都從沉靜中回味得來。感受情感是能入，回味情感是能出。詩人於情趣都要能入能出。單就能入說，它是主觀的；單就能出說，它是客觀的。能入而不能出，或是能出而不能入，都不能成爲大詩人，所以嚴格地說，「主觀的」和「客觀的」分別在詩中是不存在的。比如班婕妤的〈怨歌行〉，蔡琰的〈悲憤詩〉，杜甫的〈奉先詠懷〉和〈北征〉，李後主的〈相見歡〉之類作品，都是「痛定思痛」，入而能出，是主觀的也是客觀的。陶淵明的〈閒情賦〉，李白的〈長干行〉，杜甫的〈新婚別〉、〈石壕吏〉和〈無家別〉，韋莊的〈秦婦吟〉之類作品都是「體物入微」，出而能入，是客觀的也是主觀的。

一般人以爲文學上「古典的」與「浪漫的」一個分別是基本的，因爲古典派偏重意象的完整優美，浪漫派則偏重情感的自然流露，一重形式，一重實質。依克羅齊看，這種分別就起於意象與情趣可分離一個誤解。他說：「在第一流作品中，古典和浪漫的衝突是不存在的，它同時是『古典的』與『浪漫的』，因爲它是情感的也是意象的，是健旺的情感所化生的莊嚴的意象。」在諸藝術中，情感與意象不能分開的以音樂爲最顯著。英國批評家佩特（W. Pater）說：「一切藝術都以逼近音樂爲指歸。」克羅齊引這句話而加以補充說：「其實說得更精確一點，一切藝術都是音樂，因爲這樣說才可以見出藝術的意象都生於情感。」克羅齊否認「古典的」與「浪漫的」分別，其實就是否認「客觀的」與「主觀的」分別。

十九世紀中葉法國詩壇上曾經發生一次很熱烈的爭執，就是「帕爾納斯派」（Parnasse）對於浪漫主義的反動。浪漫派詩的特點在著重情感的自然流露，所謂「想像」也是受情趣決定。離開「自我」便無情趣可言，所以浪漫派詩大半可看成詩人的自供。帕爾納斯派受寫實主義的影響，嫌浪漫派偏重唯我主義，不免使詩變成個人怪癖的暴露。他們要換過花樣來，提倡「不動情感主義」，把自我個性丟開，專站在客觀地位描寫恬靜幽美的意象，使詩和雕刻一樣冷靜明晰（浪漫派要和音樂一樣熱烈生動，與此恰相反）。從這種爭執發生之後，德國哲學家所常提起的「主觀的」和「客觀的」一個分別便被批評家拉到文學上面來，於是一般人以爲文學原有兩種：「主觀的」偏重情感的「表現」，「客觀的」偏重人生自然的「再現」。其實這兩種雖各有偏向，並沒有很嚴格的邏輯的分別。沒有詩能完全是主觀的，因爲情感的直率流露僅爲啼笑嗟嘆，如表現爲詩，必外射爲觀照的對象（object）。也沒有詩完全是客觀的，因爲藝術對於自然必有取捨剪裁，就必受作者的情趣影響，像我們在上文已經說過的。左拉（Zola）本是傾向寫實主義的，也說：「藝術作品只是隔著情感的屏障所窺透的自然一隅。」帕爾納斯派在實際上也並未能澈底實現「不動情感主義」，而且他們的運動只是曇花一現，也足證明純粹的「客觀的」詩不易成立。

五　情趣與意象契合的分量

詩的理想是情趣與意象的訢合無間，所以必定是「主觀的」與「客觀的」。但這究竟是理想。在實際上「主觀的」與「客觀的」雖不是絕對的分別，卻常有程度上的等差。情趣與意象之中有尼采所指出的隔閡與衝突。打破這種隔閡與衝突是藝術的主要使命，把它們完全打破，使情趣與意象融化得恰到好處，這是達到最高理想的藝術。完全沒有把它們打破，從情趣出發者止於啼笑嗟嘆，從意象出發者止於零亂空洞的幻想，就不成其爲藝術。這兩極端之中有意象富於情趣的，也有情趣富於意象的，雖非完美的藝術，究仍不失其爲藝術。

克羅齊否認「古典的」與「浪漫的」分別，在理論上自有特見，但是在實際上，古典藝術與浪漫藝術確各有偏重，也無庸諱言。意象具有完整形武，爲古典藝術的主要信條，拿這個標準來衡量浪漫藝術則大半作品都不免有缺陷，例如：十九世紀初期詩人，柯爾律治和濟慈諸人，有許多好詩都是未完成的斷簡零編。情感生動爲浪漫派作品的特色，但是後來寫實派作者卻極力排除主觀的情感而側重冷靜的忠實的敘述。「表現」與「再現」不僅是理論上的衝突，歷史事實也很明顯地證明作品方面原有這兩種偏向。

姑就中國詩說，魏晉以前，古風以渾厚見長，情致深摯而見於文字的意象則如葉燮在〈原詩〉裡所說的「土簋擊壤穴居儷皮」，仍保持原始時代的簡樸。有時詩人直吐心曲，幾僅如嗟嘆啼笑，有所感觸即脫口而出，不但沒有在意象上做功夫，而且好像沒有經過反省與回味。我們試玩味下列諸詩：

> 彼黍離離，彼稷之苗。行邁靡靡，心中搖搖。知我者謂我心憂，不知我者謂我何求。悠悠蒼天，此何人哉！
>
> ——《詩經・王風》

> 中谷有蓷，嘆其幹矣。有女仳離，慨其嘆矣；慨其嘆矣，遇人之艱難矣！
>
> ——《詩經・王風》

> 驕人好好，勞人草草。蒼天蒼天，視彼驕人，矜此勞人！
>
> ——《詩經・小雅》

陟彼北芒兮，噫！顧瞻帝京兮，噫！宮闕崔巍兮，噫！民之劬勞兮，噫！遼遼未央兮，噫！

——梁鴻〈五噫歌〉

公無渡河，公竟渡河。渡河而死，當奈公何！

——〈箜篌引〉

這些詩固然如上文所說的「痛定思痛」，在創作時悲痛情緒自成意象，但與尋常取意象來象徵情緒的詩自有分別。《詩經》中比興兩類就是有意要拿意象來象徵情趣，但是通常很少完全做到象徵的地步，因爲比興只是一種引子，而本來要說的話終須直率說出。例如：「關關雎鳩，在河之洲」，只是引起「窈窕淑女，君子好逑」，而不能代替或完全表現這兩句話的意思。像「昔我往矣，楊柳依依；今我來思，雨雪霏霏」，情趣恰隱寓於意象，可謂達到象徵妙境，但在《詩經》中並不多見。漢魏作風較《詩經》已大變，但運用意象的技巧仍未脫比興舊規。就大概說，比多於興，例如：

薤上露，何易晞！露晞明朝更復落，人死一去何時歸！

——〈薤露歌〉

皚如山上雪，皎如雲間月。聞君有兩意，故來相決絕……

——卓文君〈白頭吟〉

翩翩堂前燕，冬藏夏來見。兄弟兩三人，流宕在異縣。

——〈豔歌行〉

朝雲浮四海，日暮歸故山。行役懷舊土，悲思不能言……

——應瑒〈別詩〉

以上都僅是「比」。「興」例亦偶爾遇見，但大半僅取目前氣象，即景生情，不如《詩經》中「興」類詩之微妙多變化。例如：

大風起兮雲飛揚，威加海內兮歸故鄉，安得猛士兮守四方！

——漢高帝〈大風歌〉

青青河畔草，鬱鬱園中柳。盈盈樓上女，皎皎當窗牖……

——《古詩十九首》

明月照高樓，流光正排徊。上有愁思婦，悲嘆有餘哀……

——曹植〈七哀詩〉

開秋兆涼氣，蟋蟀鳴床帷。感物懷殷憂，悄悄令心悲……

——阮籍〈詠懷〉

這些詩的起句，微有「興」的意味。但如果把它們看做「直陳其事」的「賦」亦無不可。在漢魏時，詩用似相關而又不盡相關的意象引起本文正意，似已成爲一種傳統的技巧。有時這種意象成爲一種附贅懸瘤，非本文正意所絕對必需，例如：

雞鳴高樹巔，狗吠深宮中。蕩子何所之，天下方太平……

——古樂府〈雞鳴〉

月沒參橫，北斗闌干。親交在門，飢不及餐……

——古樂府〈善哉行〉

孔雀東南飛，五里一徘徊。十三能織素，十四學裁衣……

——〈孔雀東南飛〉

蒲生我池中，其葉何離離！傍能行仁義，莫若妾自知……

——古樂府〈塘上行〉

起首兩句引子，都與正文毫不相干，它們的起源，與其說是「套」現成的民歌的起頭，如胡適所說的，不如說是沿用《國風》以來的傳統的技巧。《國風》的意象引子原有比興之用，到後來數典忘祖，就不問它是否有比興之用，只戴上那麼一個禮帽應付場面，不合頭也不管了。

漢魏詩中像這樣漫用空洞意象的例子不甚多。從另一方面看，這時期的詩應用意象的技巧卻比

《詩經》有進步。《詩經》只用意象做引子，漢魏詩則常在篇中或篇末插入意象來烘托情趣，姑舉李陵〈與蘇武詩〉爲例：

良時不再至，離別在須臾。屏營衢路側，執手野踟躕。仰視浮雲馳，奄忽互相逾。風波一失所，各在天一隅。長當從此別，且復立斯須。欲因晨風發，送子以賤軀。

中間「仰視浮雲馳」四句，有興兼比之用，意象與情趣偶然相遇，遇即訢合無間。此外如魏文帝〈燕歌行〉在描寫怨女援琴寫哀之後，忽接上「明月皎皎照我床，星漢西流夜未央，牽牛織女遙相望，爾獨何辜限河梁」四句，也有情景吻合之妙。這種隨時隨境用意象比興的寫法打破固定地在起頭幾句用比興的機械，實在是一種進步。此外漢魏詩漸有全章以意象寓情趣，不言正意而正意自見的，班婕妤的〈怨歌行〉以秋風棄扇隱喻自己的怨情是著例。這種寫法也是《國風》裡所少有的。中國古詩大半是情趣富於意象。詩藝的演進可以從多方面看，如果從情趣與意象的配合看，中國古詩的演進可以分爲三個步驟：首先是情趣逐漸征服意象，中間是征服的完成，後來意象蔚起，幾成一種獨立自足的境界，自引起一種情趣。第一步是因情生景或因情生文，第二步是情景吻合，情文並茂，第三步是即景生情或因文生情。這種演進階段自然也不可概以時代分，就大略說，漢魏以前是第一步，在自然界所取之意象僅如人物故事畫以山水爲背景，只是一種陪襯，漢魏時代是第二步，《古詩十九首》、蘇李贈答及曹氏父子兄弟的作品中意象與情趣常達到混化無跡之妙，到陶淵明手裡，情景的吻合可算登峰造極；六朝是第三步，從大小謝恣情山水起，自然景物的描繪從陪襯地位抬到主要地位，如山水畫在圖畫中自成一大宗派一樣，後來便漸趨於豔麗一途了。如論情趣，中國詩最豔麗的似無過於《國風》，乃「豔麗」二字不加諸《國風》而加諸齊梁人作品者，正以其特好雕詞飾藻，爲意象而意象。

轉變的關鍵是賦。賦偏重鋪陳景物，把詩人的注意漸從內心變化引到自然界變化方面去。從賦的興起，中國才有大規模的描寫詩；也從賦的興起，中國詩才漸由情趣富於意象的《國風》轉到六朝人意象富於情趣的豔麗之作。漢魏時代賦最盛，詩受賦的影響也逐漸在鋪陳詞藻上做功夫，有時運用意象，並非因爲表現情趣所必需而是因爲它自身的美麗，〈陌上桑〉、〈羽林郎〉、曹植〈美女篇〉都極力鋪張明眸皓齒豔裝盛服，可以爲證。六朝人只是推演這種風氣。

一般批評家對於六朝人及唐朝溫、李一派作品常存歧視。其實詩的好壞絕難拿一個絕對的標準去衡量。我們說，詩的最高理想在情景吻合，這也只能就大體說。古詩有許多專從「情」出發而不十分注意於「景」的，魏晉以後詩有許多專從「景」出發，除流連於「景」的本身外，別無其他情趣借「景」表現的。這兩種詩都不能算是達到情景訢合無間的標準，也還可以成爲上品詩。我們姑舉幾首短詩爲例：

(一)公無渡河，公竟渡河，渡河而死，將奈公何！

——〈箜篌引〉

(二)奈何許，天下人何限，慊慊只為汝！

——〈華山畿〉

(三)昔我往矣，楊柳依依；今我來思，雨雪霏霏。

——《詩經》

(四)結廬在人境，而無車馬喧。問君何能爾，心遠地自偏。採菊東籬下，悠然見南山。山氣日夕佳，飛鳥相與還，此中有真意，欲辨已忘言。

——陶潛〈飲酒〉

(五)江南可採蓮，蓮葉何田田！魚戲蓮葉間，魚戲蓮葉東，魚戲蓮葉西，魚戲蓮葉南，魚戲蓮葉北。

——〈江南〉

(六)敕勒川，陰山下，天似穹廬，籠蓋四野。天蒼蒼，野茫茫，風吹草低見牛羊。

——〈敕勒歌〉

這六首詩之中，只有三四兩首可算情景吻合，景恰足以傳情。一二兩首純從情感出發，情感直率流露於語言。自然中節，不必寄託於景。五六兩首純爲景的描繪，作者並非有意以意象象徵情趣，而意象優美自成一種情趣。六首都可以說是詩的勝境，雖然情景配合的方法與分量絕不同。不過它們各自成一種新鮮的完整的境界，作者心中有值得說的話（情趣或意象）而說得恰到好處，它們在價值上可以互相抗衡，正是因爲這個緣故。

我們的著重點在原理不在歷史的發展，所以只就六朝以前古詩略擇數例說明情趣與意象配合的關係。其實各時代的詩都可用這個方法去分析。唐人的詩和五代及宋人的詞尤其宜於從情趣意象配合的觀點去研究。

附　中西詩在情趣上的比較

詩的情趣隨時隨地而異，各民族各時代的詩都各有它的特色。拿它們來參觀互較是一種很有趣味的研究。我們姑且拿中國詩和西方詩來說，它們在情趣上就有許多有趣的同點和異點。西方詩和中國詩的情趣都集中於幾種普泛的題材，其中最重要者有㈠人倫㈡自然㈢宗教和哲學幾種。我們現在就依著這個層次來說：

㈠先說人倫　西方關於人倫的詩大半以戀愛為中心。中國詩言愛情的雖然很多，但是沒有讓愛情把其他人倫抹煞。朋友的交情和君臣的恩誼在西方詩中不甚重要，而在中國詩中則幾與愛情占同等位置。把屈原、杜甫、陸游諸人的忠君愛國愛民的情感拿去，他們詩的精華便已剝喪大半。從前注詩注詞的人往往在愛情詩上貼上忠君愛國的徽幟，例如：毛萇注《詩經》把許多男女相悅的詩看成諷刺時事的。張惠言說溫飛卿的〈菩薩蠻〉十四章為「感士不遇之作」。這種辦法固然有些牽強附會。近來人卻又另走極端把眞正忠君愛國的詩也貼上愛情的徽幟，例如：〈離騷〉、〈遠遊〉一類的著作竟有人認為愛情詩，我以為這也未免失之牽強附會。看過西方詩的學者見到愛情在西方詩中那樣重要，以爲它在中國詩中也應該很重要。他們不知道中西社會情形和倫理思想本來不同。戀愛在從前的中國實在沒有現代中國人所想的那樣重要。中國敘人倫的詩，通盤計算，關於友朋交誼的比關於男女戀愛的還要多，在許多詩人的集中，贈答酬唱的作品，往往占其大半。蘇李、建安七子、李杜、韓孟、蘇黃、納蘭成德與顧貞觀諸人的交誼古今傳爲美談，在西方詩人中爲歌德和席勒、華茲華斯與柯爾律治、濟慈和雪萊、魏爾倫與蘭波諸人雖亦以交誼著，而他們的集中敘友朋樂趣的詩卻極少。

戀愛在中國詩中不如在西方詩中重要，有幾層原因。第一，西方社會表面上雖以國家爲基礎，骨子裡卻側重個人主義。愛情在個人生命中最關痛癢，所以盡量發展，以致掩蓋其他人與人的關係。說盡一個詩人的戀愛史往往就已說盡他的生命史，在近代尤其如此。中國社會表面上雖以家庭爲基礎，骨子裡卻側重兼善主義。文人往往費大半生的光陰於仕宦羈旅，「老妻寄異縣」是常事。他們朝夕所接觸的不是婦女而是同僚與文字友。

第二，西方受中世紀騎士風的影響，女子地位較高，教育也比較完善，在學問和情趣上往往可以與男子訢合，在中國得於友朋的樂趣，在西方往往可以得之於婦人女子。中國受儒家思想的影響，女子的地位較低。夫婦恩愛常起於倫理觀念，在實際上志同道合的樂趣頗不易得。加以中國社會理想側重功名事業，「隨著四婆裙」在儒家看是一件恥事。

第三，東西戀愛觀相差也甚遠。西方人重視戀愛，有「戀愛最上」的標語。中國人重視婚姻而輕視戀愛，眞正的戀愛往往見於「桑間濮上」。潦倒無聊，悲觀厭世的人才肯公然寄情於聲色，像隋煬帝、李後主幾位風流天子都爲世所詬病。我們可以說，西方詩人要在戀愛中實現人生，中國詩人往往只求在戀愛中消遣人生。中國詩人腳踏實地，愛情只是愛情；西方詩人比較能高瞻遠矚，愛情之中都有幾分人生哲學和宗教情操。

這並非說中國詩人不能深於情。西方愛情詩大半寫於婚媾之前，所以稱讚容貌訴申愛慕者最多；中國愛情詩大半寫於婚媾之後，所以最佳者往往是惜別悼亡。西方愛情詩最長於「慕」，莎士比亞的十四行體詩，雪萊和布朗寧諸人的短詩是「慕」的勝境；中國愛情詩最善於「怨」，〈卷耳〉、〈柏舟〉、〈迢迢牽牛星〉，曹丕的〈燕歌行〉，梁玄帝的〈蕩婦秋思賦〉以及李白的〈長相思〉、〈怨情〉、〈春思〉諸作是「怨」的勝境。總觀全體，我們可以說，西詩以直率勝，中詩以委婉勝；西詩以深刻勝，中詩以微妙勝；西詩以鋪陳勝，中詩以簡雋勝。

㈡次說自然　在中國和在西方一樣，詩人對於自然的愛好都比較晚起。最初的詩都偏重人事，縱使偶爾涉及自然，也不過如最初的畫家用山水爲人物畫的背景，興趣中心卻不在自然本身。《詩經》是最好的例子。「關關雎鳩，在河之洲」只是作「窕窈淑女，君子好逑」的陪襯，「蒹葭蒼蒼，白露爲霜」只是作「所謂伊人，在水一方」的陪襯。自然比較人事廣大，興趣由人也因之得到較深廣的意蘊。所以自然情趣的興起是詩的發達史中一件大事。這件大事在中國起於晉宋之交約當公歷紀元後五世紀左右，在西方則起於浪漫運動的初期，在公歷紀元後十八世紀左右。所以中國自然詩的發生比西方的要早一三〇〇年的光景，一般說詩的人頗鄙視六朝，我以爲這是一個最大的誤解。六朝是中國自然詩發軔的時期，也是中國詩脫離音樂而在文字本身求音樂的時期。從六朝起，中國詩才有音律的專門研究，才創新形式，才尋新情趣，才有較精研的意象，才吸哲理來擴大詩的內容。就這幾層說，六朝可以說是中國詩的浪漫時期，它對於中國詩的重要亦正不讓於浪漫運動之於西方詩。

中國自然詩和西方自然詩相比，也像愛情詩一樣，一個以委婉、微妙簡雋勝，一個以直率、深刻鋪陳勝。本來自然美有兩種，一種是剛性美，一種是柔性美。剛性美如高山、大海、狂風、暴雨、沉寂的夜和無垠的沙漠；柔性美如清風皓月、暗香、疏影、青螺似的山光和媚眼似的湖水。昔人詩有「駿馬秋風冀北，杏花春雨江南」兩句可以包括這兩種美的勝境。藝術美也有剛柔的分別，姚鼐〈復魯絜非書〉已詳論過。詩如李杜，詞如蘇辛，是剛性美的代表；詩如王孟，詞如溫李，是柔性美的代表。中國詩自身已有剛柔的分別，但是如果拿它來比較西方詩，則又西詩偏於剛，而中詩偏於柔。西方詩人所愛好的自然是大海，是狂風暴雨，是峭崖荒谷，是日景；中國詩人所愛好的自然是明溪疏柳，是微風細雨，是湖光山色，是月景。這當然只就其大概說。西方未嘗沒有柔性美的詩，中國也未嘗沒有剛性美的詩，但西方詩的柔和中國詩的剛都不是它們的本色特長。

詩人對於自然的愛好可分三種。最粗淺的是「感官主義」，愛微風以其涼爽，愛花以其氣香色美，愛鳥聲泉水聲以其對於聽官愉快，愛青天碧水以其對於視官愉快。這是健全人所本有的傾向，凡是詩人都不免帶有幾分「感官主義」。近代西方有一派詩人，叫做「頹廢派」的，專重這種感官主義，在詩中盡量鋪陳聲色臭味。這種嗜好往往出於個人的怪癖，不能算詩的上乘。詩人對於自然愛好的第二種起於情趣的默契訢合。「相看兩不厭，只有敬亭山」，「平疇交遠風，良苗亦懷新」，「萬物靜觀皆自得，四時佳興與人同」諸詩所表現的態度都屬於這一類。這是多數中國詩人對於自然的態度。第三種是泛神主義，把大自然全體看做神靈的表現，在其中看出不可思議的妙諦，覺到超於人而時時在支配人的力量。自然的崇拜於是成爲一種宗教，它含有極原始的迷信和極神祕的哲學。這是多數西方詩人對於自然的態度，中國詩人很少有達到這種境界的。陶潛和華茲華斯都是著名的自然詩人，他們的詩有許多相類似。我們拿他們倆人來比較，就可以見出中西詩人對於自然的態度大有分別。我們姑拿陶詩〈飲酒〉爲例：

> 採菊東籬下，悠然見南山。山氣日夕佳，飛鳥相與還。此中有真意，欲辨已忘言。

從此可知他對於自然，還是取「好讀書不求甚解」的態度。他不喜「久在樊籠裡」，喜「園林無俗情」，所以居在「方宅十餘畝，草屋八九間」的宇宙裡，也覺得「稱心而言，人亦易足」。他的胸襟這樣豁達閒適，所以在「緬然睇曾邱」之際常「欣然有會意」。但是他不「欲辨」，這就是他和華茲華斯及一般西方詩人的最大異點。華茲華斯也討厭「俗情」，「愛丘山」，也能樂天知足，但是他是一個沉思者，是一個富於宗教情感者。他自述經驗說：「一朵極平凡的隨風蕩漾的花，對於我可以引起不能用涙表現得出來的那麼深的思想。」他在〈聽灘寺〉詩裡又說他覺到有「一種精靈在驅遣一切深思者和一切思想對象，並且在一切事物中運旋」。這種澈悟和這種神祕主義和中國詩人與自然默契相安的態度顯然不同。中國詩人在自然中只能聽見到自然，西方詩人在自然中往往能見出一種神祕的巨大的力量。

㈢哲學和宗教　中國詩人何以在愛情中只能見到愛情，在自然中只能見到自然，而不能有深一層的澈悟呢？這就不能不歸咎於哲學思想的平易和宗教情操的淡薄了。詩雖不是討論哲學和宣傳宗教的工具，但是它的後面如果沒有哲學和宗教，就不易達到深廣的境界。詩好比一株花，哲學和宗教好比土壤，土壤不肥沃，根就不能深，花就不能茂。西方詩比中國詩深廣，就因爲它有較深廣的哲學和宗教在培養它的根幹。沒有柏拉圖和斯賓洛莎就沒有歌德、華茲華斯和雪萊諸人所表現的理想主義和泛神主義；沒有宗教就沒有希臘的悲劇、但丁的《神曲》和彌爾頓的《失樂園》。中國詩在荒瘦的土壤中居然現出奇葩異彩，固然是一種可驚喜的成績，但是比較西方詩，終嫌美中有不足。我愛中國詩，我覺得在神韻微妙格調高雅方面往往非西詩所能及，但是說到深廣偉大，我終無法爲它護短。

就民族性說，中國人頗類似古羅馬人，處處都腳踏實地走，偏重實際而不務玄想，所以就哲學說，倫理的信條最發達，而有系統的玄學則寂然無聞；就文學說，關於人事及社會問題的作品最發達，而憑虛結構的作品則寥若晨星。中國民族性是最「實用的」，最「人道的」。它的長處在此，它的短處也在此。它的長處在此，因爲以人爲本位說，人與人的關係最重要，中國儒家思想偏重人事，渙散的社會居然能享到二千餘年的穩定，未始不是它的功勞。它的短處也在此，因爲它過重人本主義和現世主義，不能向較高遠的地方發空想，所以不能向高遠處有所企求。社會既穩定之後，始則不能前進，繼則因其不能前進而失其固有的穩定。

我說中國哲學思想平易，也未嘗忘記老莊一派的哲學。但是老莊比較儒家固較玄邃，比較西方哲學家，仍是偏重人事。他們很少離開人事而窮究思想的本質和宇宙的來源。他們對於中國詩的影響雖很大，但是因爲兩層原因，這種影響不完全是可滿意的。第一，在哲學上有方法和系統的分析易傳授，而主觀的妙悟不易傳授。老莊哲學都全憑主觀的妙悟，未嘗如西方哲學家用明瞭有系統的分析爲淺人說法，所以他們的思想傳給後人的只是糟粕。老學流爲道家言，中國詩與其說是受老莊的影響，不如說是受道家的影響。第二，老莊哲學尙虛無而輕視努力，但是無論是詩或是哲學，如果沒有西方人所重視的「堅持的努力」（sustained effort）都不能鞭辟入裡。老莊兩人自己所造雖深而承其教者卻有安於淺的傾向。

我們只要把受老莊影響的詩研究一番，就可以見出這個道理。中國詩人大半是儒家出身，陶潛和杜甫是著例。但是有四位大詩人受老莊的影響最深，替儒教化的中國詩特闢一種異境。這就是〈離騷〉、〈遠遊〉中的屈原（假定作者是屈原），〈詠懷詩〉中的阮籍，〈遊仙詩〉中的郭璞，以及〈日出入行〉、〈古有所思〉和〈古風〉五十九首中的李白。我們可以把他們統稱爲「遊仙派詩人」。他們所表現的思想如何呢？屈原說：

> 惟天地之無窮兮，哀人生之長勤。往者余弗及兮，來者吾不聞……漠虛靜以恬愉兮，澹無為而自得。聞赤松之清塵兮，願承風乎遺則。
>
> ——〈遠遊〉

阮籍在〈詠懷詩〉裡說：

> 去者余不及，來者吾不留。願登太華山，上與松子遊。

郭璞在〈遊仙詩〉裡說：

時變感人思，已秋復願夏。淮海變微禽，吾生獨不化！雖欲騰丹谿，雲螭非我駕。

李白在〈古風〉裡說：

黃河走東溟，白日落西海，逝川與流光，飄忽不相待……君當乘雲螭，吸景駐光彩。

這幾節詩所表現的態度是一致的，都是想由厭世主義走到超世主義。他們厭世的原因都不外看待世相的無常和人壽的短促。他們超世的方法都是揣摩道家煉丹延年駕鶴升仙的傳說。但是這只是一種想望，他們都沒有實現仙境，沒有享受到他們所想望的極樂。所以屈原說：

高陽邈以遠兮，余將焉兮所程？

阮籍說：

採藥無旋返，神仙志不符，逼此良可感，令我久躊躇。

郭璞說：

雖欲騰丹谿，雲螭非我駕。

李白說：

我思仙人，乃在碧海之東隅。海寒多天風，白波連山倒蓬壺，長鯨噴湧不可涉，撫心茫茫淚如珠。

他們都是不滿意於現世而有所渴求於另一世界。這種渴求頗類西方的宗教情操，照理應該能產生一個很華嚴燦爛的理想世界來，但是他們的理想都終於「流產」。他們對於現世的悲苦雖然都看得極清楚，而對於另一世界的想像卻很模糊。他們的仙境有時在「碧雲裡」，有時在「碧海之東隅」，有時又在西王母所住的瑤池，據李白的計算，它「去天三百里」。仙境有「上皇」，服侍他的有吹笙的玉童，和持芙蓉的靈妃。王喬、安期生、赤松子諸人是仙界的「使徒」。仙境也很珍貴人世所珍貴的繁華，只看「玉杯賜瓊漿」，「但見金銀臺」，就可以想像仙人的闊綽。仙人也不忘情於雲山林泉的美景，所以「青溪千餘仞」、「雲生梁棟間」、「翡翠戲蘭苕」都值得流連玩賞。仙人最大的幸福是長壽，郭璞說「千歲方嬰孩」，還是太短，李白的仙人卻「一餐歷萬歲」。仙人都有極大的本領，能

「囊括大塊」、「吸景駐光彩」，「揮手折荒木」、「拂此西日光」。升仙的方法是乘雲駕鶴，但有時要採藥煉丹，向「眞人」「長跪問寶訣」。

這種仙界的意象都從老莊虛無主義出發，兼採道家高舉遺世的思想。他們不知道後世道家雖託老學以自重，而道家思想和老子哲學實有根本不能相容處。老子以爲「人之大患在於有身」，所以持「無欲以觀其妙」爲處世金針，而道家卻拚命求長壽，不能忘懷於瓊樓玉宇和玉杯靈液的繁華。超世而不能超欲，這是遊仙派詩人的矛盾。他們的矛盾還不僅此，他們表面雖想望超世，而骨子裡卻仍帶有很濃厚的儒家淑世主義的色彩，他們到底還沒有丟開中國民族所特具的人道。屈原、阮籍、李白諸人都本有濟世忱民的大抱負。阮籍號稱猖狂，而在〈詠懷詩〉中仍有「生命幾何時，慷慨各努力」的勸告。李白在〈古風〉裡言志，也說「我志在刪述，垂輝映千春」。他們本來都有淑世的志願，看到世事的艱難和人壽的短促，於是逃到老莊的虛無清靜主義，學道家作高舉遺世的企圖。他們所想望的仙境又渺不可追，「雖欲騰丹谿，雲螭非我駕」，仍不免「撫心茫茫淚如珠」，於是又回到人境，盡量求一時的歡樂而寄情於醇酒婦人。「欲遠集而無所止兮，聊浮游以逍遙」，在屈原爲憤慨之談，在阮籍和李白便成了涉世的策略。這一派詩人都有日暮途窮無可奈何的痛苦。從淑世到厭世，因厭世而求超世，超世不可能，於是又落到玩世，而玩世亦終不能無憂苦。他們一生都在這種矛盾和衝突中徘徊。眞正大詩人必從這種矛盾和衝突中徘徊過來，但是也必能戰勝這種矛盾和衝突而得到安頓。但丁、莎士比亞和歌德都未嘗沒有徘徊過，他們所以超過阮籍、李白一派詩人者就在他們得到最後的安頓，而阮李諸人則終止於徘徊。

中國遊仙派詩人何以止於徘徊呢?這要歸咎於我們在上文所說過的哲學思想的平易和宗教情操的淡薄。哲學思想平易,所以無法在衝突中尋出調和,不能造成一個可以寄託心靈的理想世界。宗教情操淡薄,所以缺乏「堅持的努力」,苟安於現世而無心在理想世界求寄託,求安慰。屈原、阮籍、李白諸人在中國詩人中是比較能抬頭向高遠處張望的,他們都曾經向中國詩人所不常去的境界去探險,但是民族性的累太重,他們剛飛到半天空就落下地。所以在西方詩人心中的另一世界的渴求能產生《天堂》、《失樂園》、《浮士德》諸傑作,而在中國詩人心中的另一世界的渴求只能產生〈遠遊〉、〈詠懷詩〉、〈遊仙詩〉和〈古風〉一些簡單零碎的短詩。

老莊和道家學說之外,佛學對於中國詩的影響也很深。可惜這種影響未曾有人仔細研究過。我們首先應注意的一點就是:受佛教影響的中國詩大半只有「禪趣」而無「佛理」。「佛理」是眞正的佛家哲學,「禪趣」是和尙們靜坐山寺參悟佛理的趣味。佛教從漢朝傳入中國,到魏晉以後才見諸吟詠,孫綽〈遊天台山賦〉是其濫觴。晉人中以天分論,陶潛最宜於學佛,所以遠公竭力想結交他,邀他入「白蓮社」,他以許飲酒爲條件,後來又「攢眉而去」,似乎有不屑於佛的神氣。但是他聽到遠公的議論,告訴人說它「令人頗發深省」。當時佛學已盛行,陶潛在無意之中不免受有幾分影響。他的〈與子儼等疏〉中:

少學琴書,偶愛閒靜,開卷有得,便欣然忘食。見樹木交蔭,時鳥變聲,亦復歡然有喜。嘗言五六月中,北窗下臥。遇涼風暫至,自謂是羲皇上人。

一段是參透禪機的話。他的詩描寫這種境界的也極多。陶潛以後，中國詩人受佛教影響最深而成就最大的要推謝靈運、王維和蘇軾三人。他們的詩專說佛理的極少，但處處都流露一種禪趣。我們細玩他們的全集，才可以得到這麼一個總印象。如摘句為例，則謝靈運的「白雲抱幽石，綠篠媚清漣」，「虛館絕諍訟，空庭來鳥鵲」，王維的「興闌啼鳥散，坐久落花多」，「倚杖柴門外，臨風聽暮蟬」，和蘇軾的「舟行無人岸自移，我臥讀書牛不知」，「敲門都不應，倚杖聽江聲」諸句的境界都是我所謂「禪趣」。

他們所以有「禪趣」而無「佛理」者固然由於詩本來不宜說理，同時也由於他們所羨慕的不是佛教而是佛教徒。晉以後中國詩人大半都有「方外交」，謝靈運有遠公，王維有瑷公和操禪師，蘇軾有佛印。他們很羨慕這班高僧的言論風采，常偷「浮生半日閒」到寺裡去領略「參禪」的滋味，或是同禪師交換幾句趣語。詩境與禪境本來相通，所以詩人和禪師常能默然相契。中國詩人對於自然的嗜好比西方詩要早一千幾百年，究其原因，也和佛教有關係。魏晉的僧侶已有擇山水勝境築寺觀的風氣，最早見到自然美的是僧侶（中國僧侶對於自然的嗜好或受印度僧侶的影響，印度古婆羅門教徒便有隱居山水勝境的風氣，《沙恭達那》劇可以為證）。僧侶首先見到自然美，詩人則從他們的「方外交」學得這種新趣味。「禪趣」中最大的成分便是靜中所得於自然的妙悟，中國詩人所最得力於佛教者就在此一點。但是他們雖有意「參禪」，卻無心「證佛」，要在佛理中求消遣，並不要信奉佛教求澈底了悟，澈底解脫，入山參禪，出山仍然做他們的官，吃他們的酒肉，眷戀他們的妻子。本來佛教的妙義在「不立文字，見性成佛」，詩歌到底仍不免是一種塵障。

佛教只擴大了中國詩的情趣的根底，並沒有擴大它的哲理的根底。中國詩的哲理的根底始終不外儒道兩家。佛學爲外來哲學，所以能合中國詩人口味者正因其與道家言在表面上有若干類似。晉以後一般人嘗把釋道並爲一事，以爲升仙就是成佛。孫綽的〈天台山賦〉和李白的〈贈僧崖公詩〉都以爲佛老原來可以相通，韓愈闢「異端邪說」，也把佛老並爲一說。老子雖尙虛無而卻未明言寂滅。他是一個澈底的個人主義者，《道德經》中大部分是老於世故者的經驗之談，所以後來流爲申韓刑名法律的學問，佛則以普濟衆生爲旨。老子主張人類回到原始時代的愚昧，佛教人明心見性，衡以老子的「絕聖棄知」的主旨，則佛亦當在絕棄之列。從此可知老與佛根本不能相容。晉唐人合佛於老，也猶如他們合道於老一樣，絕對沒有想到這種湊合的矛盾。尤其奇怪的是儒家詩人也往往同時信佛。自居易和元稹本來都是澈底的儒者，而白有「吾學空門不學仙，歸則須歸兜率天」的話，元在〈遣病〉詩裡也說「況我早師佛，屋宅此身形」。中國人原來有「好信教不求甚解」的習慣，這種馬虎妥協的精神本也有它的優點，但是與深邃的哲理和有宗教性的熱烈的企求都不相容。中國詩達到幽美的境界而沒有達到偉大的境界，也正由於此。

第四章　論表現——情感思想與語言文字的關係

意境爲情趣意象的契合融貫，但是只有意境仍不能成爲詩，詩必須將蘊蓄於心中的意境傳達於語言文字，使一般人可以聽到看到懂得。這個傳達過程引起了「表現」、「實質與形式」、「情感思想與語言文字的關係」一些難問題。這些問題都是老問題，從亞里士多德一直到現在，許多思想家都費過許多心血想解決它們，但仍然是糾纏不清，可見得它們並不像一般人所想像的那麼容易。對於任何問題作精密思考，第一樁要事是正名定義，做淺近而卻基本的分析工作。文藝方面許多無謂的爭執和誤解都起於名不正，義不定，條理沒有分析清楚，以至於各方爭辯所指的要點不能接頭，思想就因而不能縝密中肯。本篇所以不憚繁瑣，從淺近而基本的分析入手。

一　「表現」一詞意義的曖昧

詩人和其他藝術家的本領都在見得到，說得出。一般人把見得到的叫做「實質」或「內容」，把說出來的叫做「形式」。換句話說，實質是語言所表現的情感和思想，形式是情感和思想藉以流露的語言組織。藝術的功能據說是賦予形式於內容。依這樣看，實質在先，形式在後；情感思想在內，語言在外。我們心裡先有一種已經成就的情感和思想（實質），本沒有語言而後再用語言把它翻譯出來，使它具有形式。這種翻譯的活動通常叫做「表現」（expression）。所謂表現就是把在內的「現」出「表」面來，成爲形狀可以使人看見。被表現者是情感思想，是實質，表現者是語言，是形式，這是流行語言習慣對於「表現」的定義。它對於情感思想和語言指出三種關係：一、被動與主動的關係，二、內外的關係，三、先後的關係。

美學家克羅齊把流行語言所指的「表現」叫做「外達」（l'estrinse-cayione），近於托爾斯泰、阿貝克朗比（Abercrombie）和理查茲（Richards）諸人所說的「傳達」（communication）。依他看，就藝術本身的完成說，傳達並非絕對必要，必要的是在心裡直覺到一個情感飽和的意象。情感與意象猝然相遇而訢合無間，這種遇合就是直覺，就是表現，也就是藝術。創造如此，欣賞也是如此。所以「表現」變成情感與意象中間的關係。在心中直覺到一個完整的意象恰能涵蘊一種情感時，情感便已「表現」於意象。被表現者是情感，表現者是意象。情感意象未經心靈綜合（即直覺）融貫爲一體以前，只有零亂渾樸的實質，既經心靈綜合融貫爲一體，即具有形式。形式是直覺所產生的。既直覺成爲藝術，實質與形式便不可分開；藝術之所以爲藝術，即在實質與形式之不可分開。依這一個看法，表現即直覺，是在一瞬間在心中形成的，內容形式不可分的；內外的分別自不能成立，即先與後，主動與被動的分別也不甚重要了。至於把心裡所直覺成的藝術用符號記載下來，目的是在傳達給旁人看，或是留爲自己後來看。這種目的是實用的，而不是藝術的，所以傳達與藝術無關，傳達出來的也只是「物理的事實」，不能算是藝術。

此外在康德以來的形式派美學中，「表現」還另有一個僻狹的意義。形式派美學家通常把藝術分爲「表意的」（representative）和「形式的」（formal）兩個成分。表意的成分是訴諸理解的，可引起聯想的，有意義可求的，如圖畫中的人物和故事以及詩中的意義。形式的成分是直接近諸感官的，不假思索而一目了然的，如圖畫的形色分配以及詩中的聲音節奏。「表意的成分」有時被形式派美學家稱爲「表現」，看成與「美」（beauty）對立，「美」完全見於「形式的成分」。藝術的特質據說是美，所以近代藝術在實施上和在理論上都傾向於抹煞「表意的成分」而盡量發展「形式的成分」。圖畫中「後期印象」運動以及詩中「純詩」運動都是要用形色或聲音直接撼動感官，把意義放在其次。形式派美學家有時也沿用流行語言所給的「表現」的意義，比如說：「純粹的形式不表現任何意義」。這麼一來，「表現」這個名詞弄得非常曖昧。如沿用「表現」的流行意義來說明形式派的「表現」觀，則藝術的實質是情感和思想（即「表意的成分」），形式是形色聲音等等媒介的配合，「表現」就是用形色聲音等等去傳達情感和思想。拿詩爲例來說，形式派的看法與流行的看法的分別是這樣：依流行的看法，詩以語言（兼含音與義）表現情感和思想；依形式派和純詩運動者的看法，詩以語言中一個成分——聲音——表現情感和思想。

本文用意不在批評諸家的表現說，而在建設一種自己的理論。形式派的「表現」意義不但太僻狹，而且與本文的理論沒有多大關係，姑且丟開不說。克羅齊的「表現」說到後來還要提到。爲便利說明起見，我們先從批評「表現」的流行意義入手。

二　情感思想和語言的連貫性

在「表現」的許多意義之中，流行語言習慣所用的最占勢力。這就是：情感思想（包含意象在內）合爲實質，語言組織爲形式，表現是用在外在後的語言去翻譯在內在先的情感和思想。這是多數論詩者共同採納的意見。我們以爲它不精確，現在來說明理由。

我們先要明白情感思想和語言的關係。心感於物（刺激）而動（反應）。情感思想和語言都是這「動」的片面。「動」蔓延於腦及神經系統而生意識，意識流動便是通常所謂「思想」。「動」蔓延於全體筋肉和內臟，引起呼吸、循環、分泌運動各器官的生理變化，於是有「情感」。「動」蔓延於喉、舌、齒諸發音器官，於是有「語言」。這是一個應付環境變化的完整反應。心理學家爲便利說明起見，才把它分析開來，說某者爲情感，某者爲思想，某者爲語言。其實這三種活動是互相連貫的，不能彼此獨立的。

我們先研究思想和語言的連貫性。一般人以爲思想全是腦的活動，「思想」與「用腦」幾成爲同義詞。其實這是不精確的，在運用思想時，我們不僅用腦，全部神經系統和全體器官都在活動。我們常問人：「你在想什麼？」他沒有說而我們知道他在想，就因爲他的目光、顏面筋肉以及全體姿態都現出一種特殊的樣子。據說亞里士多德運用思想時要徘徊行走，所以他的哲學派別有「行思派」（Peripatetician）的稱呼。從前私塾學童背書，常左右搖擺走動，如果猛然叫他站住，他就背誦不出來。如果咬住舌頭，阻止發音器官活動，而同時去背誦一段詩文，也覺很難。搖頭擺腦抖腿是從前中國文人做文運思時所常有的習慣，這些實例都可證明思想不僅用腦，全體各器官都在動作。本來有機體的特徵是部分與全體密切相關，部分動作，全體即必受影響。

在這些器官活動之中，語言器官活動對於思想尤為重要。小孩子們心裡想到什麼，口裡就同時說出來。有些人在街上走路自言自語，其實他們是在思想。詩人作詩，常一邊想，一邊吟誦。有些人看書，口裡不念就看不下去。依美國行為派心理學家的研究，一般人在思想時，喉舌及其他語言器官都多少在活動。比如想到樹，口裡常不知不覺地念「樹」字，縱然不必高聲念出來，喉舌各器官也必微作念「樹」字的動作。來希列（K. S. Lashley）的實驗可以為證。他叫受驗者先低聲背誦一句，用薰煙鼓把喉舌運動痕跡記載下來，然後再叫他默想同一句話的意義而不發聲，也用薰煙鼓把喉舌運動痕跡記載下來。這兩次薰煙紙上所記載的痕跡雖一較明顯，一較模糊，而起伏曲折的波紋卻大致平行類似，從此可知思想是無聲的語言，語言也就是有聲的思想。思想和語言原來是平行一致的，所以在文化進展中，思想愈發達，語言也愈豐富，未開化的民族以及未受教育的民眾不但思想粗疏幼稚，語言也極簡單。文化日益增高，可以說是字典的日益擴大。各民族的思想習慣的差別在語言習慣的差別上也可以見出。中國思想與語言都偏於綜合，西方思想與語言都偏於分析。

思想和語言既是同時進展，平行一致，不能分離獨立，它們的關係就不是先後內外的關係，也不是實質與形式的關係了。思想有它的實質，就是意義，也有它的形式，就是邏輯的條理組織。同理，語言的實質是它與思想共有的意義，它的形式是與邏輯相當的文法組織。換句話說，思想語言是一貫的活動，其中有一方面是實質，這實質並非離開語言的思想而是它們所共有的意義，也有一方面是形式，這形式也並非離開思想的語言而是邏輯與文法（包含詩的音律在內）。如果說「語言表現思想」，就不能指把在先在內的實質翻譯爲在後在外的形式，它的意思只能像說「縮寫字表現整個字」，是以部分代表全體。說「思想表現於語言」，意思只能像說「肺病表現於咳嗽吐血」，是病根見於徵候。分析到究竟，「表現」一詞當作它動詞看，意義只能爲「代表」（represent）；當作自動詞看，意義只能爲「出現」（appear）；當作名詞看，意義很近於「徵候」（symptom）。

如果我們分析情感與語言的關係，也可以得到同樣的結論。本能傾向受感動時，神經的流傳播於各器官，引起各種生理變化和心理反響，於是有情感。就有形跡可求者說，傳播於顏面者爲哭爲笑，爲皺眉、紅臉等；傳播於各肢體者爲震顫、舞蹈、興奮、頹唐等；傳播於內臟者爲呼吸、循環、消化、分泌的變化；傳播於喉舌齒唇者爲語言。這些變化——連語言在內——都屬於達爾文所說的「情感的表現」。在情感伴著語言時（情感有不伴著語言的，正猶如有不伴著面紅耳赤的），語言和哭笑震顫舞跳等生理變化都是平行一貫的。語言也只是情感發動時許多生理變化中的一種。我們通常說「語言」，是專指喉舌齒唇的活動，其實嚴格地說，情感所伴著的其他許多生理變化也還是廣義的語言，比如雞鳴犬吠，可以說是應用語言，也可以說是流露情感。但是雞犬的情感除鳴吠以外，還流露於種種其他生理變化，如搖頭擺尾之類，這些也未嘗不可和鳴吠同看成語言。

情感和語言的密切關係在腔調上最易見出。比如說「來」，在戰場上向敵人挑戰說的「來」，和呼喚親愛者說的「來」，字雖一樣，腔調絕不相同。這種腔調上的差別是屬於情感呢？還是屬於語言呢？它是同時屬於情感和語言的。離開腔調以及和它同類的生理變化，情感就失去它的強度，語言也就失去它的生命。我們不也常常說腔調很能「傳神」或「富於表現性」（expressive）嗎？它「表現」什麼呢？不消說地，它表現情感。但是它也是情感的一個成分，說它表現情感，只是說從部分見全體，從徵候見病症，或是從縮寫字見全體字。腔調同時是附屬於語言的，語言對於情感的關係也正如腔調對於情感的關係，不過廣狹稍有差別而已。伴著情感的語言必同時伴著腔調，只是情感的許多「徵候」的一種。說「語言表現情感」也正如說「語言表現思想」，並非把在先在內的實質翻譯爲在後在外的形式，只是以部分代表全體。

總之，思想情感與語言是一個完整連貫的心理反應中的三方面。心裡想，口裡說；心裡感動，口裡說；都是平行一致。我們天天發語言，不是天天在翻譯。我們發語言，因爲我們運用思想，發生情感，是一件極自然的事，並無須經過從甲階段轉到乙階段的麻煩。

我們根本否認情感思想和語言的關係是實質和形式的關係，實質和形式所連帶的種種糾紛問題也就因而不成其爲問題了。宇宙間任何事物都各有它的實質和形式，但是都像身體（實質）之於狀貌（形式），分不開來的。無體不成形，無形不成體，把形體分開來說，是解剖屍骸，而藝術是有生命的東西。

我們把情感思想和語言的關係看成全體和部分關係，這一點須特別著重。全體大於部分，所以情感思想與語言雖平行一致，而範圍大小卻不能完全疊合。凡語言都必伴有情感或思想（我們說「或」因爲詩的語言和哲學科學的語言多有所側重），但是情感思想之一部分有不伴著語言的可能。感官所接觸的形色聲嗅味觸等感覺，可以成爲種種意象，做思想的材料，而不盡有語言可定名或形容。情感中有許多細微的曲折起伏，雖可以隱約地察覺到而不可直接用語言描寫。這些語言所不達而意識所可達的意象思致和情調永遠是無法可以全盤直接地說出來的，好在藝術創造也無須把凡所察覺到的全盤直接地說出來。詩的特殊功能就在以部分暗示全體，以片段情境喚起整個情境的意象和情趣。詩的好壞也就看它能否實現這個特殊功能。以極經濟的語言喚起極豐富的意象和情趣就是「含蓄」、「意在言外」和「情溢乎詞」。嚴格地說，凡是藝術的表現（連詩在內）都是「象徵」（symbolism），凡是藝術的象徵都不是代替或翻譯而是暗示（suggestion），凡是藝術的暗示都是以有限寓無限。

三　我們的表現說和克羅齊表現說的差別

我們的表現說著重情感思想和語言的連貫性以及實質和形式的完整性，在表面上頗似克羅齊的「直覺即表現」說而實有分別。現在來說明這個分別所在，同時把我們的主張說得更明白一點。

克羅齊的學說有一部分是眞理，也有一部分是過甚其辭，應該分開來說。各種藝術就其爲藝術而言，有一個共同的要素，這就是情趣飽和的意象；有一種心理活動，這就是見到（用克羅齊的術語來說，「直覺到」）一個意象恰好能表現一種情趣。這種藝術的單整性（unity）以及實質形式的不可分離，克羅齊看得最清楚，說得最斬截有力量。就大體說，這部分學說的價值是不可磨滅的。他的毛病，像一般唯心派哲學家的毛病一樣，在把雜多事例歸原到單一原理之後，不能再由單一原理演出雜多事例。他過分地著重藝術的單整性而武斷地否認藝術可分類。這麼一來，心裡直覺到一種情趣飽和的意象，便算是已完成一件藝術作品，它可以是詩，可以是畫，可以是任何其他藝術。這是「太極未分」的「直覺」階段。藝術到了這階段就算到了止關。至於取媒介符號把心裡所直覺成的藝術作品記載下來，留一個可以展覽或備忘的痕跡，使藝術成為叫做「詩」、「畫」、「音樂」或其他名稱的作品，這是「兩儀始判」的「傳達」階段。這個階段的存在起於意志欲望及實用目的，就不能算是藝術的。在傳達階段，藝術才有分類的可能，但亦不是邏輯的必要。

一般批評克羅齊者都不滿意於他否認「傳達」有藝術性，至於「表現」與「傳達」分成兩個截然不同的階段，大家似都默認。其實他的學說的致命傷就在這一點。藝術創造絕不能離開傳達媒介。在克羅齊的美學中，「傳達」無關於藝術創造（即直覺或表現），於是傳達媒介，如形色之於圖畫，語言文字之於詩，聲音之於音樂等，就根本變成非藝術的「物理的事實」。他雖未明言詩可不用語言文字，圖畫可不用形色，音樂可不用聲音，卻亦未明言就其為藝術而論，詩與語言文字，圖畫與形色，音樂與聲音，總而言之一切藝術與其傳達媒介，有何重要關係。他說，「表現沒有憑藉（means），因為它沒有指歸（end）」。所謂「憑藉」似指媒介，所謂「指歸」就是實用目的。這個結論固然像有很謹嚴的邏輯性，但是不能符合事實。每個藝術家都可以告訴克羅齊：詩所表現的不能恰是畫或其他藝術所能表現的。這種分別就起於傳達媒介。每個藝術家都要用他的特殊媒介去想像，詩人在醞釀詩思時，就要把情趣意象和語言打成一片，正猶如畫家在醞釀畫稿時，就要把情趣意象和形色打成一片。這就是說，「表現」（即直覺）和「傳達」並非先後懸隔漠不相關的兩個階段，「表現」中已含有一部分「傳達」，因為它已經使用「傳達」所用的媒介。單就詩說，詩在想像階段就不能離開語言，而語言就是人與人互相傳達思想情感的媒介，所以詩不僅是表現，同時也是傳達。這傳達和表現一樣是在心裡成就的，所以仍是創造的一部分，仍含有藝術性。至於把這種「表現」和「傳達」所形成的「創作」用文字或其他符號寫下來，只是「記載」（record）。記載誠如克羅齊所說的，無創造性，不是藝術的活動。克羅齊所說的「外達」只有兩個可能的意義。如果它只是「記載」，從表現（直覺）到記載便不經過有創造性的「傳達」，便由直覺到的情趣意象而直抵文字符號，而語言便無從產生，這是不可思議的。如果它指有創造性的「傳達」加上記載，則他就不應否認它的藝術性。克羅齊對於此點始終沒有分析清楚。

總之，克羅齊的表現說在謹嚴的邏輯煙幕之下，隱藏著許多疏忽與混淆。我們的表現說和它比較，至少有三個重要的異點：

㈠他沒有認清傳達媒介在藝術想像中的重要，我們把語言和情趣意象打成一片。在他的學說中語言沒有著落，依我們它就有著落。

㈡他把「表現」（直覺）和「傳達」看成截然懸隔的兩個階段，二者之中沒有溝通銜接的橋梁；我們認爲「表現」階段便已含一部分「傳達」，傳達媒介是溝通兩階段的橋梁，這在詩中就是語言。

㈢他沒有分清有創造性的「傳達」（語言的生展）和無創造性的「記載」（以文字符號記錄語言），而我們把這兩件事分得很清楚。「傳達」在他的學說中不是藝術的活動，在我們的學說中是很重要的藝術活動。

我們的表現說與流行說及克羅齊說的分別，如果用方程式表示，分別便一目了然。流行的表現說如下式：

藝術創作
- 第一階段：情感＋意象＝想像＝藝術的醞釀。
- 第二階段：想像＋語言文字＝表現＝傳達＝翻譯＝藝術的完成。

克羅齊的表現說可列爲下式：

藝術創作
- 第一階段：情感＋意象＝直覺＝表現＝創造＝藝術活動。
- 第二階段：直覺＋語言文字＝外達＝物理的事實≠藝術活動。

我們的表現說則爲下式：

藝術創造
第一階段：情感＋意象＋語言＝表現（傳達＝藝術活動）。
第二階段：藝術＋文字符號＝記載≠藝術活動。

式中「＝」爲等號，「＋」爲加號，「≠」爲不等號，至於「（）」則借用符號名學中的「內涵」號。我們的學說的特點在把傳達媒介看成表現所必用的工具，語言和情趣意象是同時生展的。我們的學說能否成立，就要看這個基本主張能否成立。它與常識頗有不少的衝突，下文取答難式，將可想像到的疑難詳細剖析，同時把本文的意思說得更明白一點。

四　普通的誤解起於文字

一般人對於傳統常有牢不可破的迷信。一句話經過幾千年人所公認，我們就覺得它總有幾分道理。比如「意內言外」，「意在言先」，「情感思想是實質，語言是形式」，「表現是拿語言來傳達已經成就的情感和思想」之類的話，都已經有很久遠的歷史，現在我們說它是誤解，一般人會問：「何以古今中外許多人都不謀而合地陷到這個誤解中呢？」

這個問題很重要。許多人誤解情感思想和語言的關係，就因爲有一個第三者——文字——在中間攪擾。語言是思想和情感進行時，許多生理和心理的變化之一種，不過語言和其他生理和心理的變化有一個重要的差別，它們與情境同生同滅，語言則可以借文字留下痕跡來。文字可獨立，一般人便以爲語言也可以離開情感思想而獨立。其實語言雖用文字記載，卻不就是文字。在進化階段上，語言先起，文字後起。原始民族以及文盲都只有語言而無文字。文字是語言的「符號」（symbol），符號和所指的事物是兩件事，彼此可以分離獨立。比如「飯桶」兩個字音可以用「飯桶」兩個漢字代表，也可以用注音符號或羅馬字代表。同時，這個符號也可以當作一個人的諢名。從此可知語言和文字的關係是人爲的，習慣的，而不是自然的。

有人也許要問：除了驚嘆語類和諧聲語類之外，語言又何嘗不是人意制定、習慣造就的呢？比如「飯桶」兩個字音和它所指的實物也並無必然關係。這個實物在各國語言中各有各的名稱，便是明證。寫下來的符號模樣是文字，未寫以前口裡說的和心裡想的也還是文字。語言和文字未必有多大差別吧？

這番話大體不錯，不過分析起來，也還有毛病。口裡說的聲音或心裡想的符號模樣（字形），就其爲獨立的聲音或符號模樣而言，還是文字，還不能算是語言。我對於認不得的一句拉丁諺語仍舊可以發音，可以想像字形。它對於我是文字而不是語言。語言是由情感和思想給予意義和生命的文字組織。離開情感和思想，它就失其意義和生命。所以語言所用的文字，就其爲文字而言，雖是人意制定，習慣造就的，而語言本身則爲自然的，創造的，隨情感思想而起伏生滅的。語言雖離不開文字，而文字卻可離開語言，比如散在字典中的單字。語言的生命全在情感思想，通常散在字典中的單字都已失去它們在具體情境中所伴著的情感思想，所以沒有生命。文字可以借語言而得生命，語言也可以因僵化爲文字而失其生命。活文字都嵌在活語言裡，死文字是從活語言所宰割下來的破碎殘缺的肢體，字典好比一個陳列動植物標本的博物館。比如「鬧」字在字典中是一個死文字，在「紅杏枝頭春意鬧」一句活語言裡就變成一個活文字了。再比如你的親愛者叫做「春」，你呼喚「春」時所伴的情感思想在字典中就找不著。「春」字在你口頭是活語言，在字典中只是死文字。

語言對於情感思想是「徵候」，文字對於語言只是「記載」。語言可有記載，而情感思想通常無直接的記載。但是情感思想並非不能有直接的記載。留聲機蠟片上所留的痕跡，心理實驗室中薰煙鼓上所留的痕跡，以及電氣反應測驗準上所指的度數，都是直接記載情感思想的。文字對於語言的關係其實還沒有這些器具所記載的痕跡對於情感思想之密切，因爲同樣語言可用不同的文字符號代替，而同樣情感思想在上述各器具上所記載的痕跡是不能任意改動的。我們把這類痕跡和情感思想混爲一事尙且不可，把文字和語言混爲一事，於理更說不通了。

一般人誤在把語言和文字混爲一事，看見世間先有事物而後有文字稱謂，便以爲吾人也先有情感思想（事物）而後有語言；看見文字是可離情感思想而獨立的，便以爲語言也是如此。照這樣看法，在未有活人說活話之前，在未有詩文以前，世間就已有一部天生自在的字典。這部字典是一般人所謂「文字」，也就是他所謂語言。人在說話作詩文時，都是在這部字典裡揀字來配合成詞句，好比姑娘們在針線盒裡揀各色絲線繡花一樣。這麼一來，情感思想變成一項事，語言變成另一項事，兩項事本無必然關係，可以隨意湊攏在一起，也可以隨意拆散開來了。世間就先有情感思想，而後用本無情感思想的語言來「表現」它們了，情感思想便變成實質，而語言配合的模樣就變成形式了。他們不知道，語言的實質就是情感思想的實質，語言的形式也就是情感思想的形式，情感思想和語言本是平行一致的，並無先後內外的關係。如果他們肯細心分析，就會知道這是很明白的道理。

五　「詩意」、「尋思」與修改

反對者問：我們讀第一流作品時，常覺作者「先得我心」。他所說的話都是自己心裡所想說而說不出的。我們也常有「詩意」，因爲沒有作詩的訓練和技巧，有話說不出，所以不能作詩，這不是證明情感思想和語言是兩件事麼？

我們回答：「詩意」根本就是一個極含糊的名詞。克羅齊替自以爲有「詩意」而不能作詩的人取了一個諢號：「啞口詩人」。其實眞正詩人沒有是啞口的，「詩意」是幻覺和虛榮心的產品。每人都有猜想自己是詩人的虛榮心，心裡偶然有一陣模糊隱約的感觸，便信任幻覺，以爲那是十分精妙的詩意。我們對於一件事物須認識清楚，才能斷定它是甲還是乙。對於心裡一陣感觸，如果已經認識得很清楚，就自然有語言能形容它，或間接地暗示它；如果認識並不清楚，就沒有理由斷定它是「詩意」，猶如夜裡看見一團陰影，沒有理由斷定它是鬼怪一樣。水到自然渠成，意到自然筆隨。像「採菊東籬下，悠然見南山」，「敲門都不應，倚杖聽江聲」，「風乍起，吹皺一池春水」之類名句，有情感思想和語言的裂痕麼？它們像是模糊隱約的情感思想變成明顯固定的語言麼？

反對者說：寥寥數例不能概括一切詩。有信手拈來的，也有苦心搜索的。在苦心搜索時，情感和意象先都很模糊隱約，似可捉摸又似不可捉摸。作者須聚精會神，再三思索推敲，才能使模糊隱約的變爲明顯固定的，不可捉摸的變爲可捉摸的。凡有寫作經驗的人都得承認這話。

我們回答說，這話絲毫不錯。思想本來是繼續連貫地向前生展，是一種解決疑難、糾正錯誤的努力。它好比射箭，意在中的，但不中的也是常事。我們尋思，就是把模糊隱約的變爲明顯確定的，把潛意識和意識邊緣的東西移到意識中心裡去。這種手續有如照相調配距離，把模糊的、不合式的影子，逐漸變爲明顯的、合式的。詩不能全是自然流露，就因爲搜尋潛意識和意識邊緣的工作有時是必要的；作詩也不能全恃直覺和靈感，就因爲這種搜尋有時需要極專一的注意和極堅忍的意志。但是我們要明白：這種工作究竟是「尋思」，並非情感思想本已明顯固定而語言仍模糊隱約，須在「尋思」之上再加「尋言」的工作。再拿照相來打比喻，我們作詩文時，繼續地在調配距離，要攝的影子是情感思想和語言相融化貫通的有機體。如果情感思想的距離調配合式了，語言的距離自然也就合式。我們並無須費照兩次相的手續，先調配情感思想的距離而後再調配語言的距離。我們通常自以爲在搜尋語言（調配語言的距離），其實同時還在努力使情感思想明顯化和確定化（調配情感思想的距離）。

反對者說：我們作詩文時，常苦言不能達意，須幾經修改，才能碰上恰當字句。「修改」的必要證明「尋思」和「尋言」是兩回事。先「尋思」，後「尋言」，是普通的經驗。

我們回答：「修改」還是「尋思」問題的一個枝節。「修改」就是調配距離，但是所調配者不僅是語言，同時也還是意境。比如韓愈定賈島的「僧推月下門」爲「僧敲月下門」，並不僅是語言的進步，同時也是意境的進步。「推」是一種意境，「敲」又是一種意境，並非先有「敲」的意境而想到

「推」字，嫌「推」字不適合，然後再尋出「敲」字來改它。就我自己的經驗說，我作文常修改，每次修改，都發現在話沒有說清楚時，原因都在思想混亂，把思想條理弄清楚了，話自然會清楚。尋思必同時是尋言，尋言亦必同時是尋思。

六　古文與白話

反對者說：你這番話似乎太偏重語言而看輕文字，以為語言是活的，文字是死的。你似乎主張作詩文必全用白話。從前有許多文學作品都不是用當時流行的語言，價值仍然不可磨滅。我們可以說，除著民歌以外（就是民歌是否全用當時的流行語官也還是疑問），大部分中國詩文都是用古文寫的。如果依你的情感思想語言一致說，恐怕它們都不能符合你的標準吧？你似乎在盲目附和白話運動。

我們回答說：我們不敢當這個罪名。以文字的古今定文字的死活，是提倡白話者的偏見。散在字典中的文字，無論其為古為今，都是死的；嵌在有生命的談話或詩文中的文字，無論其為古為今，都是活的。我們已經說過，文字只是一種符號，它與情感思想的關聯全是習慣造成的。你慣用現在流行的文字運思，可用它作詩文；你慣用古代文字運思，就用它來作詩文，也自無不可。從前讀書人朝朝暮暮都在古書裡過活，古代文字對於他們並不比現代文字難，甚至於比現代文字還更便利，所以古代文字對於他們可以變成活語言。這正如我們學外國文到很純熟的地步，有時覺得用外國文傳達情感思想，反比用中文較方便。不過這只是就作者說，如就讀者說，用古代文字作詩文，對於未受古代文字訓練的群衆自然是一種不方便。這裡我們又回到傳達與社會影響的問題了。詩既以傳達爲要務，就不能不顧到群衆了解的便利。還有一層，即從作者的觀點看，現代人有現代人的生活方式和特殊情思，現代語言是和這種生活方式和情思密切相關的，所以在承認古文仍可用時，我們主張作詩文仍以用流行語言爲親切。

本來文字古今的分別也只是比較的而不是絕對的。我們現在用的文字大部分還是許慎的《說文解字》裡所有的，並且有許多字的用法，現代和二千年前也並沒有多大分別。現在所有的字大半是古代已有的，不過古代已有的字有許多在現代已不流行。古代文字有些能流傳到現在，有些不能，原因一半在需要的變遷，一半也在習慣的變遷。習慣原可養成，所以一部分古字復活是語言發展史中所常見的自然現象，歐洲有許多詩人常愛用復活的古字。現代中國一般人說話所用的字彙實在太貧乏，除製造新字以外，讓一部分古字復活也未始不是一種救濟的辦法。

現代人作詩文，不應該學周誥殷盤那樣詰屈聱牙，爲的是傳達的便利。不過提倡白話者所標出的「作詩如說話」的口號也有些危險。日常的情思多粗淺蕪亂，不盡可以入詩，入詩的情思都須經過一番洗練，所以比日常的情思較爲精妙有剪裁。語言是情思的結晶，詩的語言亦應與日常語言有別。無論在哪一國，「說的語言」和「寫的語言」都有很大的分別。說話時信口開河，思想和語言都比較粗疏；寫詩文時有斟酌的餘暇，思想和語言也都比較縝密。散文應比說話精練，詩更應比散文精練。這所謂「精練」可在兩方面見出，一在意境，一在語言。專就語言說，有兩點可以注意：第一是文法，說話通常不必句句謹遵文法的紀律，作詩文時文法的講究則比較謹嚴。其次是用字，說話所用的字在任何國都很有限，通常不過數千字，寫詩文時則字典中的字大半可採用。沒有人翻字典去說話，但是無論在哪一國，受過教育的人讀詩文也不免都常翻字典，這簡單的事實就可以證明「寫的語言」比較「說的語言」豐富了。

「寫的語言」比「說的語言」也比較守舊，因爲說的是流動的，寫的就成爲固定的。「寫的語言」常有不肯放棄陳規的傾向，這是一種毛病，也是一種方便。它是一種毛病，因爲它容易僵化，失去語言的活性；它也是一種便利，因爲它在流動變化中抓住一個固定的基礎。在歷史上有人看重這種毛病，也有人看重這種方便。看重這種方便的人總想保持「寫的語言」的特性，維持它和「說的語言」的距離。在詩的方面，把這種態度推到極端的人主張詩有特殊的「詩的文字」（poetic diction）。這論調在歐洲假古典主義時代最占勢力。另外一派人看重「寫的語言」守舊的毛病，竭力拿「說的語言」來活化「寫的語言」，使它們的距離盡量地縮短。這就是詩方面的「白話運動」。中國詩現在還在「白話運動」期。歐洲文學史上也起過數次的白話運動。最重要的有兩個：一個是中世紀行吟詩人和但丁（Dante）所提倡的，一個是浪漫運動期華茲華斯諸人所提倡的。但丁選定「土語」（the vulgar tongue）爲詩，同時卻主張丟去「土語」的土性，取各地「土語」放在一起「篩過一遍，篩出最精純的一部分來另造一種「精練的土語」（the illustrious vulgar）爲作詩之用。我覺得這個主張值得深思。

總之，詩應該用「活的語言」，但是「活的語言」不一定就是「說的語言」，「寫的語言」也還是活的。就大體說，詩所用的應該是「寫的語言」而不是「說的語言」，因爲寫詩時情思比較精練。

第五章　詩與散文

在表面上，詩與散文的分別似乎很容易認出，但是如果仔細推敲，尋常所認出的分別都不免因有例外而生問題。從亞里士多德起，這問題曾引起許多辯論。從歷史的經驗看，它是頗不易解決的。要了解詩與散文的分別，是無異於要給詩和散文下定義，說明詩是什麼，散文是什麼。這不是易事，但也不是研究詩學者所能逃免的。我們現在匯集幾個重要的見解，加以討論，看能否得到一個比較合理的看法。

一　音律與風格上的差異

中國舊有「有韻爲詩，無韻爲文」之說，近來我們發現外國詩大半無韻，就不能不把這句稍加變通，說「有音律的是詩，無音律的是散文」。這話專從形式著眼，實在經不起分析。亞里士多德老早就說過，詩不必盡有音律，有音律的也不盡是詩。冬烘學究堆砌腐典濫調成五言八句，自己也說是在作詩。章回小說中常插入幾句韻文，評論某個角色或某段情節，在前面也鄭重標明「後有詩一首」的字樣。一般人心目中的「詩」大半就是這麼一回事。但是我們要明白：諸葛亮也許穿過八卦衣，而穿八卦衣的不必就眞是諸葛亮。如全憑空洞的形式，則《百家姓》、《千字文》、醫方脈訣以及冬烘學究的試帖詩之類可列於詩，而散文名著，如《史記》、柳子厚的山水雜記、《紅樓夢》、柏拉圖的《對話集》、《新舊約》之類，雖無音律而有詩的風味的作品，反被擯於詩的範圍以外。這種說法顯然是不攻自破的。

另外一種說法是詩與散文在風格上應有分別。散文偏重敘事說理，它的風格應直截了當，明白曉暢，親切自然；詩偏重抒情，它的風格無論是高華或平淡，都必維持詩所應有的尊嚴。十七八世紀假古典派作者所以主張詩應有一種特殊語言，比散文所用的較高貴。莎士比亞在《麥克白》悲劇裡敘麥克白夫人用刀弒君，約翰遜批評他不該用「刀」字，說刀是屠戶用的，用來殺皇帝，而且用「刀」字在詩劇裡都有損尊嚴。這句話雖可笑，實可代表一部分人的心理。在一般人看，散文和詩中間應有一個界限，不可互越，散文像詩如齊梁人作品，是一個大毛病；詩像散文，如韓昌黎及一部分宋人的作品，也非上乘。

這種議論也經不起推敲。像布封所說的，「風格即人格」，它並非空洞的形式。每件作品都有它的特殊實質和特殊的形式，它成爲藝術品，就在它的實質與形式能融貫混化。上品詩和上品散文都可以做到這種境界。我們不能離開實質，憑空立論，說詩和散文在風格上不同。詩和散文的風格不同，也正猶如這首詩和那首詩的風格不同，所以風格不是區分詩和散文的好標準。

其次，我們也不能憑空立論，說詩在風格上高於散文。詩和散文各有妙境，詩固往往能產生散文所不能產生的風味，散文也往往可產生詩所不能產生的風味。例證甚多，我們姑舉兩類：第一，詩人引用散文典故入詩，風味常不如原來散文的微妙深刻。例如《世說新語》：

桓公北征，經金城，見前為琅琊時種柳皆已十圍，慨然曰：「木猶如此，人何以堪！」攀枝執條，泫然流涕。

這段散文，寥寥數語，寫盡人物俱非的傷感，多麼簡單而又雋永！庾信在〈枯樹賦〉裡把它譯為韻文說：

昔年種柳，依依漢南；今看搖落，淒愴江潭。桓大司馬聞而嘆曰：「樹猶如此，人何以堪！」

這段韻文改動《世說新語》字並不多，但是比起原文，一方面較纖巧些，一方面也較呆板些。原文的既直截而又飄渺搖曳的風致在〈枯樹賦〉的整齊合律的字句中就失去大半了。此外如辛稼軒的〈哨遍〉一詞總括《莊子．秋水》篇的大意，用語也大半集《莊子》：

有客問洪河，百川灌雨，涇流不辨涯涘。於是焉河伯欣然喜，以為天下之美盡在己。渺溟，望洋東視，逡巡向若驚嘆，謂：「我非逢子，大方達觀之家，未免長見悠然笑耳！」

剪裁配合得這樣巧妙，固然獨具匠心，但是它總不免令人起假山籠鳥之感，《莊子》原文的那副磅礡詼諧的氣概也就在這巧妙裡消失了。

其次，詩詞的散文序有時勝於詩本身。例如《水仙操》的序和正文：

伯牙學琴於成連，三年而成，至於精神寂寞，情之專一，未能得也。成連曰：「吾之學不能移人之情，吾師有方子春在東海中。」乃賫糧從之。至蓬萊山，留伯牙曰：「吾將迎吾師。」刺船而去，旬日不返。伯牙心悲，延頸四望，但聞海水汩沒，山林窅冥，群鳥悲號，仰天嘆曰：「先生將移我情！」乃援琴而作歌：「繄洞庭兮流斯護，舟楫逝兮仙不還。移形素兮蓬萊山，歍欽傷宮仙不還。」

序文多麼美妙！歌詞所以伴樂，原不必以詩而妙，它的意義已不盡可解，但就可解者說，卻比序差得遠了。此外如陶潛的〈桃花源〉詩，王羲之的〈蘭亭詩〉，以及姜白石的〈揚州慢〉詞，雖然都很好，但風味雋永，似都較序文遜一籌。這些實例很可以證明詩的風格不必高於散文。

二　實質上的差異

形式既不足以區分詩與散文，然則實質何如呢？有許多人相信，詩有詩的題材，散文有散文的題材。就大體說，詩宜於抒情遣興，散文宜於狀物敘事說理。摩越（J. M. Murry）在《風格論》裡說：「如果起源的經驗是偏於情感的，我相信用詩或用散文來表現，一半取決於時機或風尙；但是如果情感特別深厚，特別切己，用詩來表現的動機是占優勝的。我不能想像莎士比亞的十四行詩集可以用散文來寫。」至於散文有特殊題材，他說得更透闢：「對於任何問題的精確思考，必須用散文。音韻拘束對於它必不相容。」「一段描寫，無論是寫一個國家，一個逃犯，或是房子裡一切器具，如果要精細，一定要用散文。」「風俗喜劇所表現的心情，須用散文。」「散文是諷刺的最合式的工具。」徵諸事實，這話也似很有證據。極好的言情的作品都要在詩裡找，極好的敘事說理的作品都要在散文裡找。

著重實質者並且進一步在心理上找詩與散文的差異，以爲懂得散文大半憑理智，懂得詩大半憑情感。這兩種懂是「知」（know）與「感」（feel）的分別。可「知」者大半可以言喻，可「感」者大半須以意會。比如陶潛的「採菊東籬下，悠然見南山」兩句詩，就字句說，極其簡單。如果問讀者是否懂得，他們大半都說懂得。如果進一步問他們所懂得的是什麼，他們的回答不外兩種，不是乾脆地詮釋字義，用普通語言把它翻譯出來，就是發揮言外之意。前者是「知」，是專講字面的意義；後者有時是「感」，是體會字面後的情趣。就字義說，兩句詩不致引起多大分歧，就情趣說，則仁者見仁，智者見智，就各各不同了。散文求人能「知」，詩求人能「感」。「知」貴精確，作者說出一分，讀者便須恰見到一分，「感」貴豐富，作者說出一分，讀者須在這一分之外見出許多其他東西，所謂舉一反三。因此，文字的功用在詩中和在散文中也不相同。在散文中，它在「直述」（state），讀者注重本義；在詩中它在「暗示」（suggest），讀者注重聯想。羅斯教授（J. L. Lowes）在《詩的成規與反抗》一書裡就是這樣主張的。

在大體上，這番話很有道理，但是事實上也有很多反證，我們不能說，詩與散文的分別就可以在情與理的分別上見出。散文只宜於說理的話是一種傳統的偏見。凡是眞正的文學作品，無論是詩還是散文，裡面都必有它的特殊情趣，許多小品文是抒情詩，這是大家公認的。再看近代小說，我們試想一想，哪一種可用詩表現的情趣在小說中不能表現呢？我很相信上面所引的摩越的話，一個作家用詩或用散文來表現他的意境，大半取決於當時的風尙。荷馬和莎士比亞如果生在現代，一定會寫小說；陀斯妥耶夫斯基、普魯司特、勞倫斯諸人如果生在古希臘或伊麗莎白時代，一定會寫史詩或悲劇。至於詩不能說理的話比較正確，不過我們也要明白，詩除情趣之外也都有幾分理的成分，所不同者它的情理融成一片，不易分開罷了。我們能說希臘悲劇和莎士比亞悲劇裡面沒有「理」麼？但丁的《神曲》和歌德的《浮士德》裡面沒有「理」麼？陶潛的〈形影神〉以及朱熹的〈感興詩〉之類作品裡面沒有「理」麼？舉一個很簡單的例來說同樣情理可表現於詩，亦可表現於散文。《論語》裡「子在川上曰：『逝者如斯夫，不舍晝夜。』」一段是散文；李白的〈古風〉裡「前水復後水，古今相續流，新人非舊人，年年橋上遊」幾句是詩。在這兩個實例裡，我們能說散文不能表現情趣或是詩不能說理麼？摩越說詩不宜於描寫，大概受萊辛（Lessing）的影響，他忘記許多自然風景的描寫是用詩寫的；他說詩不宜於諷刺和作風俗喜劇，他忘記歐洲以諷刺和風俗喜劇著名的作者如阿里斯托芬、糾文納兒和莫里哀諸人大半採用詩的形式。從題材性質上區別詩與散文，並不絕對地可靠，於此可見。

三　否認詩與散文的分別

音律和風格的標準既不足以區分詩與散文，實質的差異也不足爲憑，然則我們不就要根本否認詩與散文的分別麼？有些人以爲這是唯一的出路。依他們看，與詩相對待的不是散文而是科學，科學敘述事理，詩與散文，就其爲文學而言，表現對於事理所生的情趣。凡是具有純文學價值的作品都是詩，無論它是否具有詩的形式。我們常說柏拉圖的《對話集》、《舊約》，六朝人的書信、柳子厚的山水雜記、明人的小品文、《紅樓夢》之類散文作品是詩，就因爲它們都是純文學。亞里士多德論詩，就是用這種看法。他不把音律看做詩的要素，以爲詩的特殊功用在「模仿」。他所謂「模仿」頗近於近代人所說的「創造」或「表現」。凡是有創造性的文字都是純文學，凡是純文學都是詩。雪萊說：「詩與散文的分別是一個庸俗的錯誤。」克羅齊主張以「詩與非詩」（poetry and non-poetry）的分別來代替詩與散文的分別。所謂「詩」就包含一切純文學，「非詩」就包含一切無文學價值的文字。

這種看法在理論上原有它的特見，不過就事實說，在純文學範圍之內，詩和散文仍有分別，我們不能否認。否認這分別就不是解決問題而是逃避問題。如果說寬一點，還不僅純文學都是詩，一切藝術都可以叫做詩。我們常說王維「詩中有畫，畫中有詩」。其實一切藝術到精妙處都必有詩的境界。我們甚至於說一個人，一件事，一種物態或是一片自然風景含有詩意。「詩」字在古希臘文中的意義是「制作」。所以凡是制作或創造出來的東西都可以稱爲詩，無論是文學，是圖畫或是其他藝術。克羅齊不但否認詩與散文的分別，而且把「詩」、「藝術」和「語言」都看做沒有多大分別，因爲它們都是抒情的，表現的。所以「詩學」、「美學」和「語言學」在他的學說中是一件東西。這種看法用意在著重藝術的整一牲，它的毛病在太空泛，因過重綜合而蔑視分析。詩和諸藝術，詩和純文學，都有共同的要素，這是我們承認的。但是我們也應該知道，它們在相同之中究竟有不同者在。比如王維的畫、詩和散文尺牘雖然都同具一種特殊的風格，爲他的個性的流露，但是在精妙處可見於詩者不必盡可見於畫，也不必盡可見於散文尺牘。我們正要研究這不同點是什麼。

四　詩爲有音律的純文學

我們在上文已經說明過，詩與散文的分別既不能單從形式（音律）上見出，也不能單從實質（情與理的差異）上見出。在理論上還有第三個可能性，就是詩與散文的分別要同時在實質與形式兩方面見出。如果採取這個看法，我們可以下詩的定義說：「詩是具有音律的純文學。」這個定義把具有音律而無文學價值的陳腐作品，以及有文學價值而不具音律的散文作品，都一律排開，只收在形式和實質兩方面都不愧爲詩的作品。這一說與我們在第四章所主張的情感思想平行一致，實質形式不可分之說恰相吻合。我們的問題是：何以在純文學之中有一部分具有詩的形式呢？我們的答案是：詩的形式起於實質的自然需要。這個答案自然還假定詩有它的特殊的實質。如果我們進一步追問：詩的實質的特殊性何在？何以它需要一種特殊形式（音律）？我們可以回到上文單從實質著眼所丟開的情與理的分別，我們可以說，就大體論，散文的功用偏於敘事說理，詩的功用偏於抒情遣興。事理直截了當，一往無餘；情趣則低徊往復，纏綿不盡。直截了當者宜偏重敘述語氣，纏綿不盡者宜偏重驚嘆語氣。在敘述語中事盡於詞，理盡於意；在驚嘆語中語言是情感的縮寫字，情溢於詞，所以讀者可因聲音想到弦外之響。換句話說，事理可以專從文字的意義上領會，情趣必從文字的聲音上體驗。詩的情趣是纏綿不盡，往而復返的，詩的音律也是如此。舉一個實例來說，比如《詩經》中的四句詩：

昔我往矣，楊柳依依；今我來思，雨雪霏霏。

如果譯為現代散文，則為：

從前我走的時候，楊柳還正在春風中搖曳；現在我回來，天已經在下大雪了。

原詩的意義雖大致還在，它的情致就不知去向了。義存而情不存，就因為譯文沒有保留住原文的音節。實質與形式本來平行一貫，譯文不同原詩，不僅在形式，實質亦並不一致。比如「在春風中搖曳」譯「依依」就很勉強，費詞雖較多而含蓄卻反較少。「搖曳」只是呆板的物理，「依依」卻含有濃厚的人情。詩較散文難翻譯，就因為詩偏重音而散文偏重義，義易譯而音不易譯，譯即另是一回事。這個實例很可以證明詩與散文確有分別，詩的音律起於情感的自然需要。

這一說——詩爲有音律的純文學說——比其他各說都較穩妥，我個人從前也是這樣主張，不過近來仔細分析事實，覺得它也只是大概不差，並沒有謹嚴的邏輯性。有兩個重要的事實值得我們注意。

第一，有和無是一個絕對的分別，就音律而論，詩和散文的分別也只是相對的而不是絕對的。先就詩說，詩必有固定的音律，是一個傳統的信條。從前人對它向不懷疑，不過從自由詩、散文詩等新花樣起來以後，我們對於它就有斟酌修改的必要了。自由詩起來本很早，據說古希臘就有它。近代法國詩人採用自由體的很多，從意象派詩人（imagistes）起來之後，自由詩才成爲一個大規模的運動。它究竟是什麼呢？據法國音韻學者格拉芒（Grammant）說，法文自由詩有三大特徵：一、法文詩最通行的亞力山大格，每行十二音。古典派分四頓，浪漫派分三頓，自由詩則可有三頓以至於六頓。二、法文詩通常用aabb式「平韻」，自由詩可雜用abab式「錯韻」，abba式「抱韻」等等。三、自由詩每行不拘守亞力山大格的成規，一章詩裡各行長短可以出入。照這樣看，自由詩不過就原有規律而加以變化。在中國詩中，王湘綺的《八代詩選》中的雜言就可以當作自由詩。近代象徵的自由詩不合格拉芒的三條件的很多，它們有不用韻的。英文自由詩通常更自由。它的節奏好比風吹水面生浪，每陣風所生的浪自成一單位，相當於一章。風可久可暫，浪也有長有短，兩行三行四行五行都可以成章。就每一章說，字行排列也根據波動節奏（cadence）的道理，一個節奏占一行，長短輕重無一定規律，可以隨意變化。照這樣看，它似毫無規律可言，但是它尚非散文，因爲它究竟還是分章分行，章與章，行與行，仍有起伏呼應。它不像散文那樣流水式地一瀉直下，仍有低徊往復的趨勢。它還有一種內在的音律，不過不如普通詩那樣整齊明顯罷了。散文詩又比自由詩降一等。它只是有詩意的小品文，或則說，用散文表現一種詩的境界，仍偶用詩所習用的詞藻腔調，不過音律就幾乎完全不存在了。從此可知就音節論，詩可以由極謹嚴明顯的規律，經過不甚顯著的規律，以至於無規律了。

次就散文而論，它也並非絕對不能有音律的。詩早於散文，現在人用散文寫的，古人多用詩寫。散文是由詩解放出來的。在初期，散文的形式和詩相差不遠。比如英國，從喬叟到莎士比亞，詩就已經很可觀，散文卻仍甚笨重，詞藻構造都還不脫詩的習慣。從十七世紀以後，英國才有流利輕便的散文。中國散文的演化史也很類似。秦漢以前的散文常雜有音律在內。隨便舉幾條例來看看：

> 今夫古樂，進旅退旅，和正以廣，弦匏笙簧，會守拊鼓。始奏以文，復亂以武。治亂以相，訊疾以雅。君子於是語，於是道古，修身及家，平均天下。此古樂之發也。
>
> ——《禮記・樂記》

> 道沖而用之，或不盈。淵乎似萬物之宗。挫其銳，解其紛；和其光，同其塵，湛兮似若存。吾不知誰之子，象帝之先。
>
> ——《老子》

> 吾有大樹，人謂之樗。其大本臃腫而不中繩墨，其小枝捲曲而不中規矩。立之途，匠者不顧。今子之言，大而無用，眾所同去也。
>
> ——《莊子・逍遙遊》

這都是散文，但是都有音律。中國文學中最特別的一種體裁是賦。它就是詩和散文界線上的東西：流利奔放，一瀉直下，似散文；於變化多端之中仍保持若干音律，又似詩。隋唐以前大部分散文都沒有脫詩賦的影響，有很明顯的用韻的，也有雖不用韻而仍保持賦的華麗的詞藻與整齊句法段落的。唐朝古文運動實在是散文解放運動。以後流利輕便的散文逐漸占優勢，不過詩賦對於散文的影響到明清時代還未完全消滅，駢文四六可以爲證。現在白話文運動還在進行，我們不能預言中國散文將來是否有一部分要回到雜用音律的路，不過想起歐戰後起來的「多音散文」（polyphonic prose），這並非不可能。弗萊契（Fletcher）說它的重要「不亞於政治上的歐戰，科學上鐳的發明」，雖未免過甚其詞，它是一個值得注意的運動，卻是無可諱言的。據羅威爾（A. Lowell）女士說：「多音散文應用詩所有的一切聲音，如音節、自由詩、雙聲、疊韻、迴旋之類；它可應用一切節奏，有時並且用散文節奏，但是通常不把某一種節奏用到很長的時間。……韻可以擺在波動節奏的終點，可以彼此緊相銜接，也可以隔很長的距離遙相呼應。」換句話說，在多音散文裡，極有規律的詩句，略有規律的自由詩句以及毫無規律的散文句都可以雜燴在一塊。我想這個花樣在中國已「自古有之」，賦就可以說是最早的「多音散文」。看到歐美的「多音散文」運動，我們不能斷定將來中國散文一定完全放棄音律，因爲像「多音散文」的賦在中國有長久的歷史，並且中國文字雙聲疊韻最多，容易走上「多音」的路。

總觀以上所述事實，詩和散文在形式上的分別也是相對而不是絕對的。我們不能畫兩個不相交接的圓圈，把詩擺在有音律的圈子裡，把散文擺在無音律的圈子裡，使彼此壁壘森嚴，互不侵犯，詩可以由整齊音律到無音律，散文也可以由無音律到有音律。詩和散文兩國度之中有一個很寬的疊合部分作界線，在這界線上有詩而近於散文，音律不甚明顯的；也有散文而近於詩，略有音律可尋的。所以我們不能說「有音律的純文學」是詩的精確的定義。

其次，這定義假定某種形式為某種實質的自然需要，也很有商酌的餘地。我們先提出一個極淺近的事實，然後進一步討論原理。先看李白的詞：

簫聲咽，秦娥夢斷秦樓月。秦樓月，年年柳色，灞陵傷別。
樂遊原上清秋節，咸陽古道音塵絕。音塵絕，西風殘照，漢家陵闕。

再看周邦彥的詞：

香馥馥，樽前有個人如玉。人如玉，翠翹金鳳，內家裝束。
嬌羞愛把眉兒蹙，逢人只唱相思曲。相思曲，一聲聲是：怨紅愁綠。

兩首詞都是傑作。在情調上，它們絕不相同。李詞悲壯，有英雄氣；周詞香豔，完全是兒女氣，但是在形式上它們同是塡「憶秦娥」的調子，都押入聲韻，句內的平仄也沒有重要的差別。從此可知形式與實質並沒有絕對的必然關係。無論在哪一國，固定的詩的形式都不很多，雖然所寫的情趣意象儘管有無窮的變化。法文詩大半用押韻的亞力山大格，英文詩最通行的形式也只有平韻五節格（heroic couplet）及無韻五節格（blank verse）兩種。歐洲詩格最謹嚴的莫如十四行體（sonnet），許多性質相差甚遠的詩人都同用這格式去表現千差萬別的意境。中國正統的詩形式也不過四言、五古、七古、五律、七律、絕句幾種。詞調較多，據萬氏《詞律》、毛氏《填詞名解》諸書所載也不過三百餘種，常用者不及其半。詩人須用這有限的形式來範圍千變萬化的情趣和意象。如果形式與實質有絕對的必要關係，每首詩就必須自創一個格律，絕不能因襲陳規了。

我們在討論詩的起源時已經詳細說明過，詩的形式大半爲歌、樂、舞同源的遺痕。它是沿襲傳統的，不是每個詩人根據他的某一時會的意境所特創的。詩不全是自然流露。就是民歌也有它的傳統的技巧，也很富於守舊性。它也填塞不必要的字句來湊數，用意義不恰當的字來趁韻，模仿以往的民歌的格式。這就是說，民歌的形式也還是現成的、外在的、沿襲傳統的，不是自然流露的結果。

五　形式沿襲傳統與情思語言一致說不衝突

這番話與上章情感思想語言平行一致說不互相衝突麼？表面上它們似不相容，但是如果細心想一想，承認形式是沿襲的，與承認情感思想語言一致，並不相悖。第一，詩的形式是語言的紀律化之一種，其地位等於文法。語言有紀律化的必要，其實由於情感思想有紀律化的必要。文法與音律可以說都是人類對於自然的利導與征服，在混亂中所造成的條理。它們起初都是學成的習慣，在能手運用之下，習慣就變成了自然。詩人作詩對於音律，就如學外國文者對於文法一樣，都是取現成紀律加以學習揣摩，起初都有幾分困難，久而久之，駕輕就熟，就運用自如了。一切藝術的學習都須經過征服媒介困難的階段，不獨詩於音律爲然。「從心所欲，不踰矩」是一切藝術的成熟境界，如果因牽就固定的音律，而覺得心中情感思想尚未能恰如其分地說出，情感思想與語言仍有若干裂痕，那就是因爲藝術還沒有成熟。

其次，詩是一種語言，語言生生不息，卻亦非無中生有。語言的文法常在變遷，任何語言的文法史都可以證明，但是每種變遷都從一個固定的基礎出發，而且它向來只是演化而不是革命。詩的音律與文法一樣，它們原來都是習慣，但是也是做演化出發點的習慣。詩的音律在各國都有幾個固定的模型，而這些模型也隨時隨地在變遷。每個詩人常在已成模型範圍之內，順著情感的自然需要而加以伸縮。從詩律變遷史看，這是以往歷史所走的一條大道。比如在中國，由四言而五言，由五言而七言，由詩而賦而詞而曲而彈詞，由古而律，後一階段都不同前一階段，但常仍有幾分是沿襲前一階段。宇宙一切都常在變，但變之中仍有不變者在；宇宙一切都彼此相異，但異之中亦仍有相同者在。語言的變化以及詩的音律的變化不過是這公理中一個節目。詩的音律有變的必要，就因爲固定的形式不能應付生展變動的情感思想。如果情感思想和語言可以不一致，則任何情感思想都可納入幾個固定的模型裡，詩的形式便無變的必要。不過變必自固定模型出發，而變來變去，後一代的模型與前一代的模型仍相差不遠，換句話說，詩還是有一個「形式」。這還是因爲人類情感思想在變異之中仍有一個不變不易的基礎。所以「形式」的存在與應用不能證明情感與語言不是平行一致的。

六　詩的音律本身的價值

關於詩的音律問題，我們要尊重歷史的事實，不必一味武斷。詩的疆域日漸剝削，散文的疆域日漸擴大，這是一件不容否認的歷史的事實。荷馬用史詩體寫的東西，索福克勒斯和莎士比亞用悲劇體裁寫的東西，現代人都用散文小說寫；阿里斯托芬和莫里哀用有音律的喜劇形式寫的東西，現代人用散文戲劇寫；甚至於從前人用抒情詩寫的東西，現代人也用散文小品文寫。現在還有人用詩的形式來寫信來作批評論文麼？希臘羅馬時代的學者和他們的模仿者用詩寫信作論文卻是常事。我想徐志摩如果生在六朝，他也許用賦的體裁寫〈死城〉和〈濃得化不開〉。摩越在《風格論》裡說一個作家採用詩或散文來表現他的情感思想，大半取決於當時的風尚。他以為在我們這個時代，愛好小說是健康的趣味，愛好詩有幾分是不健康的趣味。這番話很有至理。

不過眞理往往有兩方面。詩的形式縱然是沿襲傳統的，它一直流傳到現在，也自然有它的內在價值。它將來也許不致完全被散文吞併。藝術的基本原則在「寓變化於整齊」。詩的音律好處之一，就在給你一個整齊的東西做基礎，可以讓你去變化。散文入手就是變化，變來變去，仍不過是無固定形式。詩有格律可變化多端，所以詩的形式比散文的實較繁富。

就作者說，牽就已成規律是一種困難，但是戰勝技術的困難是藝術創造的樂事，讀詩的快感也常起於難能可貴的純熟與巧妙。許多詞律分析起來多麼複雜，但是在大詞人手裡運用起來，又多麼自然！把極勉強的東西化成極自然，這是最能使我們驚讚的。同時，像許多詩學家所說的，這種帶有困難性的音律可以節制豪放不羈的情感想像，使它們不至於一放不可收拾。情感想像本來都有幾分粗野性，寫在詩裡，它們卻常有幾分冷靜、肅穆與整秩，這就是音律所鍛鍊出來的。

有規律的音調繼續到相當時間，常有催眠作用，「搖床歌」是極端的實例。一般詩歌雖不必盡能催眠，至少也可以把所寫時意境和塵俗間許多實用的聯想隔開，使它成為獨立自足的世界。詩所用的語言不全是日常生活的語言，所以讀者也不致以日常生活的實用態度去應付它，他可以聚精會神地觀照純意象。舉一個例來說，《西廂記》裡「軟玉溫香抱滿懷，春至人間花弄色，露滴牡丹開」這段詞其實是描寫男女私事，頗近於淫穢，而讀者在欣賞它的文字美妙、聲音和諧時，往往忘其為淫穢。拿這段詞來比《水滸》裡潘金蓮和西門慶的故事或者《紅樓夢》裡賈璉和鮑二家的故事，我們就立刻見出音律的功用。同理，許多悲慘、淫穢或醜陋的材料，用散文寫，仍不失其為悲慘、淫穢或醜陋，披上詩的形式，就多少可以把它美化。比如母殺子，妻殺夫，女逐父，子娶母之類故事在實際生活中很容易引起痛恨與嫌惡，但是在希臘悲劇和莎士比亞的悲劇中，它們居然成為莊嚴燦爛的藝術意象，就因為它們表現為詩，與日常語言隔著一層，不致使人看成現實，以實用的態度去對付它們，我們的注意力被吸收於美妙的意象與和諧的聲音方面去了。用美學術語來說，音律是一種製造「距離」的工具，把平凡粗陋的東西提高到理想世界。

此外，音律的最大的價值自然在它的音樂性。音樂自身是一種產生濃厚美感的藝術，它和詩的關係待下章詳論。

第六章　詩與樂——節奏

在歷史上詩與樂有很久遠的淵源，在起源時它們與舞蹈原來是三位一體的混合藝術。聲音、姿態、意義三者互相應和，互相闡明，三者都離不開節奏，這就成爲它們的共同命脈。文化漸進，三種藝術分立，音樂專取聲音爲媒介，趨重和諧；舞蹈專取肢體形式爲媒介，趨重姿態；詩歌專取語言爲媒介，趨重意義。三者雖分立，節奏仍然是共同的要素，所以它們的關係常在藕斷絲連的。詩與樂的關係尤其密切，詩常可歌，歌常伴樂。從德國音樂家瓦格納（Wagner）宣揚「樂劇」運動以後，詩劇與樂曲攜手並行，互相輝映，又參之以舞，詩、樂、舞在原始時代的結合似乎又恢復起來了。

論性質，在諸藝術之中，詩與樂也最相近。它們都是時間藝術，與圖畫、雕刻只借空間見形象者不同。節奏在時間綿延中最易見出，所以在其他藝術中不如在詩與音樂中的重要。詩與樂所用的媒介有一部分是相同的。音樂只用聲音，詩用語言，聲音也是語言的一個重要成分。聲音在音樂中借節奏與音調的「和諧」（harmony）而顯其功用，在詩中也是如此。

因爲詩與樂在歷史上的淵源和在性質上的類似，有一部分詩人與詩論者極力求詩與樂的接近。佩特在《文藝復興論》裡說：「一切藝術都以逼近音樂爲指歸。」他的意思是：藝術的最高理想是實質與形式混化無跡。這個主張在詩方面響應者尤多。有一派詩人，像英國的斯溫伯恩（Swinburne）

與法國的象徵派，想把聲音抬到主要的地位，魏爾倫（Verlaine）在一首論詩的詩裡大聲疾呼：「音樂呵，高於一切！」（dela musique avant toute chose）一部分象徵詩人有「著色的聽覺」（colour-hearing）一種心理變態，聽到聲音，就見到顏色。他們根據這種現象發揮爲「感通說」（correspondance，參看波德萊爾用這個字爲題的十四行詩），以爲自然界現象如聲色嗅味觸覺等所接觸的在表面雖似各不相謀，其實是遙相呼應、可相感通的，是互相象徵的。所以許多意象都可以借聲音喚起來。象徵運動在理論上演爲伯列蒙（Abbé Brémond）的「純詩」說。詩是直接打動情感的，不應假道於理智。它應該像音樂一樣，全以聲音感人，意義是無關緊要的成分。這一說與美學中形式主義不謀而合，因爲語言中只有聲音是「形式的成分」。近來中國詩人有模仿象徵派者，音與義的爭執鬧得很熱烈。在本章裡我們從分析詩與樂的異同下手，來替音義孰重問題找一個答案。

詩與樂的基本的類似點在它們都用聲音。但是它們也有一個基本的異點，音樂只用聲音，它所用的聲音只有節奏與和諧兩個純形式的成分，詩所用的聲音是語言的聲音，而語言的聲音都必伴有意義。詩不能無意義，而音樂除較低級的「標題音樂」（programme music）以外，無意義可言。詩與樂的一切分別都是從這個基本分別起來的。這個分別本極淺近易解，卻有許多人忘記它而陷於偏激與錯誤。我們先抓住這個基本異點，來分析詩與樂的共同命脈——節奏。

一　節奏的性質

節奏是宇宙中自然現象的一個基本原則。自然現象彼此不能全同，亦不能全異。全同全異不能有節奏，節奏生於同異相承續，相錯綜，相呼應。寒暑晝夜的來往，新陳的代謝，雌雄的匹偶，風波的起伏，山川的交錯，數量的乘除消長，以至於玄理方面反正的對稱，歷史方面興亡隆替的循環，都有一個節奏的道理在裡面。藝術返照自然，節奏是一切藝術的靈魂。在造形藝術則爲濃淡、疏密、陰陽、向背相配稱，在詩、樂、舞諸時間藝術則爲高低、長短、疾徐相呼應。

在生靈方面，節奏是一種自然需要。人體中各種器官的機能如呼吸、循環等都是一起一伏地川流不息，自成節奏。這種生理的節奏又引起心理的節奏，就是精力的盈虧與注意力的張弛，吸氣時營養驟增，脈搏跳動時筋肉緊張，精力與注意力亦隨之提起；呼氣時營養暫息，脈搏停伏時筋肉弛懈，精力與注意力亦隨之下降。我們知覺外物時需要精力與注意力的飽滿凝聚，所以常不知不覺地希求自然界的節奏和內心的節奏相應和。有時自然界本無節奏的現象也可以借內心的節奏而生節奏。比如鐘錶機輪所作的聲響本是單調一律，沒有高低起伏，我們聽起來，卻覺得它輕重長短相間。這是很自然的，呼吸、循環有起伏，精力有張弛，注意力有緊鬆，同一聲音在注意力緊張時便顯得重，在注意力鬆懈時便顯得輕，所以單調一律的聲音繼續響下去，可以使聽者聽到有規律的節奏。

這個簡單的事實可以揭示節奏的一個重要分別。節奏有「主觀的」與「客觀的」兩種。我們所聽到的鐘錶的節奏完全是主觀的，沒有客觀的基礎。有時自然現象本有它的客觀的節奏，我們所聽到的節奏不必與它完全相符合。比如一組相鄰兩音高低爲1與3之比，另一組相鄰兩音高低爲1與5之比，同一1音在前組聽起來較高，在後組聽起來較低，因爲受鄰音高低反襯的影響不同。這正猶如同一炮聲在與槍聲同聽時和與雷聲同聽時所生的印象有高低之別一樣。

主觀的節奏的存在證明外物的節奏可以因內在的節奏改變。但是內在的節奏因外物的節奏改變也是常事。詩與音樂的感動性就是從這種改變的可能起來的，有機體本來最善於適應環境，而模仿又是動物的一種很原始的本能。看見旁人發笑，自己也隨之發笑；看見旁人踢球，自己的腿腳也隨之躍躍欲動；看見山時我們不知不覺地挺胸昂首；看見楊柳輕盈搖蕩時，我們也不知不覺輕鬆舒暢起來。這都是極普遍的經驗。外物的節奏也同樣地逼著我們的筋肉及相關器官去適應它，模仿它。單就聲音的節奏來說，它是長短、高低、輕重、疾徐相繼承的關係。這些關係時時變化，聽者所費的心力和所用的身心的活動也隨之變化。因此，聽者心中自發生一種節奏和聲音的節奏相平行。聽一曲高而急促的調子，心力與筋肉亦隨之做一種高而急促的活動；聽一曲低而柔緩的調子，心力與筋肉也隨之做一種低而柔緩的活動。詩與音樂的節奏常有一種「模型」（pattern），在變化中有整齊，流動生展卻常迴旋到出發點，所以我們說它有規律。這「模型」印到心裡也就形成了一種心理的模型，我們不知不覺地準備著照這個模型去適應，去花費心力，去調節注意力的張弛與筋肉的伸縮。這種準備在心理學上的術語是「預期」（expectation）。有規律的節奏都必能在生理、心理中印爲模型，都必能產生預期。預期的中不中就是節奏的快感與不快感的來源。比如讀一首平仄相間的詩，讀到平聲時我們不知不覺地預期仄聲的復返，讀到仄聲時又不知不覺地預期平聲的復返。預期不斷地產生，不斷地證實，所以發生恰如所料的快慰。不過全是恰如所料，又不免呆板單調，整齊中也要有變化，有變化時預期不中所引起的驚訝也不可少。它不但破除單調，還可以提醒注意力，猶如柯爾律治所比譬的上樓梯，步步上升時猛然發現一步梯特別高或特別低，注意力就猛然提醒。

從上面的分析看，外物的客觀的節奏和身心的內在節奏交相影響，結果在心中所生的印象才是主觀的節奏，詩與樂的節奏就是這種主觀的節奏，它是心物交感的結果，不是一種物理的事實。

二　節奏的諧與拗

身心的內在節奏與客觀的節奏雖可互相改變，卻有一個限度。就內在的節奏影響外物的節奏來說，我們可以從有規律的鐘錶聲聽出節奏，不能從鬧市的嘈雜聲中聽出節奏；可以把鐘錶聲聽得比實際的高一點或低一點，不能把它聽成雷聲或蚊聲。其次，就外物的節奏影響內在的節奏來說，它是依適應與模仿的原則把外物的節奏模型印到心裡去，這種模型必須適合心的感受力，過高過長以及過於錯雜的聲音，或是過低過短過於單調的聲音，都與身心的自然要求相違背。

理想的節奏須能適合生理、心理的自然需要，這就是說，適合於筋肉張弛的限度，注意力鬆緊的起伏迴環，以及預期所應有的滿足與驚訝，所謂「諧」和「拗」的分別就是從這個條件起來的。如果物態的起伏節奏與身心內在的節奏相平行一致，則心理方面可以免去不自然的努力，感覺得愉快，就是「諧」，否則便是「拗」。節奏的快感至少有一部分是像斯賓塞（Spencer）所說的，起於精力的節省。

從物理方面說，聲音相差的關係本來只可以用數量比例表出，無所謂諧與拗，諧與拗是它對於生理、心理所生的影響。聽音樂時，比如京戲或鼓書，如果演奏者藝術完美，我們便覺得每字音的長短、高低、疾徐都恰到好處，不能多一分也不能少一分。如果某句落去一板或是某板出乎情理地高一點或低一點，我們的全身筋肉就猛然感到一種不愉快的震撼。通常我們聽音樂或歌唱時用手腳去「打板」，其實全身筋肉都在「打板」。在「打板」時全身筋肉與心的注意力已形成一個「模型」，已潛伏一種預期，已準備好一種適應方式。聽見的音調與筋肉所打的板眼相合，與注意力的鬆緊調劑，與所準備的適應方法沒有差訛，我們便覺得「諧」，否則便覺得「拗」。詩的諧與拗也是如此辨別出來的。比如「棄我去者昨日之日不可留，亂我心者今日之日多煩憂」兩句詩念起來很順口，聽起來很順耳。「順口」、「順耳」就是適合身心的自然需要，就是「諧」。如果把後句改為「今日之日多憂」或「今日之日多煩惱」，意義雖無甚更動，卻馬上覺得不順口，不順耳，那就是「拗」了。

每一曲音樂或是每一節詩都可以有一個特殊的節奏模型，既成為「模型」，如果不太違反生理、心理自然需要的話，都可以印到心裡去，浸潤到筋肉系統裡去，產生節奏應有的效果。所以「諧」與「拗」不是看節奏是否很呆板地抄襲某種固定的傳統的模型。從前講中國詩詞的人以為謹遵「仄仄平平仄，平平仄仄平」式的模型便是「諧」，否則便是「拗」，那是一種誤解。他們把諧與拗完全看成物理的事實，不知道它們實在是對於生理、心理所生的影響。而且在詩方面，聲音受意義影響，它的長短、高低、輕重等分別都跟著詩中所寫的情趣走，原來不是一套死板公式。比如我們在第五章所引的李白和周邦彥的兩首〈憶秦娥〉雖然同用一個調子，節奏並不一樣。只有不懂詩的人才會把「音塵絕，西風殘照，漢家陵闕」（李）和「相思曲，一聲聲是：怨紅愁綠」（周）兩段同形式的詞句，念成同樣的節奏。詩的節奏絕不能製成定譜。即依定譜，每首詩的節奏亦絕不是定譜所指示的節奏。蒲柏和濟慈都用「五節平韻格」（heroic couplet），彌爾頓（Milton）和布朗寧（Browning）都用「無韻五節格」（blank verse），陶潛和謝靈運都用五古，李白和溫庭筠都用七律，他們的節奏都相同麼？這是一個極淺而易見的道理，我們特別提出，因爲古今中外都有許多人離開具體的詩而憑空論地講所謂「聲調譜」。

樂的節奏可譜，詩的節奏不可譜；可譜者必純爲形式的組合，而詩的聲音組合受文字意義影響，不能看成純形式的。這也是詩與樂的一個重要的分別。

三　節奏與情緒的關係

聲音與情緒的密切關係是古今中外詩人們所常談論的。〈樂記〉中有一段話最透闢：

樂者音之所由生也，其本在人心之感於物也。是故其哀心感者其聲噍以殺，其樂心感者其聲嘽以緩，其喜心感者其聲發以散，其怒心感者其聲粗以厲，其敬心感者其聲直以廉，其愛心感者其聲和以柔。六者非性也，感於物而後動。

在西方哲學中倡音樂表情說者以叔本華爲最著。他的音樂定義是「意志的客觀化」（the objectification of will），他所謂「意志」包含情緒在內。聲音與情緒的關係是很原始普遍的。師襄鼓琴，游魚出聽，或僅是一種傳說。據美國心理學者休恩（Sehoen）的實驗，則動物確實能隨音調變動而生種種情緒與動作。每種音樂都各表現一種特殊的情緒。古希臘人就已注意到這個事實，他們分析當時所流行的七種音樂，以爲E調安定，D調熱烈，C調和藹，B調哀怨，A調發揚，G調浮躁，F調淫蕩。亞里士多德最推重C調，以爲它最宜於陶冶青年。近代英國樂理學家鮑威爾（B. Power）研究所得的結論亦頗相似（詳見拙著《文藝心理學》附錄第三章〈聲音美〉）。這種事實的生理基礎尙待實驗科學去仔細探討，不過粗略的梗概是可以推想的。高而促的音易引起筋肉及相關器官的緊張激昂，低而緩的音易引起它們的弛懈安適。聯想也有影響。有些聲音是響亮清脆的，容易使人聯想起快樂的情緒；有些聲音是重濁陰暗的，容易使人聯想起憂鬱的情緒。

以上只就獨立的音調說。諸音調配合、對比、反襯、連續繼承而波動，乃生節奏。節奏是音調的動態，對於情緒的影響更大。我們可以說，節奏是傳達情緒的最直接而且最有力的媒介，因爲它本身就是情緒的一個重要部分。我們生理、心理方面都有一種自然節奏，起於筋肉的伸縮以及注意力的張弛，已如上述。這是常態的節奏。情緒一發動，呼吸、循環種種作用受擾動，筋肉的伸縮和注意力的張弛都突然改變常態，原來常態的節奏自然亦隨之改變。換句話說，每種情緒都有它的特殊節奏。人類的基本情緒大致相同，它們所引起的生理變化與節奏也自然有一個共同模型。喜則笑，哀則哭，羞則面紅耳赤，懼則手足震顫，這是顯而易見的。細微而不易察覺的節奏當亦可由此類推。作者（音樂家或詩人）的情緒直接地流露於聲音節奏，聽者依適應與模仿的原則接受這聲音節奏，任其浸潤蔓延於身心全部，於是依部分聯想全體的原則，喚起那種節奏所常伴的情緒。這兩種過程——表現與接受——都不必假道於理智思考，所以聲音感人如通電流，如響應聲，是最直接的，最有力的。

「情緒」原來含有「感動」的意思。情緒發生時生理、心理全體機構都受感動，而且每種情緒都有準備發反應動作的傾向，例如：恐懼時有準備逃避的傾向，憤怒時有準備攻擊的傾向。生理方面（尤其是筋肉系統）的這種動作的準備與傾向在心理學上叫做「動作趨勢」（motor sets），節奏引起情緒，通常先激動它的特殊的「動作趨勢」。我們聽聲音節奏，不僅須調節注意力，而且全體筋肉與相關器官都在靜聽，都在準備著和聽到的節奏應節合拍地動作。某種節奏激動某種「動作趨勢」，即引起它所常伴著的情緒。但是節奏是抽象的，不是具體的情境，所以不能產生具體的情緒，如日常生活中的憤怒、畏懼、妒忌、嫌惡等等，只能引起各種模糊隱約的抽象輪廓，如興奮、頹唐、欣喜、淒惻、平息、虔敬、希冀、眷念等等。換句話說，純粹的聲音節奏所喚起的情緒大半無對象，所以沒有很明顯固定的內容，它是形式化的情緒。

詩於聲音之外有文字意義，常由文字意義托出一個具體的情境來。因此，詩所表現的情緒是有對象的、具體的、有意義內容的。例如：杜工部的〈石壕吏〉、〈新婚別〉、〈兵車行〉諸作所表現的不是抽象的淒惻，而是亂離時代兵役離鄉別井、妻離子散的痛苦；陶淵明的〈停雲〉、〈歸田園居〉諸作所表現的不是抽象的欣喜與平息，而是樂道安貧與自然相默契者的沖淡胸懷與怡悅情緒。我們讀詩常設身處地，體物入微，分享詩人或詩中主角所表現的情緒。這種具體情緒的傳染浸潤，得力於純粹的聲音節奏者少，於文字意義者多。詩與音樂雖同用節奏，而所用的節奏不同，詩的節奏是受意義支配的，音樂的節奏是純形式的，不帶意義的；詩與音樂雖同產生情緒，而所生的情緒性質不同，一是具體的，一是抽象的。這個分別是很基本的，不容易消滅的。瓦格納想在樂劇中把這個分別打消，使詩與音樂熔於一爐。其實聽樂劇者注意到音樂即很難同時注意到詩，注意到詩即很難同時注意到音樂。樂劇是一種非驢非馬的東西，含有一個很大的矛盾。

四　語言的節奏與音樂的節奏

詩是一種音樂，也是一種語言。音樂只有純形式的節奏，沒有語言的節奏，詩則兼而有之。這個分別最重要。以上兩節中已略陳端倪，現在把它提出來特別細加分析。

先分析語言的節奏。它是三種影響合成的。第一是發音器官的構造。呼吸有一定的長度，在一口氣裡我們所說出的字音也因而有限制；呼吸一起一伏，每句話中各字音的長短輕重也因而不能一律。念一段毫無意義的文字，也不免帶幾分抑揚頓挫。這種節奏完全由於生理的影響，與情感和理解都不相干。其次是理解的影響。意義完成時的聲音須停頓，意義有輕重起伏時，聲音也隨之有輕重起伏。這種起於理解的節奏爲一切語言所公有，在散文中尤易見出。第三是情感的影響。情感有起伏，聲音也隨之有起伏；情感有往復迴旋，聲音也隨之有往復迴旋。情感的節奏與理解的節奏雖常相輔而行，不易分開，卻不是同一件事。比如演說，有些人先將講稿做好讀熟，然後登臺背誦，條理儘管清晰，詞藻儘管是字斟句酌來的，而聽者卻往往不爲之動。也有些人不先預備，臨時信口開河，隨臨時的情感興會和思路支配，往往能娓娓動聽，雖然事後在報紙上讀記錄下來的演講詞，倒可能很平凡蕪瑣。前一派所倚重的只是理解的節奏，後一派所倚重的是情感的節奏。理解的節奏是呆板的，偏重意義；情感的節奏是靈活的，偏重腔調。

照以上的分析看，語言的節奏全是自然的，沒有外來的形式支配它。音樂的節奏是否也是如此呢？舊樂理學家的答覆似乎是肯定的。英國斯賓塞和法國格雷特里（Gretry）都曾經主張音樂起於語言。自然語言的聲調節奏略經變化，便成歌唱，樂器的音樂則從模仿歌唱的聲調節奏發展出來。所以斯賓塞說：「音樂是光彩化的語言。」瓦格納的樂劇運動就是根據「音樂表現情感」說，拿無文字意義的音樂和有文字意義的詩劇混合在一起。

這一派學說近來已爲多數樂理學家所摒棄。德國華拉歇克（Wallashek）和斯徒夫（Stumpf）以及法國德拉庫瓦（Delacroix）諸人都以爲音樂和語言根本不同，音樂並不起於語言，音樂所用的音有一定的分量，它的音階是斷續的，每音與它的鄰音以級數遞升或遞降，彼此成固定的比例。語言所用的音無一定的分量，從低音到高音一線連貫，在聲帶的可能性之內，我們可以在這條線上取任何音來使用，前音與後音不必成固定的比例。這只是指音的高低，音的長短亦復如此。還不僅此，我們已再三說過，語言都有意義，了解語言就是了解它的意義；純音樂都沒有意義，欣賞音樂要偏重聲音的形式的關係，如起承轉合、比稱呼應之類。總之，語言的節奏是自然的、沒有規律的、直率的，常傾向變化；音樂的節奏是形式化的、有規律的、迴旋的，常傾向整齊。

詩源於歌，歌與樂相伴，所以保留有音樂的節奏；詩是語言的藝術，所以含有語言的節奏。就音節而論，詩是「相反者之同一」，像哲學家所說的，自然之中有人爲，束縛之中有自由，整齊之中有變化，沿襲之中有新創，「從心所欲」而卻能「不逾矩」。詩的難處在此，妙處也在此。想把詩變成音樂，變成一種純粹的聲音組織，那是無異於斬頭留尾，而仍想保持有機體的生命。音樂所不能明白表現的，詩可以明白表現，證因爲它有音樂所沒有的一個要素——文字意義。現在要把它所特有的要素丟開，讓它勉強去做只有音樂所能做的事，無論它是否能做得到，縱然做得到，也不過使它變成音樂的附贅懸瘤。我們並非輕視詩的音樂成分。不能欣賞詩的音樂者對於詩的精微處恐終隔膜。我們所特別著重的論點只是：詩既用語言，就不能不保留語言的特性，就不能離開意義而去專講聲音。

五　詩的歌誦問題

詩的節奏是音樂的，也是語言的。這兩種節奏分配的分量隨詩的性質而異：純粹的抒情詩都近於歌，音樂的節奏往往重於語言的節奏；劇詩和敘事詩都近於談話，語言的節奏重於音樂的節奏。它也隨時代而異：古歌而今誦；歌重音樂的節奏而誦重語言的節奏。

誦詩在西方已成爲一種專門藝術。戲劇學校常列誦詩爲必修功課，公衆娛樂和文人集會中常有誦詩一項節目。誦詩的難處和作詩的難處一樣，一方面要保留音樂的形式化的節奏，一方面又要顧到語言的節奏，這就是說，要在牽就規律之中流露活躍的生氣。現在姑舉我個人在歐洲所見到的爲例。

在法國方面，誦詩法以國家戲劇所通用者爲標準。法國國家戲院除排演詩劇以外，常有誦詩節目。英國無國家戲院，老維克（Old Vic）戲院「莎士比亞班」誦詩劇的方法也是一個標準。此外私人集團誦詩的也不少。詩人蒙羅（Harold Monro）在世時（他死於一九三二年），每逢禮拜四晚邀請英國詩人到他在倫敦所開的「詩歌書店」裡朗誦他們自己的詩。就我在這些地方所得的印象說，西方人誦詩的方法也不一律。粗略地說，戲院偏重語言的節奏，詩人們自己大半偏重音樂的節奏。這兩種誦法有「戲劇誦」（dramatic recitation）和「歌唱誦」（singsong recitation）的稱呼。有些詩人根本反對「戲劇誦」，以爲詩的音律功用非在產生實際生活的聯想，造成一種一塵不染的心境，使聽者聚精會神地陶醉於詩的意象和音樂。語言的節奏太現實，易起實際生活的聯想，使心神紛散。不過「戲劇誦」也很流行，它的好處在能表情。有些人設法兼收「歌唱式」與「戲劇式」，以調和語言和音樂的衝突。例如：

Tomórrow is our wédding day.

這句詩在流行語言中只有兩個重音，如上文「、」號所標記的。但是就「輕重格」（iambic）的規律說，它應該輕重相間，有四個重音，如下式：

Tomórrow iś our wédding dáy.

如此讀去，則本來無須著重的音須勉強著重，就不免失去語言的神情了。但是如果完全依流行語言的節奏，則又失去詩的音律性。一般誦詩者於是設法調和，讀如下式：

Tomórrow is our wédding dáy.

這就是在音樂節奏中丟去一個重音（is）以求合於語言，在語言節奏中加上一個重音（day），以求合於音律。這樣辦，兩種節奏就可並行不悖了。這只是就極粗淺的說。誦詩的技藝到精微處有雲行天空卷舒自如之妙。這就不易求諸形跡，所謂「神而明之，存乎其人」了。

中國人對於誦詩似不很講究，頗類似和尚念經，往往人自爲政，既不合語言的節奏，又不合音樂的節奏。不過就一般哼舊詩的方法看，音樂的節奏較重於語言的節奏。性質極不相近而形式相同的詩往往被讀成同樣的調子。中國詩一句常分若干「逗」（或「頓」），逗有表示節奏的功用，近於法文詩的「逗」（cesure）和英文詩的「步」（foot）。在習慣上逗的位置有一定的。五言句常分兩逗，落在第二字與第五字，有時第四字亦稍頓。七言句通常分三逗，落在第二字、第四字與第七字，有時第六字亦稍頓。讀到逗處聲應略提高延長，所以產生節奏，這節奏大半是音樂的而不是語言的。例如：「漢文皇帝有高臺」，「文」字在義不能頓而在音宜頓；「鴻雁不堪愁裡聽，雲山況是客中過」。「堪」、「是」兩虛字在義不宜頓而在音宜頓；「永夜角聲悲自語，中天月色好誰看」，「悲」、「好」兩字在語言節奏宜長頓，「聲」、「色」兩字不宜頓，但在音樂節奏中逗不落在「悲」、「好」而反落在「聲」、「色」。再如辛稼軒的〈沁園春〉：

> 杯汝前來。老子今朝，點檢形骸。甚長年抱渴，咽如焦釜，於今喜眩，氣似奔雷。　汝說劉伶，古今達者，醉後何妨死便埋。渾如此，嘆汝於知己，真少恩哉。

這首詞用對話體，很可以用語言的節奏念出來，但原來依詞律的句逗就應該大加改變。例如：「杯汝前來」應讀爲「杯，汝前來！」「老子今朝，點檢形骸」應讀爲「老子今朝點檢形骸」。「汝說劉伶，古今達者」應讀爲「汝說：劉伶古今達者」。

新詩起來以後，舊音律大半已放棄，但是一部分新詩人似乎仍然注意到音節。新詩還在草創時代，情形極爲紊亂，很不容易抽繹一些原則出來。就大體說，新詩的節奏是偏於語言的。音樂的節奏在新詩中有無地位，它應不應該有地位，還需待大家虛心探討，偏見和武斷是無濟於事的。

第七章　詩與畫──評萊辛的詩畫異質說

一　詩畫同質說與詩樂同質說

蘇東坡稱讚王摩詰說：「味摩詰之詩，詩中有畫；觀摩詰之畫，畫中有詩。」這是一句名言，但稍加推敲，似有語病。誰的詩，如果眞是詩，裡面沒有畫？誰的畫，如果眞是畫，裡面沒有詩？希臘詩人西摩尼得斯（Simonides）說過：「詩為有聲之畫，畫為無聲之詩。」宋朝畫論家趙孟濴也說過這樣的話，幾乎一字不差。這種不謀而合可證詩畫同質是古今中外一個普遍的信條。羅馬詩論家賀拉斯（Horace）所說的「畫如此，詩亦然」（Ut pictura, poesis）尤其是談詩畫者所津津樂道的。道理本來很簡單。詩與畫同是藝術，而藝術都是情趣的意象化或意象的情趣化。徒有情趣不能成詩，徒有意象也不能成畫。情趣與意象相契合融化，詩從此出，畫也從此出。

話雖如此說，詩與畫究竟是兩種藝術，在相同之中有不同者在。就作者說，同一情趣飽和的意象是否可以同樣地表現於詩亦表現於畫？媒介不同，訓練修養不同，能作詩者不必都能作畫，能作畫者也不必都能作詩。就是對於詩畫兼長者，可用畫表現的不必都能用詩表現，可用詩表現的也不必都能用畫表現。就讀者說，畫用形色是直接的，感受器官最重要的是眼；詩用形色借文字為符號，是間接的，感受器官除眼之外耳有同等的重要。詩雖可「觀」而畫卻不可「聽」。感官途徑不同，所引起的意象與情趣自亦不能盡同。這些都是很顯然的事實。

詩的姊妹藝術，一是圖畫，一是音樂。柏拉圖在《理想國》裡論詩，拿圖畫來比擬。實物爲理式（idea）的現形（appearance），詩人和畫家都僅模仿實物，與哲學探求理式不同，所以詩畫都只是「現形的現形」，「模仿的模仿」，「和眞實隔著兩重」。這一說一方面著重詩畫描寫具體形象，一方面演爲藝術模仿自然說。前一點是對的，後一點則蔑視藝術的創造性，釀成許多誤解。亞里士多德在《詩學》裡對於他的老師的見解曾隱含一個很中肯的答辯。他以爲詩不僅模仿現形，尤其重要的是借現形寓理式。「詩比歷史更近於哲學」，這就是說，更富於眞實性，因爲歷史僅記載殊象（現形），而詩則於殊象中見共象（理式）。他所以走到這種理想主義，就因爲他拿來比擬詩的不是圖畫而是音樂。在他看，詩和音樂是同類藝術，因爲它們都以節奏、語言與「和諧」三者爲媒介。在《政治學》裡他說音樂是「最富於模仿性的藝術」。照常理說，音樂在諸藝術中是最無所模仿的。亞里士多德所謂「模仿」與柏拉圖所指的僅爲抄襲的「模仿」不同，它的涵義頗近於現代語的「表現」。音樂最富於表現性。以音樂比詩，所以亞里士多德能看出詩的「表現」一層功用。

擬詩於畫，易側重模仿現形，易走入寫實主義；擬詩於樂，易側重表現自我，易走入理想主義。這個分別雖是陳腐的，卻是基本的。柯爾律治說得好：「一個人生來不是柏拉圖派，就是亞里士多德派。」我們可以引申這句話來說：「一個詩人生來不是側重圖畫，就是側重音樂；不是側重客觀的再現，就是側重主觀的表現。」我們說「側重」，事實上這兩種傾向相調和折中的也很多。在歷史上這兩種傾向各走極端而形成兩敵派的，前有古典派與浪漫派的爭執，後有法國帕爾納斯派與象徵派的爭執，眞正大詩人大半能調和這兩種衝突，使詩中有畫也有樂，再現形象同時也能表現自我。

二　萊辛的詩畫異質說

詩的圖畫化和詩的音樂化是兩種根本不同的看法。比較起來，詩的音樂化一說到十九世紀才盛行，以往的學者大半特別著重詩與畫的密切關聯。詩畫同質說在西方如何古老，如何普遍，以及它對於詩論所生的利弊影響如何，美國人文主義倡導者白璧德（Babbitt）在《新拉奧孔》一書中已經說得很詳盡，用不著復述。這部書是繼十八世紀德國學者萊辛的《拉奧孔》而作的。這是近代詩畫理論文獻中第一部重要著作。從前人都相信詩畫同質，萊辛才提出很豐富的例證，用很動人的雄辯，說明詩畫並不同質。各種藝術因爲所使用的媒介不同，各有各的限制，各有各的特殊功用，不容互相混淆。我們現在先概括地介紹萊辛的學說，然後拿它作討論詩與畫的起點。

拉奧孔是十六世紀在羅馬發掘出來的一座雕像，表現一位老人——拉奧孔——和他的兩個兒子被兩條大蛇絞住時的苦痛掙扎的神情。據希臘傳說，希臘人因爲要奪回潛逃的海倫後，舉兵圍攻特洛伊（Troy）城，十年不下。最後他們佯逃，留著一匹腹內埋伏精兵的大木馬在城外，特洛伊人看見木馬，視爲奇貨，把它移到城內，夜間潛伏在馬腹的精兵一齊跳出來，把城門打開，城外伏兵於是乘機把城攻下。當移木馬入城時，特洛伊的典祭官拉奧孔極力勸阻，說木馬是希臘人的詭計。他這番忠告激怒了偏心於希臘人的海神波賽冬。當拉奧孔典祭時，河裡就爬出兩條大蛇，一直爬到祭壇邊，把拉奧孔和他的兩個兒子一齊絞死。這是海神對於他的懲罰。

這段故事是羅馬詩人維吉爾（Virgil）的《伊尼特》（Aeneid）第二卷裡最有名的一段。十六世紀在羅馬發現的拉奧孔雕像似以這段史詩爲藍本。萊辛拿這段詩和雕像參觀互較，發現幾個重要的異點。因爲要解釋這些異點，他才提出詩畫異質說。

據史詩，拉奧孔在被捆時放聲號叫；在雕像中他的面孔只表現一種輕微的嘆息，具有希臘藝術所特有的恬靜與肅穆。爲什麼雕像的作者不表現詩人所描寫的號啕呢？希臘人在詩中並不怕表現苦痛，而在造形藝術中卻永遠避免痛感所產生的面孔筋肉攣曲的醜狀。在表現痛感之中，他們仍求形象的完美。「試想像拉奧孔張口大叫，看看印象如何……面孔各部免不了呈現很難看的獰惡的攣曲，姑不用說，只是張著大口一層，在圖畫中是一個黑點，在雕刻中是一個空洞，就要產生極不愉快的印象了。」在文字描寫中，這號啕不至於產生同樣的效果，因爲它並不很脫皮露骨地擺在眼前，呈現醜像。

其次，據史詩，那兩條長蛇繞腰三道，繞頸兩道，而在雕像中它們僅繞著兩腿。因爲作者要從全身筋肉上表現出拉奧孔的苦痛，如果依史詩讓蛇繞腰頸，筋肉方面所表現的苦痛就看不見了。同理，雕像的作者讓拉奧孔父子裸著身體，雖然在史詩中拉奧孔穿著典祭官的衣帽。「一件衣裳對於詩人並不能隱藏什麼，我們的想像能看穿底細。無論史詩中的拉奧孔是穿著衣或裸體，他的痛苦表現於周身各部，我們可以想像到。」至於雕像卻須把苦痛所引起的四肢筋肉攣曲很生動地擺在眼前，穿著衣，一切就遮蓋起來了。

在這些地方，我們可以看出詩人與造形藝術家對於材料的去取大不相同。萊辛推原這不同的理由，作這樣的一個結論：

如果圖畫和詩所用的模仿媒介或符號完全不同，那就是說，圖畫用存於空間的形色，詩用存於時間的聲音；如果這些符號和它們所代表的事物須互相妥適，則本來在空間中相並立的符號只宜於表現全體或部分在空間中相並立的事物，本來在時間上相承續的符號只宜於表現全體或部分在時間上相承續的事物。全體或部分在空間中相並立的事物叫做「物體」（body），因此，物體和它們的看得見的屬性是圖畫的特殊題材。全體或部分在時間上相承續的事物叫做「動作」（action），因此，動作是詩的特殊題材。

換句話說，畫只宜於描寫靜物，詩只宜於敘述動作。畫只宜於描寫靜物，因爲靜物各部分在空間中同時並存，而畫所用的形色也是如此。觀者看到一幅畫，對於畫中各部分一目就能了然。這種靜物不宜於詩，因爲詩的媒介是在時間上相承續的語言，如果描寫靜物，需把本來是橫的變成縱的，本來是在空間中相並立的變成在時間上相承續的。比如說一張桌子，畫家只需用寥寥數筆，便可以把它畫出來，使人一眼看到就明白它是桌子。如果用語言來描寫，你須從某一點說起，順次說下去，說它有多長多寬，什麼形狀，什麼顏色等等，說了一大篇，讀者還不定馬上就明白它是桌子，他心裡還須經過一次翻譯的手續，把語言所表現成爲縱直的還原到橫列並陳的。

詩只宜敍述動作，因爲動作在時間直線上先後相承續，而詩所用的語言聲音也是如此，聽者聽一段故事，從頭到尾，說到什麼階段，動作也就到什麼階段，一切都很自然。這種動作不宜於畫，因爲一幅畫僅能表現時間上的某一點，而動作卻是一條綿延的直線。比如說，「我彎下腰，拾一塊石頭打狗，狗見著就跑了」，用語言來敍述這事，多麼容易，但是如果把這簡單的故事畫出來，畫十幅、二十幅並列在一起，也不一定使觀者一目了然。觀者心裡也還要經過一番翻譯手續，把同時並列的零碎的片段貫串爲一氣呵成的直線。溥心畬氏曾用賈島的「獨行潭底影，數息樹邊身」兩句詩爲畫題，畫上十幾幅，終於只畫出一些「潭底影」和「樹邊身」。而詩中「獨行」的「行」和「數息」的「數」的意味終無法傳出。這是萊辛的畫不宜於敍述動作說的一個很好的例證。

萊辛自己所舉的例證多出於荷馬史詩。荷馬描寫靜物時只用一個普泛的形容詞，一只船只是「空洞的」、「黑的」或「迅速的」，一個女人只是「美麗的」或「莊重的」。但是他敍述動作時卻非常詳細，敍行船從豎桅、掛帆、安舵、插槳一直敍到起錨下水；敍穿衣從穿鞋、戴帽、穿盔甲一直敍到束帶掛劍。這些實例都可證明荷馬就明白詩宜於敍述而不宜於描寫的道理。

三　畫如何敍述，詩如何描寫

但是談到這裡，我們不免疑問：畫絕對不能敍述動作，詩絕對不能描寫靜物麼？萊辛所根據的拉奧孔雕像不就是一幅敘述動作的畫？他所歡喜援引的荷馬史詩裡面不也有很有名的靜物描寫如阿喀琉斯的護身盾之類？萊辛也顧到這個問題，曾提出很有趣的回答，他說：

物體不僅占空間，也占時間。它們繼續地存在著，在續存的每一頃刻中，可以呈現一種不同的形象或是不同的組合。這些不同的形象或組合之中，每一個都是前者之果，後者之因，如此則它彷彿形成動作的中心點。因此，圖畫也可以模仿動作，但是只能間接地用物體模仿動作。

就另一方面說，動作不能無所本，必與事物生關聯。就發動作的事物之為物體而言，詩也能描繪物體，但是也只能間接地用動作描繪物體。

在它的並列的組合中，圖畫只能利用動作過程中某一頃刻，而它選擇這一頃刻，必定要它最富於暗示性，能把前前後後都很明白地表現出來。同理，在它的承續的敘述中，詩也只能利用物體的某一種屬性，而它選擇這一種屬性，必定能喚起所寫的物體的最具體的整個意象，它應該是特應注意的一方面。

換句話說，圖畫敘述動作時，必化動為靜，以一靜面表現全動作的過程；詩描寫靜物時，亦必化靜為動，以時間上的承續暗示空間中的綿延。

先說圖畫如何能敘述動作。一幅畫不能從頭到尾地敘述一段故事，它只能選擇全段故事中某一片段，使觀者舉一可以反三。這如何可以辦到，最好用萊辛自己的話來解釋：

藝術家在變動不居的自然中只能抓住某一頃刻。尤其是畫家，他只能從某一觀點運用這一頃刻。他的作品卻不是過眼雲煙，一縱即逝，須耐人長久反覆玩味。所以把這一頃刻和抓住這一頃刻的觀點選擇得恰到好處，須大費心裁。最合式的選擇必能使想像最自由地運用。我們愈看，想像愈有所啓發；想像所啓發的愈多，我們也愈信目前所看到的真實。在一種情緒的過程中，最不易產生這種影響的莫過於它的頂點（climax）。到了頂點，前途就無可再進一步；以頂點擺在眼前，就是剪割想像的翅膀，想像既不能在感官所得印象之外再進一步，就不能不倒退到低一層弱一層的意象上去，不能達到呈現於視覺的完美表現。比如說，如果拉奧孔只微嘆，想像很可以聽到他號啕。但是如果他號啕，想像就不能再往上走一層；如果下降，就不免想到他還沒有到那麼大的苦痛，興趣就不免減少了。在表現拉奧孔號啕時，想像不是只聽到他呻吟，就是想到他死著躺在那裡。

簡單地說，圖畫所選擇的一頃刻應在將達「頂點」而未達「頂點」之前。「不僅如此，這一頃刻既因表現於藝術而長存永在，它所表現的不應該使人想到它只是一縱即逝的。」最有耐性的人也不能永久地號啕，所以雕像的作者不表現拉奧孔的號啕而只表現他微嘆，微嘆是可以耐久的。萊辛的普遍結論是：圖畫及其他造形藝術不宜於表現極強烈的情緒或是故事中最緊張的局面。

其次，詩不宜於描寫物體，它如果要描寫物體，也必定採敘述動作的方式。萊辛舉的例是荷馬史詩中所描寫的阿喀琉斯的護身盾（the shield of Achilles）。這盾縱橫不過三四尺，而它的外層金殼上面雕著山川河海、諸大行星、春天的播種、夏天的收穫、秋天的釀酒、冬天的畜牧、婚姻喪祭、審判戰爭各種景致。荷馬描寫這些景致時，並不像開流水帳式地數完一樣再數一樣。他只敘述火神鑄造這盾時如何逐漸雕成這些景致，所以本來雖是描寫物體，他卻把它變成敘述動作，令人讀起來不覺得呆板枯燥。如果拿中國描寫詩來說，化靜爲動，化描寫爲敘述幾乎是常例，如「池塘生春草」，「塔勢如湧出，孤高聳天宮」，「鬢雲欲度香腮雪」，「千樹壓西湖寒碧」，「星影搖搖欲墜」之類。

萊辛推闡詩不宜描寫物體之說，以爲詩對於物體美也只能間接地暗示而不能直接地描繪，因爲美是靜態，起於諸部分的配合和諧，而詩用先後承續的語言，不易使各部分在同一平面上現出一個和諧的配合來。暗示物體美的辦法不外兩種：一種是描寫美所生的影響。最好的例是荷馬史詩中所寫的海倫（Helen）。海倫在希臘傳說中是絕代美人，荷馬描寫她，並不告訴我們她的面貌如何，眉眼如何，服裝如何等等，他只敘述在兵臨城下時，她走到城牆上面和特洛伊的老者們會晤的情形：

> 這些老者們看見海倫來到城堡，都低語道：「特洛伊人和希臘人這許多年來都為著這樣一個女人嘗盡了苦楚，也無足怪；看起來她是一位不朽的仙子。」

萊辛接著問道：「叫老年人承認耗費了許多血淚的戰爭不算冤枉，有什麼比這能產生更生動的美的意象呢？」在中國詩中，像「回眸一笑百媚生，六宮粉黛無顏色」，「痛哭六軍俱縞素，衝冠一怒爲紅顏」之類的寫法，也是以美的影響去暗示美。

另一種暗示物體美的辦法就是化美爲「媚」（charm）。「媚」的定義是「流動的美」（beauty in motion），萊辛舉了一段義大利詩爲例，我們可以用一個很恰當的中文例來代替它。《詩經・衛風》有一章描寫美人說：

手如柔荑，膚如凝脂，領如蝤蠐，齒如瓠犀，螓首蛾眉；巧笑倩兮，美目盼兮。

這章詩前五句最呆板，它費了許多筆墨，卻不能使一個美人活靈活現地現在眼前。我們無法把一些嫩草、乾油、蠶蛹、瓜子之類東西湊合起來，產生一個美人的意象。但是「巧笑倩兮，美目盼兮」兩句，寥寥八字，便把一個美人的姿態神韻，很生動地渲染出來。這種分別就全在前五句只歷數物體屬性，而後兩句則化靜爲動，所寫的不是靜止的「美」而是流動的「媚」。

總之，詩與畫因媒介不同，一宜於敘述動作，一宜於描寫靜物。「畫如此，詩亦然」的老話並不精確。詩畫既異質，則各有疆界，不應互犯。在《拉奧孔》的附錄裡，萊辛闡明他的意旨說：「我想，每種藝術的鵠的應該是它性所特近的，而不是其他藝術也可做到的。我覺得普魯塔克（Plutarch）的比喻很可說明這個道理：一個人用鑰匙去破柴，用斧頭去開門，不但把這兩件用具弄壞了，而且自己也就失了它們的用處。」

四　萊辛學說的批評

萊辛的詩畫異質說大要如上所述。他對於藝術理論的貢獻甚大，爲舉世所公認。舉其大要，可得三端：

一、他很明白地指出以往詩畫同質說的籠統含混。各種藝術在相同之中有不同者在，每種藝術應該顧到它的特殊的便利與特殊的限制，朝自己的正路向前發展，不必旁馳博騖，致蹈混淆蕪雜。從他起，藝術在理論上才有明顯的分野。無論他的結論是否完全精確，他的精神是近於科學的。

二、他在歐洲是第一個看出藝術與媒介（如形色之於圖畫，語言之於文學）的重要關聯的人。藝術不僅是在心裡所孕育的情趣意象，還須藉物理的媒介傳達出去，成爲具體的作品。每種藝術的特質多少要受它的特殊媒介的限定。這種看法在現代因爲對於克羅齊美學的反響，才逐漸占勢力。萊辛在一百幾十年以前彷彿就已經替克羅齊派美學下一個很中肯的針砭了。

三、萊辛討論藝術，並不抽象地專在作品本身著眼，而同時顧到作品在讀者心中所引起的活動和影響。比如他主張畫不宜選擇一個故事的興酣局緊的「頂點」，就因爲讀者的想像無法再向前進；他主張詩不宜歷數一個物體的各面形相，就因爲讀者所得的是一條直線上的先後承續的意象，而在物體中這些意象卻本來並存在一個平面上，讀者須從直線翻譯回原到平面，不免改變原形，致失眞相。這種從讀者的觀點討論藝術的辦法是近代實驗美學與文藝心理學的。萊辛可以說是一個開風氣的人。

不過萊辛雖是新風氣的開導者，卻也是舊風氣的繼承者。他根本沒有脫離西方二千餘年的「藝術即模仿」這個老觀念。他說：「詩與畫都是模仿藝術，同爲模仿，所以同依照模仿所應有法則。不過它們所用的模仿媒介不同，因此又各有各的特殊法則。」這種「模仿」觀念是希臘人所傳下來的。萊辛最傾倒希臘作家，以爲亞里士多德的《詩學》無瑕可指，有如歐幾里得的幾何學。他說：「詩只宜於敍述動作。」因爲亞里士多德說過：「模仿的對象是動作。」亞里士多德所討論的詩偏重戲劇與史詩，特別著重動作，固無足怪；近代詩日向抒情寫景兩方面發展，詩模仿動作說已不能完全適用。這種新傾向在萊辛時代才漸露頭角，到十九世紀則附庸蔚爲大國，或爲萊辛所未料及。即以造形藝術論，側重景物描寫，反在萊辛以後才興起。萊辛所及見的圖畫雕刻，如古希臘的浮雕瓶畫，尤其是文藝復興時代的敍述宗教傳說的作品，都應該使他明白歐洲造形藝術的傳統向來就側重敍述動作。他抹煞事實而主張畫不宜敍述動作，亦殊出人意外。

萊辛在《拉奧孔》裡談到作品與媒介和材料的關係，談到藝術對於讀者的心理影響，而對於作品與作者的關係則始終默然。作者的情感與想像以及駕馭媒介和錘鍊材料的意匠經營，在他看，似乎不很能影響作品的美醜。他對於藝術的見解似乎是一種很粗淺的寫實主義。像許多信任粗淺常識者一樣，他以爲藝術美只是抄襲自然美。不但如此，自然美僅限於物體美，而物體美又只是形式的和諧。形式的和諧本已存於物體，造形藝術只需把它抄襲過來，作品也就美了。因此，萊辛以爲希臘造形藝術只用本來已具完美形象的材料，極力避免醜陋的自然。拉奧孔雕像的作者不讓他號啕，因爲號啕時的面孔筋肉攣曲以及口腔張開，都太醜陋難看。他忘記他所崇拜的亞里士多德曾經很明白地說過藝術可用醜材料，他忽略他所推尊的古典藝術也常用醜材料如酒神侍從（satyrs）和人馬獸（centaurs）

之類，他沒有覺到一切悲劇和喜劇都有醜的成分在內，他甚至於沒有注意到拉奧孔雕像本身也並非沒有醜的成分在內，而很武斷地說：「就其為模仿而言，圖畫固可表現醜；就其為藝術而言，它卻拒絕表現醜。」並且，就這句話看來，藝術當不盡是模仿，二者分別何在，他也沒有指出。他相信理想的美僅能存於人體，造形藝術以最高美為目的，應該偏重模仿人體美。花卉畫家和山水畫家都不能算是藝術家，因為花卉和山水根本不能達到理想的美。

這種議論已夠奇怪，但是「藝術美模仿自然美」這個信條逼得萊辛走到更奇怪的結論。美僅限於物體，而詩根本不能描寫物體，則詩中就不能有美。萊辛只看出造形藝術中有美，他討論詩，始終沒有把詩和美連在一起講。只推求詩如何可以駕馭物體美。他的結論是：詩無法可以直接地表現物體美，因為物體美是平面上形象的諧和配合，而詩因為用語言為媒介，卻須把這種平面配合拆開，化成直線式的配合，從頭到尾地敘述下去，不免把原有的美的形象弄得顛倒錯亂。物體美是造形藝術的專利品，在詩中只能用影響和動作去暗示。他討論造形藝術時，許可讀者運用想像；討論詩時，似乎忘記同樣的想像可以使讀者把詩所給的一串前後承續的意象回原到平面上的配合。從萊辛的觀點看，作者與讀者對於目前形象都只能一味被動地接收，不加以創造和綜合。這是他的基本錯誤。因為這個錯誤，他沒有找出一個共同的特質去統攝一切藝術，沒有看出詩與畫在同為藝術一層上有一個基本的同點。在《拉奧孔》中，他始終把「詩」和「藝術」看成對立的，只是藝術有形式「美」而詩只有「表現」（指動作的意義）。這麼一來，「美」與「表現」離為兩事，漠不相關。「美」純是「形式的」，「幾何圖形的」，在「意義」上無所「表現」；「表現」是「敘述的」，「模仿動作的」，在

「形式」上無所謂「美」。萊辛固然沒有說得這樣斬釘截鐵，但是這是他的推理所不能逃的結論。我們知道，在藝術理論方面，陷於這種誤解的不只萊辛一人，大哲學家如康德，也不免走上這條錯路。一直到現在，「美」與「表現」的爭論還沒有了結。克羅齊的「美即表現」說也許是一條打通難關的路。一切藝術，無論是詩是畫，第一步都須在心中見到一個完整的意象，而這意象必恰能表現當時當境的情趣。情趣與意象恰相契合，就是藝術，就是表現，也就是美。我們相信，就藝術未傳達成爲作品之前而言，克羅齊的學說確實比萊辛的強。至少，它顧到外界印象須經創造的想像才能成藝術，沒有把自然美和藝術美誤認爲一事，沒有使「美」與「表現」之中留著一條不可跨越的鴻溝。

藝術受媒介的限制，固無可諱言。但是藝術最大的成功往往在征服媒介的困難。畫家用形色而能產生語言聲音的效果，詩人用語言聲音而能產生形色的效果，都是常有的事。我們只略讀杜工部、蘇東坡諸人題畫的詩，就可以知道畫家對於他們彷彿是在講故事。我們只略讀陶、謝、王、韋諸工於寫景的詩人的詩集，就可以知道詩裡有比畫更精緻的圖畫。媒介的限制並不能叫一個畫家不能說故事，或是叫一位詩人不能描寫物體。而且說到媒介的限制，每種藝術用它自己的特殊媒介，又何嘗無限制？形色有形色的限制，而圖畫卻須寓萬里於咫尺；語言有語言的限制，而詩文卻須以有盡之言達無窮之意。圖畫以物體暗示動作，詩以動作暗示物體，又何嘗不是媒介困難的征服。媒介困難既可征服，則萊辛的「畫只宜描寫，詩只宜敘述」一個公式並不甚精確了。

一種學說是否精確，要看它能否到處得到事實的印證，能否用來解釋一切有關事實而無罅漏。如果我們應用萊辛的學說來分析中國的詩與畫，就不免有些困難。中國畫從唐宋以後就側重描寫物景，似可證實畫只宜於描寫物體說。但是萊辛對於山水花卉翎毛素來就瞧不起，以為它們不能達到理想的美，而中國畫卻正在這些題材上做功夫。他以為畫是模仿自然，畫的美來自自然美，而中國人則謂「古畫畫意不畫物」，「論畫以形似，見與兒童鄰」。萊辛以為畫表現時間上的一頃刻，勢必靜止，所以希臘造形藝術的最高理想是恬靜安息（calm and repose），而中國畫家六法首重「氣韻生動」。中國向來的傳統都尊重「文人畫」，而看輕「院體畫」。「文人畫」的特色就是在精神上與詩相近，所寫的並非實物而是意境，不是被動地接收外來的印象，而是熔鑄印象於情趣。一幅中國畫儘管是寫物體，而我們看它，卻不能用萊辛的標準，求原來在實物空間橫陳並列的形象在畫的空間中仍同樣地橫陳並列，換句話說，我們所著重的並不是一幅眞山水，眞人物，而是一種心境和一幅「氣韻生動」的圖案。這番話對於中國畫只是粗淺的常識，而萊辛的學說卻不免與這種粗淺的常識相衝突。

其次，說到詩，萊辛以為詩只宜於敘述動作，這因為他所根據的西方詩大部分是劇詩和敘事詩，中國詩向來就不特重敘事。史詩在中國可以說不存在，戲劇又向來與詩分開。中國詩，尤其是西晉以後的詩，向來偏重景物描寫，與萊辛的學說恰相反。中國寫景詩人常化靜為動，化描寫為敘述，就這一點說，萊辛的話是很精確的。但是這也不能成為普遍的原則。在事實上，萊辛所反對的歷數事物形象的寫法在中國詩中也常產生很好的效果。大多數寫物賦都用這種方法，律詩與詞曲裡也常見。我們隨便就一時所想到的詩句寫下來看看：

大漠孤煙直，長河落日圓。

——王維〈送使至塞上〉

碧雲天，黃葉地，秋色連波，波上寒煙翠。山映斜陽天接水，芳草無情，更在斜陽外。

——范仲淹〈蘇幕遮〉

一川煙雨，滿城風絮，梅子黃時雨。

——賀鑄〈青玉案〉

疏影橫斜水清淺，暗香浮動月黃昏。

——林逋〈山園小梅〉

枯藤老樹昏鴉，小橋流水人家，古道西風瘦馬。夕陽西下，斷腸人在天涯。

——馬致遠〈天淨沙〉

在這些實例中，詩人都在描寫物景，而且都是用的枚舉的方法，並不曾化靜爲動，化描寫爲敘述，萊辛能說這些詩句不能在讀者心中引起很明晰的圖畫麼？他能否認它們是好詩麼？藝術是變化無窮的，不容易納到幾個很簡賅固定的公式裡去。萊辛的毛病，像許多批評家一樣，就在想勉強找幾個很簡賅固定的公式來範圍藝術。

第八章　中國詩的節奏與聲韻的分析（上）：論聲

一　聲的分析

聲起於物體的震動。物體的震動釀成空氣的震動，再由空氣的震動引起耳的鼓膜的震動，成聽覺而為聲。這種震動如風起水湧，起伏成浪，所以有「聲浪」或「音波」的稱呼。在物體由震動而生「聲浪」，在知覺由聲浪刺激而生聲覺。聲浪如水浪，有長短、高低、疏密各種分別，聲的各種不同就是由此起來的。

第一是長短，亦稱音長（length, quantity, duration）。比如按同一琴鍵，按一秒鐘和按兩秒鐘所發的聲音有分別。這種分別就是長短，起於音波震動時間的久暫，久生長音，暫生短音。音的長短在物理學上以時間計。在音樂上以拍子或板眼計，這是聲音的最易了解的一個分別。

第二是高低，亦稱音高（pitch）。比如彈第二協（octave）的C音和第三協的C音，或是笛子上吹「合」音和吹「凡」音，所用時間儘管相同，所發的聲音仍有分別。這種分別就是高低，起於音波震動的快慢；震動快，震動數就多，聲音就高；震動慢，震動數就少，聲音就低。第二協C音（C_2）的震動數為129.33，第三協C音（C_3）的震動數有C_2的兩倍，為258.65，所以C_3高於C_2。

第三是重或強弱，亦稱音勢（stress, force）。比如按同一琴鍵，出力和不出力所發的聲音不同，讀同一個字，重讀與輕讀所發的聲音不同。這種分別就是輕重，起於音波振幅的大小，大就重，小就輕。

以上三種分別在物理學上通常用下列圖形表示：

此外還有一個音質（quality）的分別。比如一個高低長短輕重都相同的字音在鋼琴上奏和在笛子上奏不同，一個高低長短輕重都相同的字音張三發的和李四發的不同。這種音質的分別起於發音體的構造狀況不同。就音波說，它由於波紋的曲折式樣不同，如上圖AEB線和CGF線顯然不一樣。

灌聲音於蠟片成爲留聲機片，就是根據這幾條音波的道理。「留聲片的刻紋便是聲音的全體：它的疏與密，是聲音高與低；深與淺，是強與弱；長與短，是長與短；高下間的曲折是本質。」（劉復《四聲實驗錄》）

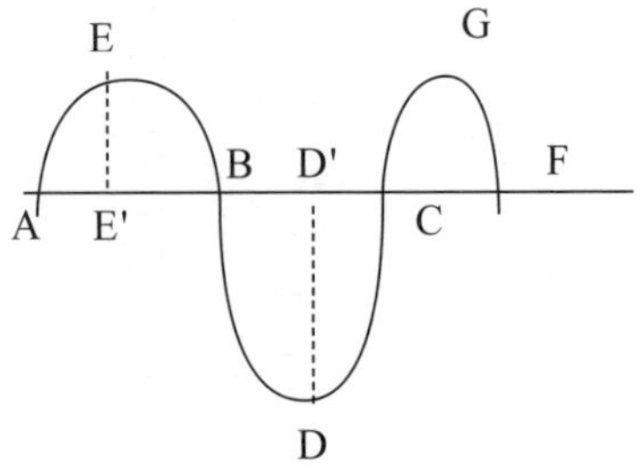

AEB、BDC = 波長 = 音長
AB、BC = 音波震動速度 = 音高
EE'、DD' = 音波振幅 = 音勢

二　音的各種分別與詩的節奏

聲音是在時間上縱直地綿延著，要它生節奏，有一個基本條件，就是時間上的段落（time-intervals）。有段落才可以有起伏，有起伏才可以見節奏。如果一個混整的音所占的時間平直地綿延不斷，比如用同樣力量繼續按鋼琴上某一個鍵，按到很久無變化，就不能有節奏，如果要產生節奏，時間的綿延直線必須分爲斷續線，造成段落起伏。這種段落起伏也要有若干規律，有幾分固定的單位，前後相差不能過遠。比如五個相承續的音成1：5：4：3：9的比例，起伏雜亂無章，也不能產生節奏。節奏是聲音大致相等的時間段落裡所生的起伏。這大致相等的時間段落就是聲音的單位，如中文詩的句逗，英文詩的行與音步（foot）。起伏可以在長短、高低、輕重三方面見出，這三種分別與節奏的關係可用下列線形表示。

音波始終單調一律，無節奏。起伏雜亂無章，無節奏。長短相間見節奏。高低相間見節奏。輕重相間見節奏。

詩的節奏通常不外由這三種分別組成，至於音質與節奏有無關係，待下文再論。因爲語言的性質不同，各國詩的節奏對於長短、高低、輕重三要素各有所側重。古希臘詩與拉丁詩都偏重長短。讀一個長音差不多等於讀兩個

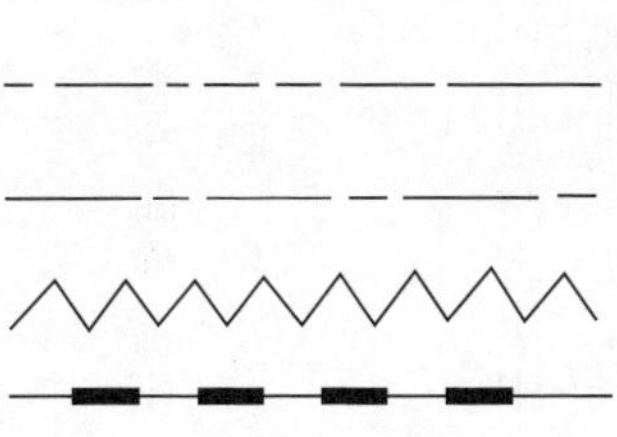

音波始終單調一律，無節奏。
起伏雜亂無章，無節奏。
長短相間見節奏。
高低相向見節奏。
輕重相間見節奏。

短音所占的時間。長短有規律地相間，於是現出很明顯的節奏。例如維吉爾的名句：

Quadruipe – | dante pu – | trem Soni— | tu quatit | ungula | Campum.

含六音步，每步含三個音，第一音長、第二、三兩音短。兩短音等於長音，所以最後一音步雖僅含兩音，因爲都是長音，讀起來所占的時間仍略等於其他音步。用「—」爲長號，「⏑」爲短號，拉丁詩的長短音式六音步格可以表示如下：

—⏑⏑—⏑⏑—⏑⏑—⏑⏑—⏑⏑— —

這種長短相間式是希臘詩和拉丁詩所共同的，所不同者拉丁詩音步中長音同時是重音，希臘詩音步中長音同時是高音。希臘文和拉丁文的長音都是固定的，所以一個音在音步中宜長在語氣中也一定是長的，這就是說，音樂的節奏和語言的節奏衝突甚少。

在近代歐洲各國詩中，長短的基礎已放棄——朗費羅（Longfellow）、莫里斯（William Morris）諸人模仿希臘拉丁用長短格的嘗試不算成功——代替它的是輕重，尤其是在日耳曼系語言中。比如英文，詩的音步以「輕重格」（iambic）爲最普通。重音不一定比輕音長，至於高低則隨讀者視文義爲準而加以伸縮，字音的本身並無絕對的固定的高低，因爲音步的輕重有規律而語氣的輕重無規律，在音步宜重的音在語氣中不一定重，在音步宜輕的音在語氣中也不一定輕，這就是說，音樂的節奏和語言的節奏有時不免衝突。例如莎士比亞的名句：

To be | or not | to be: | that is | the ques- | tion.

是用輕重五步格，第五步多一音，第一步、第三步的重音同時是長音，在讀時比第二、第四音兩音步都較長，但英文詩並不十分計較這種長短的分別。第四步的語氣的重音應在第一音（that），而音步的重音卻落在第二音（is）。如果嚴格地依音律讀，is應由輕音變爲重音。本來輕而要變重，音調也須由低提高。不過就常例說，音的高低對於英文詩音律的影響甚微。這種以字音分步的辦法通常叫做「音組制」（syllabic system）。近代英文詩有放棄「音組制」而改用「重音制」（accent system）的傾向，就是每行不管有幾音步或多少字音，只管有多少重音。比如一行通常有五個重音，字音不必限於十個或十五個，多少可以自由伸縮，有時兩重音之間可以隔四五個輕音。這樣一來，長短對於英詩節奏的影響更微細了。

法文詩不用這種「音組制」或「重音制」而用「頓」（cesure），每頓中字音數目不一定。法文詩最普通的格式是亞力山大格（Alexandrine），每行十二音，分頓不分步。頓的數目與位置有古典格與浪漫格的分別，古典格每行有四頓，第六音與第十二音必頓，第六音（中頓）前後各有一頓，唯位置不固定。例如拉辛的名句：

Heureux | qui satisfait | de son hum- | ble fortune. |

浪漫格每行只有三頓，第十二音必頓，餘兩頓位置不固定。例如雨果的詩句：

Il vit un oeil | tout grand ouvert | dans les ténèbres. |

每頓字音數目不一律，所以不能看做「音步」。法文音調和英文音調的重要分別在英文多鏗鏘的重音，法文則字音輕重的分別甚微，幾乎平坦如流水，無大波浪。不過讀到頓的位置時，聲音也自然提高延長著重，所以法文詩的節奏也是先抑後揚。例如上引拉辛的句子，依音律學家格拉芒

（Grammant）的估定，音長、音勢和音高合在一起成下列比例：

Heureux qui satisfaït de son humble fortune.

2　$3\frac{1}{3}$　1　1　1　3　1　1　3　1　1　3

所以法文詩的節奏起伏同時受音長、音勢、音高三種影響，不像英文詩那樣著重音勢。換句話說，輕重的分別在法文詩中並不甚明顯。

總之，歐洲詩的音律有三個重要的類型。第一種是以很固定的時間段落或音步爲單位，以長短相間見節奏，字音的數與量都是固定的，如希臘拉丁詩。第二種雖有音步單位，每音步只規定字音數目（仍有伸縮），不拘字音的長短分量；在音步之內，輕音與重音相間成節奏，如英文詩。第三種的時間段落更不固定，每段落中字音的數與量都有伸縮的餘地，所以這種段落不是音步而是頓，每段的字音以先抑後揚見節奏，所謂抑揚是兼指長短、高低、輕重而言，如法文詩。英詩可代表日爾曼語系詩，法詩可代表拉丁語系詩。

三　中國的四聲是什麼

我們費許多功夫討論歐洲詩的音律，因爲中國詩的音律性質究竟如何，最好用比較方法來說明。中國詩音律的研究向來分聲（子音）韻（母音）兩個要素。這兩個要素是否能把中國詩的音律包括無餘，此外是否還有其他要素，待下文詳論，現在先分析聲的性質。

聲就是平上去入。我們在上文說過，聲音上的節奏可以在長短、高低、輕重三方面見出。所謂平上去入究竟是長短、是高低還是輕重的分別呢？在實際上，每個人都不覺得辨別他所生長的區域中的四聲有什麼困難；但是分析起來，要斷定四聲的元素和分別，卻是一件極難的事。這種困難有兩個來源：第一是各區域發音的差異。我們通常籠統說「四聲」，但是南音的四聲是平上去入，北音無入聲，四聲是陰平陽平上去。如果再細分，廣東有九聲，浙江、福建有些地方有八聲，江蘇有些地方有七聲，西南中部各省有五聲，北方只有四聲。如果拿長短、高低、輕重作標準來分四聲，各區域的讀法不一律（比如同是平聲，北平人比成都人和武昌人讀得較短，入聲普通很短而長沙人讀得很長），也很難得到普遍的結論。其次，每聲在時間上都是綿延的，同是一聲或是先高後低，先輕後重，或高低輕重成不規則的波紋，我們不能很單純地拿高低輕重來形容它。這也是研究四聲的困難原因之一。

先說長短。四聲顯然有長短的分別。有些人在長短以外就聽不出四聲有其他的分別。顧炎式在《音論》裡說：「平聲最長，上去次之，入則詘然而止，無餘音矣。」近人多持此說。錢玄同說：「平上去入，因一音之留聲有長短而分爲四。」（《文字學．音篇》）吳敬恆說：「聲爲長短……長短者音同而留聲之時間不同。」易作霖並且拿拍子來說四聲，他說：「四聲是什麼？……它是『拍子關係』，譬如奏一音，奏一拍便像『都』，奏四分之一拍便像『篤』，就時間上分出四種不同的聲音，就是平上去入的四聲。」

四聲有長短的分別，大概無可諱言，不過這種長短的量實不能定，一則各區域發音不同，二則同一區域各人發音不同，甚至於一個人在不同狀況之下，對於同一個字發音前後也不能一致。入聲最短是通例，但據劉復的《四聲實驗錄》，北平人學發的入聲反比平聲長，武昌、長沙的入聲也特別長。北平的去聲比平聲長，長沙和浙江江山的去聲比平聲短。這是劉復所得的結果。但據高元的研究，北平陽平一拍，陰平半拍，上聲一拍，去聲四分之三拍，去聲實比陽平短。據英人瓊斯（D. Jones）和廣東胡炯堂的研究，廣東平聲與上去二聲均成一拍與半拍之比；但照劉復的實驗，它們相差似沒有這樣大。這些「結果」可以告訴我們兩件事：第一，同是一聲，各地長短不同；第二，許多測量結果常相衝突，可見聲音長短不易測量，四聲長短比例至今還是沒有解決的問題。依這樣看，四聲雖似為長短的分別而實不盡是長短的分別，因為四聲的長短並無定量。

次說高低。四聲有高低的分別，從前人似乎都忽略過去。近代語音學者才見出它的重要。劉復以為高低是四聲的最重要的分別，甚至於是唯一的分別。他說：「我認定四聲是高低造成的……我們耳朵裡所聽見的各聲的區別；只是高低起落的區別，實際上長短雖然有些區別，卻不能算得區別。」至於輕重，他認為與四聲絕對地無關（下文詳論）。四聲有高低的分別大概不成問題，成問題的是高低的測定。如果一個聲音在它的習慣的音長之內，始終維持一律的音高，則高低容易斷定。比如鋼琴上第二協的C聲與第三協的C音的分別不但是很明白，而且也很純粹。四聲的高低難判定，不但因為各地發音不同，尤其因為每聲在它的習慣的音長之內，不能維持一律的音高，有時前高後低，有時前低後高，有時起伏不平。如果用線形表示，音高所走的路程不是平直線而是不規則的曲線。姑舉劉復《四聲實驗錄》所載的北平四聲為例，其線形如下：

據趙元任的《國音新詩韻》，五聲的標準讀法如下：

> 陰聲高而平。陽聲從中音起，很快地揚起來，尾部高音和陰聲一樣。上聲從低音起，微微再下降些，在最低音停留些時間，到末了高起來片刻就完。去聲從高音起，一順盡往下降。入聲和陰聲音高一樣，就是時間只有它一半或三分之一那麼長。

趙氏的陰聲即劉氏的上平，陽聲即下平。如果取趙氏的解釋和劉氏的線圖比較，我們可以看出，上平下平大致符合，其餘三聲都互有出入。如果取劉氏所實驗的十二個地方四聲所得的線圖看，則各地四聲的高低起伏，各不相同。不過有一點是很明白的，就是同一聲音的高低前後不一律，我們不能概括地說某聲高或某聲低，只能說某聲在某一個階段高，某一個階段低。因爲各聲內部都有較高較低部分，所以四聲的分別也很難說完全在高低。

最後說輕重。從前人分別四聲，大半著重輕重或強弱

北平四聲高低長短

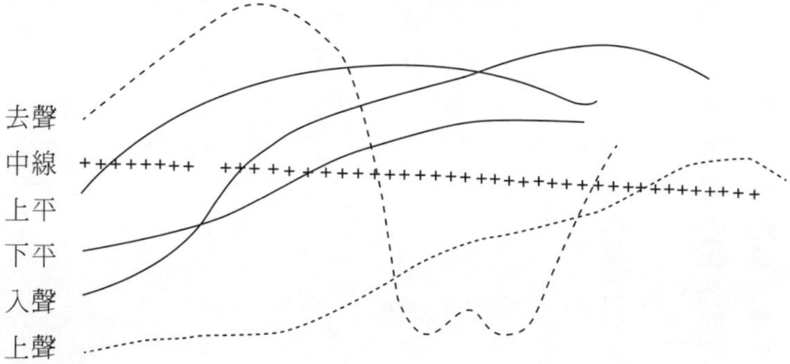

圖中中線（+++……）居四聲的最高點與最低點之中，其長表示時間長短

的標準。最早的關於四聲的解釋當推唐釋神珙所引《元和韻譜》的話：

平聲者哀而安，上聲者厲而舉，去聲者清而遠，入聲者直而促。

流行的四聲歌訣也說：

平聲平道莫低昂，上聲高呼猛烈強，去聲分明哀遠道，入聲短促急收藏。

按這兩段話的語氣，似都以平去較輕，上入較重。顧炎武在《音論》裡說：

其重其急則為入為上為去，其輕其遲則為平。

依這一說，則三個仄聲都比平聲較重。近人王光祈則以爲「平聲強於仄聲」。（《中國詩詞曲之輕重律》）

否認四聲與輕重有關的也有人。據高元的研究，輕重在江蘇七聲上特別重要，在其他區域影響甚微。劉復《四聲實驗錄》則絕對否認強弱或輕重與四聲有關。他的理由是：「無論哪一聲都可以讀強，也都可以讀弱，而其聲不變。」這話似有語病。我們的問題不是某一聲是否因讀強讀弱而變爲另一聲，而是某一音的四聲有無強弱的比較。我們可以套劉氏話來說：「無論哪一聲都可以讀高，也可以讀低，而其聲不變。」男音低於女音，文字聲音的高低可隨意義伸縮，都是事實。我們能否據此否認聲與高低有關係呢？劉氏的實驗把強弱完全丟開，我想是因為他所信任的浪紋計根本不能測聲的強弱。強弱的痕跡相當於浪紋的深淺。浪紋計用細筆尖在薰煙的滑紙上畫出聲浪的紋，而畫得又非常之快，如何能見出可測量的深淺呢？

就大體說，發四聲時所出的力有強弱，所得的音自有輕重之分。讀上入二聲似比讀平去二聲較費力，所以較重如《元和韻譜》及四聲歌訣所指示的。不過這還是臆測，各區域發音不同，同一聲的輕重容易有出入，還待精細的測驗去斷定。總之，四聲雖似有輕重的分別，而輕重的比例仍是問題。

高元謂四聲為「在同一聲（子音）韻（母音）中音長、音高、音勢三種變化相乘之結果」。就目前而論，這也許是四聲的最妥當的定義。不過這個定義對於詩音律研究有多大的價值，殊為問題，因為各聲的音長、音高、音勢都沒有定量，而且隨時隨地更動。

四　四聲與中國詩的節奏

以上分析四聲，都僅就獨立的音來說，問題已夠複雜。在詩裡音沒有獨立的，都與若干其他音合成一組而成句，四聲的問題比較更複雜了。

第一，在音組裡每音的長短高低輕重都可以隨文義語氣而有伸縮。意義著重時，聲音自然隨之而長而高而重；意義不著重時，聲音也自然隨之而短而低而輕。同是一個字，在這一音組裡讀長讀高或讀重，在另一音組裡讀低讀短或讀輕，全看行文口氣。比如同是「子」字，在「子書」裡比在「扇子」裡；同是「又」字，在「他又來了」比在「他來了又去了」，都讀得較長較高較重。在獨立音上所推敲出來的長短、高低、輕重，在詩文裡應用起來，可以完全變過。

第二，除意義輕重影響以外，一音組中每音的長短、高低、輕重，有時受鄰音的影響而微有伸縮。這可分兩層說：第一，兩音相鄰時由前一音滑入後一音，有順有拗。大約雙聲而疊韻的兩音讀來最順口，由甲聲轉入性質不同的乙聲（例如：由脣音轉喉音），由甲韻轉入性質不同的乙韻（例如：由開口轉撮口），則比較費力。如「玉女」的「玉」與「玉山」的「玉」，「堂堂」的第一個「堂」與「堂廟」、「堂宇」的「堂」，都略有分別。第二，各國語言節奏大半有先抑後揚的傾向（英文iambic節奏最占勢力，法文在頓上略揚，都可以爲證）。中國語言中有許多疊音字，兩字同聲同韻，而長短高低輕重仍略有分別，例如：「關關」、「淒淒」、「蕭蕭」、「冉冉」、「蕩蕩」、「漠漠」之類都先抑後揚。這兩層分別雖然甚微，但對於節奏仍有若干影響。

第三，如上節所分析，四聲不純粹是長短、高低或輕重的分別，平仄相間即不能認爲長短、高低或輕重相間。加以詩的習慣，平不分陰陽，仄則包含上去入。在長短、高低、輕重三方面，陰陽平已有懸殊，上去入彼此相差尤遠。如「平平」爲一陰一陽，而「仄仄」爲一上一入，則長與短、高與低、輕與重即不免經過幾分抵消作用，結果使「平平」與「仄仄」在長短、高低、輕重上並無多大差別。

因爲上述各種緣故，拿西方詩的長短、輕重、高低來比擬中國詩的平仄，把「平平仄仄平」看作「長長短短長」、「輕輕重重輕」或「低低高高低」，一定要走入迷路。王光祈在《中國詩詞曲之輕重律》裡說：

在質的方面，平聲則強於仄聲。按平聲之字，其發音之初既極宏壯，而繼續延長之際，又能始終保持固有之強度。因此，余將中國平聲之字，比之近代西洋語言之重音，以及古代希臘文之長音，而提出平仄二聲為造成中國詩詞曲「輕重律」之說。

王氏爲研究樂理學者，其言殊令人失望。在音勢（並非「質」）方面，平並不一定強於仄，已如前所述。平仄的分別不能以西詩長短輕重比擬，另有一事實可證明。在希臘拉丁詩中，一行不能全是長音或全是短音，在英文詩中，一行不能全是重音或全是輕音。假如全行只有一種音，就不會有節奏。但是在中文詩中，一句可以全是平聲，如「關關雎鳩」、「修條摩蒼天」、「枯桑鳴中林」、「翩何姍姍其來遲」之類，一句也可以全是仄聲，如「窈窕淑女」、「歲月忽已晚」、「伏枕獨展轉」、「利劍不在掌」之類。這些詩句雖非乎仄相間，仍有起伏節奏，讀起來仍很順口。古詩在句內根本不調平仄，而單就節奏說，古詩大半勝於律詩，因爲古詩較自然而律詩往往爲格調所束縛。從此可知四聲對於中國詩的節奏影響甚微。王光祈以平仄二聲作「輕重」以及其他類似的企圖，在學理與事實上均無根據。

我們說四聲對於中國詩的節奏影響甚微，說它比不上希臘拉丁文的長短和英文的輕重，並非說它毫無影響。凡是兩個不同的現象有規律地更替起伏，多少都要產生節奏的效果。平與仄的分別究竟在哪裡，固爲問題；它們有分別，則不成爲問題。這顯然有分別的兩種聲音有規律地更替起伏，自然也要產生節奏。中國律詩就要把這種節奏製成固定的模型。這模型本來是死板的東西，它所定的形式的節奏在具體的詩裡必隨語言的節奏而變異。兩首平仄完全相同的詩，節奏不必相同，所以聲調譜之類作品是誤人的（詳見第六章）。

五　四聲與調質

錢玄同、吳敬恆、高元諸人提倡注聲字母，覺得四聲不適用，主張廢棄它們。胡適根據「由最古的廣州話的九聲逐漸減少，到後起的北部西部的四聲」之事實，斷定「這個趨勢是應該再往前進的，是應該走到四聲完全消滅的地位的」（高元《國音學・胡序》）。他在〈談新詩〉一文裡主張「推翻詞譜、曲譜的種種束縛，不拘平仄，不拘長短」。

在我們看，語音的演變是一種自然現象，有風土習慣、生理構造以及心理性格諸要素在後面支配，絕不是三數學者唱廢棄或唱保守所能左右的。至於簡單化是語音與文法的共同趨勢，但因「簡單化」而推測到「零化」，恐怕也是一個過於大膽的預言。比如英文文法，從盎格魯薩克遜時代起，一直到現在，都在逐漸簡單化，我們能由此斷定英文文法會「走到完全消滅的地位」麼？

我們研究語音，像研究任何自然現象一樣，要接受事實，就事論事、武斷和預言都是危險的事。就事實說，聲音的分別是牢不可破地在那裡。研究語音學者就要分析和解釋這分別，研究詩者就要研究它在詩裡有什麼功用。從以上分析四聲與長短、高低、輕重的關係所得的結果看，我們知道四聲雖非毫無節奏性，但是這種節奏性並不十分明瞭確定。然則四聲對於詩，除節奏以外，還有其他功用沒有？詩的節奏，除略見於四聲以外，還有其他成因沒有？這是兩個不同的問題，先討論第一個。

在詩和音樂中，節奏與「和諧」（harmony）是應該分清的。比如磨坊的機輪聲和鐵匠鋪的釘錘聲都有節奏而沒有和諧，古寺的一聲鐘和深林的一陣風聲可以有和諧而不一定有節奏。節奏自然也是幫助和諧的，但和諧不僅限於節奏，它的要素是「調質」（tonequaliy）的悅耳性。這在單音和複音上都可以見出。節奏在聲音上只是縱直的起伏關係，和諧則同時在幾種樂音上可以見出，所以還含有橫的關係。比如鋼琴聲與提琴聲同奏，較與鼓聲同奏為和諧，雖然節奏可相同。四聲不但含有節奏性，還有調質（即音質）上的分別。凡是讀書人都能聽出四聲，都知道某字為某聲，絲毫沒有困難，但是許多音韻學專家都不能斷定四聲的長短、高低、輕重的關係。這可證明四聲最不易辨別的是它的節奏性，最易辨別的是它的調質或和諧性。

一般人以為四聲是中國語言的特殊現象。這種見解不完全是對的。比如說英文母音，a長音就是上聲，e、i、o、u長音都是去聲，e、i、u短音都是入聲。獨立的母音沒有平聲，但是母音與鼻音（w、n）相拼時，如果不是重音，往往讀成陰平，例如：stephen之phen音，London之don音，Phantom之tom音。子音萬國音標式發音時大率為入聲（如b讀如博，p讀如潑）；用普通讀法，

b、c、l都近於上聲，d、g、k、p都近於去聲，f、s、m、n都以上聲起，以陰平收。這種調質的分別在英文中叫做tonequality，在法文中叫做timbre。西方詩論家常把它稱爲「詩的非節奏的成分」（nonrhythmical element of verse）。

詩講究聲音，一方面在節奏，在長短、高低、輕重的起伏；一方面也在調質，在字音本身的和諧以及音與義的調協。在詩中調質最普通的應用在雙聲疊韻。雙聲（alliteration）是同聲紐（子音）字的疊用。古英文詩不用韻腳，每行分前後兩部分，前部必有一兩個字與後部一兩個字成雙聲，把散漫的音借同聲紐的字聯絡貫串起來，例如：

Beowulf waes Irame blaed wide sprang.

這句詩的前後兩部用b和w的雙聲做聯絡線。這種雙聲有韻的功用，所以有時叫做「首韻」（beginning rhyme），與「尾韻」（end rhyme）相對。近代西方詩大半有腳韻，無須用雙聲作首韻，但仍常用雙聲產生和諧。中國字盡單音，所以雙聲字極多，例如：《國風》第一篇裡就有「雎鳩」、「之洲」、「參差」、「輾轉」等雙聲字。

疊韻（assonance）是同韻紐（母音）字的疊用。古法文以疊韻爲韻腳。例如：《羅蘭之歌》中用bise和dire成韻。近代西方詩於行尾母音相同之外，再加上母音後子音亦必相同一個條件，例如：dire和cire成韻，bise和mise成韻，而dire和bise則不能成韻。近代中國語除含鼻音的字以外，凡字都以純粹的母音收，所以西方詩用韻的後一個條件在中文裡幾無意義，而「疊韻」和「押韻」根本只是一回事，不過普通所謂「押韻」只限於押句尾一字罷了。中國文字大半以母音收，所以同韻字特別多，押韻和疊韻是最容易的事。

雙聲疊韻都是要在文字本身見出和諧。詩人用這些技巧，有時除聲音和諧之外便別無所求，有時不僅要聲音和諧，還要它與意義調協。在詩中每個字的音和義如果都互相調協，那是最高的理想。音律的研究就是對於這最高理想的追求，至於能做到什麼地步，則全憑作者的天資高低和修養深淺。每國文字中都有些諧聲字（onomatopoetic words）。諧聲字在音中見義，是音義調協的極端例子。例如：英文中的murmur、cuckoo、crack、dingdong、buzz、giggle之類。中國字裡諧聲字在世界中是最豐富的。它是「六書」中最重要最原始的一類。江、河、噓、嘯、嗚咽、炸、爆、鐘、拍、砍、唧唧、蕭蕭、破、裂、貓、釘……隨手一寫，就是一大串的例子。諧聲字多，音義調協就容易，所以對於作詩是一種大便利。西方詩人往往苦心搜索，才能找得一個暗示意義的聲音，在中文裡暗示意義的聲音俯拾即是。在西文詩裡，評注家每遇一雙聲疊韻或是音義調協的字，即特別指點出來，視為難能可貴。在中文詩裡則這種實例舉不勝舉。

音義調協不必盡在諧聲字上見出。有時一個字音與它的意義雖無直接關係，也可以因調質暗示意義。就聲紐說，發音部位與方法不同，則所生影響隨之而異；就韻紐說，開齊合撮以及長短的分別也各有特殊的象徵性。姑舉例為證，「委婉」比「直率」、「清越」比「鏗鏘」、「柔懦」比「剛強」、「侷促」比「豪放」、「沉落」比「飛揚」、「和藹」比「暴躁」、「舒徐」比「迅速」，不但意義相反，即在聲音上亦可約略見出差異。

音律的技巧就在選擇富於暗示性或象徵性的調質。比如形容馬跑時宜多用鏗鏘疾促的字音；形容水流，宜多用圓滑輕快的字音。表示哀感時宜多用陰暗低沉的字音，表示樂感時宜用響亮清脆的字音。例如韓愈〈聽穎師彈琴歌〉的頭四句：

暱暱兒女語，恩怨相爾汝；劃然變軒昂，勇士赴敵場。

「暱暱」、「兒」、「爾」以及「女」、「語」、「汝」、「怨」諸字，或雙聲，或疊韻，或雙聲而兼疊韻，讀起來非常和諧；各字音都很圓滑輕柔，子音沒有夾雜一個硬音、摩擦音或爆發音；除「相」字以外沒有一個字是開口呼的。所以頭兩句恰能傳出兒女私語的情致。後二句情景轉變，聲韻也就隨之轉變。第一個「劃」字音來得非常突兀斬截，恰能傳出一幕溫柔戲轉到一幕猛烈戲的突變。韻腳轉到開口陽平聲，與首二句閉口上聲韻成一強烈的反襯，也恰能傳出「勇士赴敵場」的豪情勝概。從這個短例看，我們可以見出四聲的功用在調質，它能產生和諧的印象，能使音義攜手並行。作詩雖不必依聲調譜去調平仄，在實際上宜用平聲的地方往往不能易以仄聲字，宜用仄聲的地方也不能隨意換平聲。例如白居易的〈琵琶行〉：

大弦嘈嘈如急雨，小弦切切如私語；嘈嘈切切錯雜彈，大珠小珠落玉盤。

第一句「嘈嘈」絕不可換仄聲字，第二句「切切」也絕不可換平聲字。第三句連用六個舌齒摩擦的音，「切切錯雜」狀聲音短促迅速，如改用平聲或上聲、喉音或牙音，效果便絕對不同。第四句以「盤」字落韻，第三句如換平聲「彈」字為去聲「奏」字，意義雖略同，聽起來就不免拗。第四句「落」字也勝似「墮」、「墜」等字，因為入聲比去聲較斬截響亮。我們如果細心分析，就可見凡是好詩文，平仄聲一定都擺在最適宜的位置，平聲與仄聲的效果絕不一樣。（最好的分析材料是狀聲的詩文，如《莊子・齊物論》人籟天籟段，《文選》「音樂」類的賦，李頎寫聽音樂的詩，歐陽修〈秋聲賦〉，元曲裡〈秋夜梧桐雨〉之類。）

平仄調和所生的影響並不亞於雙聲疊韻。胡適在《談新詩》裡著重雙聲疊韻而看輕平仄和韻腳。他說：

> 詩的音節全靠兩個重要分子：一是語氣的節奏，二是每句內部所用字的自然和諧。至於句末韻腳，句中的平仄，都是不重要的事。語氣自然，用字和諧，就是句末無韻也不要緊。

下面他引了幾首新詩，證明雙聲疊韻的重要。他的話似易引人誤會他所說的「用字和諧」全在雙聲疊韻，而「句末韻腳，句中的平仄」，則為「用字和諧」以外的事，所以「不重要」。其實韻腳也還是一種疊韻，雙聲在古英文詩裡也當作韻用過。雙聲、疊韻、押韻和調平仄，同是選配「調質」的技巧。如果論「和諧」，「句末韻腳，句中的平仄」，也似不比雙聲疊韻差一等。在同是「調質」的現象之中，取雙聲疊韻而否認押韻調平仄的重要，似欠公平。

總之，四聲的「調質」的差別比長短、高低、輕重諸分別較爲明顯，它對於節奏的影響雖甚微，對於造成和諧則功用甚大。

第九章　中國詩的節奏與聲韻的分析（中）：論頓

一　頓的區分

中國詩的節奏不易在四聲上見出，全平全仄的詩句仍有節奏，它大半靠著「頓」。它又叫做「逗」或「節」。它的重要從前人似很少注意過。「頓」是怎樣起來的呢？就大體說，每句話都要表現一個完成的意義，意義完成，聲音也自然停頓。一個完全句的停頓通常用終止符號「。」表示。比如說：

我來。

我到這邊來。

我到這邊來，聽聽這些人們在討論什麼。

這三句話長短不同，卻都要到最後一字才停得住，否則意義就沒有完成。第三句為複合句，包括兩個可獨立的意義。通常說話到某獨立意義完成時，可以略頓一頓，雖然不能完全停止住。這種輔句的頓通常用逗點符號「，」表示。論理，我們說話或念書，在未到逗點或終止點時都不應停頓。但在實際上我們常把一句話中的字分成幾組，某相鄰數字天然地屬於某一組，不容隨意上下移動。每組自成一小單位，有稍頓的可能。比如上例第三句可以用「—」爲頓號區分爲下式：

我到—這邊來，—聽聽—這些—人們—在討論—什麼。

這種每小單位稍頓的可能性，在通常說話中，說慢些就覺得出，說快些一掠就過去了。但在讀詩時，我們如果拉一點調子，頓就很容易見出。例如下列詩句通常照這樣頓：

陟彼—崔嵬，—我馬—虺隤—。我姑—酌彼—金罍，—惟以—不永懷。

涉江—採芙—蓉，—蘭澤—多芳—草。

花落—家僮—未掃，—鶯啼—山客—猶眠。

永夜—角聲—悲自—語，—中天—月色—好誰—看。

五更—鼓角—聲悲—壯，—三峽—星河—影動—搖。

這裡我們要特別注意的就是說話的頓和讀詩的頓有一個重要的分別。說話的頓注重意義上的自然區分，例如：「彼崔嵬」、「採芙蓉」、「多芳草」、「角聲悲」、「月色好」諸組必須連著讀。讀詩的頓注重聲音上的整齊段落，往往在意義上不連屬的字在聲音上可連屬，例如：「採芙蓉」可讀成「採芙—蓉」，「月色好誰看」可讀成「月色—好誰看」，「星河影動搖」可讀成「星河—影動搖」。粗略地說，四言詩每句含兩頓，五言詩每句表面似僅含兩頓半而實在有三頓，七言詩每句表面似僅含三頓半而實在有四頓，因爲最後一字都特別拖長，湊成一頓。這樣看來，中文詩每頓通常含兩字音，奇數字句詩則句末一字音延長成爲一頓，所以頓頗與英文詩「音步」相當。

說話的頓和讀詩的頓不同，就因爲說話完全用自然的語言節奏，讀詩須摻雜幾分形式化的音樂節奏。胡適在《談新詩》裡把詩的「頓挫段落」看成「自然的節奏」，似還有商酌的餘地。比如他所舉的例：

風綻—雨肥—梅。
江間—波浪—兼天—湧。

這兩句詩照習慣的舊詩讀法，應該依他這樣頓。但是這樣頓法不能說是依意義的自然區分，因爲就意義說，「肥」字和「天」字都是不應頓的。

詩裡有一個形式化的節奏，我們不能否認；不過同時我們也須承認讀詩者與作詩者都不應完全信任形式化的節奏，應該設法使它和自然的語言的節奏愈近愈好。我們在上列各例中完全用形式化的節奏去頓，這種頓法並非一成不變，每個讀詩者都有伸縮的自由，比如下列頓法：

涉江—採芙蓉。
風綻—雨肥梅。
中天—月色好—誰看。
江間—波浪—兼天湧。

較近於語言節奏，也未嘗不可用。有時如果嚴守形式化的節奏，與意義的自然區分相差太遠，聽起來反覺有些不順，比如下列諸例，照習慣的頓法：

似梅—花落—地，—如柳—絮因—風。
送終—時有—雪，—歸葬—處無—雲。
靜愛—竹時—來野—寺，—獨尋—春偶—到溪—橋。
管城—子無—食肉—相，—孔方—兄有—絕交—書。

似不如頓成下式，較爲自然：

似梅花—落地，—如柳絮—因風。
送終時—有雪，歸葬處—無雲。

靜愛竹—時來—野寺，—獨尋春—偶過—溪橋。
管城子—無食肉—相，—孔方兄—有絕交—書。

不過這些實例，在音節上究竟有毛病，因爲語言節奏與音樂節奏的衝突太顯然，顧到音就顧不到義，顧到義就顧不到音。在中文詩習慣，兩字成一音組，這兩字就應該同時是一義組。如果有三字成義組，無論在五言中還是在七言中，它最好是擺在句末，才可以免去頭重腳輕的毛病。例如：

五言｛涉江—採芙蓉。似梅花—落地。
七言｛暗香—浮動—月黃昏。獨尋春—偶過—溪橋。

前後兩句相較，後句顯然是頭重腳輕，與語言的先抑後揚的普通傾向相違背。

二　頓與英詩「步」、法詩「頓」的比較

中文詩每頓通常含兩個字音，相當於英詩的「音步」（foot），已如上所述。但有一點它與英詩

步不同。步完全因輕重相間見節奏，普通雖是先輕後重，而先重後輕亦未嘗不可。中詩頓絕對不能先揚後抑，必須先抑後揚，而這種抑揚不完全在輕重上見出，是同時在長短、高低、輕重三方面見出。每頓中第二字都比第一字讀得較長、較高、較重。就這一點說，中詩頓所產生的節奏很近於法詩頓。嚴格地說，中詩音步用「頓」字來稱呼，只是沿用舊名詞，並不十分恰當，因爲在實際上聲音到「頓」的位置時並不必停頓，只略延長、提高、加重。就這一點說，它和法文詩的頓似微有不同，因爲法文詩到「頓」（尤其是「中頓」）的位置時往往實在是要略微停頓的。

在英詩的「步」和中詩、法詩的「頓」裡，長短都沒有定準。英詩每步含兩字音的也可以偶爾夾入三單音步或一單音步以生變化，例如：

Shadowing | moré beau- | ty in | their ai | ry brows.

第一音步含三音，是無疑地比第三音步兩個短促而不著重的音較長。法詩的頓長短往往懸殊更大，尤其是浪漫格，因爲頓的數目固定而位置不固定。例如：

J'aime | la majestè | de la souffrance | humaine.

第三頓特別長，第一頓特別短，是很顯然的。中詩的頓在字面上雖似少伸縮（大半兩音），但讀起來長短懸殊仍然很大，這全取決於語音的自然節奏以及字音本身的調質。例如：

念天地——之悠悠，——獨愴然——而涕下。

第一句「念天地」頓不能有「之悠悠」頓那麼長，第二句「獨愴然」頓也不能有「而涕下」頓那麼短。再如：

尋尋－覓覓，－冷冷－清清，－淒淒－慘慘－戚戚。

七個疊字雖各占一頓，而長短卻略有不同，入聲的疊字自然比平上聲的疊字較短。

近來論詩者往往不明白每頓長短有伸縮的道理，發生許多誤會。有人把頓看成拍子，不知道音樂中一個拍子有定量的長短，詩中的頓沒有定量的長短，不能相提並論。

中文詩因爲讀時長短有伸縮和到頓必揚的兩個緣故，四聲的分別對於節奏的影響愈顯得微小。這件事實是研究中國詩的聲律者所應特別注意的。它很明白地告訴我們：中國詩的節奏第一在頓的抑揚上看出，至於平仄相間，還在其次。明白這個道理，我們更可見拿平仄比擬英德文詩的「輕重律」，實在是牽強附會。

三　頓與句法

中國詩文舊有句讀的分別。「讀」讀如「逗」，近於本篇所謂「頓」，但與「頓」微有不同。「頓」完全是音的停頓，「讀」則兼爲義的停頓。例如：「關關雎鳩，在河之洲。窈窕淑女，君子好述」。偶句爲「句」，奇句則從前人誤認爲「句」而實爲「讀」。「句」（sentence）必含有一完成意義，「讀」可僅含一個意義不完成而可稍停頓的「辭句」（phrase）或「子句」（clause）。如只就音說，「關關」、「窈窕」等均可「頓」。不過嚴格說起，中文的「讀」從古代起似就偏重音而不甚重義。上例「鳩」字於義亦本不應「頓」，所以讀成「頓」者，仍是偏重聲音段落。此外如「翩翩飛鳥，息我庭柯」，「幸有弦歌曲，可以喻中懷」，「何不策高足，先據要路津」，「結廬在人境，而無車馬喧」，「彤庭所分帛，本自寒女出」，「遂令天下父母心，不重生男重生女」，「天臺四萬八千丈，對此欲倒東南傾」，例證甚多，數不勝數。

這樣把一個於義不能拆開的句子拆爲兩部分，使聲音能成爲有規律的段落，是一個很有趣的現象。我們很可以拿它和西文詩的「上下關聯格」（enjambement）來比較。西文詩單位是「行」（line），每行不必爲一句，上行文義可以一直流注到下行去，總能完成它的意義。例如莎士比亞的：

...and blest are those
Whose blood and judgment are so well commingled
That they are not a pipe for fortune's finger
To sound what stop she please.

四行實只一句，每行最後一字於義均不能停頓，所以通常都連著下行一氣讀。最後終止點（即句子完成處）卻不在行末而在行中腰。行末既不頓，何以要分行呢？這全是因爲「無韻五節格」每行要五個音步，上行音步的數目夠了，下文便移到下行寫，餘例推。這種分排何以能見節奏呢？就全在每行的五音步有輕重的抑揚。中文詩以句為單位，每句大半是四言、五言或七言。在大多數詩中，一句完了，意義也就完成，聲音也就停頓。所以在表面看，中文詩似無「上下關聯」的現象。但事實上仍是有的，上引諸例可以為證。它與西詩「上下關聯格」所不同者，在西詩行末意義未完成時，聲音即不可停頓，必須與下行一氣連讀；在中詩一「句」之末意義儘管未完成而聲音仍必須停頓，至少在習慣的讀法是如此，它合理與不合理卻是另一問題。

在古代詩歌中，大半是奇「讀」偶「句」，在《楚辭》中「讀」後常加一襯字如「兮」之類，表示聲音略停留延長。例如：「惟草木之零落兮，恐美人之遲暮」，「忽反顧以流涕兮，哀高丘之無女」，「吾令豐隆乘雲兮，求宓妃之所在」，這類句子都借襯字「兮」字把前後兩部劃得很分明。這些句子在意義上本可小頓，但《楚辭》中也有本來不可分拆的句子而用「兮」字拆開為兩「頓」者，例如：「穆將愉兮上皇」，「蓋將把兮瓊芳」，「旦余濟兮江湘」，把動詞和賓詞拆開；「悲莫悲兮生別離」，「搴芙蓉兮木末」，「遺余佩兮澧浦」，把「兮」字當作前置詞「於」字而與它的賓詞拆開；「時不可兮驟得」，「荃獨宜兮為民正」，把動詞與副動詞拆開；「令湘沅兮無波」，「望夫君兮歸來」，「子慕予兮善窈窕」，把補足語和補足的部分拆開；「采芳洲兮杜若」，「撫長劍兮玉珥」，「望涔陽兮極浦」，把「兮」當作所有詞「之」字而與所指名詞分開，都是文義所不容許的，作者所以用這種句讀者全以聲韻段落為主。

這個傾向在詞中尤其顯然。詞有譜調，到某字必頓，到某字必停，都依一定格律。但是詞中的頓常僅表示聲音段落，與意義無涉。例如：「四十三年，望中猶記，烽火揚州路」頓於「記」字，「水精雙枕，傍有墮釵横」頓於「枕」字，「那堪更被明月，隔牆送過秋千影」頓於「月」字，「夢隨風萬里，尋郎去處，又還被，鶯呼起」頓於「里」字「被」字，「卻笑東風，從此便薰梅染柳」頓於「風」字，「謾贏得青樓，薄倖名存」頓於「樓」字，「算只有並刀難剪，離愁千縷」頓於「剪」字，「一聲聲是，怨紅愁綠」頓於「是」字，「這雙燕何曾，會人言語」頓於「曾」字之類，都於詞義為不通，於音律為必要。我們讀慣了，聽慣了，覺得聲音過得去，連文義的破綻都忽略過去了。

以上所舉許多實例可證明中國詩詞有類似西詩「上下關聯格」的句子，不過意義雖上下關聯，而聲音則於習慣的停頓處停頓。這種停頓完全是形式的，正如一般詩句兩字成頓一樣。西詩「上下關聯」，時上行之末無須停頓，而中詩「上下關聯」時則上「句」之末必須停頓，這件事實也足證明頓對於中詩節奏的重要性。

四　白話詩的頓

舊詩的頓完全是形式的、音樂的，與意義常相乖訛。凡是五言句都是一個讀法，凡是七言句都另是一個讀法，幾乎千篇一律，不管它內容情調與意義如何。這種讀法所生的節奏是外來的，不是內在的，沿襲傳統的，不是很能表現特殊意境的。自然，在能手運用之下，它也有幾分彈性，可以使音與義達到若干程度的調協。不過無論如何，它只能在囚籠裡繞圈子，不能有很大的自由。古體詩還可以在句法變化、長短伸縮、韻的轉換上彌補這個缺陷，律詩就處處受拘束了。節奏不很能跟著情調走，這的確是舊詩的基本缺點。

補救這個缺陷，是白話詩的目的之一。它要解除傳統束縛，爭取自由與自然，所以把舊詩的句法、章法和音律一齊打破。這麼一來，「頓」就成為根本問題。舊詩的「頓」是一個固定的空架子，可以套到任何詩上，音的頓不必是義的頓。白話詩如果仍分「頓」，它應該怎樣讀法呢？如果用語言的自然的節奏，使音的「頓」就是義的「頓」，結果便沒有一個固定的音樂節奏，這就是說，便無音「律」可言，而詩的節奏根本無異於散文的節奏。那麼，它為什麼不是散文，又成問題了。如果照舊詩一樣拉調子去讀，使它有一個形式的音樂節奏，那就有更多的難點。第一，它還是沒有補救舊詩的缺點，或者說，那還是用白話做的舊詩。第二，拉調子讀流行的語言，聽起來不自然。未免帶有幾分喜劇的意味。第三，像胡適在〈談新詩〉裡所說的：

> 白話裡的多音字比文言多得多，並且不止兩個字的聯合，故往往有三個字為一節或四五個字為一節的。

這是事實，它的原因是文言省略虛字而白話不省略。白話文的虛字大半在「頓」的尾字上，例如下例：

門外——坐著——一個——穿破衣裳的——老年人。

虛字本應輕輕滑過，而順著中國舊詩節奏先抑後揚的傾向，卻須著重提高延長，未免使聽者起輕重倒置的感覺了。而且各頓的字數相差往往很遠，拉調子讀起來，也很難產生有規律的節奏。

第十章　中國詩的節奏與聲韻的分析（下）：論韻

一　韻的性質與起源

中國學者討論詩的音節，向來分聲、韻兩層來說。四聲的分析已見上文。韻有兩種：一種是句內押韻，一種是句尾押韻。它們實在都是疊韻，不過在中文習慣裡，句內相鄰兩字成韻才叫「疊韻」，諸句尾字成韻則叫做「押韻」。

韻與聲是密切相關的。在古英文詩中，雙聲有韻的功用（詳見第八章）。依阮元說，齊梁以前，「韻」兼包近代的「聲」、「韻」兩個意義。齊梁時有「有韻爲文，無韻爲筆」之說，但昭明太子所選的叫《文選》，裡面不押韻的文章還是很多。阮氏在〈文韻說〉裡根據這個事實下結論說：

> 梁時恆言所謂韻者固指押韻腳，亦兼指章句中之聲韻，即古人所言之宮羽，今人所言之平仄也。……聲韻流變而成四六，亦只論章句中之平仄，不復有押韻也。四六乃韻文之極致，不得謂之為無韻之文也。昭明所選不押韻腳之文，本皆奇偶相生，有聲音者，所謂韻也。

這個學說很可注意，因爲它很明白地指點出來，中國韻文之中有不押韻腳的一種，就是賦與四六之類。「韻」在古代兼包「聲」、「韻」兩義，尙另有一證。鍾嶸《詩品》謂「若『置酒高堂上』、『明月照高樓』爲韻之首」，他所謂「韻」顯然是指「聲」。不過阮氏謂昭明所選皆「韻文」，也還有疑義，因爲「序」、「論」、「書」、「箋」諸類中有許多文章不但不押韻腳，也並不講求「奇偶相生」。我們姑沿用「韻」的流行的意義，專指「押韻腳」。中國文字除鼻音外都以母音收，所謂同韻只是同母音。西文同韻字則母音之後的子音亦必相同。所以中文同韻字最多，押韻較易。

韻在中國發生最早。流傳到現在的古籍大半都有韻。《詩經》爲韻文，固不用說，即記事說理的著作，像《書經．大禹謨》「帝德廣潤」段，《伊訓》「聖謨洋洋」段，《易經》中〈象〉、〈象〉、〈雜卦〉諸篇，《禮記．曲禮》「行前朱鳥而後玄武」段，〈樂記〉「今夫古樂」和「夫古者天地順而四時當」諸段以至《老子》、《莊子〉都有用韻的痕跡。在古代文學中，最清楚的分別是伴樂與不伴樂，至於有韻無韻，還在其次。詩和散文的分別並不在韻的有無。詩皆可歌，歌必伴樂，散文不伴樂，但仍可有韻。

韻的起源如何，從前人說法頗多，最普遍的是韻文便於記憶。章學誠在《文史通義．詩教》中說：

> 演疇皇極，訓誥之韻者也，所以便諷誦，志不忘也。……後世雜藝百家，誦拾名數，率用五言七字，演為歌謠，咸以便記誦，皆無當於詩人之義也。

不過這種說法只指出韻的一種功用，不一定可說明韻的起源。章氏所舉的盡是說理記事的應用文，大半是「筆之於書」的。人類在發明文字之前已經開始唱歌、跳舞，已有一部分韻語文學「活在口頭上」。所以詩歌的韻必在應用文的韻之前，韻的起源必須在原始詩歌裡去找。原始詩歌的韻也未嘗沒有便於記憶一層功用，但它的主要的成因或許是歌、樂、舞未分時用來點明一節樂調和一段舞步的停頓，應和每節樂調之末同一樂器的重複的聲音（詳見第一章第五節）。所以韻是歌、樂、舞同源的一種遺痕，主要功用仍在造成音節的前後呼應與和諧。

二　無韻詩及廢韻的運動

中國詩向來以用韻爲常例。詩偶有不用韻者大半都有特殊原因。顧炎武在《日知錄》裡曾反對有韻與無韻的分別說：

古人之文，化工也。自然而合於音，則雖無韻之文而往往有韻；苟其不然，則雖有韻之文而時亦不用韻，終不以韻而害義也。三百篇之詩，有韻之文也。乃一章之中有二三句不用韻者，如「瞻彼洛矣，維水泱泱」之類是矣；一篇之中有全章不用韻，如〈思齊〉之四章五章，〈召旻〉之四章是矣；又有全篇無韻者如《周頌》：〈清廟〉、〈維天之命〉、〈昊天有成命〉、〈時邁〉、〈武〉諸篇是矣。說者以為當有餘聲，然以餘聲相協，而不入正文，此則所謂不以韻而害意者也。……太史公作贊，亦時一用韻，而漢人樂府反有不用韻者。據此則文有韻無韻，皆順手自然。詩固用韻，而文亦未必不用韻。東漢以降，乃以無韻屬之文，有韻屬之詩，判而二之，文章日衰，未始不因乎此。

顧氏的大旨在詩與文不應以有韻無韻分，因爲詩可不用韻而文亦可用韻。在原理上這是不錯的。不過就事實說，無韻詩在中國爲絕少的特例，究不足以破原則。他所舉的實例也有可置疑之點。二三句不用韻而其餘皆用韻，仍是用韻的變格。《周頌》多闕文，而且題材風格近於應用文，與普通抒情詩有別。顧氏固不反對「餘聲相協」之說，所謂「餘聲相協」就是在詞句本身上雖不用韻，而歌唱時仍補上一個協韻的餘聲。

中國歷史上有兩次廢韻的嘗試。第一次是六朝人用有律無韻的文章譯佛經中有音律的部分（例如：「偈」和「行贊」），第二次就是現代白話詩運動。譯佛經者大半是印度和尚，以外國人用中文，總不免有些困難；而且佛經譯筆大半著重忠實，本意不在於爲詩，用韻很容易因遷就文字而失去眞意，不用韻固無足怪（中土僧人自作「偈」，也嘗用韻，《六祖壇經》可以爲證）。宋人詩頗受佛經的影響，而且宋人大半歡喜文字遊戲，所以蘇東坡一班人也模仿過佛經的「偈」，但是從來沒有看見一個詩人仿「偈」體做無韻詩。白話詩還在萌芽時期，它的廢韻的嘗試顯然受西方詩的影響。不過白話詩用韻的也很多。以後新詩演變如何，我們不必作揣摩其詞的預言。我們現在只討論韻在以往的中國詩裡何以那樣根深蒂固。也許這個問題解決了，我們對於將來中國詩韻的關係如何，也可以推知大概。

三　韻在中文詩裡何以特別重要

詩與韻本無必然關係。日本詩到現在還無所謂韻。古希臘詩全不用韻。拉丁詩初亦不用韻，到後期才有類似韻的收聲，大半用在宗教中的頌神詩和民間歌謠。古英文只用雙聲爲「首韻」而不押腳韻。據現有的證據看，詩用韻不是歐洲所固有的，而是由外方傳去的。韻傳到歐洲至早也在耶穌紀元以後。據十六世紀英國學者阿斯鏗（Ascham）所著的《教師論》，西方詩用韻始於義大利，而義大利則採匈奴和高茲諸「蠻族的陋習」。阿斯鏗以博學著名，他的話或不無所據。匈奴的影響達到歐洲西部在紀元後一世紀左右，匈奴侵入羅馬則在第五世紀。韻初傳到歐洲，頗風行一時。德國史詩《尼伯龍根之歌》以及法國的中世紀許多敘事詩都用韻。但丁的《神曲》是歐洲第一部偉大的有韻詩。文藝復興以後，歐洲學者傾向復古，看到希臘拉丁古典名著都不用韻，於是罵韻是「野蠻人的玩藝兒」。彌爾頓（Milton）在《失樂園》序裡，芬涅倫（Fénelon）在給法蘭西學院的信裡，都竭力攻擊詩用韻。十七世紀以後，用韻的風氣又盛起來。法國浪漫派詩人尤其歡喜在煉韻上做功夫。批評家聖伯夫（Sainte Beuve）作頌韻詩稱韻爲「詩中的唯一和諧」。詩人邦維爾（Bainville）在《法國詩學》裡幾乎把善於用韻看做詩人的最大能事。近代「自由詩」起來以後，韻又沒有從前那樣盛行。總觀韻在歐洲的歷史，它的興衰有一半取決於當時的風尚。

詩應否用韻，與各國語言的個性也很密切相關。比如拿英詩與法詩相較，韻對於法詩比對於英詩較爲重要。法詩從頭到現在，除散文詩及一部分自由詩外，無韻詩極不易發現。自由詩大半仍用韻，據音韻學家格拉芒的意見，自由詩易散漫，全靠韻來聯絡貫串，才可以完整。英文詩長篇大著大半用無韻五節格（blank verse），短詩不用韻者雖較少見，卻亦非絕對沒有。如果以行爲單位來統計英詩名著，則無韻的實較有韻的爲多。作家想達到所謂「莊嚴體」者往往不肯用韻，因爲韻近於纖巧，不免有傷風格，而且韻在每句末回到一個類似的聲音，與大開大合的節奏亦不相容。彌爾頓的《失樂園》全不用韻。莎士比亞在悲劇裡盡用「無韻五節格」。他的早年作品中還偶在每幕或每景收場時夾入幾句韻語，到晚年就簡直不用。法國最著名的悲劇作家高乃依（Corneille）和拉辛的作品中卻沒有一種不用韻，至於抒情詩作者如雨果、拉馬丁（Lamartine）、馬拉梅（Mallarmé）諸人一律用韻，更不用說。韻對於英、法詩的分別在這個簡單的統計中就可以見出了。

這個分別的原因是值得推求的。法文音的輕重分別沒有英文音的輕重分別那麼明顯。這可以說是拉丁系語音和日爾曼系語音的一個重要異點。英文音因爲輕重分明，音步又很整齊，所以節奏容易在輕重相間上見出，無須藉助於韻腳上的呼應。法文詩因爲輕重不分明，每頓長短又不一律，所以節奏不容易在輕重的抑揚上見出，韻腳上的呼應有增加節奏性與和諧性的功用。

我們既明瞭韻對於英、法詩的分別和它的原因，就不難知道韻對於中國詩的重要了。以中文和英法文相較，它的音輕重不甚分明，頗類似法文而不類似英文。我們在第八章已經說過，中文詩的平仄相間不是很乾脆地等於長短、輕重或高低相間，一句詩全平全仄，仍可以有節奏，所以節奏在平仄相間上所見出的非常輕微。節奏既不易在四聲上見出，即須在其他元素上見出。上章所說的「頓」是一種，韻也是一種。韻是去而復返、奇偶相錯、前後相呼應的。韻在一篇聲音平直的文章裡生出節奏，猶如京戲、鼓書的鼓板在固定的時間段落中敲打，不但點明板眼，還可以加強唱歌的節奏。中國詩的節奏有賴於韻，與法文詩的節奏有賴於韻，理由是相同的：輕重不分明，音節易散漫，必須借韻的回聲來點明、呼應和貫串。

四聲的研究最盛於齊梁時代，齊梁以前詩人未始不知四聲的分別，不過在句內無意於調四聲，只求其自然應節。他們卻必用韻，而對於韻腳一字的平仄仍講究很嚴，平押平，仄押仄，很少有破格的。這件事實也可證明韻對於中國詩的節奏，比聲較爲重要。

四　韻與詩句構造

就一般詩來說，韻的最大功用在把渙散的聲音聯絡貫串起來，成爲一個完整的曲調。它好比貫珠的串子，在中國詩裡這串子尤不可少。邦維爾在《法國詩學》裡說：「我們聽詩時，只聽到押韻腳的一個字，詩人所想產生的影響也全由這個韻腳字醞釀出來。」這句話對於中文詩或許比對於西文詩還更精確。我們在第九章說過，西文詩常用「上下關聯格」，上行連著下行一氣讀，行末一字既沒有停頓的必要，我們就不必特別著重它，可以讓它輕輕易易地滑了過去，它對於聽覺的影響和行內其他字音相差不遠，它有韻無韻是無關重要的。中文詩大半每「句」成一單位，句末一字在音義兩方面都有停頓的必要。縱然偶有用「上下關聯格」者，「句」末一字義不頓而音仍必須頓（詳見第九章）。句末一字是中文詩句必頓的一個字，所以它是全詩音節最著重的地方。如果最著重的一個音，沒有一點規律，音節就不免雜亂無章，前後便不能貫串成一個完整的曲調了。例如《佛所行贊經》是用五言無韻詩譯的，我們試讀幾句看看：

爾時婇女眾，慶聞優陀說，增其踴悅心，如鞭策良馬，往到太子前，各進種種術，歌舞或言笑，揚眉露白齒，美目相眄睞，輕衣見素身，妖搖而徐步。詐親漸習遠。情欲實其心，兼奉大王言，漫行婇隱陋，忘其慚愧情。

就意象說，這種材料很可以寫成好詩，就音節說，它是一盤散沙，讀起來不能起和諧之感。我們試拿它和郭璞的〈遊仙詩〉比較：

閶闔西南來，潛波渙鱗起。靈妃顧我笑，粲然啓玉齒。蹇修時不存，要之將誰使。

這就可以見出韻對於中國詩的音節之重要了。

五　舊詩用韻法的毛病

從前中國詩人用韻的方法分古詩、律詩與詞曲三種。古詩用韻變化最多，尤其是《詩經》。江永在《古韻標準》裡統計《詩經》用韻方法有數十種之多。例如：連句韻（連韻從兩韻起一直到十二句止）、間句韻、一章一韻、一章易韻、隔韻、三句見韻、四句見韻、五句見韻、隔數句遙韻、隔章尾句遙韻、分應韻、交錯韻、疊句韻等等，（江氏舉例甚多，可參考）其變化多端，有過於西文詩，漢魏古風用韻方法已漸窄狹，唯轉韻仍甚自由，平韻與仄韻仍可兼用。齊梁聲律風氣盛行以後，詩人遂逐漸向窄路上走，以至於隔句押韻、韻必平聲（注：律詩也偶有押仄韻者，但是例外）。一章一韻到底，成爲律詩的定律。一韻到底的詩音節最單調，不能順情景的曲折變化，所以律詩不能長，排律中佳作最少。詞曲都有固定的譜調，不過有些譜容許轉韻，而且詞的仄聲三韻可通用，曲則四聲的韻都可通用，也較富於伸縮性。

中國舊詩用韻法的最大毛病在拘泥韻書，不顧到各字的發音隨時代與區域而變化。現在流行的韻書大半是清朝的佩文韻，佩文韻根據宋平水劉淵所做的和元人陰時夫所考定的平水韻，而平水韻的一〇六韻則是合併隋（陸法言《切韻》）唐（孫愐《唐韻》）北宋（《廣韻》）以來的二〇六韻而產生的。所以我們現在用的韻至少還有一大部分是隋唐時代的。這就是說，我們現在用韻，仍假定大半部分字的發音還和一千多年前一樣，稍知語音史的人都知道這種假定是很荒謬的。許多在古代爲同韻的字在現在已不同韻了。作詩者不理會這個簡單的道理，仍舊盲目地（或者說聾耳地）把「溫」、

「存」、「門」、「吞」諸音和「元」、「煩」、「言」、「番」諸音押韻；「才」、「來」、「臺」、「垓」諸音和「灰」、「魁」、「能」、「玫」諸音押韻，讀起來毫不順口，與不押韻無異。這種方法實在是失去用韻的原意。

這個毛病前人也有人看出的。李漁在〈詩韻序〉裡有一段很透闢的議論：

以古韻讀古詩，稍有不協，即協而就之者，以其詩之既成，不能起古人而請易，不得不肖古人之吻以讀之，非得已也。使古人至今而在，則其為聲也，亦必同於今人之口。吾知所為之詩，必盡如「關關雎鳩，在河之洲。窕窈淑女，君子好逑」數韻合一之詩；必不復作「絺兮綌兮，淒其以風，我思古人，實合我心」之詩，使人協「風」為「孚金反」之音，以就「心」矣；必不復作「鶉之奔奔，鵲之彊彊，人之無良，我以為兄」之詩，使人協「兄」為「虛王反」之音，以就「彊」矣。我既生於今時而為今人，何不學〈關雎〉悅耳之詩，而必強效〈綠衣〉、〈鶉奔〉之為韻，以聱天下之牙而並逆其耳乎？

錢玄同在《新青年》裡罵得更痛快：

那一派因為自己通了一點小學，於是做起古詩來，故意把押「同」、「蓬」、「松」這些字中間，嵌進「江」、「窗」、「雙」這些字，以顯其懂得古詩「東」、「江」同韻；故意把押「陽」、「康」、「堂」這些字中間，嵌進「京」、「慶」、「更」這些字，以顯其懂得古音「陽」、「庚」同韻。全不想你自己是古人嗎？你的大作個個字能讀古音嗎？要是不能，難道別的字都讀今音，就單單把這「江」、「京」幾個字讀古音嗎？

這理由是無可反駁的，詩如果用韻必用現代語音，讀的韻才能產生韻所應有的效果。

第十一章　中國詩何以走上「律」的路（上）：賦對於詩的影響*

一　自然進化的軌跡

中國詩的體裁中最特別的是律體詩。它是外國詩體中所沒有的，在中國也在魏晉以後才起來。起來以後，它的影響就非常廣大。在許多詩集中律詩要占一大部分。各朝「試帖詩」都以律詩爲正體。唐以後的詞曲實在都是律詩的化身。律詩的影響並且波及散文方面，四六文是很明顯的例證。

無論近人怎樣唾罵律詩，它的興起是中國詩的演化史上的一件重大事變，這是不能否認的。律詩極盛於唐朝，但是創始者是晉宋齊梁時代的詩人。唐朝詩人許多都是六朝詩人的私淑弟子。唐初四傑固不用說，杜甫很坦白地承認：

熟知二謝將能事，頗學陰何苦用心。

* 第十一、十二章節題是編美學文集時由作者才補入的。

不過唐朝從陳子昂起，也有一種排斥六朝的運動。陳子昂〈與東方公書〉說：

僕嘗暇時觀齊梁間詩，彩麗競繁，而興寄都絕，每以永嘆。

李白的「佳句」，雖「往往似陰鏗」，也「數典忘祖」，用「自從建安來，綺麗不足珍」一句話把六朝詩人不分皀白地罵盡。後來一般論詩者往往尾隨陳子昂、李白，以「綺麗」二字看成六朝人的大罪狀，一味推尊盛唐。他們好像以爲唐詩是平地一聲雷似的起來的。歷史家分詩的時期，也往往把六朝歸入一個段落，唐朝又歸入另一段落，好像以爲兩段落中間有一個很清楚的分水線。這種卑六朝而尊唐的傳統的看法不但是對於六朝不公平，而且也沒有認清歷史的連續性。平心而論，如果我們把六朝詩和唐詩擺在一個平面上去橫看，六朝自較唐稍遜。六朝詩人才打新方向走，還在努力新風格的嘗試，自然不免有許多缺點。但是如果把六朝詩和唐詩擺在一條歷史線上去縱看，唐人卻是六朝人的繼承者，六朝人創業，唐人只是守成。說者常謂詩的格調自唐而始備，其實唐詩的格調都是從六朝詩的格調演化出來的。

文學史本來不可強分時期，如果一定要分，中國詩的轉變只有兩個大關鍵。第一個是樂府五言的興盛，從《十九首》起到陶潛止。它的最大的特徵是把《詩經》的變化多端的章法、句法和韻法變成整齊一律，把《詩經》的低徊往復一唱三嘆的音節變成直率平坦。我們試來比較兩首詩，一是〈秦風・蒹葭〉：

蒹葭蒼蒼，白露為霜。所謂伊人，在水一方。溯洄從之，道阻且長；溯游從之，宛在水中央。

蒹葭淒淒，白露未晞。所謂伊人，在水之湄。溯洄從之，道阻且躋；溯游從之，宛在水中坻。

蒹葭采采，白露未已。所謂伊人，在水之涘。溯洄從之，道阻且右；溯游從之，宛在水中沚。

一是《古詩十九首》的〈涉江采芙蓉〉：

涉江采芙蓉，蘭澤多芳草。采之欲遺誰？所思在遠道。還顧望舊鄉，長路漫浩浩。同心而離居，憂傷以終老。

兩詩相比較，便可領略出來這種轉變的風味。兩詩情感境界都略相似，而寫法則完全不同。〈蒹葭〉要用三章來複述同一情節；而〈涉江采芙蓉〉只用一章寫完一個意境；前者低徊往復，纏綿不盡，後者便一氣到底，不再說回頭話；前者章句長短有伸縮，後者則爲整齊的五言。這個大轉變是由於詩與樂歌的分離。《詩經》是大半伴樂可歌的；漢魏以後，詩逐漸不伴樂，不可歌。

第二個轉變的大關鍵就是律詩的興起，從謝靈運和「永明詩人」起，一直到明清止，詞曲只是律詩的餘波。它的最大特徵是丟開漢魏詩的渾厚古拙而趨向精妍新巧。這種精妍新巧在兩方面見出，一是字句間意義的排偶，一是字句間聲音的對仗。我們試拿上面所引的〈涉江采芙蓉〉和薛道衡的〈昔昔鹽〉相比較：

垂柳覆金堤，蘼蕪葉復齊。水溢芙蓉沼，花飛桃李蹊。採桑秦氏女，織錦竇家妻。關山別蕩子，風月守空閨。恆斂千金笑，長垂雙玉啼。盤龍隨鏡隱，彩鳳逐帷低。飛魂同夜鵲，倦寢憶晨雞。暗牖懸蛛網，空梁落燕泥。前年過代北，今歲往遼西。一去無消息，那能惜馬蹄。

便可知道這轉變的意味。兩詩都是寫別後相思，漢人寥寥數語，不繞彎也不雕飾，一氣直注，渾樸天然而意味無窮。薛道衡便四方八面地渲染，句句對稱，句句精巧。他對於自然的觀察也比漢魏人精細。他著重顏色和空氣，著重常被人忽略的景致，著重景與情的協調。著名的「暗牖懸蛛網，空梁落燕泥」一聯，最能見出這個新時代的精神。

這兩個大轉變之中，尤以律詩的興起為最重要；它是由「自然藝術」轉變到「人為藝術」，由不假雕琢到有意刻畫。如果《國風》是民歌的鼎盛期；漢魏是古風的鼎盛期，或者說，民歌的模仿期；晉宋齊梁時代就可以說是「文人詩」正式成立期。由「自然藝術」到「人為藝術」，由民間詩到文人詩，由渾厚純樸至精妍新巧，都是進化的自然趨勢，不易以人力促進，也不易以人力阻止。我們嫌齊梁以後詩為聲律所束縛，以致漸失古風；但試問聲律縱不存在，齊梁以後詩就能恰如《國風》以及漢魏五言麼？律詩有流弊，我們無庸諱言，但是不必因噎廢食，任何詩的體裁落到平凡詩人的手裡都可有流弊。律詩之拘於形式，充其量也不過如歐洲詩中之十四行體（sonnet）。我們能藐視彼特拉克、莎士比亞、彌爾頓、濟慈諸人用十四行體所做的詩麼？我們能夠藐視杜甫、王維諸人用律體所做的詩麼？

聲律這樣大的運動必定有一個進化的自然軌跡做基礎，絕不能像婦人纏小腳，是由少數人的幻想和癖嗜所推廣成的風氣。它當然也有一個存在的理由，研究詩學者應該尋出它的因果線索，不當僅如王鳳洲批《網鑑》，自居「老吏斷獄」，說是說非。科學的第一要務在接受事實，其次在說明因果，演繹原理，至於維護與攻擊，猶其餘事。本篇就根據這個態度，討論中國詩何以走上「律」的路。

二　律詩的特色在音義對仗

中國詩走上「律」的路，最大的影響是「賦」。賦本是詩中的一種體裁。漢以前的學者都把賦看做詩的一個別類。《詩經．毛序》以賦為詩的「六義」之一，《周官》列賦為「六詩」之一。班固在〈兩都賦〉的「序」裡說，「賦者古詩之流」。據《漢書．郊祀志》，賦與詩同隸於漢武帝所立的樂府。到齊梁時，劉勰在《文心雕龍》裡仍承認「賦自詩出」。賦的鼎盛時代是從漢朝到梁朝，隋唐以後雖然代有作者，已沒有從前那樣蓬勃了。後人逐漸把詩和賦分開，把賦歸到散文一方面去。比如姚鼐的《古文辭類纂》原是一部散文選，詩歌不在內而「詞賦」卻占很重要的位置。近來文學史家也往往沿襲這種誤解，不把「詞賦」放在「詩歌」項下來講。胡適在《白話文學史》裡把詞賦完全丟去，還可以說是因爲著重「白話文學」的緣故；陸侃如、馮沅君著《中國詩史》卻也不留一點篇幅給詞賦，似未免忽略詞賦對於中國詩體發展的重要性了。

什麼叫做賦呢？班固在〈兩都賦〉序裡所說的「賦者古詩之流」，和在《藝文志》裡所說的「不歌而誦謂之賦」，是賦的最古的定義。劉勰在〈詮賦〉篇說：

> 賦者鋪也。鋪採摛文，體物寫志也。

劉熙載在《藝概》裡〈賦概〉篇說：

> 賦起於情事雜沓，詩不能馭，故為賦以鋪陳之，斯於千態萬狀層見迭出者吐無不暢，暢無或竭。

賦的意義和功用已盡於這幾段話了。歸納起來，它有三個特點：一、就體裁說，賦出於詩，所以不應該離開詩來講。二、就作用說，賦是狀物詩，宜於寫雜沓多端的情態，貴鋪張華麗。三、就性質說，賦可誦不可歌。二、三兩點是賦所以異於一般抒情詩的，雖可分開說，實在互相關聯。賦大半描寫事物，事物繁複多端，所以描寫起來要鋪張，才能曲盡情態。因爲要鋪張，所以篇幅較長，詞藻較富麗，字句段落較參差不齊，所以宜於誦不宜於歌。一般抒情詩較近於音樂，賦則較近於圖畫，用在時間上綿延的語言表現在空間上並存的物態。詩本是「時間藝術」，賦則有幾分是「空間藝術」。

賦是一種大規模的描寫詩。《詩經》中已有許多雛形的賦。例如：〈鄭風‧大叔於田〉鋪陳打獵的排場：「大叔於田，乘乘馬，執轡如組，兩驂如舞。叔在藪，火烈俱舉，襢裼暴虎，獻於公所。將叔無狃，戒其傷女。」以及《小雅‧無羊》描寫牛羊的姿態：「誰謂爾無羊？三百爲群。誰謂爾無牛？九十其犉。爾羊來思，其角濈濈，爾牛來思，其耳溼溼。」「或降於阿，或飲於池，或寢或訛。爾牧來思，何蓑何笠，或負其餱，三十維物，爾牲則具。」如果出於漢魏以後人的手筆，這種題材就可以寫成長篇的賦了。〈太叔於田〉可以參較司馬相如的〈上林賦〉和揚雄的〈羽獵賦〉，〈無羊〉可以參較禰衡的〈鸚鵡賦〉和顏延之的〈赭白馬賦〉。詩所以必流於賦者，由於人類對於自然的觀察，漸由粗要以至於精微；對於文字的駕馭，漸由斂肅以至於放肆。在《詩經》中可以幾句話寫完的，到後來就非長篇大幅不辦了。

詩既流爲賦，迂迴往復的音節遂變爲流暢直率。中國詩轉變的第一大關鍵是由《詩經》到漢魏樂府五言，我們已經說過。這個轉變之中有一個媒介，就是《楚辭》。《楚辭》是詞賦的鼻祖，它還帶有幾分《國風》的流風餘韻，但是它的音節已不像波紋線而像直線，它的技巧已漸離簡樸而事鋪張了。樂府五言大膽地丟開《詩經》的形式，是因爲《楚辭》替它開了路。所以詞賦對於詩的影響還不僅在律詩，古風也是由它脫胎出來的。

賦是介於詩和散文之間的。它有詩的綿密而無詩的含蓄，有散文的流暢而無散文的直截。賦的題材並非絕對需要韻文的形式。《荀子》的文章大半都很富麗，〈賦篇〉、〈成相〉雖用賦體，實在還和他的其他論文差不多。周秦諸子裡有許多散文是可以用賦體寫的，例如《莊子·齊物論》：

夫大塊噫氣，其名為風。是唯無作，作則萬竅怒呺。而獨不聞之翏翏乎？山林之畏佳，大木百圍之竅穴，似鼻、似口、似耳、似枅、似圈、似臼、似洼者、似汙者，激者、謞者、叱者、吸者、叫者、譹者、宎者、咬者，前者唱於而隨者唱喁。冷風則小和，飄風則大和，厲風濟則眾竅為虛，而獨不見之調調之刀刀乎？

這段散文在宋玉的手裡就可以寫成〈風賦〉，在歐陽修的手裡就可以寫成〈秋聲賦〉了。賦是韻文演化為散文的過渡期的一種連鎖線。所以歷來選家對於「詞賦」一類頗費躊躇。它本出於詩，它的影響卻同時流灌到詩和散文兩方面。詩和散文的駢儷化都起源於賦，要懂得中國散文的變遷趨勢，賦也是不可忽略的。

何以說詩和散文的駢儷化都起源於賦呢？賦側重橫斷面的描寫，要把空間中紛陳對峙的事物情態都和盤托出，所以最容易走上排偶的路。比如上文所引的〈無羊〉詩就已有排偶的痕跡。詩人固不必有意於排偶，但是既同時寫牛又寫羊，自然會拿它們來兩兩對較。文字排偶不過是翻譯自然事物的排偶。我們如果把班固的〈兩都賦〉、張衡的〈兩京賦〉和左思的〈三都賦〉的寫法略加分析，便可明白這個道理。它們都從東西南北、上下左右、四面八方地鋪張，又竭力渲染每一方的珍奇富庶（如其東有什麼什麼，其西又有什麼什麼之類）。這樣「雙管齊下」，排偶是當然的結果。

本來各種藝術都注重對稱。几上的花瓶，門前的石獸，喜筵上的紅蠟燭，以至於墓道旁的松柏都是成雙成對，如果是奇零的，觀者就不免覺得有些欠缺。圖畫、雕刻、建築都是以對稱爲原則。音樂本來有縱而無橫，但抑揚頓挫也往往寓排偶對仗的道理。美學家以爲這種排偶對仗的要求像節奏一樣，起於生理作用。人體各器官以及筋肉的構造都是左右對稱。外物如果左右對稱，則與身體左右兩方面所費的力量也恰相平衡，所以易起快感。文字的排偶與這種生理的自然傾向也有關係。

我們在第二章已經說過，賦源於隱，隱是一種謎，含有若干文字遊戲的成分。在作賦猜謎時，人類已多少意識到文字本身的美妙，於是拿它來玩把戲。排偶對仗是自然的要求。他們發覺它的美妙，於是盡量地用它。如果藝術是精力富裕的流露，賦可以說是文字富裕的流露。律詩和駢體文也是如此。

西方詩人，就常例說，都比較中國詩人歡喜鋪張。他們的許多中篇詩其實都只是「賦」，格雷（Gray）的〈墓園吟〉、彌爾頓的〈快樂者〉和〈沉思者〉、雪萊的〈西風歌〉、濟慈的〈夜鶯歌〉以及雨果的〈高山聽聞〉和〈拿破崙贖罪吟〉諸作，都是好例。西方藝術也素重對稱，何以他們的詩沒有走上排偶的路呢？這是由於文字的性質不同。

第一，中文字盡單音，詞句易於整齊劃一。「我去君來」，「桃紅柳綠」，稍有比較，即成排偶。西文單音字與複音字相錯雜，意象儘管對稱而詞句卻參差不齊，不易對稱。例如雪萊的：

Music, when soft voices die,

Vibrates in the memory;
Odours, when sweet violets sicken.
Live within the sense they quicken.

和丁尼生的：

The long light shakes across the lakes,
And the wild cataract leaps in glory.

都是排偶，但是不能產生中國律詩的影響，就因爲意象雖成雙成對而聲音卻不能兩兩對稱。比如「光」和「瀑」兩字在中文裡音和義都相對稱，而在英文裡light和cataract意雖相對而音則多寡不同，不能成對，猶如「司馬相如」不能對「班固」，雖然它們都是專名。

第二，西文的文法嚴密，不如中文字句構造可自由伸縮顚倒，使兩句對得很工整。比如「紅豆啄餘鸚鵡粒，碧梧棲老鳳凰枝」兩句詩，若依原文構造直譯爲英文或法文，即漫無意義，而在中文卻不失其爲精練，就由於中文文法構造比較疏簡有彈性。再如「疏影橫斜水清淺，暗香浮動月黃昏」兩句詩沒有一個虛字，每個字都實指一種景象，若譯爲西文，就要加上許多虛字，如冠詞、前置詞之類。中文不但冠詞和前置詞可以不用，即主詞動詞亦可略去。在好詩裡這種省略是常事，而且也很少發生意義的曖昧。單就文法論，中文比西文較宜於詩，因爲它比較容易做得工整簡練。

文字的構造和習慣往往能影響思想。用排偶文既久，心中就於無形中養成一種求排偶的習慣，以致觀察事物都處處求對稱，說到「青山」便不由你不想到「綠水」，說到「才子」便不必你不想到

「佳人」。中國詩文的駢偶起初是自然現象和文字特性所釀成的，到後來加上文人求排偶的心理習慣，於是就「變本加厲」了。

藝術上的技巧都是由自然變成人爲的。古人詩文本來就質樸自然，後人則連質樸自然都還要出力去學，其他可想而知。駢儷的演化也是如此。《詩經》裡已偶有對句，例如：「參差荇菜，左右流之；窈窕淑女，寤寐求之」，「覯閔既多，受侮不少」，「手如柔荑，膚如凝脂」，「昔我往矣，楊柳依依，今我來思，雨雪霏霏」之類。在這些實例中詩人意到筆隨，固無心求排偶。到《楚辭》就逐漸有意於排偶了。例如《九歌》中的〈湘君〉：

采薜荔兮水中，搴芙蓉兮木末。心不同兮媒勞，恩不甚兮輕絕。石瀨兮淺淺，飛龍兮翩翩。交不忠兮怨長，期不信兮告予以不閒。

接連幾句排偶，絕非出之無心，不過雖排偶尚不失質樸。漢人雖重詞賦，而作者如司馬相如、枚乘、揚雄諸人都只在整齊而流暢的韻文中偶作駢語，亦不求其精巧，例如枚乘的〈七發〉：

龍門之桐，高百尺而無枝。中鬱結之輪菌，根扶疏以分離。上有千仞之峰，下臨百尺之溪。湍流溯波，又澹淡之。

這一段雖然也見出作者有意於排偶，但整齊之中仍寓疏落蕩漾之致，富麗而不傷蕪靡，排比而不傷板滯。後來班固、左思、張衡諸人乃逐漸向堆砌雕琢的路上走，但仍不失漢人渾樸古拙的風味。魏晉以後，風氣變更，就一天快似一天了。例如鮑照的〈蕪城賦〉：

若夫藻扃黼帳，歌堂舞閣之基；璇淵碧樹，弋林釣渚之館。吳蔡齊秦之聲，魚龍爵馬之玩，背薰歇燼滅，光沉響絕。東都妙姬，南國麗人，蕙心紈質，玉貌絳脣，莫不埋魂幽石，委骨窮塵，豈憶同輿之愉樂，離宮之苦辛哉！

就有幾點與漢賦不同。第一，它很顯然地煉字琢句，尤其是比喻格用得多，例如：「璇淵碧樹」、「玉貌絳脣」、「埋魂」之類。第二，它著重聲色臭味的渲染，如：「藻」、「黼」、「碧」、「繹」、「薰」、「燼」、「光」、「響」、「歌」、「聲」之類，詞賦的富麗就是由這種渲染起來的。第三，句法逐漸趨向四六的類型，這就是說，句的字數四六相間，上下相排偶。第四，聲音方面也漸有對仗的趨勢，尤其是句末的字，例如：「基」與「館」、「聲」與「玩」之類。這幾點都是「律賦」的特色。齊梁時律詩仍不多見，而律賦則連篇皆是。梁元帝、江淹、庾信、徐陵諸人的作品不但意精詞妍，聲音也像沈約所說的「前有浮聲則後有切響」了。

總觀詞賦演化的痕跡可以分為三個階段：

一、放大簡短整齊的描寫詩為長篇大幅的流暢富麗的韻文。就形式說，賦打破詩和散文的界限，或則說，它是詩演變爲美術散文的關鍵。在這個階段裡，賦雖偶作駢語而不求精巧。在音調方面，它還沒有有意求對稱的痕跡。它的風格還保持古代文藝的渾厚質樸。例如：漢賦。

二、技巧漸精到，意象漸尖新，詞藻漸富麗，作者不但求意義的排偶，也逐漸求聲音的對稱和諧。例如：魏晉的賦。

三、技巧成熟，漢魏古拙樸直的風味完全失去，但是詞句極清麗，聲音極響亮，聲色臭味的渲染極濃厚，四六駢儷的典型成立，運用典故及比喻格風氣也日盛。在這個階段裡，古賦已變爲律賦。例如：宋齊梁陳諸代的作品。

這個演化次第中有一點最值得注意，就是講求意義的排偶在講求聲音的對仗之前。意義的排偶在《楚辭》、漢賦裡已常見，聲音的對仗則到魏晉以後才逐漸成爲原則。從這件事實看，我們可以推測聲音的對仗實以意義的排偶爲模範。詞賦家先在意義排偶中見出前後對稱的原則，然後才把它推行到聲音方面去。意義所含的跡象大半關於視覺，聲音則全關聽覺。人類的聽覺本較視覺爲遲鈍，所以在詩方面，聲雖先於義，而關於技巧的講求，則意義反在聲音之前。

三　賦對於詩的三點影響

賦的演化大概如上所述，現在我們回頭來說它對於詩的影響。關於這層，有三點最值得注意：

㈠意義的排偶，賦先於詩。詩在很古時代就有對句，我們前已說過，但是它們不是從有意刻畫得來的。如果我們順時代次第，拿賦和詩比較，就可以見出賦有意地求排偶，比詩早。漢人作賦，接連數十句用駢語，已是常事。枚乘〈七發〉，班固〈兩都賦〉、左思〈三都賦〉之類的作品，都是駢句多於散句。至於漢人的詩則駢句僅為例外。〈上山採蘼蕪〉和〈陌上桑〉諸詩是不可多見的連用排比的詩，但是它們都是出於自然，而且也不是嚴格的駢語。〈上山採蘼蕪〉拿新人和舊人對比，雙管齊下，對稱本是意中事。如果同樣的材料落到賦家手裡，一定沒有那樣質樸。本來是易落駢偶的材料，而詩人卻沒有落到駢偶，只此一端，可見漢人作詩還沒有很受賦的影響。〈陌上桑〉的「青絲為籠繫」一段雖已近於賦的鋪張，但歷數事物，本易重疊，如果拿它來比和它同時代的歷數事物的賦（如左思〈蜀都賦〉「孔雀群翔，犀象競馳」以下一段），工拙之分便顯然易見了。魏晉間的賦去漢已遠，而詩卻仍有若干漢人的風骨。曹植的〈洛神賦〉和〈七啓〉是何等纖麗的文字，而他的詩卻仍有幾分漢詩的渾厚古樸，雖然這種渾厚古樸已經是人為的，由模仿揣摩得來的。不過他究竟是以賦家而兼詩人，他的詩已是新時代的預兆。例如：〈情詩〉裡「始出嚴霜結，今來白露晞」已儼然是律句，〈公宴詩〉裡連用四聯對句，已開謝、鮑的端倪，「朱華冒綠池」一句每字都有雕琢痕跡。區區一字往往可以見出時代的精神，例如：陸機的「涼風繞曲房」的「繞」字，張協的「凝霜竦高木」的「竦」字，謝靈運的「白雲抱幽石，綠篠媚清泉」的「抱」字和「媚」字，鮑照的「木落江渡寒，雁還風送秋」的「渡」字和「送」字之類，都有意力求尖新，在漢詩中絕找不出。〈木蘭詞〉的時代已不可考，但就「朔氣傳金柝，寒光照鐵衣」、「當窗理雲鬢，對鏡貼花黃」諸句看，似非魏晉以前的作品。從謝靈運和鮑照起，詩用賦的寫法日漸其盛。律詩第一步只求意義的對仗，鮑、謝是這個運動的兩大先驅（當時雖無「律」的名稱，「律」的事實卻在那裡）。在漢朝賦已重排偶而詩仍不重排偶，魏晉以後詩也向排偶路上走，而且集排偶大成的兩位大詩人——謝靈運和鮑照——都同時是詞賦家。從這個事實看，我們推測到詩的排偶起於賦的排偶，並非穿鑿附會了。

㈡聲音的對仗，賦也先於詩。曹丕在《典論》裡已辨明聲音的清濁，陸機在〈文賦〉裡已倡「聲音迭代」之說，都遠在沈約的「前有浮聲則後有切響」之說之前。魏晉以後人所謂「文」，與「筆」相對。「筆」就是散文，「文」則專指韻文，包括詞賦詩歌在內。但是在陸機的時代實行「聲音迭代」的理論者只有詞賦，而詩歌則除韻腳以外，不拘於平仄的對稱。陸機的〈文賦〉、鮑照的〈蕪城賦〉之類都是大體已用平仄對稱的聲調，至於詩則謝靈運和鮑照諸人雖已用全篇排偶的寫法，而對於聲音則只計較句尾一字平仄，句內尚無有意求平仄對稱的痕跡。「永明」詩人雖然講究句內各字的聲律，究竟不過是一種理論，沈約自己作詩，犯八病規則的就很多。句內的聲音對仗由「永明」詩人開其端倪，到隋唐時才成為律詩的通例。

詞賦講究音和義的對稱都先於詩，也有一個道理。詞賦意在體物敷詞，本以嘹亮妍麗為貴。詩的大旨在抒情，質樸古茂，自漢人已成為風氣。詞賦比一般詩歌離民間藝術較遠，文人化的程度較深。它的作者大半是以詞章為職業的文人，漢魏的賦就已有幾分文人賣弄筆墨的意味。揚雄已有「雕蟲小技」的譏誚。音律排偶便是這種「雕蟲小技」的一端。但是雖說是「小技」，趣味卻是十足。他們愈做愈進步，愈做愈高興，到後來隨處都要賣弄它，好比小兒初學會一句話或是得到一個新玩具，就不肯讓它離口離手一樣。他們在詞賦方面見到音義對稱的美妙，便要把它推用到各種體裁上去。藝術本來都有幾分遊戲性和諧趣。於難能處見精巧，往往也是遊戲性和諧趣的流露。詞賦詩歌的音義排偶便有於難能處見精巧的意味。要完全領會六朝人的作品，這一點也不可忽視。晉宋時代已有做「巧聯」、「打諢」的玩藝，像「四海習鑿齒，彌天釋道安」、「日下荀雲鶴，雲間陸士龍」之類的聯語在當時都傳爲佳話。晉宋文人的趣味不難由此推知，而音律排偶的研究也自然是意中事了。

㈢在律詩方面和在賦方面一樣，意義的排偶也先於聲音的對仗。「律詩」的名稱到唐初才出現，一般詩史家以爲它是宋之問和沈佺期兩人所提倡起來的。但是律詩在晉宋時已成爲事實。如果單說意義的排偶，我們在上文已經說過，《詩經》、《楚辭》裡就有很多的例，漢魏詩更不必說。不過漢魏以前，排句在一首詩裡僅偶占一小部分，對仗亦不求工整，它們大半出於自然，作者並不必有意於排偶，尤其沒有把排偶懸爲定格。全篇對仗工整的詩在謝靈運集裡才常見。我們如果統計他的五言詩，便可以發現排句多於不排句。例如他的〈登池上樓〉：

潛虬媚幽姿，飛鴻響遠音。薄霄愧雲浮，棲川怍淵沉。進德智所拙，退耕力不任。徇祿反窮海，臥痾對空林。衾枕昧節候，褰開暫窺臨。傾耳聆波瀾，舉目眺嶇嶔。初景革緒風，新陽改故陽。池塘生春草，園柳變鳴禽。祁祁傷豳歌，萋萋感楚吟。索居易永久，離群難處心。持操豈獨古，無悶征在今。

就儼然近似排律，所以還未走得嚴格的排律者，就因爲意義雖排偶而聲音卻不平仄對仗，平常對平，仄常對仄。這種體格從謝靈運發端之後，在當時極流行。我們試翻閱鮑照、謝朓、王融諸人詩集，就可以見排偶的風氣之盛。不過這種排偶都只限於意義。全篇意義排偶又加上聲音對仗，儼然成爲律詩的作品到梁時才出現。這個新運動的元勛——說來很奇怪——不是提倡四聲八病的沈約而是與他同時的何遜。何遜的集中才開始有很工整的五律，例如：

秋風木葉落，蕭瑟管弦清。望陵歌對酒，向帳舞空城。寂寂檐宇曠，飄飄帷幔清。曲終相顧起，日暮松柏聲。

——〈銅雀枝〉

夕鳥已西渡，殘霞亦半消。風聲動密竹，水影漾長橋。旅人多憂思，寒江復寂寥。爾情深鞏洛，予念返漁樵。何因宿歸願，分路一揚鑣。

——〈夕望江橋〉

像這樣音義都對稱的詩在沈約的集中反不易尋出。何遜以後，五律的健將要推陰鏗，雖然范雲、王融、梁元帝諸人也常做五言律詩。梁代的五律與唐代的五律有一點不同，就是韻腳不一定押平聲。謝靈運、鮑照（意義的排偶）和何遜、陰鏗（聲音的對仗）是律詩的四大功臣。唐人講究律詩，受他們的影響最大，所以杜甫有「熟知二謝將能事，頗學陰何苦用心」之句。七律起來較晚，北周庾信的〈烏夜啼〉是最早的例子。到唐朝宋之問、沈佺期諸人的手裡，它才成立一格。唐人所謂「律詩」包括絕句在內，因爲它雖不必講意義的排比，卻常講聲音的對仗（有人說，「絕」意指「截」，絕句截取律詩的首聯與第二聯或末聯）。陳隋時代已有很好的五絕，例如：

山中何所有？嶺上多白雲。只可自怡悅，不堪持贈君。——陶宏景〈答詔〉

入春才七日，離家已二年。人歸落雁後，思發在花前。——薛道衡〈人日思歸〉

都頗佳妙。像這一類作品擺在唐人集中已不易辨出了。

四 律詩的排偶對散文發展的影響

說來很奇怪，中國散文講音義對仗，反在詩之前。《孟子》、《荀子》、《老子》諸書中常有連篇的排句。這大概是因爲作者的思想豐富，同時顧到多方面的頭緒，所以造語自然排偶，與詞賦狀物，易趨於排偶，同一道理。漢人著作，除史書外，大半仍駢多於散。這一方面是承繼周秦諸子的遺風餘韻，一方面也多少受詞賦的影響。左丘明的《春秋傳》和司馬遷的《史記》之類史書是中國散文離開排偶而趨向直率的一個最大的原動力。這般作者在秦漢時代是反時代潮流的。史書所以最早有直率流暢的散文，也有一個道理，因爲史專敘事，敘事的文章貴輕快，最忌板滯，而排偶最易流於板滯。清朝古文運動中的作者最推尊左國班馬，就是因爲這些「古典」所給的是最純粹的散文。

文章的排偶在漢賦中規模大具。魏晉以後，它對於散文本來已具雛形的排偶又加以推波助瀾。六朝散文受詞賦的影響是很顯然的。魏晉人在書牘裡就已作很工整的駢語，例如曹丕〈與朝歌令吳質書〉：

> 高談娛心，哀箏順耳；馳騁北場，旅食南館；浮甘瓜於清泉，沉朱李於寒水。

曹植〈與楊德祖書〉：

> 昔仲宣獨步於漢南，孔璋鷹揚於河朔，偉長擅名於青土，公幹振藻於海隅，德璉發跡於北魏，足下高視於上京。當此之時，人人自謂握靈蛇之珠，家家自謂抱荊山之玉。

我們試想想：前一例散文和〈上山采薇〉、〈西北有浮雲〉諸詩同一作者，後一段散文與〈箜篌引〉、〈名都篇〉、〈贈白馬王彪〉諸詩同一作者；詩和散文的風味相差幾遠！這種在散文中講駢偶對仗的風氣到齊梁時代更甚。從詔令疏表之類的應用文以至《文心雕龍》之類的著述文，都是以駢儷爲常軌。我們只略翻閱當時的文集或選本，就可以知道散文的駢儷化——或則說「詞賦化」——到了什麼程度。

說魏晉以後的散文受詞賦的影響而講音義排偶，多數人也許承認；說魏晉以後的詩受詞賦的影響而講音義排偶，聽者也許懷疑。但是事實在那裡，用不著雄辯。意義的排偶和聲音的對仗都發源於詞賦，後來分向詩和散文兩方面流灌。散文方面排偶對仗的支流到唐朝爲古文運動所擋塞住，而詩文排偶對仗的支流則到唐朝因律詩運動（或則說「試帖詩」運動，試帖詩以律詩爲常軌，自唐已然）而大興波瀾，幾奪原來詞賦正流的浩蕩聲勢。這種演變的軌跡非常明顯，細心追索，淵源來委便一目了然了。

第十二章　中國詩何以走上「律」的路（下）：聲律的研究何以特盛於齊梁以後？

一　律詩的音韻受到梵音反切的影響

律詩有兩大特色，一是意義的排偶，一是聲音的對仗。我們在上文裡所得的結論是：一、意義的排偶與聲音的對仗都起於描寫雜多事物的賦。二、在賦的演化中，意義的排偶較早起、聲音的對仗是從它推演出來的，這就是說，對稱原則由意義方面推廣到聲音方面。三、詩的意義排偶和聲音對仗都是受賦的影響。「律賦」早於「律詩」，在律詩方面，聲音的對仗也較意義的排偶稍後起。

從歷史看，韻的考究似乎先於聲的考究。中國自有詩即有韻，至於聲的考究起於何時，向來沒有定論，一般人以為它起於齊永明時代（第五世紀末）。《南史．陸厥傳》說：

（永明）時，盛為文章。吳興沈約、陳郡謝脁、琅邪王融，以氣類相推轂。汝南周顒善識聲韻。約等文皆用宮商，將平上去入四聲，以此制韻，有平頭、上尾、蜂腰、鶴膝。五字之中，音韻悉異；兩句之內，角徵不同，不可增減。世呼為「永明體」。

周顒曾著《四聲切韻》，沈約曾著《四聲譜》，兩書爲聲韻書始祖，可惜都不傳。一般人以聲律起於永明，大半根據這段史實。其實聲的分別是中國語言所固有的，中國自有詩即有韻，亦即有聲。我們現在所討論的，不是韻是否先於聲？而是韻的考究是否先於聲的考究？聲的考究可分兩種：一種是考究韻腳的聲，一種是考究句內每字的聲。考究韻的聲和考究韻一樣古。打開《詩經》和漢魏人的作品看，平韻大半押平韻，仄韻大半押仄韻。例如：《國風》第一篇詩〈關雎〉首二章，一律用平聲韻，第三章一律用入聲韻，第四章一律用上聲韻，第五章一律用去聲韻。這就是古人早已在韻腳字論聲的證據。考究句內各字的聲音則似從齊梁時起。齊梁時才有論聲律的專著，齊梁詩人才在作品裡講聲音的對仗。

聲律的研究何以特盛於齊梁時代呢？上篇所講的賦的影響是主因之一。賦到齊梁時代達到它的精妍的階段，於意義排偶之外又講究聲音對仗。詩賦同源，聲律的推敲由賦傳染到詩，自是意料中事。這種演變是逐漸形成的，雖然到齊梁時才達到它的頂點，而萌芽則早伏於漢魏時代。在這長時期的演變中，詩賦又同時受一個很大的外來的影響，就是佛教經典的翻譯和梵音研究的輸入。佛教何時傳入中國，世無定論；但是佛經的翻譯從東漢時起，有《魏書·釋老志》以及《隋書·經籍志》可據。明帝派遣蔡愔和秦景使印度，求得《四十二章經》，又帶了幾位印度和尙攝摩騰竺法蘭回到洛陽，立白馬寺，譯佛經。以後印度和尙川流不息地賫經到中國來，做譯經和傳道工作。到了隋朝，佛經已譯出兩千三百九十部之多。這種大規模的印度文化的輸入，在中國文化史上是第一件大事蹟。它對於哲學、文學、藝術以及政治風俗的影響都還待歷史家詳細探討，以往的書籍對於這一方面大半太疏略。

我們現在只談字音的研究。梵音的輸入是促進中國學者研究字音的最大原動力。中國人從知道梵文起，才第一次與拼音文字見面，才意識到一個字音原來是由聲母（子音）和韻母（母音）拼合成的。本來兩字音讀快時合成一音，在中文裡是常見的現象。《爾雅》已有「不律謂之筆」之語。不過漢儒注書訓音，只用「譬況假借」，如某字讀若某音之類，並不曾根據合兩音爲一音的現象爲反切。據《顏氏家訓．音辭》篇和陸德明的《經典釋文序錄》，反切起於魏朝孫炎。據章太炎說，應邵注《漢書．地理志》，已有「墊音徒浹反」、「潼音長答反」之例，反切起於東漢。無論如何，反切在漢魏之交才起始，在當時仍是一件新發明的東西，所以「高貴鄉公不解反語，以爲怪異」（《顏氏家訓．音辭》）。反切是應用拼音的方法於本非拼音有文字。如果不受拼音文字的啓示，中國學者絕難在本非拼音的中國文字中發現拼音的道理。所以反切是無疑地承受梵音的影響。反切起於漢魏之交，恰在印度和尚來中國和譯佛經的風氣大行之後，也可以證明造反切者是應用梵音的拼音於中文。鄭樵《通志》說切韻之學起於西域，本是不錯的話。陳澧《切韻考》以爲反切起於漢而三十六字母起於唐，便斷定《通志》錯誤，實在沒有明白反切雖因三十六字母而有系統條理，卻不必和字母同時起來。他沒有明白反切就是拼音；而中國人知道拼音的道理是從梵音輸入起始的。

反切是梵音影響中國字音研究的最早實例，不過梵音對於中國字音研究的影響還不僅限於反切。梵音的研究給中國研究字音學者一個重大的刺激和一個有系統的方法。從梵音輸入起，中國學者才意識到字母複合的原則，才大規模地研究聲音上種種問題。從東漢到隋唐的時期，字音研究的情形極類似我們現在的情形。清朝許多小學家雖極注意音韻，但是他們費了許多功夫的結果反不如現代學者略加涉獵所得的精密準確，就因爲他們沒有，而我們有西方語言學做榜樣。對於聲音之研究，六朝人比漢人進一層，也就因爲漢人沒有，而漢以後人有梵音做比較的資料。齊梁時代的研究音韻的專書都多少是受梵音研究刺激而成的。比如說四聲分別，它絕不是沈約的發明而是反切研究的當然的結果。反切之下一字有兩重功用，一是指示同韻（同母音收音），一是指示同調質（同爲平聲或其他聲）。例如：「公，古紅反」，「古」與「公」同用一個子音；「紅」與「公」不僅以同樣母音收聲，而且這個母音必同屬平聲。四聲的分別是中國字音所本有的；意識到這種分別而且加以條分縷析，大概起於反切；應用這種分別於詩的技巧則始於晉宋而極盛於齊永明時代。當時因梵音輸入的影響，研究音韻的風氣盛行，永明詩人的聲律運動就是在這種風氣之下醞釀成的。

二　齊梁時代詩求在文詞本身見出音樂

賦的影響和梵音的影響之外，中國詩在齊梁時代走上「律」的路，還另有一個更重要的原因，就是樂府衰亡以後，詩轉入有詞而無調的時期，在詞調並立以前，詩的音樂在調上見出；詞既離調以後，詩的音樂要在詞的文字本身見出。音律的目的就是要在詞的文字本身見出詩的音樂。

永明聲律運動起來之後，惹起許多反響。鍾嶸在《詩品》裡說：「古曰詩頌，皆被之金竹，故非調五音無以諧會。……今既不被管弦，亦何取於聲律耶？」《詩品》中本多謬論，此其一端，古詩並未嘗有意地「調五音」，正因其「被之金竹」，音見於金竹即不必見於文字；今詩「取聲律」，正因其「不被管弦」，音既不見於管弦即須見於文字。要明白這個道理我們須略講各國詩歌音義離合的進化公例。就音與義的關係說，詩歌的進化史可分爲四個時期：

㈠有音無義時期。這是詩的最原始時期。詩歌與音樂、舞蹈同源，共同的生命在節奏。歌聲除應和樂、舞節奏之外，不必含有任何意義。原始民歌大半如此，現代兒童和野蠻民族的歌謠也可以作證。

㈡音重於義時期。**在歷史上詩的音都先於義，音樂的成分是原始的，語言的成分是後加的**。換句話說，詩本有調而無詞，後來才附詞於調；附調的詞本來沒有意義，到後來才逐漸有意義。詞的功用原來僅在應和節奏，後來文化漸進，詩歌作者逐漸見出音樂的節奏和人事物態的關聯，於是以事物情態比附音樂，使歌詞不唯有節奏音調而且有意義。較進化的民俗歌謠大半屬於此類。在這個時期裡，詩歌想融化音樂和語言。詞皆可歌，在歌唱時語言棄去它的固有節奏和音調，而牽就音樂的節奏和音調。所以在詩的調與詞兩成分之中，調爲主，詞爲輔。詞取通俗，往往很鄙俚，雖然也偶有至性流露的佳作。

㈢音義分化時期。**這就是「民間詩」演化為「藝術詩」的時期**。詩歌的作者由全民衆變爲自成一種特殊階級的文人。文人作詩在最初都以民間詩爲藍本，沿用流行的譜調，改造流行的歌詞，力求詞藻的完美。文人詩起初大半仍可歌唱，但是著重點既漸由歌調轉到歌詞，到後來就不免專講究歌詞而不復注意歌詞，於是依調塡詞的時期便轉入有詞無調的時期。到這個時期，詩就不可歌唱了。

㈣音義合一時期。詞與調既分立，詩就不復有文字以外的音樂。但是詩本出於音樂，無論變到怎樣程度，總不能與音樂完全絕緣。文人詩雖不可歌，卻仍須可誦。歌與誦所不同的就在歌依音樂（曲調）的節奏音調，不必依語言的節奏音調；誦則偏重語言的節奏音調，使語言的節奏音調之中仍含有若干形式化的音樂的節奏音調。音樂的節奏音調（見於歌調者）可離歌詞而獨立；語言的節奏音調則必於歌詞的文字本身上見出。文人詩既然離開樂調，而卻仍有節奏音調的需要，所以不得不在歌詞的文字本身上做音樂的功夫。詩的聲律研究雖不必從此時起（因爲詞調未分時，詞已不免有牽就調的必要），卻從此時才盛行。在歐洲各國，詩人有意地求在文字本身上見出音樂，起源雖然都很早，但是技巧的成熟則在十九世紀，象徵派所產生的「純詩運動」把文字的聲音看得比意義更重要，是詩人在文字本身求音樂的一個極端的例子。

這四個時期是各國詩歌進化所共經的軌跡。中國詩也是這個普遍公式中的一個實例。詩的有音無義的時期除少數現行兒歌之外，已無史跡可據，因爲文字所記載的詩都限於有歌詞的詩。見於文字記載的詩以《詩經》爲最早。《詩經》裡的詩大半可歌，歌必有調，調與詞雖相諧合而卻可分立，正如現在歌詞與樂譜的關係一樣。班固《藝文志》說：

《書》曰：「詩言志，歌永言。」故哀樂之心感而歌詠之聲發。誦其言謂之「詩」，詠其聲謂之「歌」。

所謂「言」就是歌詞，所謂「聲」就是樂調。現在《詩經》只有「言」而無「聲」，我們很難斷定在

《詩經》發生時代「言」與「聲」的關係究竟如何。如果拿一般民俗歌謠與祭祀宴享詩來比擬，我們可以推測《詩經》時期還是音重於義時期。它的最大功用在伴歌音樂，離開樂調的詞在起始時似無獨立存在的可能。孔子刪詩，已在「王跡息而詩亡」之後，所謂「詩亡」自然只能指「調亡」而不能指「詞亡」。《史記》雖有「詩三百篇，孔子皆弦歌之」的傳說，但就《論語》所載孔子論詩的話來看，他著重「不學詩，無以言」。誦詩須能「從政」、「專對」，詩的要旨在「思無邪」，學詩的功用在能「事父」、「事君」以及「多識於草木鳥獸之名」，他的興趣似已偏重詩的詞，帶有幾分文人的口味了。本來在他的時代，詩的樂調已散失，他所捉摸得著的也只有詞。這就是說，《詩經》在孔子時代已由音重於義時期轉到音義分化時期了。後來齊、魯、韓三家詩學都偏重訓詁解釋，詩的樂調更無人過問了。

詩到漢朝流爲樂府。班固在《漢書》記樂府起源如下：

> （武帝）主樂府，採詩夜誦，於是有代趙秦楚之謳。以李延年為協律都尉，多舉司馬相如等數十人造為詩賦，略論律呂以合八音之調，作十九章之歌。
>
> ——〈禮樂志〉
>
> 是時上方興天地諸祠，欲造樂，令司馬相如等作詩頌，延年輒承意弦歌所造詩，為之新聲曲。
>
> ——〈李延年傳〉

從這兩段話看，《樂府》原來是一種掌音樂詩歌的衙門。它的職務不外三種：收集各地民歌（詞與調兼收，調叫做「曲折」），制新詞，譜新調。後來這個衙門所收集的和所制作的詩歌樂調便統稱爲「樂府」。樂府含有兩大類材料：一是民間歌謠，如郭茂倩《樂府詩集》中的〈鼓吹曲辭〉、〈橫吹曲辭〉、〈相和歌辭〉、〈清商曲辭〉、〈雜曲歌辭〉之類，一是文人樂師所做的歌功頌德、告神祈福的作品，如《樂府詩集》中的〈郊廟歌辭〉、〈燕射歌辭〉之類。這兩種材料相當於《詩經》中的《風》和《雅》、《頌》。假如孔子遲生幾百年，所謂「代趙秦楚之謳」自然納入〈代風〉、〈趙風〉等等中，至於〈安世房中歌〉、〈郊祀歌〉之類則入《漢頌》了。

樂府在初期還是屬於「音重於義」的時期。有調的雖不盡有詞。有詞的卻必都有調。既有衙門專司其事，歌詞就不像從前專靠口頭傳授，都要寫在書本上了。寫的方法或如近代歌詞旁注工尺譜。沈約在《宋書》裡推原漢《鐃歌》難解的原因說：「樂人以聲音相傳，訓詁不可復解。」明楊愼在《樂曲名解》替沈約的話下注解說：「凡古樂錄，皆大字是詞，細字是聲，聲詞合寫，故致然耳。」這大概是不錯的話。當初原以聲音爲最重要，所以對於詞的眞確不留意保存。

樂府是醞釀漢魏五七言古詩的媒介。古詩既成立，樂府便由「音重於義」時期轉入「音義分化」時期。樂府遞化爲古詩，最大的原因是樂府（衙門）中樂師與文人各有專職。制調者不制詞，制詞者不制調，於是調與詞成爲兩件事，彼此有分立的可能。後來人興味偏於音樂者或取調而棄詞，興味偏於文學者或取詞而棄調。樂府初成立時，樂師本是主體，文人只是附庸。李延年是協律都尉，一切都由他統轄。樂府所收，大半詞調具備。宗廟祭祀樂歌，在起始時或沿〈房中樂〉、〈文始舞〉

（這都是漢人沿用前朝樂調）諸樂的舊例，採用已有的樂調，但是已有的歌詞不適宜於新朝代，有改造的必要。司馬相如一般文人的職務原來大概就在依舊調譜新詞。新情感和新事實不必盡可以舊樂調傳出，所以有譜新調的必要。譜新調時往往必制詞而後制調。據《漢書．李延年傳》所說：「司馬相如作詩頌，延年輒承意弦歌所造詩，爲之新聲曲。」可見樂師已聽文人的調動，詞在先而樂在後，詞漸變爲主體而樂調反降爲附庸了。這個變動很重要，因爲它是詞離調而獨立的先聲。

樂府能否成功，全靠文人和樂師能否合作。像司馬相如和李延年那樣相得益彰，頗非易事。漢樂府制到哀帝時已廢，文人雖無樂師合作，但仍有作詩的興趣，於是索性不承認樂調爲詩歌的必要伴侶，獨立地去做不用樂調的詩歌了。漢魏間許多文人本來不隸籍樂府，也常仿樂府詩的體裁，採樂府詩的材料，甚至於用樂府詩的舊題目作詩，雖然這種詩和樂府的精神相差甚遠，也還叫做「樂府」。「青青河畔草」詩本言遠別相思，而題目卻爲〈飲馬長城窟〉。唐元稹所以有「雖用古題，全無古義」，「如〈出門行〉不言離別，〈將進酒〉特書列女」之誚。這好比商人賃舊門面開新店，賣另一種貨物，卻仍打舊店主的招牌以招攬生意一樣。漢魏人所以有這種把戲，是由於棄樂調而作詩的新運動還沒有完全成功。一般人還以爲詩必有樂調，所以在本來是獨立的詩歌上冒上一個樂調的名稱。漢魏以後，新運動完全成功，詩歌遂完全脫離樂調而獨立了。詩離樂調而獨立的時期就是文人詩正式成立的時期。總之，樂府遞變爲古風，經過三個階段。第一是「由調定詞」，第二是「由詞定調」，第三是「有詞無調」。這三個階段後來在詞和戲曲兩方面也復演過。

詩既離開原調，不復可歌唱，如果沒有新方法來使詩的文字本身上見出若干音樂，那就不免失其爲詩了。音樂是詩的生命，從前外在的樂調的音樂既然丟去，詩人不得不在文字本身上做音樂的功夫，這是聲律運動的主因之一。齊梁時代恰當離調制詞運動的成功時期，所以當時聲律運動最盛行。齊梁是上文所說的音義離合史上的第四時期，就是詩離開外在的音樂，而著重文字本身音樂的時期。

現在我們總結上章和本章的話，對於「中國詩何以走上律的路」這個問題作一個簡賅的答覆：

㈠聲音的對仗起於意義的排偶，這兩個特徵先見於賦，律詩是受賦的影響。

㈡東漢以後，因爲佛經的翻譯與梵音的輸入，音韻的研究極發達。這對於詩的聲律運動是一種強烈的刺激劑。

㈢齊梁時代，樂府遞化爲文人詩到了最後的階段。詩有詞而無調，外在的音樂消失，文字本身的音樂起來代替它。永明聲律運動就是這種演化的自然結果。

附　替詩的音律辯護——讀胡適的《白話文學史》後的意見

作史都不能無取裁，胡適之先生的《白話文學史》像他的《詞選》一樣，所以使我們驚訝的不在其所取而在其所裁。我們不驚訝他拿一章來講王梵志和寒山子，而驚訝他沒有一字提及許多重要詩人，如陳子昂、李東川、李長吉之類；我們不驚訝他以全書五分之一對付《佛教的翻譯文字》，而驚訝他講韻文把漢魏六朝的賦一概抹煞。連〈北山移文〉、〈蕩婦秋思賦〉、〈閒情賦〉、〈歸去來辭〉一類的作品，都被列於僵死的文學；我們不驚訝他用二十頁來考證〈孔雀東南飛〉，而驚訝他只以幾句話了結《古詩十九首》，而沒有一句話提及中國詩歌之源是《詩經》。但是如果我們能接收他的根本原則，採取他的觀點，他的這部書卻是中國文學史的有價值的貢獻。他把民間文學影響文人詩詞的痕跡用著顏色的筆勾出來了。儘管有許多人不滿意這部書，這一點特色就夠使它活一些年代了。但是我們看，他的根本原則是錯誤的。他的根本原則是什麼呢？一言以蔽之，「作詩如說話」。這個口號不僅是《白話文學史》的出發點，也是近來新詩運動的出發點。《白話文學史》不過是白話詩運動中的一個重要事件！就許多事件說，作詩絕不如說話。在這篇文章裡我把「作詩不如說話」的理由說出來，以就教於胡先生和一般講詩學者。

作者附記

向來論詩的人們對於「詩」字的意義都用得很含混，有些人把它看得太廣，有些人把它看得太窄。就最廣的意義說，語言本身就是詩，因爲語言就是情思的表現，活語言都是創造的，帶有技巧的。我們並且可以把一切藝術的表現都看做「語言」，詩就是一切藝術所公有的特質，所以我們說畫中有詩，說瓦格納的音樂含有很濃厚的詩意，甚至於說一個人或一件動作是帶有詩的風味的。義大利學者克羅齊以爲一切藝術都是直覺的抒情的表現，而語言也是其中之一種。他把語言學和美學看做一件東西。這是用「詩」字的最廣義。

就次廣的意義說，凡是純文學都是詩。我們說柏拉圖的《對話集》、《新舊約》或是柳子厚的山水雜記是詩時，就是因爲這些作品都屬於純文學。英國詩人雪萊說過：「詩和散文的分別是一個鄙俗的分別。」克羅齊在《十九世紀歐洲文學論文集》裡主張用「詩和非詩」的分別來代替「詩和散文」的分別。這都是用「詩」字的次廣義。

這兩種意義都是忽視形式而偏重實質的，它們在理論上都不可非難，不過在實際應用時有許多不便利，這就像遇到張三李四不肯呼他們爲「張三」「李四」而只肯叫他們爲「人」一樣，太混太泛了。「詩」字還有一個最濫的意義，就是專從形式上分別詩和散文，把一切具有詩的形式的文字通叫做「詩」。冬烘學究堆砌腐典濫調，詼諧者嘲笑鄰家的姑娘，湊成四句七言，自己也說是「作詩」。「詩」字的這樣用法是最不合理的。如果依它，李白杜甫的詩集和《三字經》、《百家姓》、《七言雜字》以及醫方脈訣之類的東西都是一樣高低了。

在這篇文章裡我們提議用「詩」字的最尋常的意義，把它專指具有音律的純文學，專指在形式和實質雙方都是詩的文學作品。這個意義確定了，我們現在來研究純文學之中何以有一部分要用音律或詩的形式，並且研究這一類純文學作品何以要別於散文。

我先要表明我的美學的立場，詩人的本領在見得到，說得出。通常人把見得到的叫做「實質」，把說得出的叫做「形式」。他們以爲實質是語言所表現的情思，形式是情思所流露的語言，實質在先，形式在後，情思是因，語言是果，先有情思然後用語言把它表現出來。這是彌漫古今中外的一個大誤解。許多關於詩的無謂的爭論都是由它釀成的。我們先要打破這個誤解。

詩有音義，它是語言和音樂合成的。要明白詩的性質，先要明白語言的性質和音樂的性質。音樂的性質到下文再講，現在先講語言的性質。語言是什麼呢？一般語言學家說：「語言是表現思想和感情的。」這個定義細經分析是漫無意義的。它誤在「表現」兩個字。「表現」是一個及物的動詞，它所指的動作須有主動者和被動者。比如說「貓吃鼠」，貓是主動者，鼠是被動者，而「吃」字則表示這個及物的動作。說「語言表現情思」時，語言和情思的關係是否如說「貓吃鼠」時貓和鼠的關係呢？語言是否把已在裡面的東西翻到「表」面來「現」給人看呢？貓可離鼠而獨立，語言卻不能離情思而獨立。什麼叫做「思想」？它是心感於物時，喉舌及其他語言器官的活動（這是行爲派心理學的主張，我從前反對它，近年來發現它和克羅齊的「直覺即表現」說暗合，對於這個問題再加了一番思考，覺得它是確實的）。什麼叫做「感情」呢？它是心感於物時，各種器官（如筋肉血脈等等）變化的總稱。舊心理學家說：「笑由於喜，哭由於悲。」詹姆斯把它反過來說：「喜由於笑，悲由於哭。」其實這兩說都不精確，我們應該說：「笑就是喜，哭就是悲。」這就是說，情感和它的表現原來不是兩件可分離的東西。語言是情感發生種種器官變化中之一種，它是喉舌及其他語言器官的變化。照這樣看，語言與思想和感情的關係都非常密切；但是這種關係，一不是因果的關係，二不是空間上表裡的關係，三不是時間上先後的關係；所以，「情感在先，語言在後；情思是因，語言是果；情思是實質，語言是形式」的見解根本是一個錯誤的見解。在各種藝術之中，情思和語言，實質和形式，都在同一頃刻之內醞釀成功。世間沒有無情思的語言，世間也沒有無語言的情感。「以言達意」是一句不精確的話。

語言與情思的眞正關係如此，何以多數人有「情思在先，語言在後；情思在裡面，語言在表面；情思是原因，語言是結果」的誤解呢？語言是情思發動時許多器官變化中之一種，但是它和其他器官變化有一點不同。其他器官變化與時境同時消滅，語言可藉文字留下痕跡來。情思過去了，語言的聲響消散了，文字還可以獨立存在，一般人把有形聲可求的符號通叫做文字，其實文字有死有活的分別。文字的生命是情思。通常散在字典中的單字都已失去它在特殊的具體的情境之中所伴的情思，它已經是沒有血肉的枯骸，這是死文字。每個人在特殊的具體的情境之中所說的話或是所做的詩文，都有情思充溢其中，這是活文字。活文字都離不開活語言，都離不開切己的情思，而死文字則是從活語言之中割宰下來的殘缺的肢體，就是字典中的單字。比如說「蓮」字。假如你的愛人叫做「蓮」，你呼喚「蓮」時所伴的情思是在字典裡「蓮」字腳下所尋不出的。「蓮」字在你的口裡是一個活文字，在字典裡是一個死文字。一般人不知道文字有死活兩種，以爲文字就是字典中的單字，於是把死文字誤認爲一切文字。他們以爲未有活人說的話做的詩文之前，世間先已有了一部字典。這部字典裡的字就是他們所謂「文字」，也就是他們所謂「語言」。他們以爲人在說話作詩文時就是在這部字典裡取字來配合，好比姑娘們在針線籃裡揀紅線白線來繡花一樣。這麼一來，語言和情思便變成兩件分立的東西，可隨意拉攏起來，也可隨意拆開來了，世間就可以先有獨立的情思而後拿獨立的語言來「表現」了。我們如果稍加思索，這種誤解是顯而易見的。

這番話像是題外話，其實是這篇文字的出發點。懂得情思和語言不可分離，實質和形式不可分離，它們中間並無「先後」、「表裡」、「因果」種種關係。然後才可以進一步討論詩要有音律，要與散文有別的道理。

詩和散文的分別不單在形式，也不單在實質；它是同時在形式和實質兩方面見出來的。就形式說，散文的節奏是直率的無規律的，詩的節奏是低徊往復的有規律的；就實質說，散文宜於敘事說理，詩宜於歌詠性情，流露興趣。要明白詩和散文的分別，須先明白情趣和事理的分別。事理是直截了當，一往無餘的；情趣是低徊往復，纏綿不盡的。直截了當的事理宜用「敘述的語氣」，纏綿不盡的情趣宜用「驚嘆的語氣」。在敘述語中事盡於辭，理盡於言；在驚嘆語中語言只是情感的縮寫字，情溢於辭，所以讀者可憑想像而見出弦外之響。這是詩和散文的根本分別。

這個道理可以拿一個淺例來說明。比如看見一位年輕的美人，如果把這段經驗當作「事」來敘，你說：「我看見一位年輕的美人。」話既說出，事就敘完了；如果把它當作「理」來說，你說「她年輕，所以漂亮」。話既說出，理也就說明了。你不必再說什麼，人家就可以完全明白你的意義，人家也就不會在你的語言之外別求意義。但是如果你一見就愛了她，動了情感，你只說「我遇見她」，只說「她年輕所以漂亮」，甚至於說，「我愛她」，就還不能算能了事，因為「我愛她」和其餘兩句話一樣，還是在敘述一件事而不是吟詠一種情感。如果你眞愛她，你此刻記念她，過一刻還是記念她。你想而又想，念而又念，你就要用一種特殊的語氣才可以傳出這種纏綿不盡的神情了。《左傳》桓公二年有一條說：「宋華父督見孔父之妻於路，目逆而送之曰『美而豔』！」這一段寥寥數字寫盡華父督垂涎他人妻子的神情，在散文中可謂妙筆，而究竟不能說是詩，因為全文語氣是「敘述的」而不是「驚嘆的」。《詩經．鄭風》有兩章詩：

出其東門，有女如雲。雖則如雲，匪我思存！縞衣綦巾，聊樂我員。
出其闉闍，有女如荼。雖則如荼，匪我思且！縞衣茹藘，聊可與娛。

這兩章詩所寫的經驗頗類似《左傳》所記華父督的故事，但是它是詩，因爲它的語氣是「驚嘆的」，它的音節是低徊往復的，它不是敘一件事，而是流露一種感情。

在「敘述語」中作者可以不露切己的情感，甚至於可以說假話。比如你縱然不愛一個女子而說「我愛她」，別人不能單從這文字上看出你的情感的眞僞和深淺。在「驚嘆語」中情見乎詞，別人可以單從文字上多少窺測出你的情感的程度。上例「出其東門」的作者距我們年代雖很遠，我們雖無從知其歷史，但是他對於那些如雲如荼的女子，並沒有十分深摯的情感，因爲他只表示出和她們「娛」「樂」的希望，音節方面也見不出纏綿悱側的神情。我們拿《詩經·周南》中四章詩和它比較看看：

采采卷耳，不盈頃筐。嗟我懷人，寘彼周行。
陟彼崔嵬，我馬虺隤！我姑酌彼金罍，維以不永懷。
陟彼高岡，我馬玄黃！我姑酌彼兕觥，維以不永傷。
陟彼砠矣，我馬瘏矣。我僕痡矣！云何吁矣！

這詩也是描寫愛情的，我們也無從知道作者的身世，但是我們知道她的情感比「出其東門」的作者深摯百倍。她的疲勞一章重似一章，她的聲音一章淒婉似一章，最後她的力竭聲嘶的情況更活躍欲現。這才是眞情流露的文章。

然則詩絕對不敘事不說理麼？詩有說理的，但是它的「理」融化在赤熱的情感和燦爛的意象之中，它絕不說抽象的未受情感飽和的理。詩也有敘事的，但是它的「事」也是通過情感的放大鏡的，它絕不敘完全客觀的乾枯的事。「哲學詩」和「史詩」，表面上雖似說理敘事，實際上都還是抒情。凡是號稱「哲學詩」的作品，你如果從「哲學」觀點去看，「理」往往很平凡甚至於荒謬，但是它們中間的上乘仍不失其爲「詩」，因爲作者畢竟是情勝於理的。這個道理我們只要稍留心英國十七世紀的「哲學派詩」和法國十九世紀維尼（A. de Vigny）的作品，便可以見出。至於敘事詩如〈木蘭辭〉、〈孔雀東南飛〉、〈長恨歌〉等的作者大半是對於豪情盛概的讚頌者或惋惜者，他們大半仍是用「驚嘆的語氣」。嚴格地說，一切藝術都是主觀的，抒情的。

詩的生命在情趣。如果沒有情趣，縱然有很高深的思想和很淵博的學問，也絕不會做出好詩來，至多只能嚼名理或是翻書簏。嚴滄浪在他的詩話裡說過一段很精闢的話：

> 夫詩有別材，非關書也；詩有別趣，非關理也。然非多讀書，多窮理，則不能極其至。所謂不涉理路，不落言筌者，上也。詩者，吟詠情性也。盛唐諸人唯在興趣……近代諸公乃作奇特解會，遂以文字為詩，以才學為詩，以議論為詩。夫豈不工，終非古人之詩也。蓋於一唱三嘆之音，有所歉焉。

「以文字爲詩，以才學爲詩，以議論爲詩」三句話說盡中國許多詩人的通病，不獨宋人爲然。走上這條路的詩人上焉者僅可如韓昌黎做「押韻文」，下焉者則不免如文匠堆砌典故，賣弄寒酸。

胡適在《白話文學史》裡批評韓昌黎說：

韓愈是個有名的文家，他用作文的章法來作詩，故意思往往能流暢通達，一掃六朝初唐詩人扭扭捏捏的醜態。這種「作詩如文」的方法，最高的境界往往可到「作詩如說話」的地位，便開了宋朝詩人「作詩如說話」的風氣。後人所謂「宋詩」，其實沒有什麼玄妙，只是「作詩如說話」而已。這是韓詩的特別長處。（四一四頁）

胡先生的全部書都是隱約含著一個「作詩如說話」的標準，所以他特別讚揚韓愈和宋朝詩人的這一副本領。其實「作詩如作文」、「作詩如說話」都不是韓愈和宋朝詩人的「特別長處」。作文可如說話，作詩絕不能如說話，說話像法國喜劇家莫里哀所說的，就是「作散文」，它的用處在敘事說理，它的意義貴直截了當，一往無餘，它的節奏貴直率流暢（胡先生的散文就是如此）。作詩卻不然，它要有情趣，要有「一唱三嘆之音」，低徊往復，纏綿不盡。《詩經》是詩中的最上品，如果拿「作詩如說話」的標準來批評它，就未免太不經濟了。比如〈王風〉：

彼黍離離，彼稷之苗。行邁靡靡，中心搖搖。知我者謂我心憂，不知我者謂我何求！悠悠蒼天，此何人哉！
彼黍離離，彼稷之穗。行邁靡靡，中心如醉。知我者謂我心憂，不知我者謂我何求！悠悠蒼天，此何人哉！
彼黍離離，彼稷之實。行邁靡靡，中心如噎。知我者謂我心憂，不知我者謂我何求！悠悠蒼天，此何人哉！

這詩第二、三兩章都只換兩個字，只有「苗」、「穗」、「實」三個字指示時間的變遷，而「醉」、「噎」兩字只是爲協韻，於意義上無增加。說話時誰能這樣重複？如果「作詩如說話」，一句話何必說至兩次三次呢？作文和說話都只貴達意，要能做到胡先生所推尊的「流暢通達」，最忌重複；作詩所以言情，感情愈深刻愈纏綿，音節也因而愈低徊往復，它的語音就義說是重複，而就性情說卻不是重複，它要有嚴滄浪所推尊的「一唱三嘆之音」。

照胡先生的話看，韓愈不僅是「文起八代之衰」，詩也是如此，韓愈「作詩如作文」，開宋人「作詩如說話」的風氣，在後世影響很大，這是確實的話，胡先生說這是他的「特別長處」，則是以爲他的影響是好的。但是這恰適得其反。韓愈可以說是嚴滄浪所謂「以文字爲詩，以議論爲詩，以才學爲詩」的開山始祖。他是由唐轉宋的一大關鍵，也是中國詩運衰落的一大關鍵。

詩本是趣味性情中事，談到究竟，只能憑靈心妙悟，別人和我不同意時，我只能說是趣味的不同，很難以口舌爭。所以關於「宋詩」，我只能用「印象派」批評家的辦法，聊說私人的感想。儘管近代有許多人推尊「宋詩」，我自己玩味宋人作品時，總感覺到由唐詩到宋詩，味道是由濃而變淡，由廣而變窄，由深而變淺的。詩本來不能全以時代論，唐人有壞詩，宋人也有好詩。宋詩的可取處大半仍然是唐詩的流風餘韻，宋詩的離開唐詩而自成風氣處，就是嚴滄浪所謂「以文字爲詩、以議論爲詩，以才學爲詩」，就是胡先生所謂「作詩如說話」；「興趣」和「一唱三嘆之音」都是宋詩的短處（詞不在內）。宋詩的「興趣」是文人癖性的表現。這個癖性中最大的成分是「詼諧」，最缺乏的成分是「嚴肅」。酬唱的風氣在宋朝最盛，在酬唱詩文人都喜歡顯本領，蘇東坡作詩好和韻，作詞好用迴文體，仍然是韓愈好用拗字險韻的癖性。他們多少是要以文字爲遊戲的，多少是要在文字上逞才氣的，所以韻愈押得「工」，話愈說得俏皮，自己愈高興，旁人愈讚賞。總而言之，宋人是多少帶有幾分「做打油詩」的精神去作詩的。蘇東坡的名句如「忽聞河東獅子吼，柱杖落手心茫然」，「舟行無人岸自移，我臥讀書牛不知」，「詩人老去鶯鶯在，公子歸來燕燕忙」之類；黃山谷的名句如「管城子無食肉相，孔方兄有絕交書」，「在吾甚愛之，勿使牛礪角，牛礪角尚可，牛鬥殘我竹」之類都是好例。

做打油詩可如說話，因爲它本來只是文字遊戲，沒有纏綿不盡的情感，不必有「一唱三嘆之音」，它所以用聲韻，還是以此爲遊戲。胡先生既然定了一個「作詩如說話」的標準，在歷史上遍處找合這標準的作品，看見最合式的是打油詩，所以特別推重王梵志和寒山子，他說，「後世所傳的魏晉詩人的幾首白話詩，都不過是嘲笑之作，遊戲之筆，如後人的『打油詩』」。他甚至於附和鍾嶸的陶詩「出於應璩」之說，「應璩是做白話諧詩的，左思也做過白話的諧詩，陶潛的白話詩如〈責子〉、〈挽歌〉也是詼諧的詩，故鍾嶸說他出於應璩」。他在「杜甫」一章裡也偏重杜甫的詼諧，並且把打油詩的歷史淵源做過這樣一段很是精彩的結束：

〈北征〉像左思的〈嬌女〉，〈羌村〉最近於陶潛。鍾嶸說陶詩出於應璩左思，杜詩同他們也都有點淵源關係。應璩做諧詩，左思的〈嬌女〉也是諧詩，陶潛與杜甫都是有詼諧風趣的人，訴窮說苦都不肯拋棄這一點風趣。因為他們有這一點說笑話做打油詩的風趣，故雖在窮餓之中不至於發狂，也不至於墮落。這是他們幾位的共同之點，又不僅僅是同做白話諧詩的淵源關係呵。（三三四頁）

我們在上文說過，宋人也是多少帶有幾分做打油詩的精神去作詩的。在這一方面他們是韓愈的徒弟，而卻不是陶潛、杜甫的徒弟，因爲他們偏向文字方面顯詼諧，陶潛、杜甫則只是在極嚴肅的人生態度之中偶露一點詼諧風趣。但是宋人也微合「作詩如說話」的標準，所以胡先生在批評韓愈時也頗稱讚他們。

詩本來都要有幾分詼諧，但是骨子裡卻要嚴肅深刻。它要有幾分詼諧，因爲一切藝術都和遊戲有密切關係，都是在實際人生之外另闢一個意象世界來供觀賞；它骨子裡要嚴肅深刻，因爲它須是至性深情的流露。過於詼諧的人不能作詩，過於嚴肅的人也不能作詩，陶潛、杜甫都是把這兩種成分配合得很適宜的。陶潛的〈挽歌〉和〈責子〉在集中不能算是代表作品，尤其不能完全以「打油詩」看待，雖然陶詩常常有諧趣。杜甫的〈北征〉和〈羌村〉也是如此。這幾首詩在胡先生看只有詼諧，其實它們都是極嚴肅極沉痛的哀歌。宋人大半缺乏這種沉痛和嚴肅，但是也只在缺乏沉痛和嚴肅時才做出類於打油詩的作品，他們也有時能夠達到很豪放或是很委婉的境界，尤其是在詞的方面。

詼諧像柏格森所說的，出於理智，入於理智，不是情感的流露。我們不把打油詩認爲詩，和柏格森不把喜劇認爲純粹的藝術，是一個道理。打油詩不是詩，我們就不能因爲做打油詩如說話，而斷定作詩如說話，胡先生的錯誤在認王梵志、寒山子諸人的打油詩爲詩，以爲做這些打油詩既可如說話，作詩自亦不過爾爾。他又摭拾陶杜集中幾首（或是幾句）帶有諧趣的詩，以一鱗一爪概一魚一鳥，說陶杜的精神正從此種「作詩如說話」處見出。我們把胡先生所認爲打油詩的陶潛的〈挽歌〉：

有生必有死，早終非命促。昨暮同為人，令旦在鬼錄。魂氣散何之？枯形寄空木。嬌兒索父啼，良友撫我哭；得失不復知，是非安能覺！千秋萬歲後，誰知榮與辱；但恨在世時，飲酒不得足。

和最爲人所傳誦的王梵志的打油詩：

梵志翻著襪，人皆道是錯。乍可刺你眼，不可隱我腳。

比較比較，看它們相差幾遠！胡先生引〈挽歌〉爲諧詩的例子而密圈「但恨在世時，飲酒不得足」。大概是說它所以諧就是諧在這兩句，這樣解法不但把〈挽歌〉全章的嚴肅沉痛的語氣都失去，連陶潛的性情品格都被誤解了。

作詩絕不能如說話。既可以用話說出來就不用再作詩。詩的情思是特殊的，所以詩的語言也是特殊的，每一種情思都只有一種語言可以表現（我把「表現」當作一個不及物的動詞用如英文的 **appear**），增一字則太多，減一字則太少，換一種格調則境界全非。在各國文學中，某種格調宜於表現某種情思，某種體裁宜於產生某種效果。往往都有一定原則。《後山詩話》裡有一條說：「杜之詩，韓之文，法也。詩文各有體，韓以文爲詩，杜以詩爲文，故不工耳。」專就韻文說，五古宜於樸茂，七古宜於雄肆，律詩宜於精細的刻畫，絕句宜於抓住一縱即逝的片段的情景。詩與詞的分別尤易見出。詞只宜於清麗小品，以慣於作詞的人去作詩，往往沒有氣骨；以慣於作詩的人去作詞，往往失之魯莽生硬。王直方《詩話》中有一條說：「東坡嘗以所作小詞示無咎、文潛曰：『何如少游？』二人皆對云：『少游詩似小詞，先生小詞似詩。』」這實在是確論。

凡詩都不可譯爲散文，也不可譯爲外國文，因爲詩中音義俱重。義可譯而音不可譯。成功的譯品都是創造而不是翻譯。英人費茲杰拉德所譯的奧馬康顏的〈勸酒行〉差不多是譯詩中唯一的成功，但是這部譯詩實在是創作，和波斯原文出入甚多。在胡先生所舉的佛教翻譯文學的實例中，我尋不出一首可以叫做「詩」的「偈」。這就是由於「偈」本來爲便於記憶而用詩的形式，本來未必是詩，加以印度原文的音節在譯文中完全不能見出。

記得郭沫若先生曾選《詩經》若干首譯爲白話文，成《卷耳集》，手頭現無此書可考，想來一定是一場大失敗。詩不但不能譯爲外國文，而且不能譯爲本國文中的另一體裁或是另一時代的語言，因爲語言的音和義是隨時變遷的，現代文的音節不能代替古代文所需的音節，現代文的字義的聯想不能代替古文的字義的聯想。比如《詩經》：

昔我往矣，楊柳依依；今我來思，雨雪霏霏！

四句詩看來是極容易譯爲白話文的。如果把它譯爲：

從前我去時，楊柳還在春風中搖曳；現在我回來，已是雨雪天氣了。

總算可以勉強合於「作詩如說話」的標準，卻不能算是詩。一般人或許說譯文和原文的實質略同，所不同者只在形式。其實它們的實質也並不同。譯文把原文纏綿悱惻、感慨不盡的神情失去了。因爲它把原文低徊往復的音節失去了。專就義說，「依依」兩字就無法可譯，譯文中「在春風中搖曳」只是不經濟不正確的拉長，「搖曳」只是呆板的物理。而「依依」卻帶有濃厚的人情。原文用驚嘆的語氣，譯文是敘述的語氣。這種語氣的分別以及用字構句的分別都由於譯者的情思不能恰如作者的情思。如果情思完全相同，則所用的語言也必完全相同。善談詩的人在讀詩可以說是在用詩人自己的語言去譯詩人的情思，這也是一種創造的工作。詩不可譯，即此一端，就可以見出作詩不如說話了。

以上所說的話是關於詩有音律而散文無音律的基本原理，以及我對於「作詩如說話」一說的批評。現在來討論幾個關於音律本身的重要問題，並且研究中國詩何以走到講聲講韻的一條路上來的道理。

中文詩的音樂在聲與韻，在歷史上韻的考究先於聲的考究，我們先講韻。中國舊有「有韻爲詩，無韻爲文」之說，「詩」和「韻文」差不多是同義字。其實「韻文」只是一種詩的形式，不足以賅括「詩」。中國文學演化的痕跡，和世界文學相較，有許多反乎常軌的地方，韻就是其中之一端。韻在中國文學史中發生最早，現存的古書大半有韻。《詩經》固不用說，即敘事說理的述作，如《書經》、《易經》、《老子》都有用韻的痕跡。據說日本詩到現在還無所謂韻。在西方文學中，希臘拉丁詩都不用韻，韻起於中世紀，據說是由匈奴傳去的。韻初到歐洲時頗盛行。法國和德國最早的史詩（在第十世紀以後做成的）都有韻的痕跡。但丁的《神曲》（十四世紀）就是一部用韻而成功的詩。十六世紀以後，學者受文藝復興的影響，看見希臘拉丁詩不用韻，於是對於韻頗施攻擊，彌爾頓在《失樂園》的序裡便有罵韻的話。近代詩用韻又頗流行，但是仍嘗有攻擊韻的運動，法國哲學家芬涅倫（Fénelon）《給法蘭西學院書》便是著例。在英文中想做「莊嚴體」的詩人都不肯用韻。莎士比亞的悲劇和彌爾頓的《失樂園》都是用無韻五節格做成的。法文詩間有不用韻的，但是用韻是常事。

日本詩和西方詩都可以不用韻，中文詩也可以不用韻麼？韻在中國是常和詩相連的，自有詩即有韻；聲的考究乃後起，和西方的演化次第恰相反。有人說古採蓮詩是中國唯一不用韻的詩、其實它開頭兩句「江南可採蓮，蓮葉何田田」就是用韻的。中國歷史上只有兩次反韻的運動。第一次是唐人譯佛經的「偈」用有規律的文字而不用韻，第二次是近代白話詩的運動。此外詩人沒有不用韻的。宋人的詩受佛經的影響，他們嘗遍五花八門的文字的遊戲，卻沒有仿「偈」體做過一首不用韻的詩。白話詩在初出時嘗不用韻，但是後來又有復韻的傾向。我們可以說：唐人譯經偈和白話詩初期不用韻，都是有意要革舊創新，並非順著語言的自然的傾向，中國語言的自然傾向是朝韻走的，這是一件事實，我們要尋出解釋這事實的理由。

詩和音樂一樣，生命全在節奏（rhythm）。節奏就是起伏輕重相交替的現象，它是非常普遍的，例如：呼吸循環的一動一靜，四時的交替，團體工作的同起同止，都是順著節奏。我們在說話時，聲調順情思的變化而異其輕重長短，某處應說重些，某處應說輕些，某字應說長些，某字應說短些，都不能隨意苟且，這種輕重長短的起伏就是語言的節奏。散文和詩都一樣要有節奏，不過散文的節奏是直率流暢不守規律的，詩的節奏是低徊往復遵守規律的。這種分別我們在上文已詳細說過。中文詩和西文詩都有節奏，不過它們有一個個重大的分別，西文詩的節奏偏在聲上面，中文詩的節奏偏在韻上面，這是由於文字構造的不同。西文字多複音，一字數音時各音的輕重自然不能一致，西文詩的音節（metre）就是這種輕重相間的規律，例如：英文中最普通的十音句（pentametre）的音節取「輕重輕重輕重輕重輕重」式；法文中最普通的十二音句（alexandrine）的音節分「古典式」和「浪漫式」兩種。「古典式」十二音之中有四個重音，第二第四兩重音必定落在第六音和第十二音上面，其餘兩重音可任意移動；「浪漫式」十二音之中只有三個重音，除第三重音必定落在最後的一音（即第十二音）上面之外，重音的位置是可隨意更換的，不過通常都避免把重音放在第六音上面，因爲怕和「古典式」相混。觀此可知西文詩的節奏在音節輕重相間上（聲）見得最明顯。中文字盡單音，每字的音都是獨立的，見不出輕重的分別。比如讀「明月照高樓」我們不能特別把某字音特別著重，讀成「重輕輕重重」式或是「輕重重輕輕」式，而西文詩的音節卻恰如此輕重相間。中文詩相當於西文詩音節者爲「聲」。聲通常分平上去入，上去入三聲合爲仄聲。「聲」是什麼一回事呢？從音學的觀點來分析它，它是三種分別合成的。第一是長短的分別，由平聲到入聲，音調漸由長而短。第二是高低的分別，由平聲到入聲，音調漸由低而高。第三是「音色」的分別，平聲主音所帶的輔音和仄聲主音所帶的輔音震動度數多寡不同。「音色」與輕重無關，與輕重有關者只是長短高低。西方古代希臘拉丁詩在長短音相間上見出音節，近代語言以重輕代長短。重音略當於長音，輕音略當於短音，重音通常較高，輕音通常較低。中文字平聲專就低說，應該是很輕，但是因爲它長，所以失其爲輕；仄聲字專就高說應該是很重，但是因爲它短，所以失其爲重。一言以蔽之，中文詩的節奏不像西文詩，在聲的輕重上見得不甚顯然。

其次，西文詩的單位是行。每章分若干行，每行不必爲一句，一句詩可以占不上一行，也可以連占數行。行只是音的階段而不是義的階段，所以誦讀西文詩時，到每行最末一音常無停頓的必要。每行末一音既無停頓的必要，所以我們不必特別著重它；不必特別著重它，所以它對於節律的影響較小，不必一定要有韻來幫助諧和。中文詩則不然。它常以四言五言七言成句，每句相當於西文詩的一行而卻有一個完足的意義。句是音的階段，也是義的階段；每句最末一字是義的停止點也是音的停止點，所以通讀中文詩時到每句最末一字都須略加停頓，甚至於略加延長，每句最末一字都須停頓延長，所以它是全詩音樂最著重的地方。如果在這一字上面不用韻，則到著重的一個音上，時而用平聲，時而用仄聲，時而用開口音，時而用合口音，全詩節奏就不免亂雜無章了。中文詩大半在雙句用韻而單句不當用韻，這有兩個理由，一方面是要寓變化於整齊，一方面要繼續不斷地把注意力放鬆放緊，以收一輕一重的效果。我們可以說，中文詩的輕重的節奏是在單句不押韻，雙句押韻上見出。韻在中文詩中是必要的，所以它發生得最早，所以一兩次反韻的運動都不能扭轉這自然的傾向。法文詩音節的重輕沒有英文詩音節的重輕那樣明顯，所以法文詩用韻比英文詩用韻較普遍，這是我們學說的一個旁證。

中文詩用韻以顯出節奏，是中國文字的特殊構造所使然。歷來詩人用韻的方法分律古兩種。律詩多在雙句用平聲韻，單句則只開首一句時或用韻。古詩用韻的變化較多，它可以句句用韻，一韻到底，可以如律詩在雙句用韻，但不必限於平聲。它的最大的特點在能換韻。中文詩偏在韻上見節奏，律詩一韻到底，節奏最爲單調，不能順著情感的變化而變化，所以律詩不能長。排律中佳作最少，因爲容易板滯。古詩可換韻，所以節奏有變化，能曲肖情感的起伏或思路的轉變。例如李東川的〈古意〉：

男兒事長征，少小幽燕客。賭勝馬蹄下，由來輕七尺。殺人莫敢前，須如蝟毛磔。黃雲隴底白雲飛，未得報恩不能歸。遼東小婦年十五，慣彈琵琶解歌舞。今為羌笛出塞聲，使我三軍淚如雨！

這首詩的情感和意象凡經三次轉折，每一轉折都換一韻。「黃雲隴底」二句猛然在五言仄韻句之後換七言平韻句，尤堪玩味，平聲比較深長激昂，恰好傳出這位「幽燕客」的豪情勝概。後面情感轉淒婉，所以又回到仄韻。再如李長吉的〈六月〉詩：

> 裁生羅，伐湘竹，帔拂疏霜簟秋玉。炎炎紅鏡東方開，暈如車輪上徘徊，啾啾赤帝騎龍來。

這六句詩前三句寫涼的意象，後三句寫熱的意象。前三句用仄韻，後三句忽疊用三個平韻。恰好形容六月天的太陽轟轟烈烈地忽然從東方跳出來的情景。我們在上文提過古採蓮詩：

> 江南可採蓮，蓮葉何田田！魚戲蓮葉間，——魚戲蓮葉東，——魚戲蓮葉西，——魚戲蓮葉南，——魚戲蓮葉北。

這首詩頭兩句用韻而後面忽然不用韻，有人以為它是中國唯一的無韻詩，其實與其說它是無韻詩，不如說它後半每句一換韻。這種沒有定準的音節恰能描寫魚戲時飄忽不定的情趣。連用平聲字收句，最末一句忽然用一個聲音短促的仄聲「北」字收句，尤足以狀魚戲時忽然而止的神情。

這裡我們只隨意拈出幾個短例，說明韻能幫助傳情的道理，在大家作品中我們隨處都可以見出這個道理。

韻的存在理由如此。現在來講聲。我們在上文已分析過聲的元素，說明過中文詩的節奏在聲的輕重上見得不甚顯然的道理，我們並沒有說聲絕對不能表出節奏。平仄相間是一種秩序的變化，有變化就有節奏，不過在中文詩中，聲的節奏沒有韻的節奏那樣鮮明。從歷史上看，韻的考究似乎先於聲的考究，中國自有詩即有韻，至於聲的起源究竟在何時，向來沒有定論，多數人以為它起於齊沈約。其實聲是語言所本有的，有詩即有韻，有詩也即有聲。我並非討論韻是否先於聲，我只討論韻的考究是否先於聲的考究。聲的考究可分兩種：一種是考究韻的聲，一種是考究每字的聲。考究韻的聲和考究韻一樣古。打開《詩經》和漢魏詩人的作品看，平韻總是押平韻，仄韻總是押仄韻，這是極好的證據。考究每字的聲則似從齊梁時起，齊梁時才有論音律的專著，齊梁詩人作品才多類於律詩的音節。我們在下文所說的聲指每字的聲，不單指韻的聲。

從謝朓、沈約之後，作詩考究聲律逐漸成為風氣。律詩論平仄固然甚嚴，依王漁洋的《古詩平仄論》說，古體詩也須調平仄。至於後世詞曲對於聲律苛求更甚，平聲要論陰陽，仄聲要論上去入。甚至於要辨「清」「濁」，要辨「開」「齊」「合」「撮」。但是聲律的影響雖大，而攻擊之者從鍾嶸到胡適亦常振振有詞。文字大半順自然的軌跡而演化，聲律這樣大的運動當然不能像纏小腳一樣，由一兩個人的幻想遂推廣成為風氣，它當然也有一個存在的理由。講歷史的人應該理出前因後果的線索，不當學王鳳洲批《綱鑑》。自居「老吏斷獄」，說是說非。他們不應該只罵齊梁人拿聲律來束縛詩，應該考求聲律在齊梁時代何以猛然盛行，應該問它的存在理由是什麼。我在這裡提出一個答案來，雖然不敢自以為是，或可以聊備一說。鍾嶸在《詩品》裡說：

古曰詩頌，皆被之金竹。故非調五音，無以諧會。……今既不被管弦，亦何取乎聲律耶？

《詩品》中往往有謬論，此其一端。古詩並未嘗調五音，正因其「被之金竹」，今詩取聲律，正因其不被管弦。要明白這個道理，我們須先明白詩和音樂離合的歷史。

我們在上文說過，詩有音有義，它是語言和音樂合成的，要明白詩的性質必須先研究語言的性質和音樂的性質。語言的性質已經分析過。音樂的性質非本文所能詳論，現在只能就其和詩相關係處略說幾句。音樂能否與語言相離呢？這是歷來樂理學家爭論最劇烈的一個問題。據一派學者說，音樂的起源就在語言。語言的聲調隨情思而起伏，語言的背面已有一種潛在的音樂，音樂家不過就語言所已有的音樂而加以鋪張潤色。最初的音樂是歌唱，歌唱是語言的情感化，樂器所彈奏的音樂則起於歌唱。照邊樣說，音樂是從詩歌裡出來的，和詩歌一樣是表現情感的。這在樂理上通常叫做「表現說」。哲學家叔本華和斯賓塞，音樂家瓦格納都是此說的代表，但是近來一般形式派和科學派的樂理學家對此說極不滿意。依德國漢斯立克（Hanslick）說，音樂雖能激動情感，卻不能「表現」情感，它只是一種形式美。音樂既非情感的表現，就不能說是起於語言。據德國華拉歇克（Wallaschek）的研究，野蠻民族所唱的歌調常毫無意義，他們歡喜唱它聽它，都只是因為它音調和諧。兒歌也是如此。谷魯斯（E. Grosse）在他的《藝術起源論》裡也說：「原始的抒情詩最重的成分是音樂，至於意義還在其次。」德國斯徒夫（Stumpf）和法國德拉庫瓦（Delacroix）都反對音樂起於語言說。依他們看，樂調的高低有定準，語調的高低無定準。音樂所用的音是有定量的，音階是斷續的；語言所用的音是無定量的，音階是一線連貫而不是斷續的，所以語言不能產生音樂，音樂是離語言而獨立的。依這一說，詩歌起源於音樂，語言是後加入的成分。

拿野蠻民族的歌調來看，後一說的證據比較充分，在歷史上詩的音先於義，音樂的成分是原始的，語言的成分是後加的。原始人民的情感生活較重於理智生活，照理說原應如此。後來理智漸開，詩的「義」的成分也逐漸擴大。我們分析詩的音和義的離合，可以得到四個時期：

㈠**詩有音無義**。這是最原始的詩，兒歌和野蠻民族的歌謠屬於此類。它還沒有和音樂分開。

㈡**詩以義就音**。這是詩的正式成立期。較進化的民族歌謠屬於此類。語言摻入音樂裡去，但是把自己本來音調丟開而遷就從前已有的歌調，音樂為主，語音為輔。

㈢**詩重義輕音**。這是在作詩者由全民眾而變為個人的時期，詩人於是逐漸拋開從前已有的歌調而做獨立的詩歌，詩於是逐漸變成不可歌的，音樂的成分於是和語言的成分逐漸相分離。這時候起始有無詩的調，有無調的詩。

㈣**詩重文字本身的音**。這是在作詩成為文人階級的特別職務的時期。詩與樂曲完全分開。從前詩的音樂大半在樂曲上見出，現在不用樂曲，詩人於是設法在文字本身上見出音樂。從前詩的語言須依樂曲歌唱，現在它只能誦讀。誦讀的節奏不完全是語言本身的，也不完全是音樂的，它是語言節奏和音樂節奏的調和。藝術在這個時期由自然流露的，變而爲自覺的有意造作的，所以聲律的考究最大。

這是詩和音樂離合的一個公式，中國詩也只是這個公式中一個實例。詩有音無義時期在中國現已不可考，但是一般「戲迷」對於京戲的嗜好，仍然可以幫助我們想像到原始人民如何愛好樂調，不顧文詞。中國詩的歷史從以義就音的時期起。《詩經》和漢朝的「樂府歌辭」大半是可歌的，歌各有曲調，曲調與詩詞雖相諧合而卻可分立，正如現在歌詞和樂譜一樣。詩以義就音時每收句尾一音是最關鍵，句中各字音的高低長短可以隨曲調而轉移，平聲字唱高些唱短促些可以變成仄聲字，仄聲字唱長些也可以變爲平聲字。所以漢魏以前詩只考究韻而不很考究聲。

漢魏是中國詩轉變的一個大關鍵，它是由以義就音到重義輕音的過渡時期。漢魏以前詩的作者是民衆，所以不著作者姓名；漢魏以後詩的作者大半是文人，作者姓名大半可考。漢魏以前詩大半是情感的自然流露，渾厚天成；漢魏以後詩大半是文人仿擬古詩和民歌而作的，是有意於藝術的錘鍊的，所以漸見工巧。嚴滄浪說魏晉以前詩無名句可指，魏晉以後詩才有名句可指，其原因即在於此。漢魏以前詩大半可歌，大半各有樂曲；漢魏以後詩，逐漸脫離樂曲獨立，不可歌唱。這最後一個分別尤其重要，它就是音律的起源，唐元稹在〈樂府古題序〉裡面說：

> 《詩》訖於周，〈離騷〉訖於楚。是後，詩之流為二十四名：賦、頌、銘、贊、文、誄、箴、詩、行、詠、吟、題、怨、嘆、章、篇、操、引、謠、謳、歌、曲、詞、調，皆詩人六義之餘，而作者之旨。由操而下八名，皆起於郊祭、軍賓、吉凶、苦樂之際。在音聲者，

因聲以度詞，審調以節唱。句度短長之數，聲韻平上之差，莫不由之準度。而又別其在琴瑟者為「操」「引」，採民甿者為「謳」「謠」，備曲度者，總得謂之「歌」「曲」「詞」「調」，斯皆由樂以定詞，非選詞以配樂也。由詩而下九名，皆屬事而作，雖題號不同，而悉謂之為詩，可也。後之審樂者，往往採取其詞，度為歌曲，蓋選詞以配樂，非由樂以定詞也。而纂撰者，由詩而下十七名，盡編為「樂錄」、「樂府」等題，除「鐃吹」、「橫吹」、「郊祀」、「清商」等詞在〈樂志〉者，其餘〈木蘭〉、〈仲卿〉、〈四愁〉、〈七哀〉之輩，亦未必盡播於管弦，明矣。後之文人，達樂者少，不復如此配別，但遇興紀題，往往兼以句讀粗長，為歌詩之異。

唐朝人作詩還有沿用古樂府舊題目的，元稹似乎反對這種辦法，所以有這一段文章，說明「歌」和「詩」的分別。他以爲後世文人既不懂得古樂府的樂曲，就不應該拿那些樂曲的題目來作詩的題目，以致「雖用古題，全無古義」，「如『出門行』不言離別，『將進酒』特書列女」之類。元稹所說的「詩之流爲二十四名」，是漢魏時期的事，他所說的「由操而下八名」可統稱爲「歌」，是眞正的樂府，是都有樂曲的；他所說的「由詩而下九名」、可統稱爲「詩」，是今詩的起源，是本來沒有樂曲而後人加上樂曲的。漢魏在詩方面是承先啓後的，一方面保存古詩諧樂的遺風，元稹所說的「由操而下八名」屬於此類；一方面卻特闢蹊徑，只在「屬事而作」，不必「由樂定詞」。在漢魏時這種新運動還沒有完全成功，一般人還以爲詩必有樂曲，所以往往替本來無樂曲的詩制一個樂曲。但是漢魏以後，新運動遂完全成功，詩遂完全脫離樂曲而獨立，連「選詞以配樂」都少有人顧到了。有些詩人仍然用古樂府的題目來做題目。這好比接盤商人打老招牌開新店，新店的貨物和舊店的貨物全是兩件事。

詩既然離開樂曲，既然不可歌，如果沒有新方法來使詩的文字本身上見出若干音樂，那就不免失其為詩，而作詩就不免變成說話了。音樂是詩的生命，從前樂曲的音樂既然丟去，詩人於是不得不在詩的本身上求音樂，這是聲律發生的原因。齊梁恰當樂府和今詩代替的時期，所以聲律的運動，特盛於齊梁。齊梁是上文所說的詩音義離合史上的第四時期，就是詩重文字本身音樂的時期。

西方詩的發展史，也很可以和中文詩參照互證。在中世紀時詩人大半是「歌者」，例如：法國的《羅蘭之歌》和其他史詩都是這般「歌者」根據查理大帝的功業的傳說而做成的。他們遊行無定，到一處即敲封建地主的門，登堂唱一段詩歌，以賺些許酒肉。較闊氣的王侯身邊還有這種歌者隨從以供行酒炙肉時的娛樂。他們大概很像中國說書家（我在兒時還嘗聽到這般民衆藝術家在街頭或是到屋裡來獻技，可惜他們也隨我所留戀的舊時代過去了），在歌詩或說故事時，都依附一種很簡樸的樂調的。近代北歐和蘇格蘭民間也還有很流行的ballad，這種「民歌」故事都極簡單，語言都極樸實，大半附有樂調，有時還附有一種跳舞。但是就大體說，歐洲詩從十六世紀以後就已到了上文所說的第四時期，詩人大半有意為詩，詩詞本身以外無樂調，而專在本身現出音樂了。法國雨果、英國丁尼生郡是在音律方面擅長的。

西方詩和中國詩都已到了在文字本身求音樂的時期，但是有一大異點，是值得我們特別喚起注意的，這就是誦詩的藝術。詩從不可歌後，西方有誦詩的藝術的起來，而中國則對此太缺乏研究，沒有誦詩的藝術，詩只是啞文字；有誦詩的藝術，詩才是活語言。

作詩不如說話，誦詩更不如說話。詩是語言和音樂合成的。語言有語言的節奏，音樂有音樂的節奏，語言的節奏貴直率流暢，詩的節奏貴低徊纏綿，這兩種節奏是互相衝突的。詩究竟應該用哪一種節奏去誦呢？法國誦詩法向來以國家戲院的演誦法爲準。英國戲院通常不誦詩，「老維克」（Old Vic）戲院演誦詩劇的方法是比較可靠的。現代英國詩人蒙羅（H. Monro）組織一誦詩團體於倫敦，每禮拜四晚專請現代英國詩人誦他們自己的作品或是從前詩人的作品。就我在這些地方聽誦詩所得的印象說，戲院大半偏重音樂的節奏，詩人自己有偏重音樂的節奏者；有設法調和音樂的節奏和語言的節奏者，從來沒有聽過純用語言的節奏者，連下等戲院的丑角念諧詩（類似打油詩）時也不純用語言的節奏。這個道理最好用一個短例來說明。比如英文〈醉漢騎馬歌〉中：

(1) To-morrow is our wedding day

一句詩在流行語言中只有兩個較重的音，如(1)式長短標所指示的。如果完全用語言的節奏誦這句詩，則完全失去詩的有規律的節奏。這篇詩是用「輕重格」（iambic）寫的，論音律應該有四個輕重相間的音節，如(2)式：

(2) To-morrow is our wedding day

如果依此式誦讀，則本來無須著重的音（如 is）須著重，就不免把語言的活躍的神情嵌在呆板的圈套裡了。我們如何調劑這兩種節奏的衝突呢？一般善誦詩的人大半把它讀如(3)式：

(3) To-morrow is our wedding day

這就是在音樂的節奏中丟去一個重音 is 以求合於語言，在語言的節奏中添上一個重音 day 以求合於音樂。這樣辦，語言和音樂便兩不相妨了。

照這樣看，詩雖不可歌，仍須可誦，而誦則必有離語言本身而獨立的音節，不能如說話。中國從前私塾讀書本來都是朗誦，都帶有若干歌唱的意味，文人誦詩也是如此，照理應該有一種誦詩的藝術發達起來，而考之事實則大不然。塾童念書和文人誦詩，大半都是用一種很呆板的千篇一律的調子，對於快慢高低的節奏，從來不加精細的推敲。我翻過許多論詩論文的著作，只見出從前人很歡喜「吟」「嘯」，卻沒有見到一部專書講「吟」「嘯」的方法，大概他們也都是「以意爲之」。現行的一般念書誦詩的調子究竟怎樣起來的也可不考。胡適之先生似乎以爲它起於和尚誦經。他說：

> 大概誦經之法，要念出音調節奏來，是中國古代所沒有的。這法子自西域傳進來，後來傳遍中國，不但和尚念經有調子；小孩念書，秀才讀八股文章，都哼出調子來，都是印度的影響。

誦詩有調子，也許還是受從前歌詩的影響，胡先生說它是「中國古代所沒有的」，不知有何根據。不過後來學重秀才所「哼」的調子受了和尚誦經的影響，也許是事實。

誦經式的調子實在是太單調了。它固然未嘗沒有存在的理由，詩的音節應該帶有若干催眠性，使聽者忘去現實世界而聚精會神於藝術的美，這個道理柏格森已經說得很透闢；不過它究竟太忽略語言的節奏了。詩的神情有許多要在誦讀時高低急徐的變化上見出。比如漢武帝〈李夫人歌〉：

是耶！非耶！立而望之，翩何姍姍其來遲！

末句連用七個平聲字，音節本很慢的，通讀時應該在聲調上能表出詩中猶疑期望的神情。再比如〈木蘭辭〉也是研究誦詩最好的實例。這首詩全首的音節是極快的，尤其是「萬里赴戎機」以下六句，和「爺娘聞女來」以下十二句；但是「不聞爺娘喚女聲，但聞黃河流水聲濺濺」和「不聞爺娘喚女聲，但聞燕山胡騎聲啾啾」四句要慢。全首詩的語氣是歡喜的，尤其是「爺娘聞女來」一段。但開章「唧唧復唧唧」以下十六句卻需帶有若干憂愁的神氣。這些地方如果一律用念經的調子去哼，就不是誦詩了。

欣賞之中都寓有創造。寫在紙上的詩只是一種符號，要懂得這種符號，只是識字還不夠，要在字裡見出意象來，聽出音樂來，領略出情趣來。誦詩時就要把這種意象、音樂和情趣在聲調中傳出。這種功夫實在是創造的。讀者如果不能做到這步田地，便不算能欣賞，詩中一個個的字對於他便只像漠不相識的外國文，他便只見到一些縱橫錯雜的符號而沒有領略到「詩」。能誦讀是欣賞詩的要務。西方人對這門藝術研究得極精微，我們中國人雖講究作詩的音律而不講究誦詩的音律，這是詩的音律逐漸僵死化的主要原因。希望研究音律的人在這方面多做點功夫，寫幾部專門講究誦詩的方法和理論的書，以備一般讀詩的人參考。

第十三章　陶淵明

一　他的身世、交遊、閱讀和思想

大詩人先在生活中把自己的人格涵養成一首完美的詩，充實而有光輝，寫下來的詩是人格的煥發。陶淵明是這個原則的一個典型的例證。正和他的詩一樣，他的人格最平淡也最深厚。凡是稍涉獵他的作品的人們對他不致毫無了解，但是想完全了解他，卻也不是易事。我現在就個人所見到的陶淵明來作一個簡單的畫像。

他的時代是在典午大亂之後，正當劉裕篡晉的時候。他生在一個衰落的世家，是否是陶侃的後人固有問題，至少是他的近房裔孫。當時講門第的風氣很盛，從〈贈長沙公〉和〈命子〉諸詩看，他對於他自己的門第素很自豪。他的祖父還做過不大不小的官。他的父親似早就在家居閒（據〈命子〉詩，安城太守之說似不確。他序他的先世都提到官職，到了序他的父親只有「淡焉虛止，寄跡風雲，冥茲慍喜」數語）。他的母親是當時名士孟嘉的女兒。他還有一個庶母，弟敬遠和程氏妹都是庶出。他的父親和庶母都早死，生母似活得久些。弟妹也都早死，留下有姪兒靠他撫養。他自己續過弦，原配在他三十歲左右死去。續娶翟氏，幫他做農家操作。他有五個兒子，似還有「弱女」，不同母。他在中年遭了幾次喪事，還遭了一次火，家庭擔負很不輕，算是窮了一生。他從早年就愛生病，一直病到老。他死時年才五十餘（舊傳淵明享年六十三，吳汝綸定爲五十一，梁啓超定爲五十六，古直定爲五十二，從作品的內證看，五十一二之說較勝），卻早已「白髮被兩鬢」，可見他的身體衰弱。

當時一般社會情形很不景氣，他住在江西潯陽柴桑，和一般衰亂時代的鄉下讀書人一樣，境況非常窘迫。在鄉下無恆業的讀書人大半還靠種田過活，淵明也是如此。但是田薄歲歉（看「炎火屢焚如，螟蜮恣中田，風雨縱橫至，收斂不盈廛」諸句可知），人口又多，收入不能維持極簡單的生活。以致「冬無蘊葛，夏渴瓢簞」。淵明世家子，本有些做官的親戚朋友，迫於飢寒，只得放下犁頭去求官。他的第一任官是京口鎭軍參軍，那時他才二十三歲左右（晉安帝隆安三年己亥），過了兩年，他奉使到江陵（辛丑），那時鎭江陵的是桓玄，正上表請求帶兵進京（建康）解孫恩之圍，恰逢孫恩的兵已退。安帝下詔書阻止桓玄入京，淵明到江陵很可能就是奉詔止玄。就在這年冬天，他的母親去世。他居了兩年憂，到了二十八歲那年（甲辰），又起來做建威參軍，第二年三月奉使入都，八月補彭澤令，冬十一月就因爲不高興束帶見督郵，解印綬歸田。以後他就沒有出來做官。總計起來，他做官的時候前後不過六年，除去中間丁憂兩年，實際只有四年。他再起那一年，天下正大亂，桓玄造反，劉裕平了他。此後十五六年之中，劉裕在繼續擴充他的勢力。到了淵明四十四歲那年（庚申）劉裕便篡位，晉便改成宋。從淵明二十九歲棄官，到他五十一歲死，二十餘年中，他都在家鄉種田，生活依然極苦，雖然偶得朋友的資助，還有挨餓乞食的時候。晚年劉裕有詔徵他做著作郎，他沒有就。

一個人的性格成就和他所常往來的朋友親戚們很有關係。淵明一生平常往來的人大約可分四種。第一種是政治上的人物。有的是他的上司。他做鎭軍參軍時，那鎭軍可能爲劉牢之；做建威參軍時，那建威可能是劉敬宣；他奉使江陵時，鎭江陵的是桓玄，有人還疑心他在桓玄屬下做過官。有的是仰慕他而想結交他的。第一是江州刺史王宏，想結交他，苦無路可走，聽說他要遊廬山，於是請他的朋友龐通之備酒席候於路中，二人正歡飮時，王宏才闖到席間，因而結識了他。此後兩人常有來往，王宏常送他的酒，資助他的家用。集中〈於王撫軍座送客一首〉大概就是在王宏那裡寫的。其次是繼王宏做江州刺史的檀道濟，親自去拜訪淵明，勸他做官，他不肯，並且退回道濟所帶來的禮物。但是這一類人與淵明大半說不上是朋友，眞正夠上做朋友的只有顏延之。延之做始安太守過潯陽時，常到淵明那裡喝酒，臨別時留下二萬錢。淵明把這筆款子全送到酒家。延之在當時也是一位大詩人，名望比淵明高得多。他和淵明交誼甚厚，淵明死後，他做了一篇有名的誄文。

第二種朋友是集中載有贈詩的，像龐參軍、丁柴桑、戴主簿、郭主簿、羊長史、張常侍那一些人，大半官階不高，和淵明也相知非舊，有些是柴桑的地方官，有些或許是淵明做官時的同僚，偶接杯酒之歡的。這批人事蹟不彰，對淵明也似沒有多大影響。

最有趣味而也最難捉摸他們與淵明關係的是第三種人，就是在思想情趣與藝術方面可能與淵明互相影響的。頭一個當然是蓮社高僧慧遠。他瞧不起顯達的謝靈運，而結社時卻特別寫信請淵明，淵明回信說要准他吃酒才去，慧遠居然爲他破戒置酒，淵明到了，忽「攢眉而去」。他對蓮社所持奉的佛教顯然聽到了一些梗概，卻也顯然不甚投機。其次就是慧遠的兩個居士弟子，與淵明號稱「潯陽三隱」的周續之和劉遺民。這三隱中只有淵明和遺民隱到底，遺民講禪，淵明不喜禪，二人相住雖不遠，集中只有兩首贈劉柴桑的詩，此外便沒有多少往來的痕跡。續之到宋朝應召講學，陪講的有祖企謝景夷，也都是淵明的故友，淵明做了一首詩送他們三位，警告他們「馬隊非講肆，校書亦已勤」，結尾勸他們「從我潁水濱」，可見他們與淵明也是「語默異勢」。最奇怪的是謝靈運。在詩史上陶、謝雖並稱，在當時謝的聲名遠比陶大。慧遠嫌謝「心亂」，不很理睬他，但他還是蓮社中要角。淵明和他似簡直不通聲氣，雖然靈運在江西住了不少的時候，二人相住很近。這其實也不足怪，靈運不但「心亂」而講禪，名位勢利的念頭很重，以晉室世家大臣改節仕宋，弄到後來受戮辱。總之，淵明和當時名士學者算是彼此「相遺」，在士大夫的圈子裡他很寂寞，連比較了解他的顏延之也是由晉入宋，始終在忙官。

和淵明往來最密，相契最深的倒是鄉鄰中一些田夫野老。他是一位富於敏感的人，在混亂時代做過幾年小官，便發誓終生不再幹，他當然也嘗夠了當時士大夫的虛偽和官場的惡濁，所以寧肯回到鄉間和這班比較天眞的人們「把酒話桑麻」。看「農務各自歸，閒暇輒相思。相思則披衣，言笑無厭時」幾句詩，就可以想見他們中間的眞情和樂趣。他們對淵明有時「壺漿遠見候」，淵明也有時以「只雞招近局」。從各方面看，淵明是一個富於熱情的人，甘淡泊則有之，甘寂寞則未必，在歸田後二十餘年中，他在田夫野老的交情中頗得到一些溫慰。

淵明的一生生活可算是「半耕半讀」。他說讀書的話很多：「少學琴書，偶愛閒靜，開卷有得，便欣然忘食」，「好讀書，不求甚解，每有會意，便欣然忘食」，「樂琴書以銷憂」，「委懷在琴書」等等，可見讀書是他的一個重要的消遣。他對於書有很深的信心，所以說「得知千載上，正賴古人書」。他讀的是一些什麼書呢？顏延之在誄文裡說他「心好異書」，不過從他的詩裡看，所謂「異書」主要的不過是《山海經》之類。他常提到的卻大半是儒家的典籍，例如：「少年罕人事，游好在六經」，「詩書敦宿好」，「言談無俗調，所說聖人篇」。在〈飲酒〉詩最後一首裡，他特別稱讚孔子刪詩書，嗟嘆狂秦焚詩書，漢儒傳六經，而終致慨「如何絕世下，六籍無一親」。從他這裡援引的字句或典故看，他摩挲最熟的是《詩經》、《楚辭》、《莊子》、《列子》、《史記》、《漢書》六部書；從偶爾談到隱逸神仙的話看，他讀過皇甫謐的《高士傳》和劉向的《列仙傳》那一類書。他很愛讀傳記，特別流連於他所景仰的人物，如伯夷、叔齊、荊軻、四皓、二疏、楊倫、邵平、袁安、榮啓期、張仲蔚等，所謂「歷覽千載書，時時見遺烈」者指此。

淵明讀書大抵採興趣主義，我們不能把他看成一個有系統的專門學者。他自己明明說「好讀書，不求甚解」，顏延之也說他「學非稱師」。趁此我們可略談他的思想。這是一個古今聚訟的問題。朱晦庵說「靖節見趣多是老子」，「旨出於老莊」。眞西山卻不以爲然，他說：「淵明之學正自經術中來。」最近陳寅恪先生在〈陶淵明之思想與清談之關係〉一文裡作結論說：

> 淵明之思想為承襲魏晉清淡演變之結果，及依據其家世信仰道教之自然說而創設之新自然說。唯其為主自然說者，故非名教說，並以自然與名教不相同。但其非名教之意儀限於不與當時政治勢力合作，而不似阮籍、劉伶輩之佯狂任誕。蓋主新自然說者不須如舊自然說之積極抵觸名教也。又新自然說不似舊自然說之養此有形之生命，或別學神仙，唯求融合精神於

運化之中，即與大自然為一體。因其如此，既無舊自然說形骸物質之滯累，自不致與周孔入世之名教說有所觸礙。故淵明之為人實外儒而內道，捨釋迦而宗天師者也。

這些話本來都極有見地，只是把淵明看成有意地建立或皈依一個系統井然、壁壘森嚴的哲學或宗教思想，像一個謹守繩墨的教徒，未免是「求甚解」，不如顏延之所說的「學非稱師」，他不僅曲解了淵明的思想，而且他也曲解了他的性格。淵明是一位絕頂聰明的人，卻不是一個拘守系統的思想家或宗教信徒。他讀各家的書，和各人物接觸，在於無形中受他們的影響，像蜂兒採花釀蜜，把所吸收來的不同的東西融會成他的整個心靈。在這整個心靈中我們可以發現儒家的成分，也可以發現道家的成分，不見得有所謂內外之分，尤其不見得淵明有意要做儒家或道家。假如說他有意要做某一家，我相信他的儒家的傾向比較大。

至於淵明是否受佛家的影響呢？寅恪先生說他絕對沒有，我頗懷疑。淵明聽到蓮社的議論，明明說過它「發人深省」，我們不敢說「深省」的究竟是什麼、「深省」卻大概是事實。寅恪先生引〈形影神〉詩中「甚念傷吾生，正宜委運去，縱浪大化中，不喜亦不懼，應盡便須盡，無復獨多慮」幾句話，證明淵明是天師教信徒。我覺得這幾句話確可表現淵明的思想，但是在一個佛教徒看，這幾句話未必不是大乘精義。此外淵明的詩裡不但提到「冥報」而且談到「空無」（「人生似幻化，終當歸空無」）。我並不敢因此就斷定淵明有意地援引佛說，我只是說明他的意識或下意識中可能有一點佛家學說的種子，而這一點種子，可能像是熔鑄成就他的心靈的許多金屬物中的寸金片鐵；在他的心靈煥發中，這一點小因素也可能偶爾流露出來。我們到下文還要說到，他的詩充滿著禪機。

二　他的情感生活

詩人與哲學家究竟不同，他固然不能沒有思想，但是他的思想未必是有方法系統的邏輯的推理，而是從生活中領悟出來，與感情打成一片，蘊藏在他的心靈的深處，到時機到來，忽然進發，如靈光一現，所以詩人的思想不能離開他的情感生活去研究。淵明詩中如「結廬在人境，而無車馬喧，問君何能爾，心遠地自偏」，「即事如已高，何必升華嵩」，「貧富常交戰，道勝無戚顏」，「形跡憑化往，靈府長獨閒」諸句都含有心爲物宰的至理；儒家所謂「浩然之氣」，佛家所謂「澄圓妙明清淨心」，要義不過如此；儒佛兩家費許多言語來闡明它，而淵明靈心迸發，一語道破，我們在這裡所領悟的不是一種學說，而是一種情趣，一種胸襟，一種具體的人格。再如「有風自南，翼彼新苗」，「平疇交遠風，良苗亦懷新」，「鳥哢歡新節，泠風送餘善」，「衆鳥欣有托，吾亦愛吾廬」，「採菊東籬下，悠然見南山，山氣日夕佳，飛鳥相與還」，諸句都含有冥忘物我，和氣周流的妙諦；儒家所謂「贊天地之化育，與天地參」，梵家謂「梵我一致」，斯賓諾莎的泛神觀，要義都不過如此；淵明很可能沒有受任何一家學說的影響，甚至不曾像一個思想家推證過這番道理，但是他的天資與涵養逐漸使這麼一種「魚躍鳶飛」的心境生長成熟，到後來觸物即發，純是一片天機。了解淵明第一需了解他的這種理智滲透情感所生的智慧，這種物我默契的天機。這智慧，這天機，讓染著近代思想氣息的學者們拿去當作「思想」分析，總不免是隔靴搔癢。

詩人的思想和感情不能分開，詩主要的是情感而不是思想的表現。因此，研究一個詩人的感情生活遠比分析他的思想還更重要。談到感情生活，正和他的思想一樣，淵明並不是一個很簡單的人。他和我們一般人一樣，有許多矛盾和衝突；和一切偉大詩人一樣，他終於達到調和靜穆。我們讀他的詩，都欣賞他的「沖澹」，不知道這「沖澹」是從幾許辛酸苦悶得來的，他的身世如我們在上文所述的，算是飽經憂患，並不像李公麟諸人所畫的葛巾道袍，坐在一棵松樹下，對著無弦琴那樣悠閒自得的情境。我們須記起他的極端的貧窮，窮到「夏日長抱飢，寒夜無被眠，造夕思雞鳴，及晨願烏遷」。他雖不怨天，卻坦白地說「離憂凄目前」；自己不必說，叫兒子們「幼而飢寒」，他尤覺「抱茲苦心，良獨內愧」。他逼得要自己種田，自道苦衷說：「田家豈不苦？弗獲辭此難！」他逼得去乞食，一杯之惠叫他圖「冥報」。窮還不算，他一生很少不在病中，他的詩集滿紙都是憂生之嗟。〈形影神〉那三首詩就是在思量生死問題；「一世異朝世，此語良不虛」，「未知從今去，當復如此不？」「求我盛年歡，一毫無復意」，「民生鮮長在，矧伊愁苦纏」，「從古皆有沒，念之中心焦」，以及許多其他類似的詩句都可以見出遲暮之感與生死之慮無日不在淵明心中盤旋。尤其是剛到中年，不但父母都死了，原配夫人也死了，不能不叫他「既傷逝者，行自念也」。這世間人有誰能給他安慰呢？他對於子弟，本來「既見其生實欲其可」，而事實上「雖有五男兒，總不愛紙筆」，使他嗟嘆「天運」。至於學士大夫中的朋友，我們前已說過，大半和他「語默殊勢」，令他起「息交絕遊」的念頭。連比較知己的像周續之、顏延之一班人也都轉到劉宋去忙官，他送行說「語默自殊勢，亦知當乖分」，「路若經商山，爲我稍躊躇」，這語音中有多少寂寞之感！

這裡也可以見出一般人所常提到的「恥事二姓」的問題雖不必過於著重，卻也不可一筆抹煞。他心裡痛恨劉裕篡晉，這是無疑的，不但〈述酒〉、〈擬古〉、〈詠荊軻〉諸詩可以證明，就是他對於伯夷、叔齊那些「遺烈」的景仰也絕不是無所爲而發。加以易姓前後幾十年中——淵明的大半生中——始而有王恭、孫恩之亂，繼而有桓玄、劉裕之哄，終而劉裕推翻晉室，兵戈擾攘，幾無寧日。淵明一個窮病書生，進不足以謀國，退不足以謀生，也很叫他憂憤。我們稍玩索「八表同昏，平路伊阻」、「終日馳車走，不見所問津」、「鑿舟無須臾，引我不得住」諸詩的意味，便可領略到淵明的苦悶。

淵明詩篇篇有酒，這是盡人皆知的，像許多有酒癖者一樣，他要借酒壓住心頭極端的苦悶，忘去世間種種不稱心的事。他嘗說「常恐大化盡，氣力不及衰，撥置且莫念，一觴聊可揮」，「泛此忘憂物，遠我遺世情」，「數斟已復醉，不覺知有我，安知物爲貴」，「天運苟如此，且進杯中物」，酒對於他彷彿是一種武器，他拿在手裡和命運挑戰，後來它變成一種沉痼，不但使他「多謬誤」，而且耽誤了他的事業，妨害他的病體。從〈榮木〉詩裡「志彼不舍（學業），安此日富（酒），我之懷矣，但爲內疚」那幾句話看，他有時頗自悔，所以曾有一度「止酒」。但是積習難除，到死還恨在世時「飲酒不得足」。淵明和許多有癖好的詩人們（例如：阮籍、李白、波斯的奧馬康顏之類）的這種態度，在近代人看來是「逃避」，我們不能拿近代人的觀念去責備古人，但是「逃避」確是事實。逃避者自有苦心，讓我們慶賀無須飲酒的人們的幸福，同時也同情於「君當恕醉人」那一個沉痛的呼聲。

世間許多醉酒的人們終止於劉伶的放誕，淵明由衝突達到調和，並不由於飲酒。彌補這世間缺陷的有他的極豐富的精神生活，尤其是他的極深廣的同情。我們一般人的通病是囿在一個極狹小的世界裡活著，狹小到時間上只有現在，在空間上只有切身利益相關係的人與物；如果現在這些切身利害關係的人與物對付不順意，我們就活活地被他們扼住頸項，動彈不得，除掉怨天尤人以外，別無解脫的路徑。淵明像一切其他大詩人一樣，有任何力量不能剝奪的自由，在這「樊籠」以外，發現一個「天高任鳥飛」的宇宙。第一是他打破了現在的界限而遊心於千載，發現許多可「尙友」的古人。〈詠貧士〉詩中有兩句話透露此中消息：「何以慰吾懷，賴古此多賢。」這就是說，他的清風亮節在當時雖無同調，過去有同調的人們正復不少，使他自慰「吾道不孤」。他好讀書，就是爲了這個緣故，他說：「歷覽千載書，時時見遺烈」，而這些「遺烈」可以使他感發興起。他的詩文不斷地提到他所景仰的古人，〈述酒〉與〈扇上畫贊〉把他們排起隊伍來，向他們馨香禱祝，更可以見出他的志向。這隊伍裡不外兩種人，一是固窮守節的隱士，如荷蓧丈人、長沮、桀溺、張長公、薛孟嘗、袁安之類，一是亡國大夫積極或消極地抵抗新朝、替故主復仇的，如伯夷、叔齊、荊軻、韓非、張良之類，這些人們和他自己在身世和心跡上多少相類似。

在這裡我們不妨趁便略談淵明帶有俠氣，存心爲晉報仇的看法。淵明俠氣則有之，存心報仇似未必，他不是一個行動家，原來爲貧而仕，未嘗有杜甫的「致君堯舜上，再使風俗醇」那種近於誇誕的願望，後來解組歸田，終身不仕，一半固由於不肯降志辱身，一半也由於他慣嘗了「樊籠」的滋味，要「返自然」，庶幾落得一個清閒。他厭惡劉宋是事實，不過他無力推翻已成之局，他也很明白。所以他一方面消極地不合作，一方面寄懷荊軻、張良等「遺烈」，所謂「刑天舞干戚」，雖無補於事，而「猛志固常在」。

淵明的心跡不過如此，我們不必妄爲捕風捉影之談。淵明打破了現在的界限，也打破了切身利害相關的小天地界限，他的世界中人與物以及人與我的分別都已化除，只是一團和氣，普運周流，人我物在一體同仁的狀態中各徜徉自得，如莊子所說的「魚相與忘於江湖」。他把自己的胸襟氣韻貫注於外物，使外物的生命更活躍，情趣更豐富；同時也吸收外物的生命與情趣來擴大自己的胸襟氣韻。這種物我的回響交流，有如佛家所說的「千燈相照」，互映增輝。所以無論是微雲孤鳥，時雨景風，或是南阜斜川，新苗秋菊，都到手成文，觸目成趣。淵明人品的高妙就在有這樣深廣的同情：他沒有由苦悶而落到頹唐放誕者，也正以此。中國詩人歌詠自然的風氣由陶、謝開始，後來王、孟、儲、韋諸家加以發揮光大，遂至幾無詩不狀物寫景。但是寫來寫去，自然詩終讓淵明獨步。許多自然詩人的毛病在只知雕繪聲色，裝點的作用多，表現的作用少，原因在缺乏物我的混化與情趣的流注。自然景物在淵明詩中向來不是一種點綴或陪襯，而是在情趣的戲劇中扮演極生動的角色，稍露面目，便見出作者的整個的人格。這分別的原因也在淵明有較深厚的人格的涵養，較豐富的精神生活。

淵明的心中有許多理想的境界。他所景仰的「遺烈」固然自成一境，任他「托契孤遊」；他所描寫的桃花源尤其是世外樂土。歐陽公嘗說晉無文章，只有陶淵明的〈歸去來辭〉。依我的愚見，〈桃花源記〉境界之高還在〈歸去來辭〉之上。淵明對於農業素具信心，〈勸農〉、〈懷古田舍〉、〈西田獲早稻〉諸詩已再三表明他的態度。〈桃花源記〉所寫的是一個理想的農業社會，無政府組織，甚至無詩書曆志，只「有良田美池桑竹之屬、阡陌交通，雞犬相聞。其中往來種作，男女衣著，悉如外人，黃髮垂髫，並怡然自樂」。這境界頗類似盧梭所稱羨的「自然狀況」。淵明身當亂世，眼見所謂典章制度徒足以擾民，而農業國家的命脈還是繫於耕作，人生眞正的樂趣也在桑麻閒話，樽酒消憂，所以寄懷於「桃花源」那樣一個淳樸的烏托邦。

淵明未見得瞧得起蓮社諸賢的「文字禪」，可是禪宗人物很少有比淵明更契於禪理的。淵明對於自然的默契，以及他的言語舉止，處處都流露著禪機。比起他來，許多談禪的人們都是神秀，而他卻是慧能。姑舉一例以見梗概。據《晉書·隱逸傳》：「他性不解音，而蓄素琴一張，弦徽不具。每朋酒之會，則托而和之，曰：『但識琴中趣，何勞弦上聲。』」這故事所指示的，並不是一般人所謂「風雅」，而是極高智慧的超脫。他的胸中自有無限，所以不拘泥於一切跡象，在琴如此，在其他事物還是如此。昔人謂「不著一字，盡得風流」爲詩的勝境，淵明不但在詩裡，而且在生活裡，處處表現出這個勝境，所以我認爲他達到最高的禪境。慧遠特別敬重他，不是沒有緣由的。

總之，淵明在情感生活上經過極端的苦悶，達到極端的和諧肅穆。他的智慧與他的情感融成一片，釀成他的極豐富的精神生活。他的爲人和他的詩一樣，都很淳樸，卻都不很簡單，是一個大交響曲而不是一管一弦的清妙的聲響。

三　他的人格與風格

淵明是怎樣一個人，上文已略見梗概。有一個普遍的誤解我們須打消，自鍾嶸推淵明爲「隱逸詩人之宗」，一般人都著重淵明的隱逸一方面；自顏眞卿作詩表白淵明眷戀晉室的心跡以後，一般人又看重淵明的忠貞一方面。淵明是隱士，卻不是一般人所想像的孤高自賞，不食人間煙火氣，像《紅樓夢》裡妙玉性格的那種隱士；淵明是忠臣，卻也不是他自己所景仰的荊軻、張良那種忠臣。在隱與俠以外，淵明還有極實際極平常的一方面。這是一般人所忽視而本文所特別要表明的。隱與俠有時走極端，「不近人情」；淵明的特色是在處處都最近人情，胸襟儘管高超而卻不唱高調。他仍保持著一個平常人的家常便飯的風格。法國小說家福樓拜認爲人生理想在「和尋常市民一樣過生活。和半神人一樣用心思」，淵明算是達到了這個理想。他的高妙處我們不可仰攀，他的平常處我們卻特別覺得親切。他儘管是隱士，儘管有俠氣，在大體上還是「我輩中人」。他很看重衣食以及經營衣食的勞作，不肯像一般隱者做了社會的消耗者，還在唱「不事家人生產」的高調。他一則說：「衣食終須紀，力耕不吾欺。」再則說：「人生歸有道，衣食固其端；孰是都不營，而以求自安？」本著這個主張，他從幼到老，都以種田爲恆業。他實實在在自己動手，不像一般隱士只是打「躬耕」的招牌。種田不能過活，他不惜出去做小官，他坦白地自供做官是「爲飢所驅」，「傾身營一飽」，也不像一般求官者有治國平天下的大抱負，種田做官都不能過活，他索性便求鄰乞食，以爲施既是美德，受也就不是醜事。在〈有會而作〉那首詩裡，他引〈檀弓〉裡餓者不食嗟來之食以至於餓死的故事，深覺其不當，他說：「常善粥者心，深恨蒙袂非；嗟來何足吝？徒沒空自遺。」在這些地方我們覺得淵明非常率眞，也非常近人情。他並非不重視廉潔與操守，可是不像一般隱者矯情立異、沾沾自喜那樣講廉潔與操守。他只求行吾心之所安，適可而止，不過激，也不聲張。他很有儒家的精神。

不過淵明最能使我們平常人契合的還是在他對人的熱情。他對於平生故舊，我們在上文已經說過，每因「語默殊勢」而有不同調之感，可是他覺得「故者無失其爲故」，贈詩送行，仍依依不捨，殷殷屬望，一片忠厚篤實之情溢於言表，兩〈答龐參軍〉、〈示周祖謝〉、〈與晉殷安別〉、〈贈羊長史〉諸詩最足見出他於朋友的厚道。在家人父子兄弟中，他尤其顯得是一個富於熱情的人。他的父親早棄世，他在〈命子〉詩中有「瞻望弗及」之嘆。他的母親年老，據顏延之的誄文，他的出仕原爲養母（「母老子幼，就養勤匱，遠惟田生致親之義，追悟毛子棒檄之懷」）。他出去沒有多久，就回家省親，從〈阻風於規林〉那兩首詩看，他對於老母時常眷念，離家後致嘆於「久遊念所生」，回家時「計日望舊居」，到家後「一欣侍溫顏」，語言雖簡，情致卻極深摯。弟敬遠和程氏妹都是異母生的，程氏妹死了，淵明棄官到武昌替她料理後事，在祭妹與祭弟文中，他追念早年共甘苦患難的情況，焦慮遺孤們將來的著落，句句話都從肺腑中來，淵明天性之厚從這兩篇祭文、〈自祭文〉以及〈與子儼等疏〉最足以見出，這幾篇都是絕妙文字，可惜它們的名聲爲詩所掩。

淵明在詩中表現最多的是對於子女的慈愛。「大歡惟稚子」，「弱女雖非男，慰情聊勝無」，「稚子戲我側，學語未成音，此事眞復樂，聊用忘華簪」，隨便拈幾個例子，就可以令人想像到淵明怎樣了解而且享受家庭子女團聚的樂趣。如果對於兒童沒有深厚的同情，或是自己沒有保持住兒童的天眞，都絕說不出這樣簡單而深刻的話。淵明的長子初生時，他自述心事說：「厲夜生子，遽而求火，凡百有心，奚特於我？既見其生，實欲其可。」可見其屬望之殷。他做了官，特別遣一個工人給兒子，寫信告訴他說：「汝旦夕之費，自給爲難，今遣此力，助汝薪水之勞。此亦人子也，可善遇之。」寥寥數語，既可以見出做父母的仔細，尤可見出人道主義者的深廣的同情，「此亦人子也，可善遇之」，這是何等心腸！它與「落地成兄弟，何必骨肉親」那兩句詩都可以擺在釋迦或耶穌的口裡。談到他的兒子，他們似不能副他的期望，他半詼諧半傷心地說：「天運苟如此，且進杯中物！」他臨死時還向他們叮嚀囑咐：「汝輩稚小家貧，每役柴水之勞，何時可免，念之在心，苦何可言！然汝等雖不同生，當思四海皆兄弟之義。」最後以兄弟同居同財的故事勸勉他們。杜甫爲著淵明這樣篤愛兒子，在〈遣興〉詩裡譏誚他說：「陶潛避俗翁，未必能達道。……有子賢與愚，何其掛懷抱？」其實工部開口便錯，淵明所以異於一般隱士的正在不「避俗」，因爲他不必避俗，所以眞正地「達道」。所謂「不避俗」是說「不矯情」，本著人類所應有的至性深情去應世接物。淵明的偉大處就在他有至性深情，而且不怕坦白地把它表現出來。趁便我們也可略談一般人所聚訟的〈閒情賦〉。昭明太子認爲這篇是「白璧微瑕」，在這篇賦裡淵明對於男女眷戀的情緒確是體會得細膩之極，給他的沖淡樸素的風格渲染了一點異樣的鮮豔的色彩；但是也正在這一點上我們可以看出淵明是一個有血肉的人，富於人所應有的人情。

總之，淵明不是一個簡單的人，這就是說，他的精神生活很豐富。他的〈時運〉詩序中最後一句話是「欣慨交心」，這句話可以總結他的精神生活。他有感慨，也有欣喜；唯其有感慨，那種欣喜是由衝突調和而澈悟人生世相的欣喜，不只是淺薄的嬉笑；唯其有欣喜，那種感慨有適當的調劑，不只是奮激佯狂，或是神經質的感傷。他對於人生悲喜劇兩方面都能領悟。他的性格大體上很沖和平淡，但是也有它的剛毅果敢的一方面，從不肯束帶見督郵，聽蓮社的議論攢眉而去，卻退檀道濟的禮物諸事可以想見。他的隱與俠都與這方面性格有關。他有時很放浪不拘形跡，做彭澤令「公田悉令吏種秫稻（釀酒用的穀）」；王宏叫匠人替他做鞋，請他量一量腳的大小，「他便於坐伸腳令度」；醉了酒，便語客：「我醉欲眠卿可去。」在這些地方他頗有劉伶、阮籍的氣派。但是他不恥事家人生產，據《宋書·隱逸傳》「他弱年薄宦，不潔去就之跡」，可能在桓玄下面做過官；他孝父母，愛弟妹，愛鄰里朋友尤其酷愛子女；他的大願望是「親戚共一處，子孫還相保」。他的高超的胸襟並不損於他的深廣的同情，他的隱與俠也無害於他的平常人的面貌。

因爲淵明近於人情，而且富於熱情，我相信他的得力所在，儒多於道。陳寅恪先生把魏晉人物分名教與自然兩派，以爲淵明「既不盡同嵇康之自然，更有異何曾之名教，且不主名教自然相同之說如山（濤）王（戎）輩之所爲。蓋其己身之創解乃一種『新自然說』」，「新自然說之要旨在委運任化」，並且引「立善常所欣，誰當爲汝譽」兩句詩證明淵明「非名教」。他的要旨在淵明是道非儒。我覺得這番話不但過於系統化，而且把淵明的人格看得太單純，不免歪曲事實。淵明尙自然，宗老莊，這是事實；但是他也並不非名教，薄周孔，他一再引「先師遺訓」（他的「先師」是孔子，不是老莊，更不是張道陵），自稱「游好在六經」，自勉「養眞衡門下，庶以善自名」，遺囑要兒子孝友，深致慨於「如何絕世下。六籍無一親」。——這些都是鐵一般的事實，卻不是證明淵明「非名教」的事實。

我們解釋了淵明的人格，就已經解釋了他的詩，所以關於詩本身的話不必多說，他的詩正和他的人格一致，也不很單純，我們姑擇一點來說，就是它的風格。一般人公認淵明的詩平淡。陳後山嫌它「不文」，頗爲說詩者所驚怪。其實杜工部早就有這樣看法，他讚美「陶謝不枝梧」，卻又說，「觀其著詩篇，頗亦恨枯槁」。大約歡喜雕繪聲色鍛鍊字句者，在陶詩中找不著雕繪鍛鍊的痕跡，總不免如黃山谷所說的「血氣方剛時，讀此如嚼枯木」。閱歷較深，對陶詩咀嚼較勤的人們會覺得陶詩不但不枯，而且不盡平淡。蘇東坡說它「質而實綺，癯而實腴」，劉後村說它「外枯而中膏，似淡而實美」，姜白石說它「散而莊，淡而腴」，釋惠洪引東坡說，它「初視若散緩，熟視有奇趣」，都是對陶詩作深一層的看法。總合各家的評語來說，陶詩的特點在平、淡、枯、質，又在奇、美、腴、綺。這兩組恰恰相反的性質如何能調和在一起呢？把他們調和在一起，正是陶詩的奇蹟；正如他在性格方面把許多不同的性質調和在一起，是同樣的奇蹟。

把詩文風格分爲平與奇、枯與腴、質與綺兩種，其實根於一種錯誤的理論，彷彿說這兩種之中有一個中和點（如磁鐵的正負兩極之中有一個不正不負的部分），沒有到這一點就是平、枯、質；超過了這一點便是奇、腴、綺。詩文實在不能有這種分別，它有一種情感思想，表現於恰到好處的意象語言，這恰到好處便是「中」，有過或不及便是毛病。平、枯、質固是「不文」，奇、腴、綺也還是失當，蓬首垢面與塗脂敷粉同樣不能達到眞正的美。大約詩文作者內外不能一致時，總想藉脂粉掩飾，古今無須藉脂粉掩飾者實在寥寥。這掩飾有時做過火，可以引起極強烈的反感，於是補偏救弊者不免走到蓬首垢面的另一極端，所以在事實上平、枯、質與奇、腴、綺這種的分別確是存在，而所指的卻都是偏弊，不能算是詩文的勝境。陶詩的特色正在不平不奇、不枯不腴、不質不綺，因爲它恰到好處，適得其中；也正因爲這個緣故，它一眼看去，卻是亦平亦奇、亦枯亦腴、亦質亦綺，這是藝術的最高境界，可以說是「化境」，淵明所以達到這個境界，因爲像他做人一樣，有最深厚的修養，又有最率眞的表現。「眞」字是淵明的唯一恰當的評語。「眞」自然也還有等差，一個有智慧的人的「眞」和一個頭腦單純的人的「眞」並不可同日而語，這就是Spontaneous與naive的分別。淵明的思想和情感都是蒸餾過、洗練過的。所以在做人方面和在作詩方面，都做到簡練高妙四個字。工部說他「不枝梧」，這三個字卻下得極有分寸，意思正是說他簡練高妙。

淵明在中國詩人中的地位是很崇高的。可以和他比擬的，前只有屈原，後只有杜甫。屈原比他更沉鬱，杜甫比他更闊大多變化，但是都沒有他那麼醇，那麼練。屈原低徊往復，想安頓而終沒有得到安頓，他的情緒、想像與風格都帶著浪漫藝術的崎嶇突兀的氣象；淵明則如秋潭月影，澈底澄瑩，具有古典藝術的和諧靜穆。杜甫還不免有意雕繪聲色，鍛鍊字句，時有斧鑿痕跡，甚至有笨拙到不很妥帖的句子；淵明則全是自然本色，天衣無縫，到藝術極境而使人忘其爲藝術。後來詩人蘇東坡最愛陶，在性情與風趣上兩人確有許多類似，但是蘇愛逞巧智，缺乏洗練，在陶公面前終是小巫見大巫。

附錄

給一位寫新詩的青年朋友

朋友，你的詩和信都已拜讀。你要我「改正」並且「批評」，使我很慚愧。在這二十年中我雖然差不多天天都在讀詩，自己卻始終沒有提筆寫一首詩，作詩的辛苦我只從旁人的作品中間接地知道，所以我沒有多少資格說話。談到「改正」我根本不相信詩可以經旁人改正，只有詩人自己知道他所寫的與所感所想的是否恰相吻合，旁人的生活經驗不同，觀感不同，縱然有膽量「改正」，所改正的也另是一回事，與原作無扵。至於「批評」，我相信每個詩人應該是他自己的嚴厲的批評者。拉丁詩人賀拉斯勸人在作品寫成之後把它擺過幾月或幾年不發表，我覺得那是一個很好的忠告。詩剛做成，興頭很熱烈，自己總覺得它是一篇傑作，如果你有長進的可能，經過一些時候冷靜下來，再拿它仔細看看，你就會看出自己的毛病，你自己就會修改它。許多詩人不能有長進，就因爲缺乏這點自我批評的精神。你不認識我，而肯寄詩給我看，詢取我的意見，這種謙虛我不能不有所報答，我所說的話有時不免是在熱興頭上潑冷水，然而我不遲疑，我相信誠懇的話是一個眞正詩人所能接受的，就是有時不甚入耳，也是他所能原宥的。你要我回答，你所希望於我的當然不只是一套恭維話。

我講授過多年的詩，當過短期的文藝刊物的編輯，所以常有機會讀到青年朋友們的作品。這些作品中分量最多的是新詩，一般青年作家似乎特別喜歡做新詩。原因大概不外兩種：第一，有些人以為新詩容易做，既無格律拘束，又無長短限制，一陣心血來潮，讓情感「自然流露」，就可以湊成一首。其次，也有一些人是受風氣的影響，以為詩在文學中有長久的崇高的地位，從事於文學總得要作詩，而且徐志摩、冰心、老舍許多人都在做新詩。詩是否容易做，我沒有親切的經驗，不過據我研究中外大詩人的作品所得的印象來說，詩是最精妙的觀感表現於最精妙的語言，這兩種精妙都絕對不容易得來的，就是大詩人也往往需費畢生的辛苦來摸索。作詩者多，識詩者少。心中存著一分「詩容易做」的幻想，對於詩就根本無緣，做來做去，只終身做門外漢。再其次，學文學是否必須作詩，在我看，也是一個問題。我相信文學到了最高境界都必定是詩，而且相信生命如果未至末日，詩也就不會至末日。不過我也相信每一時代的文學有每一時代的較為正常的表現方式。比如說，荷馬生在今日也許不寫史詩，陀思妥耶夫斯基生在古代也許不寫小說。在我們的時代，文學的最正常的表現的方式似乎是散文、小說而不是詩。這也並不是我個人的意見，西方批評家也有這樣想的。許多青年白費許多可貴的精力去做新詩，幼稚的情感發洩完了，才華也就盡了。在我個人看，這種浪費實在很可惜。他們如果腳踏實地練習散文、小說，成就也許會好些。這話自然不是勸一切人都莫作詩，詩還是要有人做，只是作詩的人應該眞正感覺到自己所感所想的非詩的方式絕不能表現。如果用詩的方式表現的用散文也還可以表現，甚至於可以表現得更好，那麼，詩就失去它的「生存理由」了。我讀過許多新詩，我很深切地感覺到大部分新詩根本沒有「生存理由」。

詩的「生存理由」是文藝上內容和形式的不可分性。每一首詩，猶如任何一件藝術品，都是一個有血有肉的靈魂，血肉需要靈魂才現出它的活躍，靈魂也需要血肉才具體可捉摸。假如拿形式比血肉而內容比靈魂，叫做「詩」的那種血肉是否有一種特殊的靈魂呢？這問題不像它現在表面的那麼容易。就粗略的跡象說，許多形式相同的詩而內容則千差萬別。多少詩人用過五古、七律或商籟？可是同一體裁所表現的內容不但甲詩人與乙詩人不同，即同一詩人的作品也每首自具一個性。就內在的聲音節奏說，外形儘管同是七律或商籟，而每首七律或商籟讀起來的聲調，卻隨語言的情味意義而有種種變化，形成它的特殊的音樂性。這兩個貌似相反的事實告訴我們的不是內容與形式無關，而是一般人把七律、商籟那些空殼看成詩的形式是一種根本的錯誤。每一首詩有每一首詩的特殊形式，而這特殊形式，是叫做七律、商籟那些模型得著當前的情趣貫注而具生命的那種聲音節奏；正猶如每個人有每個人的特殊面貌，而這特殊面貌是叫做口鼻耳目那些共同模型得到本人的性格點化而具個性的那種神情風采。一首詩有凡詩的共同性，有它所特有的個性，共同性爲七律、商籟之類模型，個性爲特殊情趣所表現的聲音節奏。這兩個成分合起來才是一首詩的形式，很顯然的兩成分之中最重要的不是共同性而是個性。

七律、商籟之類軀殼雖不能算是某一詩的眞正形式，而許多詩是用這些模型鑄就的卻是事實。這些模型是每個民族經過悠久歷史所造成的，每個民族都出諸本能地或出諸理智地感覺到叫做「詩」的那一種文學需要經過這些模型鑄就。這根深蒂固的傳統有沒有它的理由呢？這問題實在就是：散文之外何以要有詩？依我想，理由還是在內容與形式的不可分性。七律、商籟之類模型的功用在節奏的規律化，或則說，語言的音樂化。情感的最直接的表現是聲音節奏，而文字意義反在其次。文字意義所不能表現的情調常可以用聲音節奏表現出來。詩和散文如果有分別，那分別就基於這個事實。散文敘述事理，大體上借助於文字意義已經很夠；它自然也有它的聲音節奏，但是無須規律化或音樂化，散文到現出規律化或音樂化時，它的情趣的成分就逐漸超出理智的成分，這就是說，它逐漸侵入詩的領域。詩詠嘆情趣，大體上單靠文字意義不夠，必須從聲音節奏上表現出來。詩要盡量地利用音樂性來補文字意義的不足，七律、商籟之類模型是發揮文字音樂性的一種工具。這話怎樣講呢？拿詩和散文來比，我們就會見出這個道理。散文沒有固定模型做基礎，音節變來變去還只是「散」；詩有固定模型做基礎，從整齊中求變化，從束縛中求自由，變化的方式於是層出不窮。這話乍聽起來似牽強，但是細心比較過詩和散文的音樂性者都會明白這道理是眞確的，詩的音樂性實在比散文的豐富繁複，正猶如樂音比自然中的雜音較豐富繁複是一個道理。樂音的固定模型非常簡單——八個音階，但這八個音階高低起伏與縱橫錯綜所生的變化是多麼繁複？詩人利用七律、商籟之類模型來傳出情趣所有的聲音節奏，正猶如一個音樂家利用八音階來譜成交響曲。

新詩比舊詩難作，原因就在舊詩有「七律」、「五古」、「浪淘沙」之類固定模型可利用，一首不甚高明的舊詩縱然沒有它所應有的個性，卻仍有凡詩的共同性，仍有一個音樂的架子，讀起來還是很順口；新詩的固定模型還未成立，而一般新詩作者在技巧上缺乏訓練，又不能使每一首詩現出很顯著的音節上的個性，結果是散漫蕪雜，毫無形式可言。把形式作模型加個性來解釋，形式可以說就是詩的靈魂，做一首詩實在就是賦予一個形式與情趣，「沒有形式的詩」實在是一個自相矛盾的名詞。許多新詩人的失敗都在不能創造形式，換句話說，不能把握住他所想表現的情趣所應有的聲音節奏，這就不啻說他不能作詩。

你的詩不算成功——恕我直率——如同一般新詩人的失敗一樣，你沒有創出形式，我們讀者無法在文字意義以外尋出一點更值得玩味的東西。你自以爲是在作詩，實在還是在寫散文，而且寫不很好的散文，你把它分行寫，假如像散文一樣一直寫到底，你會覺得有很大的損失麼？我歡喜讀英文詩，我鑑別英文詩的好壞有一個很奇怪的標準。一首詩到了手，我不求甚解，先把它朗誦一遍，看它讀起來是否有一種與衆不同的聲音節奏。如果音節很堅實飽滿，我斷定它後面一定有點有價值的東西；如果音節空洞零亂，我斷定作者胸中原來也就很空洞零亂。我應用這個標準，失敗時候還不很多。讀你的詩，我也不知不覺在應用這個標準，老實說，讀來讀去，我就找不出一種音節來，因此，我就很懷疑你的詩後面根本投有什麼值得說的話。從文字意義上分析了一番，果不其然！你對明月思念你的舊友，對秋風葉落感懷你的身世，你裝上一些貌似漂亮而實俗惡不堪的詞句，再「啊」地「呀」地幾聲，加上幾個大驚嘆號，點了一行半行的連點，筆停了，你欣喜你做成了一首新詩。朋友，恕我坦白地告訴你，這是精力的浪費！

我知道，你有你的師承。你看過「五四」時代作風的一些新詩，也許還讀過一些歐洲浪漫時代的詩。「五四」時代作家和他們的門徒勇於改革和嘗試的精神固然值得敬佩，但是事實是事實，他們想學西方詩，而對於西方詩根本沒有深廣的了解；他們想推翻舊傳統，而舊傳統桎梏他們還很堅強。他們是用白話寫舊詩，用新瓶裝舊酒。他們處在過渡時代，一切都在草創，我們也無用苛求，不過我們要明白那種詩沒有多大前途，學它很容易誤事。他們的致命傷是沒有在情趣上開闢新境，沒有學到一種嶄新的觀察人生世相的方法，只在搬弄一些平凡的情感、空洞的議論、雖是白話而仍很陳腐的詞藻。目前報章雜誌上所發表的新詩，除極少數例外，仍然是沿襲「五四」時代的傳統，雖然在表面上題材和社會意識有些更換。詩不是一種修辭或雄辯，許多新詩人卻只在修辭或雄辯上做功夫，出發點就已經錯誤。

「五四」時代和現在許多青年詩人所受到的西方詩影響，大半偏於浪漫派如拜倫、雪萊之流。他們的詩本未可厚非，他們最容易被青年人看成模範，可是也最不宜於做青年人的模範。原因很簡單，浪漫派的唯我主義與感傷主義的氣息太濃，學他們的人很容易作繭自窒，過於信任「自然流露」，任幼稚的平凡的情感無節制地無洗練地和盤托出；拿舊詩來比，很容易墮入風花雪月憐我憐卿的魔道。詩和其他藝術一樣，必有創造性與探險性，老是在踏得稀爛的路軌上盤旋，絕無多大出息。我對於寫實主義並不很同情，但是我以為寫實的訓練對於青年詩人頗有裨益，它可以幫助他們跳開小我的圈套，放開眼界，去體驗不同的人物在不同的情境中所有的不同的生活情調。這種功夫可以銳化他們的敏感，擴大他們的「想像的同情」，開發他們的精神上的資源。總而言之，青年詩人最好少做些「洩氣」式的抒情詩，多做一些帶有戲劇性的敘述詩和描寫性格詩。他們最好少學些拜倫和雪萊，多學些莎士比亞和現代歐美詩。

提到「學」字，我可以順便回答你所提出的一個問題：作詩是否要多讀書？「學」的範圍甚廣，我們可以從人情世故物理中學，可以從自己寫作的辛苦中學，也可以從書本中學，讀書只是學的一個節目，一個不可少的而卻也不是最重要的節目。許多新詩人的毛病在不求玩味生活經驗，不肯耐辛苦去自己摸索路徑，而只在看報章雜誌上一些新詩，揣摩他們，模仿它們。我有一位相當有名的做新詩的朋友，一生都在模仿當代新詩人，早年學徐志摩，後來學臧克家，學林庚，學卞之琳，現在又學宣傳詩人喊口號。學來學去，始終沒有學到一個自己的本色行當。我很同情他的努力，卻也很惋惜他的精力浪費。「學」的問題確是新詩的一個難問題，我們目前值得學的新詩範作實在是太少。大家像瞎子牽瞎子，牽不到一個出路。凡事沒有不學而能的，藝術尤其如此。「學」什麼呢？每個青年詩人似乎都在這問題上彷徨。伸在眼前的顯然只有三條路：第一條，是西方詩的路。據我看，這條路可能性最大。它可以教會我們一種新鮮的感觸人情物態的方法，可以指出我們變化多端的技巧，可以教會我們盡量發揮語言的潛能。不過詩不能翻譯，要了解西方詩，至少須精通一種西方語言。據我所知道的，精通一國語言而到眞正能欣賞它的詩的程度，很需要若干年月的耐苦。許多青年詩人或是沒有這種機會，或是沒有這種堅強的意志。第二條，是中國舊詩的路。有些人根本反對讀舊詩，或是以爲舊詩不值得讀，或是以爲舊詩變成一種桎梏，阻礙自由創造。我的看法卻不如此。我以爲中國文學只有詩還可以同西方抗衡，它的範圍固然比較窄狹，它的精練雋永卻往往非西方詩所可及。至於舊詩能成桎梏的話，這要看學者是否善學，善學則到處可以討經驗，不善學則任何模範都可以成桎梏。每國詩過些年代都常經過革命運動，每種新興作風對於舊有作風都必定是反抗，可是每國詩也都有一個一線相承、綿延不斷的傳統，而這傳統對於反抗它的人們的影響反而特別大。我想中國詩也不是例外。很可能幾千年積累下來的寶藏還值得新詩人去發掘。第三條，是流行民間文學的路。文學本起自民間，由民間傳到文人而發揮光大，而形式化、僵硬化，到了僵硬化的時代。文人的文學如果想復甦，也必定從新興的民間文學吸取生氣。西方文學演變的痕跡如此，中國文學演變的痕跡也是如此。目前研究民間文學的提倡很值得注意和同情。不過學民間文學與學西詩舊詩同樣地需要聰慧的眼光與靈活的手腕，呆板的模仿是誤事的。同時我們也不要忘記民間文學有它的特長，也有它的限制。像一般人所模仿的鼓書戲詞已不能算是眞正的民間文學，它是到了形式化和僵硬化的階段了，在內容和形式上實多無甚可取，還有一部分人愛好它，並不是當作文學去愛好它，而是當作音樂去愛好它，拿它來作宣傳工具，固無不可；如果說拿它來改善新詩，我很懷疑它會有大成就。大家在談「民族形式」，在主張「舊瓶裝新酒」，思想都似有幾分糊塗。中國詩現在還沒有形成一個新的「民族形式」，「民族形式」的產生必在偉大的「民族詩」之後，我們現在用不著談「民族形式」，且努力去創造「民族詩」。未有詩而先有形式，就如未有血肉要先有容貌，那是不可想像的。至於「舊瓶新酒」的比喻實在有些不倫不類。詩的內容與形式的關係並不是酒與瓶的關係。酒與瓶可分立；而詩的內容與形式並不能分立。酒與瓶的關係是機械的，是瓶都可以裝酒；詩的內容與形式的關係是化學的，非此形式不能表現此內容。如果我們有新內容，就必須創造新形式。這形式也許有時可從舊形式脫化，但絕對不能是呆板的模仿。應用「舊瓶」是朝抵抗力最低的路徑走，是偷懶取巧。

最後，新詩人常歡喜抽象地談原則，揣摩風氣地依傍門戶，結果往往於主義和門戶之外一無所有。詩不是一種空洞的主義，也不是一種敲門磚。每個新詩人應極力避免這些塵俗的引誘，保存一種自由獨立的精神，死心塌地地做自己的功夫，摸索自己的路徑，開闢自己的江山。大吹大擂對於詩人是喪鐘，而門戶與主義所做的勾當卻只是大吹大擂。

朋友，這番話，我已經聲明過，難免是在熱興頭上潑冷水。我希望你打過冷顫之後，可以抖擻精神，重新做一番有價值的事業！

詩的實質與形式（對話）

對話者：

秦希——擁護形式者。

魯亮生——擁護實質者。

褚廣建——主張實質形式一致者。

孟時——一個無成見的人，但遇事喜歡「打個呵欠問到底」。

秦：提起中國新詩，眞叫人失望。舊有的形式，我們放棄了；至於新的形式哩，新的就根本沒有固定的形式。我們嘗試了二十年，到如今還沒有摸上一條正路。作詩總得要像詩，你看現在的新詩不但不能歌唱，連念起來也都不順口。

魯：你以爲詩的好壞完全可以在形式上看得出麼？

秦：雖不說「完全」，它大致是可以在形式上看得出的。我想多數人都和我同意，現在中國新詩失敗，就因爲它沒有形式。

褚：我就不敢同意，新詩的形式固然很亂，它的實質也不見得有怎樣好。許多新詩人所表現的情趣根本還是舊詩詞的那些濫調，不過表面上扮一個新樣子。他們自認原來裹成了小腳，後來才放的；其實他們的腳還是殘損的，不過他們塞棉花穿上高跟鞋，混在「摩登」隊裡就自以為「摩登」了。

孟：老兄這話也未免過火一點，平心而論，有幾位新詩人所表現的確實是新的意境，新的情趣。

褚：我明白你的意思，你是說現在中國也有人在寫「象徵派」式的詩，在模仿英國的艾略特或是法國的什麼人。老實說，我根本就不相信詩可以模仿，尤其不相信一個十足地道的中國人，能夠和艾略特或是法國的什麼詩人真正有同樣的情趣和感覺：因為遺傳、環境、教育種種因素就根本不同。中國人學外國人作詩，至多也不過像中國女子穿西裝，擺擺「洋氣」罷了。

魯：我對於褚先生的話有一點很表同情，就是作詩還是要有實質，要有內容。這話在唱「為藝術而藝術」和「為詩而詩」的高調者聽起來，也許有些刺耳朵。

秦：魯先生，我雖然不是你所罵的唱高調者，卻很情願接受你的挑戰。藝術美是一種形式美，我以為這是無可置疑的。詩人所寫的情感和思想都是一般人所能經驗或了解的，所不同者，一般人不能把他們所感到或想到的表現於藝術的形式，詩人卻有這副本領。我們讀大詩人的作品，常覺到：「這恰是我心裡所要說的話，我說不出而他說出來了。」有時我們覺到他們的內容很平凡，只是他們的形式真正美妙。比如每個人都偶爾覺得人生沒有意味，莎士比亞《哈姆雷特》和《麥克白》的獨語裡也常表現「人生沒有意味」這個平凡的感想，可是他的詞藻多麼豐富，音調多麼鏗鏘，神韻和氣魄多麼動人！從此可知詩之所以為詩，不在所說的話實質如何，而在這話說出來的方式如何。實質好比生銅生鐵，作詩好比拿生銅生鐵來熔鑄錘鍊成爲鐘鼎。鐘鼎的模樣就是所謂「形式」。實質是天生自在的，形式是創造出來的，是實質原來所沒有的。實質是自然，形式是藝術。說詩重形式其實就是說藝術重創造，就是說藝術不是生糙的自然。如果你是詩人，日常情境就可以寫成好詩；如果你不是詩人，找大題目來撐門面，你儘管把天堂搬下來，仍然是空虛俗濫。近代還有些詩人故意找醜陋的材料作詩，詩也做得很好。

孟：秦先生這番話提醒我的一個感想。近來我很愛讀六朝人的作品，我讀得並不多，只是《六朝文絜》和《文選》裡面所選的一部分。我的第一個印象好像走到一個春天的花園裡，眼前全是一片花花綠綠錦繡燦爛的世界，眞是好看，心裡也眞覺得舒服，但是一到我設法抓住它的後面的實質時，它就渺無蹤影地從手指縫裡溜去了。它好像一片在空中浮蕩的極濃郁的雲彩花卉和枝葉，沒有著土的根。「言之無物」，看之又似有物。在這種作品裡，我覺得秦先生重形式的話似乎很對，不知道魯先生的意見以爲如何？

魯：我根本不歡喜六朝人的作品。我覺得詩人和文匠有很大的分別。要做好詩須先是一個詩人。詩是情感和思想的自然流露。第一流詩人比一般人都較富於情感和想像力，積於中者深厚然後形於外者雄偉，往往不假雕琢，自成機杼。所以學詩須先從培養性情學問下手，作詩也要擇大題目，要「言之有物」，要抓住人類的普遍的永恆的情趣。實質空洞而專講形式者是文匠而不是詩人。「爲文藝而文藝」是文藝頹廢時代的窄狹主張，充類至盡，它必然使藝術囚在象牙之塔裡，和人生社會斷絕關係。這種藝術沒有不浮靡膚淺的。說詩重實質，其實就是說藝術不能離開人生。我不滿意像六朝的那樣花花公子似的文學，就因為它言之無物，和人生隔離太遠。

秦：依你這樣說，文學的價值不就全在實質麼？你大概以為只有像韓愈的〈原道〉和賈誼的〈治安策〉之類的作品才算是文學。你不覺得詩人和思想家究竟有個分別麼？

魯：我們現在只說詩。詩是表現情感和思想的，情感有深淺，思想有巨細，詩的價值高低即應以這種深淺巨細為標準。你剛才提起莎士比亞，我且問你一句話：拿他的一首十四行詩來比他的《哈姆雷特》或《李爾王》，你以為它們都應該等量齊觀麼？題材的大小和篇幅的長短不能影響到詩的價值麼？

秦：如果兩種作品在形式上都達到最完美的境界，他們就無可比較，它們的價值是絕對的。莎士比亞的一首十四行詩做到抒情詩所能做到的極境，他的《李爾王》也做到悲劇所能做到的極境，我們就不能說此勝於彼。我們只能說，它們所表現的是兩種不同的境界，正猶如《李爾王》和《麥克白》所表現的是兩種不同的境界，好比太羹玄酒，濃淡不同；玉環飛燕，肥瘦各異，但各有勝境，我們正無庸強分優劣。

魯：在我看，你這種絕對價值論是走不通的。我另舉一例來說。比如歌德的《浮士德》一部詩劇費過作者的畢生的精力，不但把作者整個的人格、思想、學問、經驗等都表現出來，而且把文藝復興以後歐洲人的熱情和徘徊不安的狀況，以至於近代整個的時代精神和人生理想都包括無遺。同時，歌德晚年也寫一首短詩，叫做〈流浪者的夜歌〉，以寥寥數語表現他由浪漫式的狂飆突進，皈依到古典式的靜穆和諧那一種心情，就形式說，這兩個作品都各造極境。但是我們絕不能因為它們的形式都完美，便斷定它們在價值上沒有等差。《浮士德》無疑地比〈流浪者的夜歌〉較偉大，因爲它的實質比較深廣。這是大家公認的事實，不是空洞的美學理論所能推倒的。

孟：許多事不想不談都沒有問題，一想一談，問題就來了。聽你兩位的話似乎都很有道理，形式重要，實質也並非不重要。但是專重形式，就不免犯不分詩人與文匠的毛病；專重實質，又不免犯不分詩人與學者的毛病。有什麼方法可以解決這個衝突呢？這倒要請教我們的美學家褚先生。

褚：秦先生和魯先生的話都對，只是他們說話太籠統一點。我們應該把欣賞和批評兩種態度分開來說。專就欣賞的態度說，秦先生的話是對的。在欣賞的一剎那中，心靈完全爲所欣賞的意象占住，意象完全孤立絕緣，沒有其他意象來攪擾，心靈無作比較的活動，所以題材的大小和篇幅的長短諸問題都不闖入意識；如闖入意識，欣賞的態度便變爲批評的態度，情趣的回流交感便變爲理智的剖析了。《浮士德》和〈流浪者的夜歌〉在爲欣賞的對象時，在讀者的心境沉沒在詩境時，都只是孤立絕緣的意象，它們的價值是絕對的，不容比較的。但是就批評的態度說，魯先生的話是對的。批評總不免要估定價值，價值必有高低比較才能見出。比較高低，則題材大小和篇幅長短自不能不影響到我們的判斷。從這個觀點看，《浮士德》自然比〈流浪者的夜歌〉的價值較高，因爲它的實質比較寬廣，和人生的接觸點比較多，引起欣賞的可能性也比較大。

魯：褚先生的話很可以證明實質比形式重要，因爲形式都美時，作品價值仍有高低，這種高低就只能在實質見出了。我們談價值就是在批評，並不是只就欣賞那一片刻的心領神會來說。

褚：你可不要誤會我的意思。我根本否認在藝術上實質和形式可以分開來說。眞正的藝術必能混化實質和形式的裂痕。實質提高，形式也自然因之提高。一般人以爲《浮士德》和〈流浪者的夜歌〉的差別只在實質，也是一種訛見。

內容較深廣，篇幅較大，前後關係較複雜，形式上的和諧自然也較難能可貴。

孟：你否認實質和形式可以分開，是不是把形式看成實質所固有而且所必有的，換句話說，是不是把形式看成實質的自然表現？

褚：形式是自然的，固有的，而不是人爲的，附加的。

魯、秦、孟三人聽這話都很驚異、懷疑、躊躇，孟接著說——這話倒是有些奇怪！

褚：有什麼奇怪？

孟：如果你的話不錯，形式和實質就應該在同時發生，沒有先後的關係了。

秦：並且它們也就沒有內外的關係了。

褚：你二位所說的恰是我的意思。

秦：但是我們一般人都相信形式是「表現」實質的，實質是被形式所「表現」的。詩人的本領在見得到，說得出。見得到的是實質，說得出的是形式。換句話說，實質是語言所表現的情感和思想，形式是情感和思想所流露的語言。依這樣看，實質在先，形式在後；情感和思想在內，語言在外。我們心裡先有一種已經成就的情感和思想，這是實質；然後再找語言把它翻譯出來，可以傳達給別人知道，這就是形式；這種翻譯的手續就是表現。所謂「表現」就是把在裡面的現到外面來，它著重情感、思想和語言的內外的關係，同時也含著它們的先後的關係。

褚：你的主張很可以代表一般人的常識，但是它根本是一個誤解。如果不打破這個誤解，我們對於詩學上種種問題就永不能作明晰精確的思考。

孟：怎樣見得它是誤解？看你來打破它吧。

褚：如果諸位不嫌囉嗦，且讓我們來把詩的要素分析清楚，看哪個要素相當於形式，哪個要素相當於實質，然後再進一步研究他們的關係如何。

秦：這似乎不必要，我剛才不已經把「實質」、「形式」和「表現」三個名詞的定義下得很清楚了麼？

褚：不錯，但是你的看法只是許多看法中的一種。也還有人談「實質」、「形式」、「表現」諸名詞時，所用的意義和你所用的完全不同。

魯：我們倒很情願知道你所說的其他意義。

褚：說話最怕籠統和懸空，我們最好舉一個實例來分析，比如李白的〈玉階怨〉是人人熟悉的：

> 玉階生白露，夜久侵羅襪，卻下水精簾，玲瓏望秋月。

請問諸位，在這一首詩裡我們一眼就看到的是什麼？

孟：二十個字。「文字」是詩的一個因素，那是很顯然的。

褚：文字並不是一個必要的因素。詩不一定要用文字寫出來，在沒有文字以前就已經有詩歌。現代民歌大半仍未用文字記載。

秦：縱然沒有文字記載，既是一首詩歌，總是可以在心裡想著，或是在口頭念著，這其實還是用文字。

褚：這不是用文字，是用語言。不過這個分別我們暫時可似丟開，叫它「文字」也好，叫它「語言」也好。不過它包含「意義」和「聲音」兩個要素，這一點我們大概都承認。

魯：那是不成問題的。語言總得有內容。

秦：可別忘記，一切語言雖然都有意義和聲音，卻不都是詩，詩的語言是特殊的。形式的因素總不能丟開。

褚：二位的話都對，詩的語言要有一種特殊的內容，也要有一種特殊的形式。爲方便起見，我們姑且分頭來說。先說內容，請問魯先生，它的特殊在什麼地方呢？

魯：詩的語言是情趣飽和的語言。比如〈玉階怨〉的語言和「二加二等於四」、「孔子是周朝哲學家」之類的語言不同，就在一個有情趣，一個只記載枯燥的事實。

孟：這個分別似乎還不圓滿。情趣飽和的語言也不一定就是詩。比如說：「我愛你！」「我眞高興！」你也是說出你的心情，但是那不能算詩。所以詩的情趣和其他情趣也應該有一個分別。

褚：這個分別是不難找出的。詩的情趣一定要藉一個具體的、新鮮的、明顯的「意象」表示出來、比如〈玉階怨〉就托出一幅畫或一幕戲擺在我們的眼前，雖未明言「怨」而怨自見。我們可以說，詩是情趣的意象化，或是意象的情趣化。

孟：這個分別也還是不圓滿，一切純文學都是情趣和意象的化合體，比如說小說、散文、戲劇、小品文之類。依我看來，褚先生所說的情趣的意象化還是偏重內容方面。詩的情趣和散文的情趣不同。詩的情趣要表現於一種有規律的聲音組合，普通散文的情趣則不需要有規律的音節。我們可以說，詩不僅是情趣的意象化，尤其要緊的是情趣的形式化。

秦：我完全贊成孟先生的話。

褚：談到詩和散文的分別，問題就扯遠了。如果大家高興，我們將來再費點功夫來專研究這個分別，現在我提議回到本題，就是實質和形式的關係。這個根本問題解決了。詩和散文的問題也就不難迎刃而解了。我們剛才分析〈玉階怨〉，得到幾種要素。讓我們想想看。

魯：情趣，意象，語言，文字；語言又分意義和聲音兩項。

褚：是的，這種分析非常淺近，卻亦非常重要。許多混亂的思想就起於缺乏這種淺近的基本的分析。比如實質與形式的問題向來被人鬧得一團糟，就因爲用這兩個名詞的人們，大半沒有弄清楚它們究竟指詩中哪兩個因素。因此，它們中間關係——「表現」——也就沒有一個精確的意義。

秦：你這話至少不能應用到我身上來。我已經一再說過，語言是表現情感和思想的。語言是表現者，情趣和意象是被表現者。實質兼指情趣和意象，形式指語言。我說的話絲毫沒有含糊。

褚：你這些定義與流行語言的習慣很合，不過大有商酌的餘地。這一層暫且按下不談，先談其他的可能的定義。諸位都知道談到詩和藝術的學理，我們不應該忽略現代最大的美學家克羅齊，雖然我們不必完全贊成他的學說。依他看，詩人心中直覺到一個情趣飽和的意象，情趣便已表現於意象。情趣是被表現者，是「實質」；意象是表現者，是「形式」。「表現」是情趣與意象化合時的直覺活動，就是想像，也就是創造。這種活動全部都在心裡完成。至於把在心裡已想好了的詩用文字寫出來，只是傳達，並非表現。

孟：我想起實質與形式的另一種解釋。從康德派形式美學家一直到現代「純詩」派詩學家都把詩的聲音看成「形式的成分」，意義看成「表意的成分」。詩的聲音有如圖畫中的形色配合，詩的意義有如圖畫中的故事。依這班學者看，音樂是最形式的藝術，也是最高級的藝術，困為它不借助於內容的聯想，用聲音的形式直接地打動心靈。詩的最高理想在逼近音樂，以聲音直接地暗示情趣和意象，極力避開理智了解的路徑，這是說，把意義放在第二層。如此則情趣和意象是實質，聲音是形式，表現是情趣、意象與聲音的關係了。

魯：還不僅此。一般人常把寫或印出來的文字看成詩的具體的「形式」，所謂「表現」只是用文字記載心裡所想的，或是口頭所說的，而「實質」則為未加辨別的情趣、意象和語言。

褚：諸位現在想想，「實質」、「形式」、「表現」三個名詞有幾多意義！流行語言的意義如秦先生所主張的是一種，克羅齊所主張的另是一種，「純詩」派所主張的又另是一種，最後，魯先生所提起的粗淺常識又另是一種。如果要把頭緒理清楚，我們最好列一個表看看。

秦：在這許多定義中，我們最好把不能成立的丟開。第一，粗淺常識的表現說不能成立，因爲詩歌並不絕對地需要用文字寫出來或印出來。其次，「純詩」派的主張也太過激，因爲詩用語言，究竟不能離開理智所了解的意義。第三，克羅齊的學說也似是而非，詩哪能離開語言呢？一切藝術都有情趣和意象，但是詩和其他藝術究竟有一分別，這個分別就在詩用語言爲表現情趣和意象的媒介。所以我所提出的定義是最精確的，就是：情趣和意象合爲實質，語言爲形式，表現是用在外在後的語言翻譯或傳達在內在先的情趣和意象。這是多數詩學家所公認的事實。

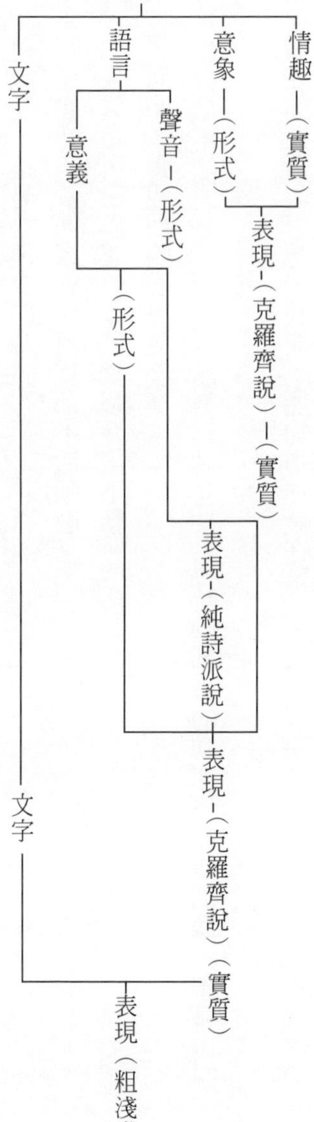

褚：你批評別人的話暫且按下不談。你自己的主張誠然如你所說的，是多數人所同意的；但是我以爲它是錯誤的。想證明這是錯誤，要說的話很長，我們須把情感、思想和語言的關係分析得很清楚。諸位不覺得厭倦吧？

秦、**魯**、**孟**（同聲回答）：只要你說得有理，我們都很願靜聽。

褚：我們先研究思想和語言的關係。請問諸位：我們用什麼器官做思想的活動？

秦：用腦筋，這是心理學的常識。

褚：在思想時，腦筋以外的器官都不活動麼？

魯：如果眞是用心思想，我們常須靜坐不動。

褚：腦筋的活動我們能看得見麼？

魯：那自然不能看見，因爲有頭蓋骨遮住，而且腦細胞的動作也非常細微，不是肉眼所能察覺的。

褚：假如你在用心思想，我能不能知道你是在用心思想呢？

魯（遲疑半刻）：有時能夠，我們常問人：「你在想什麼？」

褚：腦筋的活動既不能看見，我們何以知道別人在思想呢？

秦：人在思想時，目光、顏面、筋肉以及身體姿態各方面都現出一個特殊的樣子，與平時不向，所以別人一看到就知道他在思想。

褚：然則你說思想只用腦筋，別的器官都不活動，不是錯了麼？

孟：其他器官的活動不是思想本身，只是思想的——思想的外形或是思想的徵候。

褚：這種分別是牽強的。如果我們看得見腦筋的活動，那不也還是思想的外形或徵候麼？我不知道你見過私塾學童「背書」沒有，他們背書時，常左右搖擺走動，如果叫他們站住，他們就背誦不出來。可見身體動作對於思想的關係很密切。嚴格地說，我們運用思想時，全部神經系統以及全體各器官都在做一種與平時不同的活動，尤其是語言器官。行爲派心理學家甚至於說，思想就是語言器官的活動。

魯：這話未免太離奇了。

褚：一點也不離奇。比如說想到「樹」時，口裡常不知不覺地在念（樹）字。小孩子想到什麼，口裡就同時說出來。詩人作詩常一邊想，一邊吟哦。有些人看書，口裡不念就看不下去。有些人縱然不把所想的很清楚地念出來，喉舌及其他語言器官也微做念的活動。美國心理學家做了許多實驗可以爲證。單舉一個例來說：來希列（K. S. Lashley）叫試驗者先低聲背誦一句話，用薰煙鼓把喉舌運動的痕跡記載下來；後來再叫他默想該句話的意義而不發聲，也用薰煙鼓把喉舌運動的痕跡記載下來。這兩次薰煙紙上所記載的痕跡雖一較明顯，一較模糊，而曲折起伏的波紋卻大致相似。從此可知思想只是無聲的語言，語言也就是有聲的思想。語言固不能離開思想而單獨進行，思想也不能離開語言而單獨進行了。思想和語言原來是一致的，所以在文化進展中，思想愈發達，語言也愈豐富。野蠻民族與未受教育的民衆，不但思想粗疏幼稚，語言也極簡單。近代文化的日益增高，可以說是字典的日益擴大。

秦：你這番話很有道理，但是只能證明思想和語言一致，並不能證明語言不是表現思想的。

褚：如果你細心想一想，思想和語言既是一致的，並行的，不能相離的，那末，你說「語言表現思想」就不能指把在先在內的翻譯爲在後在外的了，思想與語言的關係也就不是實質與形式的關係了。思想與語言同時進行，思想不全是在內的，語言也不全是在外的。

魯：你否認思想和語言的關係爲實質與形式的關係，我倒有些茫然。

褚：思想有實質，你也許承認？

魯：思想到的意義便是實質。

褚：思想也有形式，你相信不相信？

魯：除非你是指名學上的思想律。

褚：是的，思想有條理；條理，就是形式。同理，語言的意義是它的實質，語言的文法組織是它的形式。總之，思想和語言是一致的活動，其中有一方面是實質（即意義），這實質並非離開語言的思想；也有一方面是形式（即思想的條理和語言的組織法），這形式也並非離開思想的語言。這兩方面猶如人的骨肉和形狀，並不能分離獨立，或是用這個「表現」那個。我這樣解釋思想和語言的關係，諸位覺得有什麼不圓滿的地方麼？

秦、魯、孟（都很遲疑地）：我們還覺得這種說法有些奇怪，不過暫時也想不出理由來反駁你，待我們以後想想看。現在你且說明你對於情感和語言的意見。

褚：我相信諸位愈加思索，就愈不覺得我的話奇怪。說到情感，請問諸位，它究竟是什麼呢？

秦：比如喜、怒、哀、懼、愁、憐惜、焦急等等都是情感。

褚：那是情感的實例，不是它的定義。

孟：情感在中文和在外文都含有「動」的意思。照心理學說，人生來有種種本能，外物刺激到某種本能，引起它的活動，都伴著一種特殊的情感。比如見到老虎，逃避的本能就活動起來，因此引起生理上種種變化，就主觀的感覺說，這種活動和它所伴隨的生理變化，就是情感。

褚：你這個解釋好極了。心有本能，感於物（刺激）而動（反應），這一動便是情感。情感發生時我們常說：「我很受感動。」這感動由神經系統傳播於身體各部器官。傳播於顏面者爲哭爲笑，爲面紅耳赤；傳播於肢體者爲震顫，爲舞蹈，爲興奮，爲頹唐；傳播於內臟各器官者爲循環、呼吸、消化、分泌諸作用的變化；傳播於喉舌脣齒者爲語言。這是動物應付環境變化的一個完整貫串的經驗。心理學爲便於說明起見，說某者爲情感，某者爲語言。其實語言只是整個的情感反應中的一部分。

秦：不過情感有不伴隨語言的，語言也有不伴隨情感的。

褚：誠然，但是這只是程度的問題。情感大半需要語言，詩的語言則必須伴隨著情感。我們現在是研究情感語言相伴隨時，情感和語言的關係。

孟：依你說，情感伴隨著語言時，語言和哭笑、興奮、頹唐、震顫、舞蹈種種生理變化都是平行的，相同的，是不是？

褚：你所說的恰是我的意思。語言是情感發動時許多生理變化的一種，其他許多生理變化也還是廣義的語言，它們和語言都屬於達爾文所說的「情感的表現」，不過這裡所謂表現只是指徵候，並非指由內而外，由先而後的翻譯。比如雞鳴犬吠，可以說是應用語言，也可以說是流露情感。但是雞犬的情感除鳴吠之外，還可以流露於種種筋肉活動和內臟變化。所以情感與語言的關係，也並非實質與形式的關係，而是全體與部分的關係。

孟：但是說「情感表現於語言」，是多麼自然的一句話，依你說，這話不就是不通麼？

褚：看你怎樣解釋「表現」兩個字。如果把它看做由內而外、由先而後的翻譯，由甲階段轉到與甲本無關係的乙階段，那自然是錯誤。如果它是名詞時把它看做「徵候」，是動詞時把它看做「流露」，你說「語言表現情感」或「語言是情感的表現」，自無不可。我們如果研究語言的腔調，就可以明白這個道理。比如說「來！」，在戰場上向敵人挑戰所用的腔調，和在家庭裡呼喚親愛的人所用的腔調絕不相同。這種不同的腔調是屬於情感呢？還是屬於語言呢？請問諸位。

魯：那當然屬於情感。

秦：依我看，它屬於語言。

褚：二位都對。腔調是屬於情感的，也是屬於語言的。離開腔調以及和它同類的生理變化，情感就失去它的強度，語言也就失去它的生命。我們不也常說腔調很能「傳神」或「富於表現性」（expressive）麼？

孟：是的，但是腔調「表現」什麼呢？

褚：說它表現情感固可，說它表現語言。使語言的意義更明顯，也並非不通。我們通常說語言「表現」情感，正猶如說腔調「表現」語言，只是從部分見全體，從縮寫字見出整個字，從流露的一部分見出未流露的一部分，並非先有情感，而後拿本無情感的語言把它從裡面「現」到表面來。

孟：現在我明白你的意思了，依你說，思想、情感和語言都是一個完整連貫的心理反應中的各部分，並不是可以分離獨立的三件事物。我們不能把思想和情感看做實質，語言看做形式，更不能把語言對於思想和情感的關係看做由內而外、由先而後的翻譯。說「語言表現思想和情感」，只能像說從縮寫字見出整個字，或是像從發冷發熱斷定一個人有瘧疾。這番話我現在覺得很對。但是如果你不嫌囉嗦，我心裡還有一點懷疑。你知道我對於傳統常有一種迷信，一句話經過幾千年人所公認的，我常覺得它中間總有幾分道理。比如「意內言外」、「意在言先」、「情感思想是實質，語言是形式」和「表現是拿語言來傳達已經成就的思想和情感」之類的話，都已經有很久遠的歷史。你現在證明它們是誤解，我所想問的就是：何以古今中外許多人都不謀而合地陷到這個誤解裡去呢？

褚：你這個問題非常重要。許多人誤解情感、思想和語言的關係，就因為有「文字」這個第三者在中間攪擾。語言是思想和情感進行時，許多生理和心理變化的一種，但是語言和其他生理和心理變化有一個重要的異點。它們與情境同生同滅，語言則可以藉文字留下痕跡來。情感和思想過去了，語言的聲音和姿勢消失了，文字還可以獨立存在。

魯：這個異點就是你的學說的致命傷。語言必須應用文字，文字可以獨立，語言也就可以離開情感、思想而獨立了。

褚：語言雖應用文字，卻不就是文字。在進化階段上，語言先起，文字後起。原始民族以及開化民族中的文盲都只有語言而無文字。文字只是語言的「符號」（symbol）。符號是以甲代乙的記號。用甲代乙，因為甲比乙較便或是比乙較易於捉摸。例如：國旗、書籤、人名、招牌、商標之類都是符號。符號和它所指的事物是兩件事，彼此可以分離獨立。比如「飯桶」兩個字的聲音可以用「飯桶」來代表，也可以用注音字母或羅馬字來代表。同時，這個符號也可以拿來作一個人的諢號。從此可知語言和文字的關係是人爲的，習慣的，而不是自然的，必然的。換句話說，文字是人意制定的，習慣造就的。

孟：我覺得你這話有毛病。除著驚嘆語類和諧聲語類之外，語言又何嘗不是人意制定的習慣造就的呢？比如想到「飯桶」或說到「飯桶」時，這兩個字音（離開文字符號來說）和它所指的實物也並無必然關係。它本來也還是一種符號。「飯桶」兩字的聲音固然可以用許多可能的符號來代替它，叫做「飯桶」的實物也可以用許多不同的聲音來代替它，在印度、波斯、英國、俄國各國中它各有各的名稱，便是明證。我們要知道，寫下來或印下來的符號模樣是文字，未寫未印以前口裡說的聲音和心裡想的符號模樣也還是文字。

褚：你這話大體不錯，不過分析起來，也還有毛病。未寫未印以前，口裡說的聲音或是心裡想到的符號模樣，就其爲獨立的聲音或符號模樣而言，還是文字，但是還不能算語言。語言是由情感和思想給予意義和生命的文字組織。這種文字組織因各時各境的情感和思想而得意義和生命。對於那種情感和思想就不能說是「符號」。如果要用比喻來說明，它只能說是「徵候」（symptom），如咳嗽、吐血對於肺病爲徵候一樣。徵候與病有必然關係，符號與所指事物則無必然關係。語言所用的文字，就其爲文字而言，是人意制定的，習慣造就的；語言本身則爲自然的，創造的，隨情感、思想而起伏生滅的。我們不能因爲語言所用的文字是人意制定的，習慣造就的，便說語言本身也是如此。

魯：我還不大明白。語言總離不開文字，你把它們分爲兩件事，恐怕有牽強吧？

褚：語言雖離不開文字，文字卻可以離開語言，比如散在字典中的文字。語言的生命全在情感和思想，通常散在文典中的文字都已失去它們在具體情境中所伴著的情感和思想，所以沒有生命。文字可以借語言而得生命，語言也可以因僵化爲文字而失其生命。活文字都嵌在活語言裡面，死文字是從活語言所宰割下來的破碎殘缺的肢體，字典好比一個陳列動物標本的博物館。比如「鬧」字，在字典中是一個死文字，在「紅杏枝頭春意鬧」一句活語言裡就變成一個活文字了。再比如你的愛人叫做「春」，你呼喚「春！」時所伴隨的情感和思想是在字典裡「春」字之下所找不著的。「春」字在你口裡是活語言，在字典裡只是死文字。

秦：你對於語言和文字的分別說得很明白透澈，不過你剛才說「許多人誤解情感、思想和語言的關係，就因爲有『文字』這個第三者在中間攪擾」，這一點我還不很明白。

褚：一般人誤在把文字和語言混爲一事，看見世間先有事物而後有文字稱謂，便以爲吾人先有情感、思想而後有語言；看見文字是可離開情感、思想而獨立的，便以爲語言也是如此。照這種看法，在未有活人說活話之前，在未有詩文之前，世間就已有一部天生自在的字典，這部字典是一般人所謂「文字」，也就是他們所謂「語言」。人在說話和作詩文時，都是在這部字典裡揀字來配合成詞句，好比姑娘們在針線盒裡揀各色絲線來繡花一樣。這麼一來，情感、思想變成一項事，語言變成另一項事，兩項事本無必然的關係，可以隨意湊攏在一起，也可以隨意拆散開來了。世間就先有情感和思想，而後拿本無情感和思想的語言來「表現」它們了。情感和思想便變成實質，而語言配合的模樣就變成形式了。他們不知道，語言的形式就是情感和思想的形式，語言的實質也就是情感和思想的實質。情感、思想和語言是平行的，一致的：它們的關係是全體與部分而不是先與後或是內與外。我這個看法和一般人的成見頗多衝突。但是他們如肯細心作基本的縝密的分析，就知道我的話是對的。

談到這裡，他們都有些困倦。秦、魯、孟三人對於褚的話將信將疑，要求休息一會兒，一則進些茶點提醒精神，一則有餘暇可考慮褚的話，預備重整旗鼓，再作論戰。到了他們再聚談原問題時，秦、魯、孟三人都覺得自己心裡有極充足的理由，可以駁倒褚的情感、思想、語言一致的怪論。

秦：依你的主張，我們只要有情感和思想就不患沒有語言。但是我們讀第一流文學作品時，常覺作者所說的話都是自己心裡所想說而說不出的。我們也常有「詩意」，因爲沒有作詩的訓練和技巧，所以做不出詩來。這不是證明情感、思想和語言是兩件事麼？向來論詩者都說，詩人的要務在賦予情感、思想以藝術的形式，在把心裡所感所想的用最經濟最有力的語言說出來。現在你說這種大家公認的學說錯誤，恐怕是要立異爲高吧？

褚：你所說的「詩意」根本就是一個極含糊的名詞。你知道克羅齊對於自以爲有「詩意」而不能作詩的人所起的諢號麼？那是「啞口詩人」，是幻覺和虛榮心的產品。每個人都有猜想自己是詩人的虛榮心，心裡偶爾有一陣模糊隱約的感觸，便信任幻覺，以爲那是十分精妙的詩意。我們對於一件事物須認識得清楚，才能斷定它是甲還是乙。對於心裡一陣感觸，如是已經認識得很清楚，就自然有語言能形容它，就能直接地或間接地把它說出來；如果認識並不清楚，就沒有理由斷定它是「詩意」。水到自然渠成，意到自然筆隨，像「採菊東籬下，悠然見南山」、「敲門都不應，倚杖聽江聲」、「風乍起，吹皺一池春水」之類的詩詞，有情感思想和語言的裂痕麼？它們像是模糊隱約的情感思想變成明顯固定的語言麼？

秦：你所舉的寥寥幾個例子並不能概括一切詩詞。詩有信手拈來的，也有苦心搜索來的。在苦心搜索時，情感和意象先都很模糊隱約，似可捉摸又似不可捉摸。我們須聚精會神，再三思索推敲，才能使模糊隱約的變爲明顯固定的，不可捉摸的變爲可捉摸的。我想凡稍有寫作經驗的人們都得承認我這話。

褚：你的話絲毫不錯。思想本來繼續連貫地向前進行，是一種解決疑難糾正錯誤的努力。它好比射箭，意在中的，但是不中的也是常事。我們尋思，就是把模糊隱約的變爲明顯確定的，把潛意識和意識邊緣的東西移到意識中心裡去。這種手續有如照相調配距離，把模糊的不合式的影子逐漸變爲明顯的合式的。詩不能全是自然的流露，就因爲搜尋潛意識和意識邊緣的工作有時是必要的；作詩也不能全恃直覺和靈感，就因爲這種搜尋有時需要極專一的注意和極堅忍的意志。但是我們要明白，這種工作究竟還是「尋思」，並非情感、思想本已明顯固定而語言仍模糊隱約，須在「尋思」之上再作「尋言」的工作。再拿照相的比喻來說，我們在作詩文時，繼續地在調配距離，要攝的影子是情感、思想和語言相融化貫通的有機體；如果情感、思想的距離合式了，語言的距離自然也就合式。我們並無須費照兩次相的手續，先調配情感、思想的距離，而後調配語言的距離。我們通常自以爲是在搜尋語言（調配語言的距離），其實同時還是在努力使情感、思想明顯化和確定化（調配情感、思想的距離）。

秦：我還是不大相信你這話。情感、思想的距離調配好了，再進一步調配語言的距離，在我看，這是一個極普遍的寫作經驗。我們作詩文時常苦言不能達意，須幾經修改，才能碰上恰當的字句。「修改」的必要就是尋言不同尋思的鐵證。

褚：「修改」其實還是「尋思」問題的一部分。修改就是調配距離，但是所調配的不僅是語言，同時也還是意境（指情感、思想的混合體）。比如韓愈定賈島的「僧推月下門」爲「僧敲月下門」，並不僅是語言的進步，同時也是意境的進步。「推」是一種意境，「敲」又另是一種意境，並非先有「敲」的意境而想到「推」字，嫌「推」字不能達意，然後再尋「敲」字來代替它。就我自己的經驗說，我作文常常修改，每次修改，都發現話沒有說清楚，其實都由於思想混亂。把思想條理弄清楚了，話自然會清楚。尋思必同時是尋言，尋言也必同時是尋思，沒有比這更好的證據可以證明情感、思想和語言的連貫性了。

孟：褚先生，我所懷疑的是你的美學基礎。依你說，實質與形式，情感、思想與語言，都在同一剎那中醞釀成熟，你似乎贊成克羅齊的「藝術即直覺，直覺即表現」之說：那末，你就難免和他陷於同樣的錯誤，把藝術完全看成心裡面的活動，把「傳達」（這就是一般人所謂「表現」，例如把想好了的詩寫出來）完全看成非藝術的活動了。

褚：克羅齊忽視「傳達」的毛病我也看得很清楚，不過他的學說有一部分是眞理，有一部分是過甚其辭，我們應該分別開來說。在詩的方面，「傳達」有兩個意義：一是把心裡所想的歌誦出來，使旁人聽得見，如民俗歌謠；一是把心裡所想的用文字符號記載下來，使旁人看得見，如文人的作品。依克羅齊看，就詩的創造說，「傳達」並非絕對必要，必要的是在心裡想出一個叫做「詩」的意境（這就是情感意象相融化的有機體），這種「想」就是「直覺」、「想像」或「創造」，也就是「表現」。至於把心裡想好了的詩用文字媒介傳達出來，是後來的第二步的工作，不能算「創造」或「表現」。在大體上說，我是贊成這個意見的。不過有兩個重要點我卻和克羅齊不同意。第一，在想像時，詩人要用他的特殊的傳達媒介——文字——來想，和畫家及其他藝術家想的方法不同。所以「表現」（即「想像」）和「傳達」並不完全是截然兩段的事。第二，詩就是一種語言，語言原來就是人與人互相傳達情感、思想的媒介。人有作詩的必要，一方面是要流露情思，一方面也是要傳達情思，博取社會的同情。想像而預備傳達，和想像而不預備傳達，心裡背景大不相同。想像而預備傳達，想像本身就不免多少受社會的影響。這也是證明「表現」和「傳達」不可完全分開。詩人絕不會永遠是「自言自語者」，像克羅齊所說的。

孟：你提起詩人用文字做特殊媒介來傳達他的思想，和其他藝術家不同，這又引起另一個疑難了。可想像的不盡是可傳達的。有許多顏色上的細微分別不盡能用顏料描繪出來，有許多聲音上的細微分別不盡能用樂調譜出來，有許多情緒的細微起伏和思致的細微曲折不盡能用語言形容出來；雖然我們對於這些細微的東西盡可以察覺到或是想像到。再拿各種藝術來比較說，畫可以表現詩所不能表現的形色，樂可以表現詩所不能表現的交響的聲音節奏，但是詩卻可以敘述畫和樂所不能敘述的言動事蹟。就未傳達以前的藝術想像說，詩、畫、樂等等藝術的實質（即意境）大致相差總不甚遠；就既傳達以後的藝術作品說，它們的形式懸殊就很大。這個事實不可以證明實質和形式究竟是兩回事麼？

褚：你這個問題很中肯，我還有些應該說而未說的話可以趁這個機會補充出來。我說情感、思想和語言平行一致，並非說它們的範圍恰相疊合。我承認語言只是情感、思想整個的反應中一部分，從語言見情感、思想，也猶如從面貌姿態等見情感、思想，只是從部分見全體，從縮寫字見整個字。意境（情思的整體）只有一部分能見於語言，作詩就要選擇這能用語言傳達的一部分，拿它來象徵或暗示全體。在心裡所直覺的可以無限制，經語言傳達出來的卻須受語言的限制。直覺的階段是詩可以和其他藝術相同的（這也不必盡然），在所直覺的意象中抉擇可用語言傳達的一部分，則為詩所以異於其他藝術的。各種藝術有分別，就因為它們在傳達媒介上有分別。關於這一層，我很反對克羅齊。他因為看輕傳達，便否認藝術可分類。這麼一來，心裡直覺到一種情趣飽和的意象，便已算是做成一件藝術作品，可以叫做「詩」，可以叫做「畫」，也可以叫做任何其他藝術了。

魯：你這個學說還有一個難點，就是情感、思想不可假造而語言卻可假造。心裡感到「哈哈！」口裡僅可說「哎喲！」情感、思想和語言如何是一致呢？

褚：你所說的「語言可假造」，其實只是說字典中的死文字可任意亂用。小人可以冒充道學家講仁義道德，冬烘學究可以拉調子哼《詩經》、《左傳》，說他們在模仿對於他們無正確意義的聲響則可，說他們在用語言則不可。心裡感到「哈哈」而口裡假說「哎喲」時，聲調、姿勢以及其他情感和思想的「徵候」仍必露幾分破綻。因為這個道理，我們常可以看出一首詩是否為無病呻吟，看出它所表現的是眞純的情感還是淺薄的感傷。詩的好壞就看它的情感、思想和語言是否一致，看它有沒有亂用文字的嫌疑。一首詩的語言膚淺粗俗或是堆砌繁蕪時，我們就可以斷定作者的情感原來就很平凡，思想原來就很空洞。如果語言和情感、思想不是一致的，我們就無從根據語言推測作者的情感和思想，尤其不能斷定他的語言是否恰合宜於他的情感和思想，斷定他有無說謊造假的毛病，因爲這些只有他自己才能知道。

秦：你這番話又提醒我的另一個疑問。向來批評家都承認詩文在風格上有平淡濃麗的分別。比如就古代作家說，我們都承認陶淵明平淡，溫飛卿濃麗；就我們認識的現在作家說，我們都承認周作人平淡，徐志摩濃麗。這種風格上的分別似乎全在語言方面見出。平淡派作家喜歡用平淡的字句，濃麗派作家喜歡用濃麗的字句。如果依你的學說，文學上便不應該有風格上的差別，因爲語言都做到恰到好處爲止，令人覺到平淡或濃麗，就未免見出語言和情感、思想的裂痕了。

褚：我承認詩文確有風格上的差別，但是否認這種差別全在語言方面，語言方面固然有平淡濃麗的分別，情感、思想方面同時也有這種分別。陶淵明派作家的思想、情感本來就偏向平淡，所以他們的語言自然平淡；溫飛卿派作家思想、情感本來就偏向濃麗，所以他們的語言自然濃麗。風格並不是可以矯揉造作的。許多作家的錯誤就在誤信風格可以矯揉造作，不是周作人而要想學周作人的平淡，不是徐志摩而要想學徐志摩的濃麗，捧心效顰，所以令人覺得俗濫。就兩種風格來說，假裝濃麗比假裝平淡較容易，流弊也較大；因爲堆砌濃麗的詞句就可以假裝濃麗；堆砌平淡的詞句並不就能假裝平淡，它還要一點收斂鎮靜的功夫。一般人假裝，也容易走濃麗的路，好比窮人擺富貴架子究竟比富貴人擺窮人架子較尋常。許多人本不能作詩而要冒充詩人，於是把詩人所常用的漂亮字句偷來堆砌成詩的形式，以爲這就是詩了。從前做試帖詩、四六文的人們，如此，現在有好些新詩人也還是如此。在我想，創造詩和欣賞詩，第一件要事是，認清詩和「修辭」（rhetoric）的分別，不幸得很，許多新詩人所給我們的大半是「修辭」，是窮人擺的富貴架子。

魯：你這番話我倒十分同意，沒有實質而在形式上做功夫，總不能寫出好詩。

褚：不過你別誤會了我的意思，我並不是說假裝平淡和濃麗的人們是實質形式可分開的證據。我的著重點是：他們是在造假，在亂用文字，並不能算是作詩。語言有它的風格，思想和情感也有它們的風格。風格並不全是形式問題，它的好壞只能在實質形式融貫與否見出。

秦：我對於你的學說還有一點不很滿意。你似乎太偏重語言而看輕文字，以爲語言是活的，文字是死的。你似乎主張作詩文一定要全用白話。從前有許多文學作品都不是用當時流行的語言，但是它們的價值仍然不可磨滅。我們可以說，除著民歌以外（就是民歌是否全用當時流行語言也還是疑問），大部分中國詩都是用已死的古文字寫的。如果依你的「情感、思想和語言一致」說，恐怕它們都不能符合你的標準吧？在我看來，你似乎盲目附和白話詩運動。

褚：這個罪名，我實在不敢當。以文字的古今定文字的死活，是提倡白話者的偏見。散在字典中的文字，無論其爲古爲今，都是死的；嵌在有生命的談話或詩文中的文字，無論其爲古爲今，都是活的。我們已經說過，文字只是一種符號，它與情思的關係全是習慣造成的。你慣用現代流行的文字運思，可用它作詩文或說話；你慣用古代文字運思，就用它來作詩文或說話，自亦無不可。從前讀書人朝朝暮暮都在古書裡過活，古代文字對於他們並不比現代文字難，甚至於比現代文字還更便利，所以古代文字對於他們可以變成活語言。這正如我們學外國文到很熟的地步，有時反覺用外國文發表思想，反比中文較方便一樣。不過這只是就作者說，如就讀者說，用古代文字作詩文，對於未受古代文字訓練的群眾自然是一種不方便。這裡我們又回到傳達與社會影響的問題了。詩既預備傳達，就不能不顧到群眾了解的便利。

秦：在我看來，文字的古今分別也只是比較的而不是絕對的。我們現在用的文字，大部分還是許慎的《說文解字》裡所有的，並且有許多字的用法，現代和兩千年前也並沒有多大的分別。現在所有的字大半是古代已有的，不過古代已有的字有許多在現代已不流行。古代文字有些能傳到現在，有些不能流傳到現在，原因一半在需要的變遷，一半也在習慣的變遷。習慣原可養成，所以我想古代文字部分地復活，也並非不可能。你的意見以為如何？

褚：不但可能，而且是語言發展史中所常見的自然現象。歐洲有許多詩學家，都主張作詩在必要時不妨採用古字。比如近代英文詩不但常用古代英文字，有時並且設法使古希臘字和古拉丁字復活。現在中國一般人說話所用的文字實在太貧乏，讓一部分古字古語復活，也未嘗不是一種救濟的辦法。

秦：你這番話都專指文字，我想現在作詩時文字的選擇固然重要，但是更重要的是文字的組織。像你所說的，文字嵌在有生命的詞句中才有生命。古字的採用我們可以贊成，古語的組織法我們是否應該仿效，又另是一問題。你以為我們作詩，是應該用流行語言的組織法，還是可以像復活古字似的，復活古代語言的組織法呢？換句話說，作詩是否應該用白話，或是參用古文？

褚：這也還是思想習慣問題。從前的老先生們慣用古文思想，慣用古文作詩文，現在如果勉強他們用白話寫詩文，他們也許反覺不自由。這最好隨他們的便。好在這種人在我們的時代中已逐漸減少了。我剛才說過，既傳達就不能不顧慮讀者了解的便利，我們不應該學周誥殷盤那樣詰屈聱牙，那是不成問題的。不過我想提倡白話運動者標出「作詩如說話」的標準也有些危險。日常的情思多粗淺蕪亂，不盡可以入詩；入詩的情思都須經過一番洗練，所以比日常的情思較爲精妙有剪裁。語言是情思的結晶，詩的語言亦自應與日常的語言有別，無論在哪一國，「說的語言」和「寫的語言」都有很大的分別。說時信口開河，思想和語言都比較粗疏；寫時有斟酌的餘暇，思想和語言都比較縝密。散文已比說話精練，詩又比散文精練。這所謂「精練」可在兩方面見出，一在意境，一在語言。專就語言說，有兩點可以注意。第一是文法，說話通常不必句句都謹遵文法的紀律，作詩文則對於文法的講究比較謹嚴。第二是用字。說話所用的字在任何國家都很有限，通常都不過數千字，寫詩文則字典中的字大半都可採用。沒有一個人要翻字典去說話，但是無論在哪一國，受過教育的人讀詩文也不免偶爾要翻字典。這簡單的事實就可以證明「寫的語言」應比「說的語言」較豐富了。「寫的語言」比「說的語言」也較守舊，因爲說的是流動的，寫的就成了固定的。「寫的語言」常有不肯放棄陳規的傾向，這是一種毛病，也是一種便利。它是一種毛病，因爲它容易僵硬化，失去語言的活性；它也是一種便利，因爲它在流動變化中要抓住一個固定的基礎。在歷史上有人看重這種毛病，也有人看重這種便利。看重這種便利的人總想保持「寫的語言」的特性，維持它和「說的語言」的距離。在詩的方面，把這種態度推到極端的人主張詩有特殊的「詩的文字」（poetic diction）。這個論調在歐洲假古典主義時代最占勢力。另外一派人看重「寫的語言」守舊性的毛病，總想竭力拿「說的語言」來活化「寫的語言」，使它們中間的距離盡量地縮短，這就是詩方面的「白話運動」。中國現在還在白話運動期，歐洲文學史上也起過數次的白話運動。最重要的有兩個，一個是中世紀行吟詩人和但丁所提倡的，一個是浪漫運動期華茲華斯諸人所提倡的。但丁選定「土語」為詩的語言，同時卻主張丟去「土語」的土性，取各地土語放在一塊「篩」過一遍，篩出最精純的一部分，另造一種「精練的土語」（the illustrious vulgar）為詩文之用。我覺得這個主張值得深思。總之，我的意思是：詩應該用「活的語言」，但是「活的語言」不一定就是「說的語言」，「寫的語言」也還是活的。就大體說，詩所用的應該是「寫的語言」而不是「說的語言」，因為寫詩時情思根本就比較精練。我的話已經說明白了沒有？

孟：你解釋實質和形式，情思和語言的關係的話很透澈，我已經明白了，並且在大體上贊同你的意思。不過你這個學說是否可以用來解釋詩的形式以及詩和散文的分別，我覺得還有問題。我希望我們將來有機會再聚談一次。（褚、秦、魯都表示同意。）

詩與散文（對話）

對話者如前：

秦——傳統派的代表，主張詩與散文以音律與風格分。

魯——側重實質者，主張詩與散文各有特殊的題材。

褚——美學家，主張詩與純文學同義，形成起於實質的自然需要。

孟——調和派，主張詩為有音律的純文學，形式不盡是自然的。

褚：詩與散文問題實在還是實質與形式問題的一部分。上次我們已經證明實質和形式平行一致，這次的問題就不難迎刃而解了。

孟：我卻沒有你那樣樂觀。頭一層，我們的根本問題還沒有解決：詩究竟是什麼呢？

秦：就形式說，我們很容易定出一個標準來。詩有音律，散文沒有音律。它們自然還有其他分別，但是這個是最顯著而且最重要的分別。

魯：這個標準是靠不住的。亞里士多德老早就說過，詩不必盡有音律，有音律的也不盡是詩。冬烘學究堆砌腐典濫調成五言八句，自己也說是在作詩。章回小說中常插入幾句韻文，評論某個角色或某段情節，在前面鄭重標明「後人有詩一首」的字樣。一般人心目中的「詩」大半是這麼一回事。但是我們要知道，諸葛亮雖然穿過八卦衣，而穿八卦衣的不必就是諸葛亮。如果依秦先生的話，《百家姓》、《千字文》、醫方脈訣以及冬烘學究的試帖詩和打油詩都可以和《詩經》、《楚辭》、《杜工部集》並駕齊驅，而柏拉圖的《對話集》和《舊約》、《史記》、《漢魏叢書》中許多傑作以及《紅樓夢》之類作品反被貶於「非詩」之列了。依我看來，詩的形式空洞不足爲憑，最重要的還是實質。雖然褚先生反對實質形式分立，在事實上它們卻常分立，《百家姓》、《千字文》之類只有詩的形式而無詩的實質，便是明證。

秦：我不相信你能夠找出一個精確的標準在實質上分別詩和散文，難道詩有詩的題材，散文有散文的題材麼？

魯：這是不成問題的。有些題材只宜於作詩，有些題材只宜於作散文。就大體說，詩宜於抒情遣興，散文宜於狀物敘事說理。這並非我一個人的私見，許多詩學家都是這樣想。比如英國摩越教授（Midddleton Murry）是著名的主張詩和散文可交相替代者，也承認詩較宜於言情，散文較宜於說理。他說：「如果起源的經驗是偏於情感的，我相信用詩或用散文來表現，大半取決於時機或風尚；但是如果情感特別地深厚，特別地切己，用詩來表現的動機是占優勝的。我不能想像莎士比亞的十四行詩集可以用散文來寫。」至於散文有特殊的題材，他說得更透闢。讓我引他的幾句結論，如果要知道詳細的理由，我們可以讀他的《風格論》第三章。他說：「對於任何問題的精確思考必須用散文，音韻的限制對於它一定是不相容的。」「一段描寫，無論是寫一個國家，一個逃犯，或是房子裡一切器具，如果要精細，一定要用散文。」「風俗喜劇所表現的心情須用散文」，「散文是諷刺的最合適的工具」。如果拿已往文學作品做一個統計，我們也可以知道摩越教授的話大致不錯。極好的言情的作品都要在詩裡找，極好的敘事說理的作品都要在散文裡找。這種基本的分別在讀者的了解方面也可以見出。懂得散文大半憑理智，懂得詩大半憑情感。這兩種「懂」是「知」（know）與「感」（feel）的分別。可「知」者大半可以言喻，可「感」者大半須以意會。比如陶潛的「採菊東籬下，悠然見南山」兩句詩。就字句說，極其簡單，如果問人說：「你懂得麼？」凡是識字者大概都說懂得。如果進一層追問他所懂的是什麼，他的回答不外兩種，一種是很乾脆地詮釋字義，用白話文把它翻譯出來，一種是發揮言外之意。前者是「知」，是專講字面的意義；後者有時是「感」，是體會字面後的情趣。就字義說，這兩句詩不致引起任何分歧；就情趣說，則仁者見仁，智者見智，各各不同了。散文求人能「知」，詩求人能「感」。「知」貴精確，作者說出一分，讀者便恰見到那一分；「感」貴豐富，作者說出一分，讀者須在這一分之外見出許多其他的東西。因此，文字的功用在詩和散文中也不相同。在散文中，文字的功用在「直述」（state），讀者注重它的本義；在詩中，文字的功用在「暗示」（suggest），讀者注重它的聯想。這個分別羅斯教授（J. L. Lowes）在《詩的成規與反抗》裡說得最明白。

孟：別再引經據典，你的意思我們明白了。你的話在原理上只是大致不差，實在也有很多的反證。老實說，我不相信散文只宜於說理的話。凡是眞正的文學作品，無論是詩或散文，裡面都有它的特殊的情趣。許多小品文是抒情詩，這是大家都承認的。再看近代小說，我們試想一想，哪一種可用詩表現的情趣在小說裡不能表現呢？我很相信摩越教授的話，一個作家用詩或用散文來表現他的意境，大半取決於當時的風尙。荷馬和莎士比亞如果生在現代，一定會寫小說；陀思妥耶夫斯基、普魯司特、勞倫斯諸人如果生在古希臘或伊麗莎白時代，一定會寫史詩或悲劇。至於詩不能說理的話比較近於眞理，但也有例外。歷史上有許多很好的說理的詩，陶潛的〈形影神〉和朱熹的〈感興〉詩都是著例。如果說寬一點，凡是詩，除情趣之外，都有若干理的成分在內，不過情理融成一片，我們不能把理分開來說罷了。你能夠說希臘悲劇和莎士比亞的悲劇裡面沒有「理」麼？你能夠說但丁的《神曲》和歌德的《浮士德》裡面沒有「理」麼？你能夠說〈天問〉、《杜工部集》、《白香山集》裡面沒有「理」麼？我可以舉一個很簡單的例子，來說明同樣情理可表現於詩，亦可表現於散文。《論語》裡「子在川上曰：『逝者如斯夫，不舍晝夜！』」是散文，李白的「前水復後水，古今相續流；新人非舊人，年年橋上遊」是詩。在這兩個實例中，我們能夠說散文不能表現情趣或是詩不能說理麼？所以我覺得從實質上分詩與散文也有難點。

秦：孟先生的話很有理。宇宙間萬事萬物經過詩人的心靈妙用，都可以變成詩的材料。從前人以爲有些材料不能入詩，那全是迷信。古典派學者都說詩只應表現人類的普遍的永恆的情趣，但是近代詩人往往歡喜寫很個別很飄忽渺茫的情趣，也不失其爲精妙。德國學者萊辛（Lessing）以爲詩不宜描寫靜止體態，但是中國許多偉大的自然詩人所寫的大半是靜止體態。摩越教授說詩不宜於諷刺和風俗喜劇，他忘記歐洲以諷刺和風俗喜劇著名的作者，如阿里斯托芬、糾文納兒、莫里哀、蒲柏諸人大半採用詩的形式。詩和散文的分別不能在實質上見出，這是無疑義的。我還是覺得我的意見不錯。詩人所寫的情理，一般人還是能經驗和了解的，所以不同的，是他能夠把普通的情理納在藝術的形式裡去。我在開始時所說的音律是形式的一種，它是最易捉摸的。此外還有一種不易捉摸的形式的成分，就是「風格」。散文的風格要直截了當，明白曉暢。有些人在散文裡堆砌華麗的詞藻，假扮興奮或感傷的聲調，以爲散文愈像詩，它的風格就愈提高。其實這是窮人擺富貴架子，作散文應該就像說話，要有幾分家常便飯的味道，「像詩」是散文的一個大毛病。詩的風格卻不能太家常，太家常就令人覺得平凡乾枯。它華麗也好，清淡也好，莊嚴也好，優美也好，卻都要保持詩的尊嚴的身分，不能落入俗套。許多提高風格的技巧，如「擬人格」、華麗字句、精當典故、情感化的聲調之類，在散文爲大病，在詩則爲人所習用。依我看，拿音律和風格合在一起來看，詩和散文的分別是最容易辨明的。

褚：我覺得你這個主張有兩大弱點。第一，你誤解「風格」的性質；第二，你似乎犯了尊詩卑散文的俗見。先說「風格」，它並不是一種空洞的形式，或是矯揉造作出來的氣派。你大概記得布豐（Buffon）的名言：「風格即人格。」換句話說，它就是作者性格情趣的特殊模樣，理想的風格是情感思想和語言恰恰相稱，混化無跡。上品詩和上品散文都可以做到這種境界。所以我們不能離開實質，憑空立論，說詩和散文在風格上不同。詩和散文的風格不同，也正猶如這首詩和那首詩的風格不同，所以風格不是區分詩與散文的好標準。其次，你以爲詩在風格上比散文高一級，也是很大的偏見。詩和散文各有妙境，詩固往往能產生散文所不能產生的風味，散文也往往可以產生詩所不能產生的風味。例證甚多，我姑且舉兩個。

㈠詩人引用散文典故入詩，韻味常不及原來散文的深刻微妙。例如《世說新語》：

桓公北征，經金城，見前為琅琊時種柳皆已十圍，慨然曰：「木猶如此，人何以堪！」攀枝執條，泫然流涕。

一段散文，寥寥數語，寫盡人物俱非的傷感，多麼簡單而雋永！庾子山在〈枯樹賦〉裡把它譯爲韻文說：

昔年種柳，依依漢南；今看搖落，淒愴江潭。桓大司馬聞而嘆曰：「樹猶如此，人何以堪！」

這段韻文改動《世說新語》的字句並不多，但是它一方面比原文纖巧，一方面也比原文呆板。原文的既眞切而又飄渺搖曳的風致，在〈枯樹賦〉的整齊合律的字句中就失去大半了。此外如辛稼軒的〈哨遍〉一首詞，它總括莊子〈秋水篇〉的大意，用語也大半集莊子的陳句，但是莊子原文的那副磅礴詼諧的氣概卻不復存在。我們念一段來看看：

有客問洪河，百川灌雨，涇流不辨涯涘。於是焉河伯欣然喜，以為天下之美盡在己。渺溟，望洋東視，逡巡向若驚嘆，謂「我非逢子，大方達觀之家，未免長見悠然笑耳！」

這樣剪裁配合得巧妙，固然獨具匠心，但是它總不免令人起假山籠鳥之感，莊子的雄肆就在這巧妙裡消失了。

㈡詩詞的散文序往往勝於詩詞本身。例如《水仙操》的序和詞：

> 伯牙學琴於成連，三年而成，至於精神寂寞，情之專一，未能得也。成連曰：「吾之學不能移人之情，吾師有方子春在東海中。」乃賚糧從之。至蓬萊山，留伯牙曰：「吾將迎吾師。」刺船而去，旬日不返。伯牙心悲，延頸四望，但聞海水汩沒，山林窅冥，群鳥悲號，仰天嘆曰：「先生將移我情！」乃援琴而作歌：
>
> 緊洞庭兮流斯護，舟楫逝兮仙不還。移形素兮蓬萊山，歍欽傷宮仙不還。

序文多麼美妙！歌詞所以伴樂，原不必以詩而妙，它的意義已不盡可解，但就可解的說，卻比序文差得遠了。此外如陶潛的〈桃花源詩〉，王羲之的〈蘭亭詩〉以及姜白石的〈揚州慢〉詞，雖然都是傑作，但就我個人的口胃說，它們本身都不如散文序美妙。這些實例很可以證明詩不必盡比散文高，秦先生的「風格」標準不能應用來區分詩與散文了。

魯：這個問題確實是難了，音律和風格的標準靠不住，實質的標準諸位以為也靠不住，那末，我們不就要根本否認詩和散文的分別麼？

褚：依我想，這是唯一的出路。我記不得是誰說的，與詩相對待的不是散文而是科學，科學敘述事理，詩與散文，就其爲文學而言，表現對於事理所生的情趣。凡是作品有純文學價值的都是詩，無論它是否具有詩的形式。我們常說柏拉圖的《對話集》、《舊約》、六朝人的書信，柳子厚的山水雜記、明人的小品文、《紅樓夢》之類散文作品是詩，就因爲它們都是純文學。亞里士多德論詩，彷彿也是用這種看法。他不把音律看做詩的要素，以爲詩的特殊功用在「模仿」。他所謂「模仿」，就是我們所說的「創造」或「表現」。凡有創造性和表現性的文字都是純文學，凡是純文學都是詩。雪萊說，「詩與散文的分別是一個庸俗的錯誤」。克羅齊主張以「詩與非詩」的分別代替「詩與散文」的分別。我很贊成他的辦法。

孟：你這番話在理論上原有它的道理，不過就事實說，在純文學範圍之內，詩和散文仍有分別，我們是不能否認的。你的辦法不是解決問題而是逃避問題。如果說寬一點，還不僅純文學都是詩，一切藝術都可以叫做詩。我們常說「王維詩中有畫，畫中有詩」。其實一切藝術到精妙處都必有詩的境界。我們甚至於說一個人，一件事或是一片自然風景含有詩意。你剛才提起克羅齊，如果我沒有誤解他的話，他把「詩」、「藝術」、「語言」都看做同義字，因爲它們都是抒情的、創造的。所以「詩學」、「美學」和「語言學」在他的學說中是一件東西。在古希臘文中，「詩」的意義是制作。所以凡是「制作」或「創造」出來的東西都可以稱爲「詩」，無論是文學，是圖畫或是其他藝術。把詩解作「純文學」，和把詩解作「藝術」一樣，毛病在太空泛。詩和藝術，詩和純文學，都有共同的要素，這是我們承認的；但是我們也應該知道：它們在相同之中究竟有不同者在。比如王維的畫、詩和散文尺牘雖然都同具一種特殊的風格，而在精妙處，可以見於詩的不必盡可以見於書，也不必盡可以見於散文尺牘。我們正要研究這不同點究竟是什麼。在我看，詩是「具有音律的純文學」。這個定義把具有音律而非純文學的陳腐作品以及是純文學而不具音律的散文作品都丟開，只收在形式和實質兩方面都不愧為詩的作品，這是一個最尋常的也是最精確的定義。

褚：你這個調和的見解也還有問題。有和無是一個絕對的分別，我覺得就音律而論，詩和散文的分別也只是相對的而不是絕對的。

孟：你是否指詩的音律可以隨時變化？

褚：不僅指變化。詩有固定的音律，是一個傳統的信條。從前人對它向不懷疑，不過從自由詩、散文詩和多音散文等新花樣出來以後，我們對於這個傳統的信條就有斟酌修改的必要了。自由詩出來本很早，據說古希臘就有它。近代法國詩人採用自由詩的體裁的也很多。從「意象派詩人」（imagistes）起來之後，自由詩才成為一個大規模的運動。自由詩究竟是什麼呢？它的定義很不容易下。據法國音韻學專家格拉芒（Grammant）說，法文自由詩有三大特徵。第一，法文詩最通行的亞力山大格每行十二音，古典派分四頓，浪漫派分三頓，自由詩則可有三頓以至於六頓。第二，法文詩通常用aabb式「平韻」，自由詩可雜用abab式「錯韻」、abba式「抱韻」等等。第三，自由詩每行不拘亞力山大格的成規，一章詩裡各行長短可以相間。照這樣看，自由詩不過就原有規律而加以變化。不過近代象徵派詩人的自由詩，不合格拉芒的三條件也很多，它們有不用韻的。英文自由詩通常比較更自由，讓我念一首來看看：

The grass is beneath my head;
and I gaze
at the thronging stars
in the nignt.
They fall... they fall...
I am overwhelmed,
and afraid.
Each leaf of the aspen
is caresscd by the wind,
and each is crying.
And the perfume
of invisible roses
deepens the anguish.
Lot a strong mesh of roots
feed the crimson of roses
upon my heart;
and then fold over the hollow

Where all the pain was.

F. S. Flint

這首詩在章法上沒有固定的規律。它好比風吹水面生浪，每一陣風所生的浪自成一單位，相當於一章。風可久可暫，浪也有長有短，三行、四行、五行都可以成章。就每一章說，字行排列也根據波動節奏（cadenee）的道理，一個節奏占一行，長短輕重無一定的規律，可以隨意變化。照這樣看，它似毫無規律可言，但是我們不能稱它爲散文，因爲它究竟還是分章分行，章與章，行與行，仍有起伏呼應的關係。它不像散文那樣流水式的直瀉下去，卻仍有低徊往復的趨勢。我們可以說，自由詩實在還有一種內在的音律，不過沒有普通詩的那樣整齊明顯罷了。散文詩又比自由詩降一等，它只是有詩意的小品文，或則說，用散文表現一個詩的境界，仍用若干詩所習用的詞藻腔調，不過音律就幾乎完全不存在了。從此可知，就音律論，詩可以由極嚴整明顯的規律，經過不甚顯著的規律，以至於無規律了。

秦：我不贊成這話，因爲像「自由詩」、「散文詩」之類的新花樣根本就不能叫做「詩」。

褚：這恐怕是你的偏見，藝術是創造的，與時俱新的，不斷地打破成規定律的。我們不能拿外在的已成的種類體裁觀念，作測量新興作品的標準。你在腦筋裡先假定凡詩都有平整明顯的音律，看見自由詩和散文詩不符合你的成見，便根本否認它們是詩，這是走上批評的絕路。無論你承認不承認，自由詩和散文詩的存在，是一件確鑿的事實；研究詩學，就不能不接受這件事實。這件事實所告訴我們的是：由有到無，詩的音律多寡有許多程度上的差別。

秦：縱然退一步承認詩可以由有音律到無音律，我們也不能說詩與散文無分別，因爲散文是絕對沒有音律的。

褚：這更是誤解了。我們要知道，詩的起源比散文較早。原始人類凡遇值得留傳的事蹟或學問經驗，都用詩的形式來記載，以便於記憶。到後來，因爲詩的形式太笨重板滯，才遂漸設法使它活躍流動有彈性，於是散文才逐漸演化出來。散文由詩解放出來，並非一朝夕之故。在萌芽期，散文的形式都和詩相差不遠。比如說英國，從喬叟到莎士比亞，詩就已經很可觀，散文卻仍甚笨重，詞藻、構造都還不脫詩的習慣。從十七世紀以後，英國才有流利輕便的散文。中國散文的演化史也很類似。秦漢以前的散文常雜有音律在內。隨便舉幾個例來看看。

今夫古樂，進旅退旅，和正以廣，弦匏笙簧，會守拊鼓。始奏以文，復亂以武。治亂以相，訊疾以雅。君子於是語，於是道古，修身及家，平均天下。此古樂之發也。

《禮記・樂記》

道沖而用之，或不盈。淵乎似萬物之宗。挫其銳，解其紛；和其光，同其塵，湛兮似或存。吾不知誰之子，象帝之先。

《老子》

吾有大樹，人謂之樗；其大本擁腫而不中繩墨，其小柱卷曲而不中規矩。立之塗，匠者不顧。今子之言，大而無用，眾所同去也。

《莊子．逍遙遊》

這都是散文，但是都有音律。中國文學中最特別的一個體裁是賦。它是跨詩和散文界線的東西。它流利奔放，一瀉直下，似散文，於變化多端之中保持音律，又似詩。我們可以說，隋唐以前大部分散文都沒有脫離詩賦的影響，有很明顯地用韻的，也有雖不用韻而仍保持詩賦的華麗詞藻與整齊句法的，到唐以後，流利輕便的散文才逐漸占優勢，不過詩賦對於散文的影響，到明清時代還未完全消滅。如果我們顧到這個事實，就可見散文絕對無音律的話不可靠了。

秦：你所指的是過去的散文，現在散文已演化到無音律的階段了，恐怕你的話就不能適用了吧？

褚：你的非難應分兩層回答。頭一層，我們討論詩和散文，應著眼全局，應搜羅所有的事實。我們不專論某一時代的詩，也就不能把散文的範圍限制到近代。其次，白話文運動還在進行，我們不能預言中國散文，將來是否有一部分要回到雜用音律的路。不過這並非不可能。你不看見歐戰後的「多音散文」（polyphonic prose）運動麼？弗萊契（Fletcher）說它的重要「不亞於政治上的歐戰，科學上的鐳的發明」。這雖然是過甚其詞，它是一個值得注意的運動，卻是無可諱言的。據羅威爾（E. Lowel）女士說，「多音散文應用詩所有的一切聲音，如節音、自由詩、雙聲、疊韻、押韻、迴旋之類，它可應用一切節奏，有時並且用散文節奏，但是通常都不把某一種節奏連用到很長的時間。……

韻可以擺在波動節奏的終點，可以彼此緊密相銜接，也可隔很長的距離遙相呼應」。換句話說，在多音散文裡、極有規律的詩句，略有規律的自由詩句，以及毫無規律的散文句可以雜燴在一塊。我想這個花樣在中國已「自古有之」，賦就可以說是最早的多音散文，庾信的〈哀江南賦〉、歐陽修的〈秋聲賦〉和蘇軾的〈赤壁賦〉都可以爲例。看到歐洲的「多音散文」運動，我們不能說將來中國散文一定完全放棄音律，因爲像「多音散文」的賦在中國有很久的歷史和深遠的影響，並且中國文字雙聲疊韻多，容易走上「多音」的路。

秦：這全是揣測之詞，恐怕不足爲憑。

褚：我的揣測能否成事實並不能影響到我的基本主張。我的基本主張是詩和散文的音律相對論。我們不能畫兩個圓圈，把詩擺在有音律的圈子裡，把散文擺在無音律的圈子裡，使彼此間壁壘森嚴，互不侵犯。詩可以由整齊音律到無音律，散文也可以由無音律到有音律。詩和散文兩國度之中有一個很寬的界線，在這界線上有詩而近於散文，音律不甚明顯的；也有散文而近於詩，略有音律可尋的。所以我不相信「有音律的純文學」是詩的精確的定義。

孟：你的推理和證據都很有力，我很願意放棄我的原來的主張。我向來反對做學問持成見。不過我們通常都覺得自己的成見是無可置疑的眞理，到了幾個見解不同的朋友們聚在一塊仔細討論，就發現成見往往是偏見。比如我們今天的討論就破除了幾個流行的成見。討論到這個階段，秦先生應該放棄「詩和散文以音律風格分」一個成見，魯先生應該放棄「詩和散文各有特殊題材」一個成見，我也要放棄「詩爲有音律的純文學」一個成見了。我們所得到的結果是：無論就實質說或是就形式說，詩和散文都只有程度上的分別而沒有絕對的分別，它們的疆域有一部分是互相疊合的。我們每個人雖然都放棄了自己珍視許久的成見，卻也都得到實在可珍貴的收穫，所得究竟超過所失，這是大可引以自慰的。

秦：我也願意宣告放棄我的形式主義，不過問題並沒有完全解決。承認了音律不是詩的絕對必要的元素，「大部分詩何以有音律」還是一個重要的問題。

魯：這話倒很對。我雖然承認詩和散文的疆域有一部分互相疊合，卻也不得不承認它們有一部分不互相疊合，不得不承認有音律的一部分詩和無音律的一部分散文究竟有分別。何以有一部分詩有它的特殊形式呢？

褚：我看這個問題倒不難解決。我們在上次已經說明實質形式平行一致的道理，現在就可以拿這個道理來解釋何以有一部分詩與散文有分別。爲說話方便起見，我們姑且從語言的習慣，把有音律的一部分詩簡稱爲「詩」，把無音律的一部分散文簡稱爲「散文」，諸位同意麼？

秦：同意，不過我們要記著我們所討論的是兩極端的部分，所得的結論不必可以應用到詩和散文相鄰近的部分。褚先生，讓我們聽你的意見吧。

褚：詩的形式——音律——是實質的自然需要。換句話說，某種實質非有詩的形式不能表現出來。詩和散文的分別不僅是形式上的分別，也是實質上的分別。剛才秦先生擁護形式的話和魯先生擁護實質的話本來各有片面的道理，因爲它們都是片面的，所以顯得錯誤。如果我們把這兩方面的話合在一塊來講，那就圓滿了。就形式說，散文的音節是直率的，無規律的；詩的音節是循環的，有規律的。就實質說，散文宜於敘事說理，詩宜於抒情遣興。

孟：你忘記我們剛才已證明詩可無音律；散文也可有音律，詩可敘事說理，散文也可抒情遣興。

褚：那是不錯的。我已聲明過，我們現在只就有音律的詩和無音律的散文來說，你所說的那些都可列在例外。普通的意義的詩和散文實在起於情趣與事理的分別。事理直截了當，一往無餘；情趣則低徊往復，纏綿不盡。直截了當的宜用敘述的語氣，纏綿不盡的宜用驚嘆的語氣。在敘述語中事盡於詞，理盡於意；在驚嘆語中，語言是情感的縮寫字，情溢於詞，所以讀者可因聲音想到弦外之音。這是詩和散文的根本分別。

秦：你這番話太抽象一點，請舉一兩個實例來說。

褚：比如看見一位年輕的美人，你如果把這番經驗當作「事」來敘，你說，「我看見一位年輕的美人」；如果把它當作「理」來說，你說，「她年輕，所以健美」。這兩句話既說出，「事」就已敘過了，「理」就已說明了，你不必再說什麼，旁人就可以完全明白你的意思。但是如果你愛她，你只說「我愛她」卻不能了事，因爲這句話還只是把情當作事敘，文字聲音本身並沒傳出你的纏綿不盡的情感。作詩就要於文字意義之外，在聲音上見出情感。音律的講究就是這樣起來的。比如《詩經．卷耳》：

采采卷耳，不盈頃筐。嗟我懷人，置彼周行。陟彼崔嵬，我馬虺隤。我姑酌彼金罍，維以不永懷。陟彼高岡，我馬玄黃。我姑酌彼兕觥，維以不永傷。陟彼砠矣，我馬瘏矣，我仆痡矣，云何吁矣！

我們在文字聲音上就可以見出作者渴望自慰與失望的心情。她的期望與疲勞一層深似一層，聲音也一章悽惻似一章，到最後一章，她的力竭聲嘶的嗟嘆彷彿在我們的耳裡旋轉。你拿這詩和「我愛你」式的空頭話比一比，就可以感覺到它是眞情流露的文字，它的生命就全在它的低徊往復的音節上。如用散文來寫，它絕不能產生這樣深刻的印象。再比如《詩經》中：

昔我往矣，楊柳依依；今我來思，雨雪霏霏。

這四句詩如果譯爲現代的散文，則爲：

從前我去時，楊柳還正在春風中搖曳；現在我回來，已是雨雪天氣了。

原詩的意義雖大致還在，它的情致卻不知走向何處去了。義存而情不存，就因爲譯文沒有保留住原文的音節。實質與形式本來平行一致，譯文不同原詩，不僅在形式，實質亦並不一致。比如「在春風中搖曳」譯「依依」就很勉強，費詞雖較多而涵蓄卻較少。「搖曳」只是板呆的物理，「依依」卻含有濃厚的人情。詩較散文難翻譯，就因爲詩偏重音而散文偏重義，義易譯而音不易譯。這些實例都足證明詩的音律起於情感的自然需要。

孟：依你的意思，詩的形式完全是自然的，內在的，與實質有必然關係的，是不是？

褚：那恰是我的意思。

孟：那也恰是我和你不同意的。你上次說實質與形式平行一致，我曾經表示懷疑，以爲它能否解釋詩的形式，還有問題。那時我沒有說理由，今天我想把理由說出來。我先提出一個極淺近的事實，然後再進一步討論原理，比如說李白的：

簫聲咽，秦娥夢斷秦樓月。秦樓月，年年柳色，灞陵傷別。
樂遊原上清秋節，咸陽古道音塵絕。音塵絕，西風殘照，漢家陵闕。

和周邦彥的：

香馥馥，樽前有個人如玉。人如玉，翠翹金鳳，內家妝束。
嬌羞愛把眉兒蹙，逢人只唱相思曲。相思曲，一聲聲是：怨紅愁綠。

兩首詞都是傑作。它們在形式上有無分別呢？

魯：沒有分別，它們都是填「憶秦娥」的調子。但是在情調上它們卻大不相同。李白的悲壯，有英雄氣；周邦彥的香豔，有兒女氣。我還相信空洞的形式無關緊要，要緊的還是實質。

孟：我們現在不討論實質和形式哪一個較重要，我們要證明的是：形式與實質並非有絕對的必然關係。無論在哪一國，詩的形式都不很多，所寫的情趣儘管有無窮的變化。中國正統的詩形式舉指頭就可數得盡，五古、七古、五律、七律、絕句……難道用這幾種形式來表現的情趣意境也就只有這幾種嗎？請問褚先生。

褚：這倒是事實，剛才我自覺很有把握，現在卻有些茫然了。待我想一想，先聽你說吧。

孟：根本問題在音律的性質和起源。我們討論了半天的「音律」，還沒有把「音律」的定義下好，什麼叫做「音律」呢？

褚：音律就是有規律的音節，音節就是聲音方面的節奏。

孟：我們還應追問節奏是什麼。

褚：節奏是一切藝術的靈魂，在跳舞則爲縱橫、急徐相照映，在繪畫則爲濃淡、疏密、明暗相配稱，在建築則爲方圓、長短、疏密相錯綜，在音樂和語言則爲高低、抑揚、長短相呼應。

孟：節奏是自然的還是人爲的呢？

褚：它是自然的。人體中各種機能如呼吸循環等等都是一起一伏地川流不息，所以節奏是生理的自然需要。我們常不知不覺地求自然界的節奏和內心的節奏相應和。有時自然界本無節奏的現象，也可以借知覺而生節奏。比如鐘錶的機輪所作的聲響本是單調一律，我們聽起來，卻覺得它高低長短相間。這也是很自然的。呼吸循環有起伏，所以精力有張弛，注意力有勤懈。同一聲音，在注意力緊張時便顯得重，在注意力鬆懈時便顯得輕。如果物態的伸縮與注意力的起伏恰相平行，則心理可以免去不自然的努力，這就是詩中所謂「諧」，否則就是「拗」。節奏的快感即起於精力的節省。凡是語言都有它的節奏，都順著情感思想的節奏前進。

孟：你解釋節奏的話很透闢，但是它只能應用到語言的節奏，不能應用到音樂的節奏。語言的節奏是自然的，音樂的節奏則不全是自然的，大半是經過形式化的。你剛才談聲音的節奏時，把音樂和語言相提並論，足見你沒有把語言的節奏和音樂的節奏分清楚。

秦：這倒是聞所未聞，請你把這種分別詳細解析給我們聽。

褚：先分析語言的節奏。它是三種影響合成的。第一是發音器官的構造。呼吸有一定的長度，在「一口氣」裡我們所能說出的字音也因而有限制；呼吸有起伏，每句話中各字音的長短輕重也因而不能一律。念一段毫無意義的文字，也免不著帶幾分抑揚頓挫，這種節奏完全起於發音器官的構造，與情感和理解都不相干。其次是理解的影響。意義完成時聲音須停頓，意義著重時聲音須提高，意義不著重時聲音須降低。這種起於理解的節奏爲一切語言所共有，在散文中尤易見出。第三是情感的影響。起於情感的節奏雖常與理解的節奏相輔而行，不能分開，實在卻不是一件事。它不僅見於高低起伏，在情感所伴的生理變化都可以見出。比如演說，有些人先將底稿做好讀熟，然後登臺背誦，條理儘管清晰，詞藻儘管是字斟句酌來的，而聽者卻往往不爲所動。也有些人不先預備，臨時隨情感支配，信口開河，往往能娓娓動聽，雖然事後看記錄下來的演講詞，它很平凡蕪瑣。這就因爲前一派演說家偏重理解的節奏，後一派偏重情感的節奏。理解的節奏是機械的，偏重意義；情感的節奏是有機的，偏重聲音所伴的腔調和姿勢。

秦：照你這樣分析，音樂的節奏似乎和語言中情感的節奏相彷彿，因爲它也隨情感起伏。

孟：這是舊樂理學家的看法。例如：英國斯賓塞（Spenser）和法國格雷特里（Grétry）諸人都曾經主張音樂起於語言。自然語言的聲調節奏略加變化，便成歌唱，樂器的音樂則爲模仿歌唱的聲調節奏所發展出來的，所以斯賓塞說：「音樂是光彩化的語言。」德國大音樂家瓦格納（Wagner）發揮這個主張，創「音樂表現情感」說，拿無文字意義的音樂和有文字意義的戲劇混合在一起，開近代「樂劇」的先河。但是這一派學說在現代已爲多數樂理學家所摒棄，德國樂理學專家華拉歇克（Wallaschec）和斯徒夫（Stumpf）以及法國文藝心理學者德拉庫瓦（Delacroix）諸人，都以爲音樂和語言根本不同，音樂並不起於語言。音樂所用的音有一定的分量，它的音階是斷續的，每音與它的鄰音以級數遞升或遞降，彼此成固定的比例。語言所用的音無一定的分量，從低音到高音一線連貫，在聲帶的可能性之內，我們可在這條線上取任何音來用，前音與後音不必成固定的比例。這是指音的高低，音的長短亦復如此。還不僅此，語言都有意義，了解語言就是了解它的意義；純音樂都沒有意義，欣賞音樂要偏重聲音的形式的關係，如起承轉合之類。總之，語言的節奏是直率的，常傾向變化；音樂的節奏是迴旋的，常傾向整齊；語言的節奏沒有規律，音樂的節奏有規律；語言的節奏是自然的，音樂的節奏是形式化的。

魯：對不起，我看不出你這番分析語言節奏和音樂節奏的長篇大論和詩有什麼關係。

孟：關係大得很。許多討論音律的人們都隔靴搔癢，就因爲沒有抓住這兩種節奏的重要分別。請問諸位，詩的節奏是哪一種節奏呢？

褚：詩還是一種語言，它的節奏自然就是語言的節奏。

秦：我看不然，語言無固定的規律，詩卻有固定的規律。所以詩的節奏比較近於音樂的節奏。

孟：你們倆的話都對，詩的節奏是語言的節奏，也是音樂的節奏。

魯：這話可有些神祕了。依你剛才的分析，語言的節奏是自然的，無規律的；音樂的節奏是形式化的，有規律的；它們本身是背道而馳的，如何能合在一起呢？

孟：「相反者之同一」，像哲學家所說的。詩的難處在此，詩的妙處也在此。作詩和散文不同，散文須完全用語言的節奏，詩則於語言的節奏之外另加上音樂的節奏。所以褚先生的實質形式合一說可應用於散文，不可完全應用於詩。散文的形式是自然的，詩的形式卻不全是自然的，有幾分是人爲的，外來的，習慣的，沿襲傳統的。

褚：我還很懷疑你這番話。詩雖常沿用固有的形式，卻不能爲它所拘束。每個大詩人對於普通的形式都加以若干變化，好遷就他的特殊的情感。所以形式雖是人爲的，傳統的，在好詩裡面卻變成自然的，特創的。換句話說，詩雖用音律，卻須保留語言的特性。

孟：你這話完全不錯，不過不能推翻「詩的形式是人爲的，傳統的」這個基本原則。你的意思是說，詩的形式在整齊之中要有變化。你要知道，變化須從整齊出發。整齊是音樂的形式化的節奏，變化是語言的自然的節奏。無論如何，你沒有方法把有音律詩中的形式化的節奏丟開，而且也絕不能把它看成自然的。你須得承認有音律詩在自然中有不自然，在變化中有規律，在創造中有沿襲，這就是說，在語言的節奏之外還有音樂的節奏。

秦：我完全同意你的主張。不過我還有一個疑問：詩的節奏須在歌誦時才可以見出。語言的節奏和音樂的節奏既不同，它們在歌誦中如何可以並行不悖呢？

褚：你問得非常好，我很可以趁這個機會證明詩的節奏同時是語言的也是音樂的。歌與誦不同。詩在原始時代都可歌唱，都必伴有樂調，所以歌詞雖用語言，而語言的節奏則爲音樂的節奏所掩。換句話說，歌詩幾全用音樂的節奏而很少用語言的節奏，所以一個字在語言意義上原來雖不重要，而在伴樂歌唱時可以提得很高，拖得很長；一個字在語言意義上原來雖重要，而在伴樂歌唱時也可以降得很低，縮得很短。詩到近代已逐漸離開從前所伴的樂調而不復可歌唱，但仍須可誦。詩由歌的變爲誦的，語言的節奏便逐漸占優勢，但是音樂的節奏也並未完全消失。誦詩在西方已成爲一種專門藝術。戲劇學校常把它列爲必修功課。公衆娛樂以及文人集會中常有誦詩一項節目。誦詩的難處和作詩的難處一樣，一方面要保留音樂的形式化的節奏，一方面又要顧到語言的節奏，這就是說，要在呆板的規律之中流露活躍的生氣。

秦：我還是不明白這種「相反者之同一」如何可以實現，請舉一個實例來說吧。

孟：我不妨就我在歐洲所見到的來說。在法國方面，誦詩法以國家戲院所通用的爲準。英國無國家戲院，「老維克」（Old Vic）戲院「莎士比亞班」誦詩劇的方法也是一個標準。此外私人團體誦詩的也很多。詩人蒙羅（Harold Monro）在世時（他死於一九三二年），每逢禮拜四晚，邀請英國詩人到他所開的「詩歌書店」裡朗誦他們自己的詩。就我在這些地方所得的印象說，西方人誦詩的方法也不一律。粗略地說，劇場偏重語言的節奏，詩人們自己大半偏重音樂的節奏。有些詩人根本反對戲劇式的誦法。他們以爲詩的音律功用在把實際生活聯想催眠，造成一種一塵不染的心境，使我們能聚精會神地陶醉於詩的意象和音樂。語言的節奏則太現實，易引起實際生活聯想。不過戲劇式的誦讀也很流行，它的好處在能表情。有些人設法兼收「歌唱式」與「戲劇式」，以調和語言和音樂的衝突。例如英文中：

To-mòrrow is our wèdding day.　　——流行語言

這一句詩在流行語言中只有兩個重音，如上文所標記的。但是就「輕重格」的規律說，它應該輕重相間，有四個重音，如下式：

To-mòrrow is our wèdding dày.　　——固定形式

如此讀法，則本來無須著重的音須勉強著重，語言的神情就不免失去了。但是如果完全依流行語言的節奏，則又失去音樂的節奏。一般誦詩者於是設法調和，讀如下式：

To-mòrrow is our wèdding dày.

——折中式

這就是在音樂的節奏中丟去一個重音（is），以求合於語言；在語言的節奏中加上一個重音（day），以求合於音樂。這樣辦，兩種節奏就可並行不悖了。這只是就極粗淺的說。誦詩的技藝到精微處，往往有雲行天空舒卷自如之妙，這就不可以求諸形跡，所謂「神而明之，存乎其人」了。

魯：你所說的是外國詩，中文詩恐怕不能在音樂的節奏中保留語言的節奏吧？

孟：中國人對於誦詩向來不很講究，所採的大半類似和尚念經的方法，往往人自為政，既不合語言的節奏，又不合音樂的節奏。不過就一般哼舊詩的方法說，音樂的節奏較重於語言的節奏。我們知道，中國詩一句常分幾「逗」（即頓），這種「逗」有表示節奏的功用，如法文詩中的「頓」，英文詩中的「節」。「逗」的位置在習慣上有一定的，比如五言句通常分兩「逗」，落在第二字與第五字，有時第四字亦稍頓。七言句通常分三「逗」，落在第二字、第四字與第七字，有時第六字亦稍頓。「逗」所表示的節奏大半是音樂的而不是語言的。例如：「漢文皇帝有高臺」，「文」字在義不宜頓而在音宜頓；「鴻雁不堪愁裡聽，雲山況是客中過」，「堪」、「是」兩虛字在義不宜頓而在音宜頓：「永夜角聲悲自語，中天月色好誰看」，「悲」、「好」兩字在語言的節奏宜長頓，「聲」、「色」兩字不宜頓。但在音樂的節奏中，「逗」不落在「悲」、「好」兩字而反落在「聲」、「色」兩字。再如辛稼軒的〈沁園春〉：

> 杯汝前來，老子今朝，點檢形骸。甚長年抱渴，咽如焦釜。於今喜眩，氣似奔雷。汝說劉伶，古今達者，醉後何妨死便埋。渾如許，嘆汝於知己，真少恩哉。

這首詩用對話體，很可以用語言的節奏念出來，但是原來的句讀就應該改變。例如：「杯汝前來」應讀爲：「杯，——汝前來！」「老子今朝，檢點形骸」應讀爲「老子今朝檢點形骸」。「汝說劉伶，古今達者」應讀爲：「汝說：『劉伶古今達者。』」關於中國詩如何念法，我們還要仔細研究，我不敢說冒昧話，也許調和音樂的節奏和語言的節奏是一條出路。我這裡所要證明的是：無論是外國詩或中國詩，除語言的自然的節奏之外，都有一個音樂的形式化的節奏。褚先生的「實質形式平行一致」說，只能適用於語言的節奏，不能適用於音樂的節奏。詩的音樂的節奏是外來的，習慣的，人爲的，不是實質所絕對必需的——至少在近代詩是如此。

褚：音樂的節奏既非詩的實質所絕對必需的，然則它是怎樣起來的呢？

孟：可能的解釋很多。有人以爲原始人類用有音律的語言來記載一切值得流傳的經驗學問，原爲它便於記憶。但是我想最大的原因，是在原始時代詩歌、音樂、跳舞是一種混合的群衆的藝術。因爲詩歌與樂舞不分，它要遷就樂舞的節奏；因爲它與樂舞是群衆的藝術，固定的形式便於在合作時大家能一致。如果沒有固定的音律，你想想看，這個人唱高，那個人唱低；這個人拉長，那個人縮短；不是要嘈雜紛嚷，鬧得一場糊塗麼？現在人在團體合作一事時，例如：農人踏水車，工人舉重載，都合唱一種合規律的「呀，啊啊！」調子來調節工作的節奏，用力就一齊用力，鬆懈就一齊鬆懈。詩的音律起源，我想也不過是如此。詩歌現已獨立，但仍保留許多應和樂舞的痕跡，例如：重疊、和聲、襯字、用韻、整齊的句法章法等等。我們可以說，詩的形式大部分是沿襲傳統的，不是每個詩人根據他的某一時會特殊的情趣所憑空製造出來的。我最不相信「詩是自然流露」的話。如果詩是自然流露，我們要找眞正自然流露的詩，一定要到民歌裡去找。但是就形式說，民歌也有它的傳統的技巧，也很富於守舊性。它也常塡塞不必要的字句來湊數，也常用在意義上不恰當的字來趁韻，也常模仿已往的民歌的格式。這就是說，民歌的形式也還是現成的，外在的，沿襲傳統的，不是自然流露的結果。我想沒有更好的證據，可以證明褚先生的「實質形式平行一致」說不能應用於詩了。

褚：依你那麼說，詩的形式變成像盲腸一類的東西了。現在詩既不應和樂舞，又不是群衆的藝術，我們是否可以像割盲腸似的把詩的形式割去呢？

孟：中音律的毒而害盲腸炎的詩人也並不少，對於他們施割的手術也許是一種救濟。關於詩的音律問題，我們正可不必武斷，要尊重歷史的事實。詩的疆域日漸剝削，散文的疆域日漸擴大，這是一件不容否認的歷史的事實。荷馬用史詩體裁寫的東西，索福克勒斯和莎士比亞用悲劇體裁寫的東西，現代人都用散文小說寫；阿里斯托芬和莫里哀用有音律的喜劇形式寫的東西，現代人用散文戲劇寫；

甚至於從前人用抒情詩寫的東西，現代人用散文小品文寫。我們現在還有人用詩的形式來寫信麼？來做批評論文麼？我可以數出許多希臘羅馬和假古典時代學者，用詩寫信，用詩做批評論文。我想徐志摩如果生在六朝，他一定用賦的體裁寫〈濃得化不開〉和〈死城〉；周作人如果生在另一個時代，也許《雨天的書》變成類似《范石湖詩集》的作品。摩越教授說，一個作家採用詩或散文來表現他的情感思想，大半取決於當時風尚。他以爲在我們這個時代，愛好小說是健康的趣味，愛好詩是有幾分不健康的趣味。我很贊成他的話。

秦：你如果要提倡廢除詩的形式，我可要提出抗議。詩的形式縱然是沿襲傳統的，它流傳到現在，自然有它的好處。藝術的基本原則是「寓變化於整齊」。詩的音律好處就在給你一個整齊的東西做基礎，可以讓你變化。散文入手就是變化，變來變去，仍不過是那一種一盤散沙。詩有格律可變化多端，所以詩的形式實在比散文的更繁富。就作者說，遷就已成規律是一種困難，但是戰勝技巧上的困難是藝術創造的樂事。同時，像許多詩學家所說的，這種帶有困難性的音律，可以節制蠻野的情感和想像，使它們不致一放不可收拾。就讀者說，規律可以在心中產生預期。比如讀一首平仄相間的律詩，讀到平時不知不覺地預期仄的復返，讀到仄時又不知不覺地預期平的復返。預期不斷地產生，不斷地證實，所以發生「恰如所料」的快慰。自然，整齊中也要有變化，有變化時預期不中所引起的驚訝也不可少，它不但可以破除單調，還可以提醒注意力。音律本身伴有一種美感，所以它有存在的價值。

褚：我們見到的音律的功用還不僅此。它還能夠把實用的聯想「催眠」，使我們聚精會神地觀照純意象。許多悲慘、淫穢或醜陋的材料，用散文寫，仍不失其爲悲慘、淫穢或醜陋，用詩寫，就多少可以把它們美化。比如母親殺兒子，妻子殺丈夫，女兒逐父親和兒子娶母親之類的故事，在實際生活中很容易引起痛恨和嫌惡，但是希臘悲劇和莎士比亞的悲劇中，它們居然成爲極莊嚴燦爛的藝術的意象，就因爲它們披上詩的形式，不致使人看成現實，以實用的態度對付它們。《西廂記》、《花間集》、《清眞詞》裡有許多淫詞，讀者往往忘其爲淫，就因爲注意力被引到美妙的意象與和諧的聲音方面去了。用美學術語來說，音律是一種製造「距離」的工具，把平凡粗陋的現實提高到理想世界。

孟：諸位的話都很對，如果時間允許，我還可以引許多前人讚美音律的話來補充，不過這大可不必。平心而論，我也很捨不得丟開詩的形式。依我看，詩和語音的關係最密切，語言是生生不息的，卻亦非無中生有。語言的文法常在變遷，我們不能否認；但是每種變遷都從一個固定的基礎出發。詩的形式應該和語言的文法一樣看待。它們原來都是習慣，卻也都是做進化出發點的習慣。詩的形式在各國固然都有一些固定的模型，但是這些模型卻也隨時隨地在變遷。每個詩人似乎都宜於在習慣已養成的範圍之內，順著情感的自然需要而加以伸縮。如果我們略研究詩的形式變遷史，也可以看出這是已往歷史所走的一條大道。比如在中國，由四言而五言，由五言而七言；由詩而騷，而賦，而詞，而曲；由古而律，後一階段都不同前一階段，但仍有幾分是沿襲前一階段。所以我主張詩的形式應隨時變遷，卻也不贊成完全拋棄傳統。我相信眞正的詩人都能做到「從心所欲，不逾矩」的功夫。

魯：你剛才提起散文侵略詩的疆域，如果它不退兵，恐怕將來會把詩的國度整個地吞併下去吧？那麼，我們對於詩的音律的留戀也就要遭打擊了。

孟：我們是現代人，說現代話，誰知道將來？你我都不是預言家，現在已經談到脣焦舌敝了，將來的事讓將來的人去理會吧！

一九三二年

後記

《詩論》自一九四七年以後，一直沒有單獨印行。去年，三聯書店建議我將《詩論》重版，對他們的盛意我十分感謝。

在我過去的寫作中，自認爲用功較多，比較有點獨到見解的，還是這本《詩論》。我在這裡試圖用西方詩論來解釋中國古典詩歌，用中國詩論來印證西方詩論；對中國詩的音律，爲什麼後來走上律詩的道路，也作了探索分析。

這次準備重版的過程中，在朋友們的幫助下，發現了幾篇我在三十年代中期寫的、早已忘記的文章，我將其中兩篇：〈中西詩在情趣上的比較〉和〈替詩的音律辯護〉增補了進去，分別附於相應章節之後。對過去版本中的一些文字訛錯，承張隆溪同志幫助，也一一做了訂正。

對朋友們的熱心幫助，在此，我一併表示衷心的感謝。

朱光潛

一九八四年四月二十一日

大家講堂 003

詩論

作　　者 —— 朱光潛
發 行 人 —— 楊榮川
總 經 理 —— 楊士清
總 編 輯 —— 楊秀麗
叢書企畫 —— 蘇美嬌
封面設計 —— 姚孝慈
出 版 者 —— 五南圖書出版股份有限公司
地　　址 ——台北市大安區 106 和平東路二段 339 號 4 樓
電　　話 ——02-27055066（代表號）
傳　　眞 ——02-27066100
劃撥帳號 ——01068953
戶　　名 ——五南圖書出版股份有限公司
網　　址 ——http://www.wunan.com.tw
電子郵件 ——wunan@wunan.com.tw
法律顧問 —— 林勝安律師事務所　林勝安律師
出版日期 —— 2020 年 5 月初版一刷
定　　價 —— 420 元

國家圖書館出版品預行編目資料

詩論 / 朱光潛著 . -- 初版 . -- 臺北市：五南，2020.05
面 ; 公分 . -- (大家講堂 ; 3)
ISBN 978-957-763-810-6 (平裝)

1. 中國詩　2. 詩評

821.88　109021391